JAMES PATTERSON

Evil

Buch

Detective Alex Cross und sein Partner John Sampson ermitteln im Fall eines grausamen Massenmords in einem schäbigen Massagesalon in Washington, D.C., doch sie tappen im Dunkeln. Alle Spuren verlaufen im Sande – bis sie einen Hinweis von einem Unbekannten erhalten. Gleichzeitig hat Alex auch privat alle Hände voll zu tun, denn bei der Familie Cross findet eine Hausrenovierung statt. Und so bemerkt Alex Cross nicht, dass er genau beobachtet wird. Sein schlimmster Gegner lauert im Hinterhalt auf ihn, und dieser hat einen Plan, wie er ihn leiden lassen kann. Er wird Alex Cross seine Familie nehmen – die Menschen, die für den Ermittler die Welt bedeuten. Um seine Ehefrau Bree, seine Kinder und seine Großmutter zu beschützen, würde Alex alles tun. Doch sollte er auch nur versuchen, um sie zu kämpfen, müssen sie alle sterben. Was kann Alex Cross einem solch übermächtigen Feind entgegensetzen?

Autor

James Patterson, geboren 1947, war Kreativdirektor bei einer großen amerikanischen Werbeagentur. Seine Thriller um den Kriminalpsychologen Alex Cross machten ihn zu einem der erfolgreichsten Bestsellerautoren der Welt. Auch die Romane seiner packenden Thrillerserie um Detective Lindsay Boxer und den »Women's Murder Club« erreichen regelmäßig die Spitzenplätze der internationalen Bestsellerlisten. James Patterson lebt mit seiner Familie in Palm Beach und Westchester, N.Y.

James Patterson

EVIL

Thriller

Deutsch von Leo Strohm

blanvalet

Die Originalausgabe erschien 2013
unter dem Titel »Cross My Heart« bei Little,
Brown and Company, New York.

FSC
www.fsc.org
MIX
Papier aus verantwortungsvollen Quellen
FSC® C014496

Verlagsgruppe Random House FSC® N001967

1. Auflage

Redaktion: Gerhard Seidl, text in form
Umschlaggestaltung und -motiv: © Johannes Wiebel | punchdesign,
unter Verwendung von Motiven von Shutterstock.com
AF · Herstellung: sam
Satz: Uhl + Massopust, Aalen
Druck und Bindung: GGP Media GmbH, Pößneck
Printed in Germany
ISBN 978-3-7341-0357-5

www.blanvalet.de

Prolog

Es geschah in der Osternacht

Ziellos schleppte ich mich durch die dunklen, menschenleeren Straßen von Washington, verfolgt von Erinnerungen an meinen Sohn Ali. Er erklärte mir immer wieder, dass es nur eine Möglichkeit gibt, einen Zombie zu töten: Man muss sein Gehirn zerstören.

Es war drei Uhr nachts. Stürme peitschten die Stadt.

Ich war schon mehrere Stunden unterwegs, aber ich empfand weder Hunger noch Durst noch Müdigkeit. Blitze rissen den Himmel entzwei, während hoch über mir Donnerschläge dröhnten, aber ich reagierte kaum. Nicht einmal der prasselnde Regen konnte mich aufhalten oder den grausamen Schmerz stillen, der meinen gesamten Körper in Besitz genommen hatte. Bei jedem Schritt sah ich in Gedanken Ali, Bree, Damon, Jannie und Nana Mama vor mir. Bei jedem Schritt flammte das Entsetzen über das Schicksal, das sie erlitten hatten, erneut in mir auf, genau wie die Einsamkeit und die Trauer und die Wut.

Hatte Thierry Mulch genau das bezweckt? Diese Frage ließ mich nicht mehr los.

Thierry Mulch hatte alles zerstört, was mir wichtig war, alles, woran ich geglaubt hatte. Er hatte mich ausgeweidet und als lebloses, seelenloses Etwas zurückgelassen, verdammt zu endloser, sinnloser Bewegung.

Während ich weitertaumelte, bestand meine einzige Hoffnung darin, dass Mulch oder irgendein anderer, anonymer Großstadträuber sich an mich heranmachte, um mir mit einer Schrotflinte oder einer Axt den Schädel zu zerschmettern.

Das war mein sehnlichster Wunsch.

Erster Teil

Vor sechzehn Tagen …

1

Es war ein wunderschöner Morgen im April. Marcus Sunday saß in einem Lieferwagen am Straßenrand und beobachtete mit seinem hochauflösenden Leica-Fernglas das Haus von Alex Cross in der Fifth Street. Der Gedanke, dass er den berühmten Detective schon im Lauf der nächsten halben Stunde zu Gesicht bekommen würde, erfüllte ihn mit großer Aufregung.

Schließlich war es Donnerstagmorgen – halb acht, um genau zu sein –, und Cross musste arbeiten. Genau wie seine Frau. Und seine Kinder mussten zur Schule.

Kaum hatte Sunday diesen Gedanken zu Ende gedacht, kam Regina Hope, Cross' einundneunzigjährige Großmutter, nach dem Besuch der Messe in der St. Anthony's Catholic Church den Bürgersteig entlang. Die alte Dame war alles andere als gebrechlich und legte trotz des Gehstocks ein erstaunliches Tempo an den Tag. Sie ging direkt an seinem Lieferwagen vorbei und würdigte ihn kaum eines Blicks.

Wieso auch?

Sunday hatte ein paar magnetische Schilder mit der Aufschrift »Over the Moon Vacuum Cleaner Company« daran befestigt. Er selbst saß hinter getönten Fensterscheiben und trug eine Uniform mit genau derselben Aufschrift – ein echtes Schnäppchen von der Heilsarmee. Passte wie angegossen.

Die gebrauchten Staubsauger im Laderaum des Lieferwagens hatte er für sechzig Dollar das Stück in einem Secondhandladen draußen in Potomac gekauft. Die falschen

Magnetschilder hatte er online bei Kinko's bestellt, genau wie das Namensschild auf seiner linken Hemdtasche. Darauf stand: »Thierry Mulch.«

Als Cross' Großmutter das Haus betrat, warf Sunday – ein schlanker, durchtrainierter Enddreißiger mit kurz geschnittenem, grau meliertem Haar und schiefergrauen Augen – einen Blick auf seine Armbanduhr. Dann griff er nach dem schwarzen Ordner, der zwischen dem Fahrersitz und der Mittelkonsole lag.

Er klappte ihn auf. Die ersten fünf Trennblätter waren beschriftet, alle mit einem anderen Namen: Bree Stone, Ali Cross, Jannie Cross, Damon Cross, Regina Hope alias »Nana Mama«.

Sunday schlug die Seiten von Regina Hope/Nana Mama auf und trug die genaue Zeit ein, zu der die alte Dame das Haus betreten hatte, und außerdem die Richtung, aus der sie gekommen war. Dann, während er darauf wartete, wer sich als Nächstes sehen ließ, blätterte er ganz nach hinten zu den vier kopierten Seiten, auf denen die Grundrisse sämtlicher Stockwerke des Hauses zu sehen waren. Sie waren praktischerweise im letzten Monat beim Bauamt der Stadt eingereicht worden, zusammen mit Cross' Antrag auf einen Anbau am hinteren Teil des Hauses sowie die Genehmigung von Renovierungsarbeiten in der Küche und den Badezimmern.

Während Sunday abwechselnd die Grundrisse und das Haus selbst betrachtete, machte er sich Notizen, markierte Aus- und Eingänge, die Position der Fenster, die Gartenbeete, all solche Dinge eben. Und als Cross' Ehefrau, Bree Stone, ebenfalls Detective beim Metropolitan Police Department von Washington, D.C., um 7.40 Uhr auf die

Veranda trat und Vogelfutter in ein Vogelhäuschen füllte, notierte er diese Handlung ebenso wie die Tatsache, dass ihr Hinterteil in der knappen Jeans fantastisch zur Geltung kam.

Um 7.52 Uhr hielt ein Laster mit der Aufschrift »Dear Old House« vor Cross' Haus, dicht gefolgt vom Wagen einer Entsorgungsfirma, die einen großen Schuttcontainer brachte. Und da war ja auch schon der große Detective höchstpersönlich, stellte sich auf die Veranda, begrüßte die Bauarbeiter und sah zu, wie der Container auf die Straße gestellt wurde. Begleitet wurde er von seiner Großmutter, seiner Frau und zweien seiner drei Kinder: der fünfzehn Jahre alten Jannie und dem sieben Jahre alten Ali.

Eine nette, glückliche Familie, dachte Sunday und betrachtete sie abwechselnd durch das Fernglas. Vor ihnen lag, so hatte es den Anschein, eine glänzende Zukunft. Vielversprechend. Oder etwa nicht?

Sunday gestattete sich ein Lächeln und dachte dabei, dass die Planungen, die Vorbereitungen, die freudige Erwartung, die zu jedem neuen Abenteuer gehörten, einen großen Teil des Vergnügens ausmachten. Vielleicht sogar mehr als fünfzig Prozent, dachte er, während sein stets schöpferisches Hirn diverse düstere Szenarien hervorbrachte, wie dieses Traumfamilien-Szenario, das sich da vor ihm aufgebaut hatte, zerstört werden konnte.

Dann marschierten Dr. Alex und seine Kinder los. Sie gingen auf der gegenüberliegenden Straßenseite an Sunday vorbei, doch der Detective hatte für seinen Lieferwagen kaum einen Blick übrig.

Aber noch einmal: Wieso auch?

Nachdem Cross und seine Kinder verschwunden waren,

fühlte Sunday sich irgendwie leer. Wenn der Detective nicht da war, machte es einfach weniger Spaß, das Haus zu beobachten. Dann kam es ihm ein bisschen vor wie ein Labyrinth ohne Mäuse.

Sunday blickte auf seine Armbanduhr, klappte den Ordner zu und legte ihn beiseite. Er wurde von dem Gefühl ergriffen, ein freier, aufrechter Mann zu sein, der einen konkreten Plan hatte und sich nicht davon abbringen lassen würde, ganz egal, was für Folgen das haben mochte. Während er den Lieferwagen startete, dachte er, dass jedes Schwanken, jedes Zaudern fast eine Beleidigung für den Gegner war. Man muss den Gegner ebenso sehr vernichten wollen, wie dieser einen selbst vernichten will.

Sunday fuhr los, getragen von der festen Überzeugung, dass er seiner Aufgabe gewachsen war. Und genauso fest glaubte er auch, dass die Familie Cross die Gräuel verdient hatte, die auf sie warteten.

Jedes einzelne Familienmitglied.

Ganz besonders Dr. Alex.

2

In normalen Jahren erreicht die Zahl der Tötungsdelikte in Washington, D.C., erst während der stickigen Sommertage ihren Höhepunkt. Im Juli und August, wenn die Luft entlang des Potomac eine Temperatur und Konsistenz erreicht wie sonst nur im Maul eines tollwütigen Hundes, drehen die Leute offensichtlich reihenweise durch. Meine Kollegen und ich haben uns mittlerweile darauf eingestellt.

Doch beginnend mit einem Terroranschlag auf die Union Station an Neujahr, hatte der gesamte Winter uns in schöner Regelmäßigkeit einen Mord nach dem anderen beschert, und das hatte sich mit Anbruch des Frühlings nicht gebessert. Jetzt war es gerade erst Anfang April, und es deutete alles darauf hin, dass wir, was die Zahl der Morde anging, eines der schlimmsten Jahre erleben würden, die der District of Columbia in den vergangenen drei Dekaden gesehen hatte.

Dadurch lastete ein enormer Druck auf der Bürgermeisterin und dem Stadtrat und damit automatisch auch auf dem Leiter der Metropolitan Police. Vor allem die Einheiten der Mordkommission und des Dezernats für Gewaltverbrechen bekamen diesen Druck zu spüren. Und da ich mittlerweile abwechselnd für beide Abteilungen tätig war, bedeutete das, dass der größte Druck auf mir und meinem Partner und besten Freund, John Sampson, lag.

Seit nahezu zwei Monaten hatten wir keinen einzigen freien Tag mehr gehabt, und trotzdem schien die Arbeit mit jedem Tag noch zuzunehmen. Außerdem führte ich ständig irgendwelche Telefonate mit einem Bauunternehmer, der unsere Küche renovieren und unser Haus um einen Anbau ergänzen sollte. Darum war Captain Roelof Antonius Quintus, der Leiter der Mordkommission, der letzte Mensch, den ich an diesem Donnerstagmorgen so gegen halb zehn sehen wollte.

Er klopfte an meine Bürotür, als ich gerade mit meinem Frühstücksburrito und einer zweiten Tasse Kaffee fertig wurde. Gleichzeitig hatte ich in einem Katalog mit Küchenschränken geblättert, den meine Frau mir beim Gehen in die Hand gedrückt hatte. Sampson, eine Dampfwalze von Mann, saß auf dem Sofa und verdrückte die letzten Reste seines morgendlichen Mahls.

Er sah Quintus und stöhnte. »Nicht schon wieder einer, oder?«

Quintus schüttelte den Kopf. »Es geht lediglich um ein paar aktuelle Informationen für den Chef. Die Bürgermeisterin dreht bald durch und steht ihm permanent auf den Füßen.«

»Wir haben in dieser Woche schon drei Fälle aufgeklärt, aber Sie haben uns vier neue auf den Tisch gelegt«, sagte ich. »Das bedeutet nichts anderes, als dass wir Fortschritte machen und gleichzeitig immer weiter in Rückstand geraten.«

»Genauso kommt es mir auch vor«, meinte Sampson. »Wie dieser König in der griechischen Mythologie, der immer einen Felsbrocken den Berg raufschiebt, bloß, dass er dann jedes Mal wieder zurückrollt.«

»Sisyphus«, sagte ich.

»Genau der«, sagte Sampson und richtete den Zeigefinger auf mich.

»Ach, kommen Sie schon, Cross«, sagte Quintus. »Wir zählen auf Sie. Bringen Sie ein paar von den aufsehenerregenden Fällen zu Ende, Rawlins und Kimmel zum Beispiel, damit uns die *Post* nicht mehr so im Nacken sitzt. Haben Sie diesen beschissenen Leitartikel gelesen?«

Hatte ich. Heute Morgen. Ein Artikel, der sich mit den Auswirkungen der zahlreichen Tötungsdelikte auf den Tourismus beschäftigte, den Polizeichef zum Rücktritt aufforderte und mit der Idee spielte, dass das FBI die gesamte Abteilung übernehmen könnte, bis die Mordrate wieder gesunken war.

»Ich mache Ihnen mal einen Vorschlag, Captain«, sagte ich. »Sagen Sie doch den Leuten einfach, Sie sollen aufhören, sich gegenseitig umzubringen. Dann haben wir auch mehr Zeit, um uns mit Fällen wie Rawlins oder Kimmel zu beschäftigen.«

»Sehr witzig.«

»Das war kein Witz.«

»Nein, ernsthaft, Sie sollten sich mal als Stand-up-Comedian versuchen, Cross.« Quintus wandte sich zum Gehen. »Könnte gut sein, dass Sie da Ihre wahre Berufung finden.«

3

Marcus Sunday trug jetzt eine schwarze Lederjacke, schwarze Jeans, ein schwarzes Polohemd und schwarze Schnürstiefel. Er eilte mit schnellen Schritten auf das New North Building mitten auf dem Gelände der Georgetown University zu. Nachdem er sich durch eine dichte Menge Studenten gezwängt hatte, gelangte er vor das hundertzwanzig Zuhörer fassende McNair-Auditorium und trat ein. Auf dem Schild am Eingang war zu lesen: »Der perfekte Verbrecher. Vorlesung, heute, 11.00 Uhr.«

Knisternde Spannung lag in der Luft. Während Sunday durch den Gang nach vorn ging, stellte er fest, dass abgesehen von dem Regiestuhl auf der Bühne alle Sitzplätze besetzt waren.

In der ersten Reihe angekommen, bemerkte Sunday auch die Studenten, die vor der Bühne auf dem Boden saßen. Lächelnd schob er sich zwischen ihnen hindurch und federte die Stufen empor, wo er dem konservativ gekleideten Graubart, der ihn bereits erwartete, die Hand schüttelte.

»Tut mir leid, dass ich mich verspätet habe, Herr Dr. Wolk«, sagte Sunday.

»Ich komme auch gerade erst aus der Vorlesung«, erwiderte der Mann. »Darf ich Sie vorstellen?«

»Ich bitte darum«, gab Sunday zurück und nickte ehrerbietig.

Dr. Wolk klopfte zweimal gegen das Mikrofon und sagte: »Guten Tag, meine Damen und Herren. Ich bin Dr. Wolk, Leiter der philosophischen Fakultät, und möchte Sie wieder einmal zu einer unserer Frühjahrs-Vorlesungen begrüßen, bei denen wir unterschiedliche Redner aus unterschiedlichen Forschungsfeldern zu Gast haben.« Er lächelte und fuhr fort: »Es heißt ja immer, dass das Philosophiestudium meilenweit von der Wirklichkeit entfernt sei, aber ein gut gefüllter Saal wie dieser hier straft dieses Vorurteil Lügen. Die erfinderisch-kreative Anwendung philosophischer Methoden kann zu durchschlagenden, manchmal sogar revolutionären Lösungen für die Probleme der Moderne führen. Und unser heutiger Gast ist genau für solche aufsehenerregenden, innovativen und umstrittenen Arbeiten bekannt. Sein erstes Buch, das im letzten Jahr veröffentlicht wurde, trägt den Titel *Der perfekte Verbrecher* und beschert uns einen faszinierenden Blick auf zwei ungelöste Kriminalfälle der jüngeren Vergangenheit, beides Massenmorde. Das Buch nimmt die Perspektive eines wahrhaft unabhängigen Geistes ein und richtet den Blick in die tiefsten Tiefen einer durch und durch kriminellen Seele. Bitte begrüßen Sie Professor Marcus Sunday von der Harvard University, der während seines Sabbatjahrs den Weg hierher zu uns gefunden hat.«

Sunday grinste, stand auf und nahm Dr. Wolk das Mikrofon aus der Hand. Er ließ den Blick über die applaudierende Zuhörerschaft schweifen und blieb nur kurz bei einer außergewöhnlich attraktiven Frau in der zweiten Reihe hängen. Sie wirkte, als sei sie in Gedanken versunken. Dunkelblonde Locken ringelten sich über ihre Schultern und das prall gefüllte Tanktop. Eine farbenfrohe Tätowierung schlängelte sich um ihren linken Arm. Sie zeigte einen schwarzen Panther, der auf einem blühenden Zweig im Dschungel lag. Sein Schwanz reichte bis über den Unterarm der Frau und ringelte sich um ihr Handgelenk. Die Raubkatze besaß faszinierende Augen, leuchtend grün wie frischer, feuchter Klee. Genau wie die Frau.

»Vor fünf Jahren habe ich mit meiner Suche nach dem perfekten Verbrecher begonnen«, fing Sunday an und riss sich gewaltsam von ihrem Anblick los. »Soweit ich weiß, hat man ihn bis jetzt noch nie erforscht, noch nie gefunden. Was ja durchaus einleuchtet, denn wenn er perfekt ist, wie soll man ihn dann gefangen nehmen, nicht wahr?«

Er erntete nervöses Lachen und zustimmendes Nicken.

»Wo also fängt man mit der Suche nach einem perfekten Verbrecher an?«, fragte Sunday und ließ den Blick durch den Saal schweifen. Und da er nirgendwo einem Gesicht begegnete, das eine gewisse Selbstsicherheit ausstrahlte, konzentrierte er sich auf die junge Frau mit den rubinroten Lippen und den faszinierenden, kleegrünen Augen.

Sie zuckte mit den Schultern und erwiderte mit einem leichten Cajun-Akzent: »Man untersucht ungelöste Verbrechen?«

»Sehr gut«, sagte Sunday und neigte den Kopf nach links. »Genau das habe ich getan.«

Dann schilderte er zwei ungelöste Massenmorde, die im Mittelpunkt seines Buches standen. Vor sieben Jahren, zwei Tage vor Weihnachten, um genau zu sein, war die fünfköpfige Familie Daley aus einem Vorort von Omaha tot in ihrem Haus aufgefunden worden. Der Mann und die Kinder hatten in ihren Betten gelegen. Jemand hatte ihnen mit einem Skalpell oder Rasiermesser die Kehle durchgeschnitten. Die Frau war zwar auf ganz ähnliche Weise gestorben, lag aber nackt im Badezimmer. Die Haustüren waren entweder nicht abgeschlossen gewesen, oder der Täter hatte einen Schlüssel gehabt. Es hatte in der Nacht geschneit, sodass alle Spuren unter einer Schneedecke verschwunden waren.

Vierzehn Monate später hatte man nach einem heftigen Sturm die Monahans aus einem Vorort von Fort Worth entdeckt. Sie waren ähnlich zugerichtet worden: Der Vater und die vier Kinder, keines älter als zwölf, hatten mit aufgeschlitzten Kehlen in ihren Betten gelegen, die Frau nackt und tot auf dem Boden des Badezimmers. Die Türen waren entweder nicht abgeschlossen worden, oder der Täter besaß einen Schlüssel. Und wieder hatte die Polizei aufgrund des Regens, des Sturms und des sorgfältigen Vorgehens des Täters keinerlei verwertbare Spuren finden können, weder DNA noch sonst irgendetwas.

»Diese Leere, dieses völlig Fehlen von Indizien aller Art, das hat mich interessiert«, teilte Professor Sunday seiner gebannten Zuhörerschaft mit. »Ich bin mehrfach nach Oklahoma und Texas gereist, habe die Tatorte besichtigt, die Akten gelesen und mit allen an der Ermittlung beteiligten Behörden gesprochen – dem FBI, der Oklahoma State Police, den Texas Rangern. Anschließend wusste ich, dass die Ermittler komplett im Dunkeln tappten, dass bis auf die Leichen nicht der geringste Hinweis auf den Täter existierte.« Sunday fuhr fort, dass dieser Mangel an Indizien ihn dazu veranlasst hatte, sich Gedanken über die Weltanschauung eines perfekten Mörders zu machen. »Ich kam zu dem Schluss, dass es sich um einen moralisch außergewöhnlich zerrütteten Existenzialisten handeln muss«, sagte er. »Jemanden, der weder an Gott noch an irgendeine Art von Moral oder Ethik glaubt, der jenseits seines eigenen Tuns keinen Sinn in dieser Welt erkennt.« Sunday merkte, dass einige seiner Zuhörer ihm bereits nicht mehr folgen konnten, und schlug einen anderen Kurs ein. »Was ich damit sagen möchte, ist, dass der russische Schriftsteller Fjodor Dostojewski beinahe recht hat. In seinem Meisterwerk *Schuld und Sühne* verübt der Protagonist, Rodion Raskolnikow, um ein Haar das perfekte Verbrechen. Raskolnikow ist der Meinung, dass das Leben keinen tieferen Sinn besitzt, und ermordet zwei Menschen, die er nicht kennt und zu denen er in keinerlei Beziehung steht. – Zunächst geht es ihm gut damit«, fuhr Sunday fort und tippte sich an den Kopf. »Aber irgendwann werden ihm seine Gedanken, insbesondere seine Fantasie, zum Verhängnis. Irgendwie glaubt Raskolnikow doch an ein moralisches Universum, in dem das Leben tatsächlich einen übergeordneten Sinn hat, und darum zerbricht er an seiner Tat. Im Gegensatz zu unserem perfekten Verbrecher.« Der Professor hielt kurz inne und vergewisserte sich, dass er die Aufmerksamkeit seines Publikums wieder ganz für sich hatte. Dann sprach er weiter. »Für den perfekten Mörder ist es meines Erachtens selbstverständlich, dass das Leben sinnlos ist, eine Absurdität ohne absoluten Wert. Solange der Täter aus dieser Perspektive handelt, kann sein eigener Geist ihn nicht in die Falle locken, und auch die Polizei kann ihm nicht gefährlich werden.«

Sunday sprach noch eine ganze Weile weiter und berichtete, wie die Indizien an den Schauplätzen der Morde seine Theorien gestützt und dann zu weiteren Theorien geführt hatten.

Zum Schluss stellte er sich den Fragen der Zuhörer. Nach mehreren Korinthenkackern, die sich auf irgendwelche Belanglosigkeiten in seinem Buch gestürzt hatten, klimperte die sexy Frau in der zweiten Reihe mit den Wimpern und hob träge, fast gelangweilt, den Arm mit der Panther-Tätowierung, als wollte sie einen Kellner auf sich aufmerksam machen.

Der Professor nickte ihr zu.

»Sie haben ja viele positive Kritiken für das Buch geerntet«, sagte sie mit ihrer sonoren Südstaatenstimme. »Eine Ausnahme war der Artikel, den Detective Alex Cross in der *Washington Post* veröffentlicht hat. Ich denke, Sie werden mir zustimmen, Herr Professor, wenn ich sage, dass er Ihr Buch verrissen und praktisch jeder Ihrer Aussagen widersprochen hat. Er hat sogar behauptet, dass Sie, nachdem Sie ihn interviewt hatten, seine Worte so verdreht haben, dass sie keinen Widerspruch zu Ihrer These mehr bilden.«

Sunday biss kurz die Zähne zusammen, bevor er antwortete. »Quellen, die behaupten, etwas nicht gesagt zu haben, sind nichts Ungewöhnliches, das wird Ihnen jeder Journalist bestätigen. Zwischen Detective Cross und mir gibt es lediglich eine grundlegende Meinungsverschiedenheit, mehr nicht.«

Nach einer langen, peinlichen Stille räusperte sich Dr. Wolk und sagte: »Ich habe auch eine Frage, Dr. Sunday. Wie bereits angedeutet, fand ich Ihr Buch sehr spannend, aber auch ich habe Probleme mit einer Ihrer Schlussfolgerungen.«

Sunday zwang sich zu einem Lächeln. »Mit welcher denn, wenn ich fragen darf?«

»Sie beschreiben an einer Stelle die Antithese zu dem perfekten Verbrecher als Kriminalbeamten, der an ein ethisch-moralisches Universum und damit auch an ein sinnvolles Leben glaubt und dieses gewissermaßen verkörpert.«

Sunday nickte.

»Aber dann folgern Sie, dass dieser perfekte Kriminalbeamte, wenn man ihn dazu bringen würde, das Leben als sinnlos und wertlos zu betrachten…«

»…selbst zum perfekten Verbrecher würde?«, vollendete Sunday den Satz. »Ja. Das habe ich geschrieben. Ich halte das für eine vollkommen logische Schlussfolgerung, Herr Doktor. Sie nicht?«

4

Es war fast fünf Uhr nachmittags, als Sunday endlich seine im Washingtoner Wohnviertel Kalorama gelegene Wohnung betrat. Nach dem Vortrag hatte er einige wenige Bücher signiert, darauf folgte das unvermeidliche Mittagessen mit Dr. Wolk, der zu viel trank und philosophische Argumente oft auf Beispielsätze reduzierte, die nicht mehr Wert besaßen als eine x-beliebige Ratgeberkolumne.

Und um das Ganze noch schlimmer zu machen, hatte Dr. Wolk Sunday immer wieder gefragt, welche Forschungsprojekte er während seines Sabbatjahrs eigentlich verfolge. Schließlich hatte Sunday dem Leiter der philosophischen Fakultät der Georgetown University die ungeschminkte, wenn auch ausgesprochen vage Wahrheit offenbart: »Ich führe ein Experiment durch, das die Dimensionen einer existenzialistischen Welt und die Rolle des menschlichen Wesens in dieser Welt ergründen soll.«

Dr. Wolk hatte sehr interessiert reagiert und wollte sofort mehr wissen, doch Sunday hatte sich standhaft geweigert und seinem Kollegen lediglich beschieden, dass er eines Tages, sobald seine Forschungen abgeschlossen seien, alles schwarz auf weiß lesen könne. Er hatte Wolk sogar versprochen, dass er der Erste sein würde, der es lesen durfte.

Schon vor der Wohnungstür nahm er die Zydeco-Klänge und den Knoblauchduft wahr. Er schloss auf und betrat ein Zimmer mit weißen Wänden, einer weißen Decke und einem blassgrauen Teppich. Etliche Stühle aus Chrom und schwarzem Leder standen vor einem Flachbildfernseher, auf dem ein Musiksender eingestellt war.

Im Zimmer bewegte sich eine Frau zur Musik. Sie hatte ihm den Rücken zugewandt, während sie die Hüften schwang und die Taille kreisen ließ. Die wilde, dunkelblonde Mähne hatte sie hochgebunden. Sie war barfuß, trug eine locker sitzende, olivgrüne Hose und ein enges, weißes Tanktop, das den Blick auf verschwitzte Haut und kräftige Schultermuskeln freigab, während sie die Arme in die Luft reckte, sodass die farbenprächtige Tätowierung mit dem liegenden Panther, die fast ihren ganzen Arm bedeckte, gut zu erkennen war.

Lächelnd ließ Sunday die Tür ins Schloss fallen. Die Frau unterbrach ihren Tanz und blickte ihn mit ihren kleegrünen Augen über die Schulter hinweg an. Sie grinste, klatschte in die Hände und drehte sich ganz zu ihm um. Dann rannte sie auf ihn zu, küsste ihn gierig auf den Mund und sagte mit ihrem leichten Cajun-Akzent: »Hab schon gedacht, du würdest dich nie mehr blicken lassen, Marcus.«

»Hatte keine andere Wahl«, erwiderte Sunday. »Musste den Schein wahren.«

Sie sprang in seine Arme und schloss ihre kräftigen Oberschenkel um seine Hüften. Dann küsste sie ihn noch einmal. »Ich muss dir was zeigen, mein Süßer.«

»Hast du schon wieder *Fifty Shades of Grey* gelesen, Acadia?« Seine Stimme klang belustigt, während er in ihre unfassbaren Augen starrte.

»Besser«, meinte Acadia, löste die Umklammerung ihrer Beine und glitt zu Boden. »Kommst du, mein Süßer?«

Der Professor folgte ihr den Flur entlang, sah ihr wiegendes Hinterteil und dachte sofort an eine große Palette fleischlicher Gelüste. Doch anstatt ins Schlafzimmer führte sie ihn nach rechts in einen Raum, der eigentlich immer als Rumpelkammer gedient hatte.

Jetzt hingen vier Zweiundsiebzig-Zoll-Bildschirme an der hinteren Wand und schufen so eine riesige Videowand, die vom Boden bis zur Decke reichte, lediglich unterbrochen von einer Xbox-Kinect-Sensorleiste. Die Monitore schimmerten dunkelblau.

Ein schmuddeliger junger Kerl in Jeansjacke saß davor. Er hatte ihnen den Rücken zugewandt und starrte die Bildschirme an. Ein Bose-Kopfhörer pumpte ihm dröhnenden Hardrock in die Ohren. Auf dem Tisch lag eine Art Helm, und neben dem Tisch standen ein Server, der etwa die Größe eines großen Koffers besaß, sowie eine Xbox. Sie waren über Kabel mit mehreren Laptops verbunden.

»Ta-daa!«, sagte Acadia. »Was hältst du davon?«

Sunday packte sie wütend an ihrem Panther-Tattoo und zerrte sie über den Flur in ein anderes Zimmer. Erbittert herrschte er sie an: »Davon war nie die Rede. Wer ist der Kerl überhaupt?«

Genauso wütend zischte Acadia zurück: »Preston Elliot. Computer-Genie. Wer einen erstklassigen Durchblick haben will, der braucht erstklassiges Denken und eine erstklassige Ausrüstung. Hast du selbst gesagt!« Und bevor er ihr antworten konnte, fügte sie in sanfterem Tonfall hinzu: »Und außerdem, mein Süßer, hat Preston das meiste bei Costco besorgt. Die haben eine Rücknahmegarantie auf alle Elektronikartikel, für ein ganzes Jahr.«

Sunday blieb skeptisch. »Und was ist mit ihm? Was verlangt er?«

Sie blähte die Nüstern und blickte ihn an, als würde sie ihn am liebsten auf der Stelle mit Haut und Haaren verschlingen. »Der eifrige junge Mann erwartet zwei Stunden ultrageilen Sex mit mir. Er wird ein Kondom benutzen. Hast du nicht gesagt, dass du genau das im Moment gebrauchen könntest?«

Sunday neigte den Kopf und blickte sie erneut abschätzend an. »Tatsächlich? Ich habe gar nicht so genau hingesehen. Hat er …?«

»Ungefähr deine Größe und Statur, ja.«

Der Professor war fasziniert. Schlagartig erkannte er die gesamte Palette der Möglichkeiten. »Und das bedeutet?«

»Was meinst du?«, antwortete Acadia mit einer Gegenfrage. Ihr Atem ging ruhig. »Es ist schon eine Weile her, seit wir das letzte Mal gesündigt haben, mein Süßer.«

Sunday blickte ihr in die Augen und spürte, wie wilde Vorfreude in ihm aufstieg. »Wann?«, wollte er wissen.

Sie zuckte mit den Schultern. »Er muss jetzt nur noch die Software knacken. Morgen um diese Zeit will er damit fertig sein.«

»Wer weiß, dass er hier ist?«

»Niemand«, gab sie zurück. »Das ist Teil der Abmachung. Ein Geheimnis.«

»Und du glaubst, dass er sich daran hält?«

»Was glaubst du?« Sie drückte sich einen kurzen Augenblick lang an ihn und entfachte damit ein wahnsinniges Verlangen in ihm. Beim Blick in Acadias grüne Augen sah Sunday sich selbst im Alter von achtzehn Jahren, als er zum ersten Mal diesen raubtierhaften Rausch gespürt hatte, als er mit einem Spaten in der Hand einer Gestalt über einen dunklen Hof gefolgt war. Eine Sekunde lang kam es ihm so wirklich vor, dass er hätte schwören können, dass da irgendwo Schweine quiekten.

»Nun, mein Süßer?«, flüsterte Acadia.

»Ich gehe«, sagte er und spürte erneut dieses unglaubliche Zittern am ganzen Körper. »Es ist besser, wenn er mich heute gar nicht erst zu sehen bekommt.«

Sie sah ihn verführerisch an, drückte sich noch einmal an ihn und flüsterte ihm ins Ohr: »Acadia Le Duc kennt keine Grenzen. Keine Beschränkungen. Gar keine. Das weißt du doch, oder etwa nicht, mein Süßer?«

»Oh ja, Baby, das weiß ich«, stieß Sunday hervor. Er konnte kaum mehr atmen. »Das ist einer der Gründe, wieso ich so süchtig nach dir bin.«

5

Sehr viel später an diesem Tag entdeckte Kevin Olmstead, ein Mann Ende zwanzig mit weichen Gesichtszügen, das Neonschild mit der Aufschrift »Superior Spa«. Es handelte sich um einen Massagesalon in der Connecticut Avenue, der bekannt war für seine »Verwöhnmassagen mit Happy End«.

Happy End, dachte Olmstead und strich mit den Fingern sanft über seine zarte Haut. Trotz all des Durcheinanders in seinem Kopf wusste er immer noch, wie gut sich ein Happy End anfühlte und wie lange man etwas davon hatte. Und er hatte doch genügend Geld dabei, oder? Er hatte doch irgendwann im Lauf des Tages vor einem Geldautomaten gestanden und welches abgehoben.

Stimmt das denn? Habe ich das Geld noch?

Olmstead blieb stehen, blinzelte, versuchte, seine Gedanken wieder einigermaßen auf Kurs zu bringen, was ihm in letzter Zeit des Öfteren Probleme bereitete. Dann steckte er die Hand in seine rechte Jeanstasche und zog ein Bündel Geldscheine hervor. Lächelte erneut. Zumindest wenn es um Sex *oder* Geld ging, war er immer noch voll da.

Aufgeregt steuerte er den Eingang des Massagesalons an.

Ein Mann im Anzug, aber ohne Krawatte, kam hastig zur Tür heraus, bedachte Olmstead mit einem flüchtigen Blick und huschte an ihm vorbei. Irgendetwas an seinem Verhalten erweckte Erinnerungen an einen anderen Massagesalon, an einen anderen Abend.

Der Duft nach Zitronenreiniger, an den konnte Olmstead

sich noch sehr lebhaft erinnern. Und ziemlich vage an fünf Leichen: drei Frauen in Bademänteln, einen Kubaner mit einem gestreiften Bowlinghemd und einem flachen Hütchen auf dem Kopf und einen Weißen mit einem billigen Anzug ohne Krawatte. Alle aus nächster Nähe erschossen, alle mit blutenden Kopfwunden.

Schmerzen durchzuckten Olmsteads Schädel, so stark, dass er beinahe auf dem Bürgersteig zusammengebrochen wäre. War das echt? War das wirklich passiert? Fünf Tote in einem Massagesalon in … wo? Florida?

Oder war das alles eine Halluzination? Eine Nebenwirkung seiner Medikamente?

Olmsteads Geist war bereits zur nächsten Erinnerung weitergewandert: eine Hand, die eine Pistole, eine Glock 21, in einen Rucksack steckte. War das der Rucksack, den er auf dem Rücken trug? Seine Hand?

Er blickte seine Hände an und stellte verblüfft fest, dass er fleischfarbene Latexhandschuhe trug. Als er gerade einen Blick in den Rucksack werfen wollte, ging die Tür des Superior Spa auf.

Eine junge Asiatin blickte ihn an und lächelte verführerisch. Sie trug rote Hotpants, Stilettos und ein T-Shirt, auf dem in Glitzerschrift »Göttin« zu lesen war. »Alles gut«, sagte sie ein wenig stockend. »Wia nich beiß'. Du will reinkomm'?«

Happy End, dachte Olmstead und ging auf sie zu. Er empfand eine überwältigende Dankbarkeit, weil sie ihn eingeladen hatte.

Jedes Detail des Superior Spa rief in Olmstead große Bewunderung hervor, sogar die stampfende Hip-Hop-Musik. Doch was ihn am allermeisten in den Bann zog, das war der

Geruch nach Zitronenreiniger. Er sog den Duft lange und tief in die Nase, so wie andere es vielleicht mit einem frisch gebackenen Kuchen getan hätten, während vor seinem geistigen Auge die Bilder der Leichen in Florida aufzuckten. Waren sie echt? War das hier echt?

Er blickte das niedliche Ding mit den roten Hotpants an und sagte: »Arbeiten heute Abend auch noch andere Mädchen?«

Sie machte einen Schmollmund und pikste ihn in die Rippen. »Was, du mich nich' mag?«

»Oh doch, ich mag dich sogar sehr, du niedliches Ding. Wollte nur wissen, was es sonst noch so gibt.«

Jetzt kam ein breitschultriger, humorlos wirkender Mann mit einem schwarzen T-Shirt hinter dem weinroten Vorhang hervor, gefolgt von einer zweiten Asiatin. Sie war noch zierlicher als das niedliche Ding und starrte Olmstead aus rosafarbenen, wässerigen, leeren Augen an.

»Na, Bruder? Welche gefällt dir am besten?«, wollte der Breitschultrige wissen.

»Die gefallen mir alle beide«, erwiderte Olmstead.

»Was glaubst du denn? Dass du hier in Bangkok bist, oder was? Du musst dich schon entscheiden.«

»Wie viel?«

»Dusche, saubere Liege, Massage, das macht fünfundsiebzig für mich«, gab der Türsteher zurück. »Alles andere besprichst du mit dem Mädchen. Und bezahlst es auch bei dem Mädchen.«

Olmstead nickte und zeigte auf das niedliche Ding, das ihn hocherfreut ansah.

Der Türsteher sagte: »Fünfundsiebzig, und dein Rucksack bleibt hier bei mir, Bruder.«

Olmstead ließ die Augenlider ein wenig sinken und nickte. »Ich hol bloß meinen Geldbeutel raus.«

Er nahm den Rucksack ab, stellte ihn auf einen Plastikstuhl und klickte den Verschluss auf. Dann zog er den Riemen auf, der das größte Fach verschlossen hielt. Ganz unten lag sein Portemonnaie. Und daneben eine wunderschöne Glock 21.

War das ein Schalldämpfer da auf dem Lauf? War die Pistole tatsächlich echt? War das alles hier echt?

Olmstead hoffte es jedenfalls, während er die Pistole aus dem Rucksack zog. Stichwort Happy End: Ein feuchter Traum war nur selten genauso befriedigend wie das Original.

6

Am selben Abend um kurz nach acht machte ich mich startklar. Ich wollte nach Hause fahren, meine Frau und meine Kinder begrüßen und mir die zweite Halbzeit des Spiels ansehen. Genau wie John Sampson. Wir hatten einen harten, kräftezehrenden Tag hinter uns, der kaum Fortschritte gebracht hatte. Als dann Captain Quintus in unserer Tür stand und den Ausgang versperrte, stöhnten wir beide laut auf.

»Schon wieder einer?«, fragte ich.

»Sie wollen uns verarschen«, meinte Sampson.

»Keineswegs«, gab Quintus grimmig zurück. »Mindestens drei Tote in einem Massagesalon in der Connecticut. Die Streifenbeamten, die zuerst am Tatort waren, sprechen von einem Blutbad. Und die haben bis jetzt nur den Eingangsbereich gesehen. Sie warten draußen, bis Sie und Sampson auch die übrigen Räume in Augenschein genommen haben. Die Kriminaltechnik ist völlig überlastet. Sie kommen, so schnell sie können.«

Seufzend warf ich die Akte Kimmel auf meinen Schreibtisch und griff nach meiner blauen Windjacke mit der Aufschrift »Mordkommission«. Sampson machte es mir nach, und dann brachte er uns in einem Zivilfahrzeug hinüber zur Connecticut Avenue, ein kleines Stück südlich des DuPont Circle. Die Metro Police hatte die Umgebung des Massagesalons bereits großräumig abgesperrt. Die ersten Übertragungswagen trafen auch schon ein. Wir zogen uns schnell hinter das gelbe Absperrband zurück, bevor sie uns entdeckten.

Officer K. D. Carney, ein junger Streifenbeamter, war als Erster am Tatort gewesen und brachte uns auf den neuesten Stand. Um 19.55 Uhr war in der Funkzentrale ein Notruf von einem anonymen männlichen Anrufer eingegangen: »Im Superior Spa in der Connecticut Avenue muss irgendjemand durchgeknallt sein.«

»Ich war gerade auf dem Weg nach Hause und ganz in der Nähe, darum war ich als Erster vor Ort«, sagte Carney, in dessen Babygesicht weder Augenbrauen noch Wimpern zu sehen waren. Da er auch keinen Bartwuchs und keine Armbehaarung hatte, nahm ich an, dass er an *Alopecia universalis* litt, einer Krankheit, die zum vollständigen Verlust der Körperbehaarung führt.

»Ist der Tatort kontaminiert?«, wollte ich wissen.

»Von mir nicht, Sir«, erwiderte der junge Polizist. »Ich habe nur einen Blick reingeworfen, die drei Leichen gesehen, dann bin ich wieder raus und habe die Türen versiegelt. Es gibt noch einen Hinterausgang, der auf eine schmale Gasse führt.«

»Die sollten wir vorerst mal absperren«, sagte ich.

»Soll ich sie absuchen?«

»Warten Sie, bis die Kriminaltechniker da sind.«

Die Enttäuschung war Carney deutlich anzumerken. So reagiert nur jemand, dessen größter Wunsch es ist, Detective zu werden. Aber es musste sein. Je weniger Personen Zugang zum Tatort hatten, desto besser.

»Sie wissen, was dieser Laden für eine Geschichte hat, oder?«, fragte Carney, während Sampson und ich in blaue Plastiküberzieher und Latexhandschuhe schlüpften.

»Nicht mehr genau«, meinte Sampson.

»Früher hieß er mal Cherry Blossom Spa«, sagte Carney.

»Aber das ist vor ein paar Jahren geschlossen worden, weil die Besitzer hier Sexsklaven gehalten haben.«

Jetzt fiel es mir wieder ein. Das war während meiner Zeit in Quantico gewesen, als ich noch für das FBI gearbeitet hatte. Aber ich hatte gehört, dass minderjährige Mädchen mit dem Versprechen einer problemlosen Einreise in die USA angelockt und dann von asiatischen Gangstersyndikaten versklavt worden waren.

»Wie um alles in der Welt haben die es geschafft, den Laden überhaupt wieder aufzumachen?«

Carney zuckte mit den Achseln. »Neue Besitzer, nehme ich an.«

»Danke, Officer«, sagte ich und ging auf die Eingangstür zu. »Gute Arbeit.«

Ich machte die Tür auf. Drei Schritte später standen wir mitten in einem Hitchcock-Film.

Es stank durchdringend nach Zitronenreiniger. Lautsprecherboxen brummten. Eine Asiatin in roten Hotpants, hochhackigen Pumps und weißem T-Shirt lag in ihrem eigenen Blut der Länge nach auf dem Fußboden. Eine Kugel hatte ihr die Halsschlagader zerfetzt.

Das zweite Opfer war ebenfalls Asiatin. Sie trug einen fadenscheinigen Bademantel und lag vor einem weinroten Vorhang, fast in Embryonalstellung. Das rechte Auge war weit aufgerissen, und ihre Finger waren gespreizt. Aus ihrer linken Augenhöhle war Blut über ihr Gesicht getrieft und hatte ihre Haare durchtränkt.

Das dritte Opfer war der Manager des Ladens. Er lag vor einer mit Blutspritzern übersäten Wand hinter dem Tresen, mit verblüfftem Gesichtsausdruck und einem Einschussloch mitten in der Stirn.

Ich zählte insgesamt vier Neun-Millimeter-Hülsen. Und anscheinend hatte der Täter überall reichlich Desinfektionsmittel versprüht. Auf den Leichen, den Möbeln und dem Fußboden, überall waren Spuren davon zu erkennen. Neben der Leiche des Managers stand ein leerer Fünfundzwanzig-Liter-Kanister Citrus II, ein antibakterielles Reinigungskonzentrat speziell für Krankenhäuser. Und hinter dem weinroten Vorhang, in einem L-förmigen Flur mit nackten, schmierigen Gipskartonwänden und einer unglaublich deprimierenden Atmosphäre, entdeckten wir noch einen zweiten, identischen Kanister. Er war ebenfalls leer.

Im rechten der beiden Hinterzimmer lag die vierte Leiche.

Ich bin ziemlich groß, und Sampson misst knapp an die zwei Meter, doch das Kraftpaket, das da mit dem Gesicht nach unten auf der Matratze lag, gehörte in eine ganz andere Liga. Ich schätzte ihn auf deutlich über zwei Meter und an die hundertdreißig Kilogramm. Das meiste davon waren Muskeln. Die halblangen braunen Haare hingen ihm über das blutüberströmte Gesicht.

Ich zückte mein Handy und machte ein paar Fotos, ging in die Hocke und schob seine Haare zurück, um freie Sicht auf die Wunde zu bekommen. Dabei sah ich sein Gesicht und erstarrte.

»Himmel, Arsch und Zwirn«, sagte Sampson, der direkt hinter mir stand. »Ist das …?«

»Pete Francones«, sagte ich und nickte ungläubig. »Der Bekloppte persönlich.«

7

Pete »Der Bekloppte« Francones hatte vierzehn Jahre lang die Verteidigung der Washington Redskins angeführt. Als Defensivspieler, gesegnet mit herausragender Schnelligkeit und Wendigkeit, richtete er unter den Sturmreihen der National Football League verheerende Schäden an und erarbeitete sich einen Ruf als nimmermüder Kämpfer, der in jedem Spiel eine fast irrwitzige Leidenschaft an den Tag legte.

Schon auf dem College war er durch sein theatralisches Verhalten an der Seitenlinie aufgefallen. Aus dieser Zeit stammte auch sein Spitzname, und er hatte das ganze Theater um sein Image weidlich genutzt, um jede Menge Werbeverträge abzuschließen und so ein stattliches Vermögen anzuhäufen. Es schadete auch nicht, dass Francones gut aussah, nicht dumm war, reden konnte und eine gewisse Respektlosigkeit besaß – alles Eigenschaften, die ihm in der vergangenen Saison einen Platz auf einem der heiß begehrten Kommentatorsessel bei Monday Night Football beschert hatten.

Und jetzt war Francones das vierte Opfer einer Mordserie an einem der schmierigsten Orte von ganz Washington? Ausgerechnet er?

»War der nicht mit, keine Ahnung, Miss Universum oder irgend so einer zusammen?« Sampson klang verblüfft.

»Mit einer Bewerberin. Miss Venezuela.«

»Also, was wollte er in so einem Höllenloch?«

Ich konnte mir mehr als einen Grund denken, aber ich

verstand, was er meinte. Francones war eigentlich nicht der Typ, der für Sex bezahlen musste. Wenn man der Klatschpresse glauben wollte, dann warfen die Frauen sich ihm auch so reihenweise an den Hals und sonst wohin…

Und noch etwas war seltsam. »Wo ist seine Masseuse abgeblieben?«

Wir sahen unter dem Bett nach. Wir hoben Francones sogar hoch, falls sie unter ihm lag. Aber da war sie auch nicht.

»Schalldämpfer«, sagte Sampson und riss mich aus meinen Gedanken.

»Wie bitte?«

»Der Täter muss einen Schalldämpfer benutzt haben. Sonst hätte Francones die Schüsse gehört, wäre aufgestanden und hätte zur Tür geschaut.«

Jetzt wurde mir klar, was er sagen wollte. »Die drei im Foyer sterben also zuerst. Dann kommt der Killer in den Flur, sieht Opfer Nummer vier, macht es mit einem Schuss kampfunfähig und tötet es mit dem nächsten.«

»Hört sich nach Profi an.«

Ich nickte und betrachtete noch einmal die Verletzungen des Bekloppten, versuchte, die Schussbahn zu rekonstruieren. »Den ersten Schuss fängt er sich im Knien ein. Dann kippt er nach vorn. Also noch mal: Wo ist die Masseuse?«

»Und was soll das mit dem Desinfektionsmittel?«

»Vielleicht kann der Täter den Geruch des Todes nicht ertragen?«

»Oder der Zitronenduft macht ihn geil.«

»Jedenfalls war es eindeutig kein Raubmord«, meinte Sampson und deutete auf die Breitling an Francones' Handgelenk.

Ich hob die Hose der hochdekorierten Football-Koryphäe

vom Boden auf, durchsuchte die Taschen und brachte eine goldene Geldscheinklammer mit tausend Dollar in Fünfzigern zum Vorschein. Und dann noch etwas, womit ich gar nicht gerechnet hatte. Das Röhrchen enthielt ein weißes Pulver, mindestens drei Gramm. Es war nur zur Hälfte gefüllt. Ich probierte vorsichtig davon. Der bittere Geschmack des hochreinen Kokains ließ meine Zungenspitze und meine Lippen taub werden.

Ich gab Sampson das Röhrchen und sagte: »Ich kann mich nicht erinnern, dass der Bekloppte je etwas mit Drogen zu tun gehabt hat.«

»Vielleicht war er von Natur aus ja gar nicht so irre und durchgeknallt, wie er immer getan hat.«

Wir steckten das Kokain in einen Indizienbeutel.

»Siehst du irgendwo ein Handy?«, fragte Sampson dann.

»Nein. Auch keine Autoschlüssel. Und schon gar keine dritte Frau.«

Wir sahen uns auch im Rest des Superior Spa gründlich um. Das Büro war oberflächlich durchsucht worden. Aber seltsamerweise hatte der Täter die unverschlossene Geldkassette, die fast viertausend Dollar enthielt, nicht angetastet. Genauso wenig wie den Geldbeutel mit sechshundert Dollar und Ausweispapieren, die dem neunundzwanzig Jahre alten Manager gehörten, einem gewissen Donald Blunt aus College Park, Student an der University of Maryland. Das Einzige, was sicher fehlte, war die Festplatte mit den Aufnahmen der Überwachungskameras im Foyer.

Im Umkleidezimmer der Frauen entdeckten wir Kleidung, Bargeld, drei Handys und Ausweispapiere, mit deren Hilfe wir die beiden getöteten Frauen identifizieren konnten. Die mit den roten Hotpants war Kim Ho, zwanzig Jahre alt, Koreanerin. Sie war vor drei Monaten mit einer befristeten Arbeitserlaubnis in die USA gekommen. Die andere, die wir in Embryonalstellung vorgefunden hatten, hieß An Lu, war ebenfalls Koreanerin, neunzehn Jahre alt und auch mit einem befristeten Arbeitsvisum ausgestattet.

»Das dritte Handy«, sagte Sampson.

»Die dritte Masseuse«, sagte ich und nickte. Ich musste noch einmal an die Wunde im unteren Rücken des Bekloppten denken. Er musste gerade gekniet haben, als …

»Detective Cross?«, sagte Officer Carney.

Sampson und ich wirbelten herum. Der Streifenbeamte stand in der Tür. Er hatte Plastiküberzieher über die Schuhe gestreift.

»Officer, ich hatte Sie doch eindeutig gebeten, draußen zu bleiben und das Gelände abzusperren.«

Carney zog den Kopf ein Stück zurück. »Tut mir leid, Sir, aber ich dachte, es interessiert Sie vielleicht, dass draußen eine hysterische junge Frau steht, die behauptet, dass sie mindestens eine der Personen gekannt hat, die heute Abend hier gearbeitet haben.«

8

»Mein Name ist Alex Cross«, sagte ich zu der jungen Frau, die Officer Carney zu mir gebracht hatte. »Dürfte ich bitte einmal Ihren Ausweis sehen, Miss?«

Die junge Asiatin in Jeans, Turnschuhen und einer Windjacke mit dem Schriftzug der George Washington University schien mich zuerst gar nicht zu hören. Sie starrte stumm auf die Tür des Superior Spa. Ihre Mimik, ihre Gestik, ihre Haltung, alles drückte tiefste Qual aus.

»Miss?«, sagte ich leise.

Mit zitternder Stimme erwiderte sie: »Sind alle tot?«

»Ich fürchte, da drin ist niemand mehr am Leben, ja«, sagte ich. »Woher …«

Im selben Augenblick schien sämtliche Energie in ihr zu verpuffen. Sie brach auf dem Bürgersteig zusammen, noch bevor ich sie auffangen konnte. Sie keuchte, würgte und übergab sich mehrmals. Dann hob sie den Blick, sah mich an und fing an zu schluchzen. »Ich habe gewusst, dass das hier… Ich, ich habe sie gewarnt. Aber sie hat immer gesagt, dass …«

Sie begann zu hyperventilieren und schluckte trocken. Ich kauerte mich neben sie, legte ihr die Hand auf den Rücken und versuchte, sie zu trösten. Aber sie reagierte, als hätte ich ihr ein heißes Bügeleisen auf die Haut gedrückt.

Sie zuckte zusammen, rückte von mir ab, drückte sich gegen das Schaufenster eines Farbengeschäfts, warf die Hände in die Luft und kreischte: »Nein! Nein! Fassen Sie mich nicht an!«

»Miss«, sagte ich. »Ich habe nicht die Absicht …«

Und dann begriff ich.

Ich erhob mich, trat mehrere Schritte zurück und ging erneut in die Hocke. Wie gesagt, ich bin ziemlich groß und versuchte jetzt, ein bisschen weniger bedrohlich zu wirken. Sampson hatte zugehört, und ich bat ihn mit einer Kopfbewegung, es mir nachzumachen.

»Miss?«, sagte ich dann. »Arbeiten Sie hier?«

Ihre Augen hatten wieder diesen abwesenden Ausdruck angenommen, aber sie schüttelte heftig den Kopf.

»Haben Sie früher einmal hier gearbeitet?«, wollte Sampson wissen.

Ihr Blick huschte zur Eingangstür, und dann liefen ihr die Tränen über die Wangen. »Meine Eltern«, schluchzte sie. »Sie werden es erfahren, nicht wahr?«

Im Lauf der nun folgenden Viertelstunde erfuhren wir in groben Zügen ihre Geschichte. Ihr Name war Blossom Mai, und sie stammte aus San Diego. Sie war neunzehn Jahre alt und studierte im zweiten Jahr Medizin an der George Washington University. Ihre Eltern waren vietnamesische Einwanderer, die achtzig Stunden in der Woche schufteten, um ihr das Studium zu ermöglichen. Sie trugen die Kosten für eine einfache Unterkunft und Verpflegung, die nicht durch Stipendien abgedeckt waren, mehr aber nicht.

Blossom hatte auch einen Job an der Universität, aber der brachte nicht genug zum Leben ein, zumindest nicht für ein Leben, das sich mit dem ihrer reichen Kommilitoninnen vergleichen ließ. Im vergangenen Herbst hatte Blossom Freundschaft mit einer jungen Frau namens Cam Nguyen geschlossen. Sie war ein Jahr älter und studierte Wirtschaftswissenschaften, stammte aus Orange County in

Kalifornien und war, genau wie Blossom, das Kind vietnamesischer Einwanderer, die für ihre Ausbildung jeden verfügbaren Cent zusammengekratzt hatten.

Aber Cam trug immer topmoderne Kleidung, und samstagabends besuchte sie teure Lokale in Georgetown. Cam schien alles zu haben, was Blossom auch gerne gehabt hätte.

»Und da haben Sie sie gefragt, wie sie das macht?«, hakte Sampson nach.

Blossom nickte. »Sie hat gesagt, dass es als Escortdame gefährlicher ist, als wenn man hier arbeitet, weil der Geschäftsführer bewaffnet ist.«

Es war eine einfache Sache. Jedes Mädchen bezahlte pro Schicht fünfhundert an den Geschäftsführer. Und jeder Kunde bezahlte fünfundsiebzig. Alles, was darüber hinausging, bekamen die Mädchen. Cam machte oft tausend, manchmal sogar tausendfünfhundert pro Abend. Aber Blossom hatte nur einen einzigen Abend im Superior Spa gearbeitet.

»Es war wie in einem ekligen Albtraum«, erzählte sie und brach erneut in Tränen aus. »Ich … ich habe es einfach nicht noch einmal über mich gebracht. Ich konnte das Geld nicht einmal ausgeben. Das habe ich einer Obdachlosenunterkunft gespendet. Aber Cam, sie konnte die unangenehmen Dinge einfach ausknipsen, verstehen Sie?«

»Warum glauben Sie, dass Cam da drin ist?«

»Ich *weiß*, dass Sie da drin ist«, erwiderte Blossom. »Wir wohnen direkt nebeneinander, nur ein paar Querstraßen von hier entfernt. Ich habe sie vor zwei, nein, vor drei Stunden auf dem Flur getroffen. Sie hat gesagt, dass sie gerade auf dem Weg hierher ist, und wollte, dass ich mitkomme.«

»Gut, dass Sie das nicht gemacht haben«, sagte ich leise.

Es dauerte einen Augenblick, dann sagte Blossom mit schwacher Stimme: »Ist sie tot? Cam?«

»Wissen wir nicht«, erwiderte Sampson. »Da drin ist sie jedenfalls nicht.«

»Wirklich?« Plötzlich blitzte Hoffnung in Blossoms weit aufgerissenen Augen auf. »Vielleicht war sie ja doch nicht hier.«

»Haben Sie ihre Handynummer?«

Sie nickte und gab sie mir.

Ich sagte zu Sampson: »Geh mal rein, vielleicht hörst du ja was.«

Sampson verstand und ging los. Ich wartete noch eine Minute und wählte. Es klingelte. Mein Partner meldete sich. »Das ist es«, sagte er. »Das blaue iPhone.«

»Okay.« Ich legte auf und sah Blossom an. »Ihr Handy ist da, aber sonst nichts.«

»Unmöglich.« Blossom schüttelte den Kopf. »Ihr Handy würde sie niemals irgendwo liegen lassen. »Sie ist praktisch süchtig.«

»Und wenn sie gerade vier Menschen erschossen hätte?«, fragte ich sie. »Würde sie es dann vielleicht liegen lassen?«

»Cam?« Sie hielt inne. »Also … das weiß ich nicht.« Sie verzog das Gesicht zu einer gequälten Grimasse. »Wie soll ich das alles meinen Eltern erklären?«

Ich wusste zuerst nicht, was sie meinte, doch dann wurde es mir klar. »Blossom, solange Sie mit uns kooperieren, sehe ich keinen Grund, weshalb Ihre Eltern etwas davon erfahren sollten.«

»Wirklich nicht?«

»Wirklich nicht.«

Und dann brach Blossom Mai ein zweites Mal zusammen.

9

Am nächsten Morgen gegen Viertel vor acht schlenderte Marcus Sunday mit selbstbewussten Schritten durch das Foyer des *Four Seasons Georgetown*. Er wusste genau, dass kein Mensch ihn in dieser haarsträubenden Aufmachung erkennen würde.

Manch anderen hätte man in diesem Outfit – violette, knöchelhohe Turnschuhe, orangefarbenes Hemd und Hose, eisblaue Kontaktlinsen, zwei Nasenringe und dazu der flammend rote Abraham-Lincoln-Bart und die farblich abgestimmte Perücke mit den Zehn-Zentimeter-Stoppeln – für einen Clown gehalten. Doch Sunday wusste, dass diese Verkleidung eine gewisse, nun ja, charismatische Bedrohung verströmte, ganz besonders an einem Ort wie diesem. Als wäre er so eine Art durchgeknallte Riesenkarotte oder etwas noch Schlimmeres.

Und tatsächlich machte der Oberkellner einen einigermaßen alarmierten Eindruck, als Sunday sich eine *Washington Post* von einem Stapel schnappte, der auf einem Tisch zum Mitnehmen bereitlag. Der Aufmacher handelte vom Tod des bekloppten Francones und dreier weiterer Personen in einem Massagesalon. Sunday näherte sich dem Pult des Oberkellners und sagte in nasalem, weinerlichem Tonfall: »Tisch für eine Person.«

Der Oberkellner blickte Sunday von oben herab an und erwiderte: »Sie haben reserviert, Sir?«

»Hotelgast«, sagte Sunday. »Nummer 1450.«

Nummer 1450 war eine Suite, die tausend Dollar pro

Tag kostete. Die Haltung des Oberkellners veränderte sich sichtlich, obwohl er die Aufmachung des Professors immer noch misstrauisch beäugte. »Mr. …?«

»Mulch«, erwiderte Sunday. »Thierry Mulch. Wie Kompost.«

»Oh«, machte der Oberkellner, als hätte er plötzlich einen unangenehmen Geschmack im Mund, und griff nach einer Speisekarte. »Bitte folgen Sie mir, Mr. Mulch.«

Im Speisesaal schien der Luftdruck schlagartig zu sinken, als hätte ein umfassendes Tief den Raum erfasst. Außerdem war hier jenseits des beklagenswerten Speck-, Würstchen- und Kaffeearomas ein Geruch festzustellen, den Sunday als die Fäulnis der Macht identifizierte.

Korpulente Hemdträger mit Fünfhundert-Dollar-Haarschnitten starrten dem Professor entgegen. Eine messingblonde, alternde Schönheit in einem ziegelroten Chanel-Anzug hob den Blick, als er an ihr vorüberging. Sunday zwinkerte ihr zu und leckte sich lüstern die Oberlippe. Ihre Wangen begannen zu glühen, und er musste beinahe lachen.

Er ging weiter und dachte an Acadia Le Duc und die unbeschreiblichen Freuden und Sehnsüchte, die sie miteinander teilen würden, sobald …

»Mr. Mulch?«, unterbrach der Oberkellner seine Gedanken und deutete mit steifer Geste auf ein Tischchen, das eingezwängt in einer Ecke neben der Küchentür stand.

»Warum stecken Sie mich nicht gleich ins Klo?«, fragte er mit dieser nasalen, weinerlichen Stimme und zeigte dann zu den Fenstern hinüber. »Da will ich sitzen.«

Der Oberkellner versteinerte, doch dann nickte er und brachte den Professor an einen Tisch, wo ihn fast jeder sehen konnte.

»Danke«, sagte Sunday vernehmlich. »Das ist schon deutlich besser.«

Er sah sich um und musterte die verschiedenen Würdenträger, Politiker, Lobbyisten und was sonst noch so herumsaß und ihn mehr oder weniger offen anstarrte. Der Professor streckte etlichen davon den nach oben gereckten Daumen entgegen. Sie sahen ihn an, als sei ihnen gerade eine Gänsehaut über den Rücken gelaufen.

Fantastische Unterhaltung, dachte er und machte sich daran, seine Gegenspieler zu analysieren.

Es waren die üblichen lächerlichen Gestalten, die an Anstand, Takt und gute Manieren glaubten. Sunday hatte festgestellt, dass man nur kräftig genug an diesen Anstandsregeln rütteln musste, um eine ganze Menge Aufregung zu erzeugen. Und Aufregung war, zumindest aus seiner Sicht, etwas Gutes, etwas sehr Gutes sogar. Ja, es war das, wofür er lebte.

Aber als ein Kellner an seinen Tisch trat, um Kaffee einzuschenken und seine Bestellung entgegenzunehmen, riss Sunday sich zusammen. Er hatte Hunger und außerdem einen anstrengenden Tag vor sich.

»Die Frittata, die Zitronen-Ricotta-Pancakes und ein großes Glas frisch gepressten Orangensaft«, sagte er.

»Gebratenen Speck?«, erkundigte sich der Kellner.

Sunday verzog das Gesicht. »Nein. Nie wieder.«

Nachdem der Kellner gegangen war, las der Professor den Artikel über den Mord an Francones. Sehr interessant, besonders die Tatsache, dass Alex Cross die Ermittlungen übernommen hatte. Na ja, wer auch sonst?

Doch anstatt jetzt richtig schlechte Laune zu bekommen, konzentrierte Sunday sich wieder auf die vor ihm liegende Aufgabe. Mach eine Szene, dachte er.

Er blickte sich noch einmal um und sah, dass am Tisch links neben ihm ein Langweiler in einem Brooks-Brothers-Anzug, mit dem er sich eindeutig als Bürokratenspießer zu erkennen gab, Platz genommen hatte. Er beschäftigte sich intensiv mit seinem iPhone. Sunday erkannte ihn. Es war einer dieser gut vernetzten Politikexperten, die regelmäßig in den Morgenmagazinen der verschiedenen Fernsehsender auftraten, ein Kerl mit teigiger Fratze und Fliege, der nie ein einsilbiges Wort verwendete, wenn man mit einem sechssilbigen das Gleiche sagen konnte.

Ein perfektes Ziel, erkannte der Professor, und schon machte ihm die ganze Sache Spaß. Mehr Glück als Verstand, so nannte man das wohl in Fachkreisen.

»Pornos?«, rief er dem TV-Experten zu.

Verwirrt hob das Plappermaul den Kopf.

Der Professor zeigte auf das Handy und sagte in diesem charakteristischen näselnd-weinerlichen Tonfall, den er sich für seine Rolle zugelegt hatte: »So, wie Sie auf das Display da starren, muss es sich doch um ziemlich üblen Schweinkram handeln, oder etwa nicht?«

»Wohl kaum«, zischte der Mann im Flüsterton zurück. »Haben Sie denn keine Manieren?«

»Steht das bei den Tagesgerichten?« Sunday blickte suchend auf die Speisekarte. »Muss ich übersehen haben. Sollte man Manieren lieber pochiert oder gebraten zu sich nehmen?«

Der Experte starrte jetzt noch verbissener auf sein iPhone.

»Ich weiß, wer Sie sind«, sagte Sunday. »Sie sind ein Typ, der zu allem eine Meinung hat. Beantworten Sie mir doch folgende Frage: Finden Sie, dass Puh recht hatte?«

Sein Gegenüber seufzte und wandte sich dann dem Professor zu. »Puh? Sie meinen Puh den Bären?«

»Oder *Mellitus Ursus*, wie *Sie* vielleicht sagen würden«, erwiderte Sunday gutmütig. »Also, ich persönlich halte Puh den Bären für einen der größten Denker aller Zeiten. Auf einer Stufe mit Marc Aurel, Nietzsche und Bob Dylan. Insbesondere was das Thema Frühstück angeht.«

Der Experte wurde unwirsch. »Was quatschen Sie da eigentlich für einen Schwachsinn?«

Sunday tat beleidigt und legte die Finger an seine leuchtend roten Haarspitzen. »Schwachsinn?«, sagte er. »Thierry Mulch? Also, garantiert nicht mehr, als Sie in Ihrer letzten Kolumne verzapft haben. Ich habe doch nichts weiter getan, als über Puh den Bären und die unsterbliche Debatte zu sprechen, die er mit Ferkel zum Thema Frühstück geführt hat. Wissen Sie das denn nicht?« Sunday wurde langsam wütend. »Puh der Bär war der Meinung, dass das Frühstück der aufregendste Teil des ganzen Tages sei. Das ist die These, mein Bester. Und? Stimmen Sie zu oder nicht? Es gibt übrigens keinen Grund, Formulierungen wie ›Findet meine Zustimmung‹ oder ›nachweislich unrichtig‹ zu wählen. Ein einfaches Ja oder Nein genügt in diesem Fall vollauf.«

10

Die Matratze gab unter dem neuen Gewicht spürbar nach, und ich kam langsam zu Bewusstsein. Es kam mir vor, als hätte ich mich erst vor wenigen Minuten hingelegt. Doch als ich mühsam die Augen aufmachte, war draußen bereits heller Tag. Meine wunderschöne Frau Bree lag in Sportkleidung neben mir. Sie hatte sich auf die Ellbogen gestützt und das Kinn in die Hände gelegt. Tränen standen ihr in den Augen, aber sie strahlte mich an.

»Tut mir leid, dass ich dich wecken muss, Alex. Ich weiß, dass du spät nach Hause gekommen bist, und dann noch die Sache mit dem Bekloppten und alles. Aber ich dachte, dass dich das interessiert.«

Ich blinzelte benommen, gähnte und sagte: »Was denn?«

»Jeannie Shelton hat gerade angerufen, aus dem Labor.«

»Und?« Ich warf einen Blick auf den Wecker. Zehn nach neun. Zu welcher unchristlichen Zeit war ich eigentlich ins Bett gefallen. Es musste nach …

»Alex, der verkohlte Leichnam aus der stillgelegten Fabrik, das war nicht Ava«, sagte Bree.

Das hatte dieselbe Wirkung wie eine ganze Kanne Kaffee. Ich saß schlagartig senkrecht im Bett.

»Aber der Ausweis, die Halskette?«

»Sie haben Avas Zahnarztunterlagen mit den Zähnen des verbrannten Mädchens verglichen«, sagte meine Frau. »Und riesige Unterschiede festgestellt. Ava hatte zum Beispiel ein unvollständiges Gebiss, genetisch bedingt. Aber das tote Mädchen nicht.«

Eine Welle der Erleichterung schwappte über mich hinweg, und dann spürte auch ich, wie mir die Tränen in die Augen traten. Ava Stetson war immer noch am Leben.

Nana Mama hatte Ava mit vierzehn bei uns aufgenommen, eine Vollwaise, die aus ihrer Pflegefamilie geflüchtet war. Sie hatte fast ein Jahr lang bei uns gelebt. Eine Zeit lang schien es ihr gutzutun. Wenigstens kam es uns so vor. Sie hatte eine Bindung zu Bree aufgebaut und schien uns andere zumindest zu tolerieren. Doch dann hatte sie angefangen, sich mit den falschen Freunden abzugeben. Wir vermuteten Drogengeschichten, vielleicht auch Alkohol, und dann war sie mit einem Mal verschwunden, schneller und schmerzhafter, als wir es für möglich gehalten hätten. Einige Zeit später war in einem verlassenen Fabrikgebäude in Southeast, einem allgemein bekannten Sammelpunkt für Junkies und Obdachlose, ein verkohlter Leichnam aufgetaucht. Das tote Mädchen hatte Avas Armband getragen, ein Armband, das Ava niemals abgelegt hatte, und außerdem eine Halskette, die meine Großmutter ihr geschenkt hatte. Die Nachricht hatte uns alle zu Tode betrübt.

»Ist das nicht wundervoll?«, sagte Bree.

»Noch besser«, erwiderte ich und wischte mir die Tränen aus den Augen. »Aber wo ist sie? Und wer ist dieses tote Mädchen?«

»Jeannie meinte, dass sie das noch nicht wissen. Aber sie ist jedenfalls hundertprozentig *nicht* unsere Ava.«

Ich war zwar völlig übermüdet, aber mein Geist ist durch die jahrzehntelange Polizeiarbeit an eine bestimmte Art zu denken gewöhnt, ob mir das nun passt oder nicht. Die Erleichterung, die ich eben noch empfunden hatte, wurde schon bald von einem wesentlich kälteren Gefühl abgelöst, als ich nämlich die Möglichkeit in Betracht zog, dass die junge Ausreißerin, die unter meinem Dach Schutz und Zuflucht gefunden hatte, ein anderes Mädchen getötet, ihm die Schmuckstücke umgehängt und es anschließend angezündet haben könnte.

Aber weil meine Frau und Ava so eng miteinander verbunden gewesen waren, hielt ich den Mund.

»Wir müssen sie suchen«, sagte Bree. »Wir müssen sie nach Hause holen.«

Ich dachte an Pete Francones und die anderen Todesopfer des Massakers im Massagesalon. Wo sollte ich bloß die Zeit hernehmen, um nach Ava zu suchen?

»Wir könnten doch heute Abend gleich anfangen, falls du zu einer annehmbaren Zeit nach Hause kommst«, sagte Bree.

»Ich fürchte, dass es für mich vorerst keine annehmbaren Zeiten mehr geben wird«, erwiderte ich. »Der Francones-Fall wird dafür sorgen, dass die Medien vollkommen durchdrehen.«

»Ist schon passiert«, meinte sie. »Und mir ist völlig klar, was das für dich bedeutet, Alex. Wirklich. Aber mach dir keine Sorgen. Dann fange ich eben auf eigene Faust an zu suchen. Und du schaltest dich ein, wann immer es geht. Okay?«

Ich streichelte ihr über die Wange. »Bree Stone, du bist so ein guter Mensch.«

Meine Frau gab mir einen Handkuss. »Du aber auch, Baby. Du bist der beste Mann, den ich kenne.«

11

Marcus Sunday stand vor dem Haupteingang des *Four Seasons Georgetown*, links und rechts flankiert von Sicherheitsleuten. Er wartete auf seinen Wagen. Der Oberkellner reichte ihm voller Verachtung einen Beutel mit seinem Frühstück.

»Sie haben wirklich nicht die Spur von Humor«, bemerkte Sunday und streichelte demonstrativ seinen flammend roten Abe-Lincoln-Bart.

»Unsere Gäste zu belästigen und sich als Hotelgast auszugeben ist alles andere als lustig, Mr. Mulch«, beschied ihm der Oberkellner in beißendem Tonfall.

»Ich hätte ja später noch eingecheckt«, gab der Professor entrüstet zurück. »Oder es mir zumindest überlegt. Aber jetzt? Keine Chance, meine Herren. Nicht den Hauch einer Chance.«

Ein Bentley Continental GT Coupe Cabrio kam herangerollt, Neupreis ungefähr zweihundertfünfzigtausend Dollar. Der Professor ging zur Fahrerseite, nahm die Schlüssel entgegen und drückte dem Parkwächter einen Fünfziger in die Hand. Dann streifte er seine Handschuhe über und stieg ein. Er warf dem erschütterten Oberkellner und den Wachleuten noch einen kurzen Blick zu, kratzte sich mit dem Mittelfinger an seinem angeklebten Bart und ließ den Wagen auf die M-Street Richtung Osten gleiten.

Das müsste eigentlich Eindruck gemacht haben, dachte Sunday und war sehr zufrieden. Dieser Frühstückssaal war wirklich ein Tummelplatz der Absurditäten gewesen: ein Ort der Macht, aber geknechtet von so vielen Regeln, Sitten und Gebräuchen, dass jede Kreativität, jeder Einfallsreichtum im Keim erstickt wurden.

Dabei waren Kreativität und Einfallsreichtum die mit Abstand hervorstechendsten Eigenschaften des Marcus Sunday. Nehmen wir zum Beispiel den Führerschein in seinem Portemonnaie, der ihn als Thierry Mulch aus Boise, Idaho, auswies. Er war eine Fälschung und hatte ihn genau hundertfünfundvierzig Dollar gekostet. Gekauft hatte er ihn bei einem jungen Burschen in Boston, der sich auf die Befriedigung der Alkoholbedürfnisse minderjähriger Collegestudenten spezialisiert hatte. Der Führerschein war genauso makellos wie die sechs anderen, die er gelegentlich bei sich trug. Sie waren alle auf den Namen Thierry Mulch ausgestellt, und die Qualität war so gut – mit Wasserzeichen und allen Schikanen –, dass er damit sogar schon TSA-Agenten am Flughafen überlistet hatte.

Von wegen Transportation Security Administration… Trottelige Stumpfsinnige Analphabeten traf es sehr viel besser.

Während er mit breitem Grinsen nach Norden auf den Rock Creek Parkway abbog, dachte der Professor, dass die Qualität dieser gefälschten Führerscheine ein weiterer Beweis für eine seiner langjährigen Theorien war. Er kannte etliche Politiker, die behaupteten, dass Konzerne Personen waren. Doch der Professor ging noch einen Schritt weiter: Menschen sind Papiere, liebe Freunde!

Aus seiner Sicht konnte es daran gar keinen Zweifel geben. Mit den richtigen Papieren und der richtigen Einstellung konnte man jeder sein. Verdammt, mit den richtigen Dokumenten konnte man sogar sechs oder sieben Leute gleichzeitig sein.

War sein Leben nicht der beste Beweis dafür? Das war es in der Tat, und zwar in jeder Hinsicht.

Von solch erfreulichen Gedanken begleitet, fuhr Sunday auf das Gelände von European Motors in Bethesda. Er hielt vor dem Eingang an, registrierte sanften Azaleenduft in der leichten Brise und hatte kaum den Motor ausgeschaltet, als ein Mann mit einem geschniegelten, jungenhaften Gesicht zur Tür herausgeeilt kam.

»Mr. Thierry Mulch!«, rief er und kam fast schon hüpfend auf das Cabrio zugelaufen. »Was halten Sie von dem Bentley?«

»Wie ein Restaurant, das sich der lustlosen Küche verschrieben hat«, erwiderte Sunday in seinem näselnden Jammerton und warf dem Autoverkäufer die Schlüssel zu. »Ich gehe mal rüber zu Porsche. Mal sehen, ob die Deutschen immer noch bessere Ingenieure sind als die Briten.«

Er ging in Richtung Ausgang.

Der Verkäufer reagierte zuerst sprachlos und dann beleidigt. »Sie können ihn sich bloß nicht leisten!«

Der Professor blickte ihn über die Schulter hinweg an und sagte: »Thierry Mulch ist ein Mann, der sich alles leisten und alles tun kann, was er will. Merken Sie sich das.«

Sunday nickte zufrieden, während er nach Norden auf das Landmark Theatre zuging. Es stimmte wirklich: Seit seinem achtzehnten Geburtstag war Geld noch nie ein Problem gewesen. Über Geld dachte der Professor so gut wie nie nach. Er machte einfach das, wozu er Lust hatte, und seine Buchhalter bezahlten die Rechnungen.

Dennoch war der Professor kein Mann der Exzesse, es sei denn, es war notwendig. Exzesse – schicke Kleidung, teure Autos und solche Dinge – erregten Aufmerksamkeit, und aus seiner Sicht war Aufmerksamkeit nur dann gut, wenn sie einem bestimmten Zweck diente, was dieser Vormittag recht eindrücklich bestätigt hatte.

Der beigefarbene Lieferwagen mit den Schildern des Staubsauger-Reparatur-Service stand noch genau da, wo er ihn abgestellt hatte: hinter dem Theater, auf dem Angestelltenparkplatz. Er schloss ihn auf, schob die Seitentür zurück, stieg ein, machte die Tür wieder zu und warf den Beutel mit dem Frühstück auf den Vordersitz.

Sehr sorgfältig nahm er die feuerrote Perücke, den Abe-Lincoln-Bart und die Augenbrauen ab und brachte seine kurz geschnittenen, grau melierten Haare darunter zum Vorschein. Zwei schnelle Bewegungen, dann lagen die Kontaktlinsen in seiner Hand, und seine Augen waren nicht mehr blau, sondern wieder schiefergrau.

Dann zog er sich um. Die lilafarbenen Turnschuhe wanderten mit dem übrigen Kram in eine Plastiktüte. Jetzt trug er eine Jeans, ein schwarzes Poloshirt und Bootsschuhe. Dann tauschte er den Mulch-Führerschein gegen einen anderen aus. Ab sofort war er Howard Moon, wohnhaft in Falls Church, Virginia.

Nachdem seine Verwandlung mithilfe einer Ray-Ban-Piloten-Sonnenbrille und einer schlecht sitzenden Baseballmütze, auf der das Emblem der Washington Nationals prangte, abgeschlossen war, betrachtete er sich im Rückspiegel. Das grandiose Abbild eines langweiligen Versagers, dachte der Professor. Gar kein Vergleich mit dem Hofnarren, der einen Bentley Probe fahren und ein Frühstück der Mächtigen im *Four Seasons* durcheinanderwirbeln konnte.

Er legte den Gang ein und fuhr in die Stadt zurück.

Es war kurz vor zehn, als Sunday den Wagen gegenüber

von Cross' Haus abstellte. Er schaltete den Nachrichtensender ein und lauschte mit großem Interesse den Berichten über die Francones-Morde. Männer, die Männer töteten, oder Frauen, die Frauen töteten, oder alle denkbaren Variationen dieses Themas übten eine außerordentliche Faszination auf ihn aus.

Mord war nicht nur Sundays akademisches Forschungsgebiet, Mord war auch die Geschichte seines Lebens sowie der großartigste Akt in der Komödie der Menschheit – die erstochene, erschossene, erdrosselte Existenz, das Ende der Absurdität und aller Sinnlosigkeit in einem letzten, ekstatischen Aufwallen brutaler Gewalt.

Natürlich hatte er auch schon von einem friedlichen Sterben gehört, doch solche Geschichten tat er als Unsinn und Fantastereien ab, als Wunschdenken der erbärmlichsten Sorte.

Sunday sah, wie Cross' Frau Bree das Haus verließ. Sie trug Joggingkleidung und Laufschuhe. Er beobachtete sie mit dem Fernglas und sah sie an dem Schuttcontainer vorbeigehen. Dann verfiel sie in Laufschritt. Sunday nickte und dachte, dass der Tod nie, wirklich gar nie etwas Friedliches war. Seiner Erfahrung nach war der Tod immer ein Drama, eine erbitterte Schlacht mit einem brutalen, sehr brutalen Ende.

12

Bree bereitete sich zurzeit auf den jährlichen Fitnesstest des Dezernats vor, darum machte sie sich gegen zehn Uhr auf den Weg ins Fitnessstudio. Ich wollte nach unten gehen und warf schnell noch einen Blick ins Zimmer meiner Tochter. Jannie war zwei Jahre jünger als Ava, aber der pubertäre Wachstumsschub hatte schon eingesetzt, wie man an ihren schlaksigen Armen und Beinen deutlich erkennen konnte. Sie schlief noch, weil an ihrer Schule heute Lehrerkonferenz war.

Mein siebenjähriger Sohn Ali hingegen war schon wach. Er lag auf dem Sofa im Wohnzimmer und schaute eine DVD. Ein Kerl mit Cowboyhut rannte durch die Gegend und schoss auf…

»Was ist denn das?«, wollte ich wissen.

»*The Walking Dead*«, erwiderte Ali. »Das ist eine Serie. Echt gut. Überall laufen Zombies rum, und nur ein paar Menschen sind übrig geblieben.«

»Was ist eigentlich mit dem Kinderkanal passiert?«

»Den haben die Zombies dichtgemacht«, sagte Ali und grinste mich an, sodass die große Zahnlücke zu sehen war, die der ausgefallene Schneidezahn in der letzten Woche hinterlassen hatte.

Jetzt wurde auf dem Bildschirm ein Zombie erschossen. Anschließend spaltete ihm jemand mit einer Axt den Schädel. »Das ist die beste Methode, um sie umzubringen«, meinte Ali erläuternd. »Man muss ihr Gehirn zerstören.«

»Ich hab ihm gesagt, er soll diesen Blödsinn ausstellen«,

schimpfte Nana Mama, als sie ins Zimmer kam. »Ich mag es nicht, wenn er sich dieses Zombie-Zeug ansieht.«

Ich war auch nicht gerade begeistert davon, aber Ali fing an zu stöhnen. »Das ist gut, Nana. Es geht ja überhaupt nicht um die Zombies, weil die gar nicht reden, verstehst du? Es geht eher um die Leute, die gegen sie kämpfen.«

Meine Großmutter sah mich an, und ich zuckte mit den Schultern. Meine Unentschlossenheit ging ihr gegen den Strich, und sie sagte: »Wo soll das alles enden? Aber bis dahin bin ich längst nicht mehr. Dein Frühstück ist fertig. Und anschließend packen wir die letzten Sachen ein und schaffen sie in den Keller.«

Sachen einpacken und in den Keller schaffen? Ich spürte wieder dieses Ziehen in der Magengegend, als mir einfiel, dass ich meiner Großmutter versprochen hatte, ihr beim Verstauen der Kücheneinrichtung zu helfen, bevor die Handwerker auftauchten. Wie lange würde das dauern? Egal. Es musste sein.

Ich gab ihr ein Wangenküsschen, ging in die Küche und sah mein Lieblingsfrühstück auf dem Tisch stehen: gebratener Speck, Spiegeleier, portugiesisches Toastbrot, grüne, gebratene Tomaten und Maisgrütze.

Schon nach dem ersten Bissen war ich wieder zehn Jahre alt. Ein Gefühl der Geborgenheit erfüllte mich, weil meine Großmutter mich aus einem Waisenhaus in South Carolina zu sich nach Washington geholt hatte. So etwas kann nur eine selbst gekochte Mahlzeit bewirken. Das bekommt man nicht bei KFC oder McDonald's, ganz egal, wie sehr sie uns das einreden wollen.

»Alex, um wie viel Uhr wollte dieser Bauarbeiter kommen?«, erkundigte sich Nana Mama, während ich eine

Toastbrotscheibe auseinanderbrach, mir ein Stück auf eine Gabel spießte und in das Eigelb tunkte.

»Gegen Mittag. Und der Bauarbeiter hat einen Namen: Billy DuPris.«

Meine Großmutter war stellvertretende Schulleiterin in der Innenstadt von Washington gewesen und trägt selbst mit ihren über neunzig Lenzen in der Regel eine unbewegte Miene zur Schau, die allen signalisiert, dass sie eigentlich durch nichts zu erschüttern ist. Aber heute Morgen machte sie einen gestressten Eindruck, knetete ununterbrochen ihre Schürze und blickte sich ständig um, als wüsste sie nicht genau, was sie als Nächstes machen sollte.

Ich legte meine Gabel ab. »Alles in Ordnung?«

»Alles in Ordnung, Alex«, sagte sie und zögerte. »Ich weiß bloß nicht, wo ich anfangen soll.«

»Ich habe dir doch versprochen, dass ich dir helfe, und das mache ich auch, gleich nach dem Frühstück.«

Sie blickte sich unkonzentriert um, schluckte und nickte dann.

»Aber irgendwas beschäftigt dich doch«, sagte ich.

»Nichts weiter«, erwiderte Nana Mama. »Ich bin bloß eine dumme alte Frau, die keine Veränderungen mag, mehr nicht.«

Jetzt war mir klar, woher ihre Unruhe kam. Seit über dreißig Jahren, seit dem Tag, an dem ich dieses Haus zum ersten Mal betreten hatte, war die Küche meiner Großmutter immer nur das gewesen: *ihre* Küche, in der sie die unumschränkte Herrscherin war, in der sie mit Können, Humor und Autorität regierte, ein Platz für alles, an dem alles seinen Platz hatte.

Ich stand auf, trat zu ihr und nahm sie in den Arm. Wie

winzig sie war! »Du hast gesagt, du willst eine neue Küche«, sagte ich. »Einen modernen Herd mit sechs Kochstellen und einer integrierten Bratpfanne. Einen neuen Edelstahlkühlschrank. Das ganze Programm.«

»Ich weiß«, sagte sie und barg ihren Kopf an meiner Brust. »Ich bin einfach nur sentimental, mehr nicht. Aber es wird nie wieder dasselbe sein, Alex.«

Ich ließ sie los und legte ihr den Finger unter das Kinn. »Hast du mir nicht beigebracht, dass das Leben eine einzige Aneinanderreihung von Veränderungen ist?«

»Das macht es nicht einfacher«, sagte sie.

»Soll ich Mr. DuPris anrufen und die ganze Sache abblasen?«

Sie biss sich einen Augenblick lang auf die Lippen, dann schüttelte sie den Kopf. »Nein. Ich muss mich eben damit arrangieren. Wie heißt es immer: ›Geh weiter oder geh unter‹?«

»Ich glaube, das habe ich schon mal irgendwo gehört«, sagte ich.

Nach einem kurzen, unangenehmen Schweigen sagte sie: »Setz dich mal wieder hin. Wenn du fertig gefrühstückt hast, fangen wir mit den Kochbüchern, den Gewürzen und den anderen Sachen an, die in die neue Vorratskamm …«

Mein Handy klingelte. Captain Quintus. Ich wollte nicht rangehen, aber ich tat es trotzdem.

»Cross«, sagte ich.

»Wo stecken Sie denn?«, bellte der Leiter der Mordkommission mich an. »Hier unten ist der Teufel los. Der Polizeichef verlangt Antworten. Der Mord an Francones ist so eine Art Symbol für die überdurchschnittlich hohe Zahl der Gewaltverbrechen in unserer Stadt geworden, Alex. Hier ist der Teufel los.«

»Und ich erwarte in nicht einmal zwei Stunden einen Bauunternehmer, der mein Haus in Stücke hauen soll«, gab ich zurück. »Ich verspreche Ihnen, dass ich so schnell wie möglich da bin.«

Quintus' Tonfall wurde hitzig. »Verdammt noch mal, Alex, suchen Sie sich einen anderen, der sich darum kümmern kann, und bewegen Sie Ihren Arsch hierher!«

Ich klickte ihn weg, ohne zu antworten.

13

An ebendiesem Freitagmorgen, nur etliche Stunden zuvor, stand Kelli Adams, eine stark geschminkte, blonde Frau in einem konservativen, blauen Anzug, mehrere Häuserblöcke südlich der Metrostation Tacoma Park und beobachtete, wie ein eleganter, schwarzer Audi A 5 vor der Kindertagesstätte namens Child's Play vorfuhr.

Ein spindeldürrer Kerl in einem Brooks-Brothers-Anzug sprang heraus und rannte auf die Beifahrerseite.

Er riss die Beifahrertür auf, machte sich im Wageninneren zu schaffen und tauchte dann mit einem acht Monate alten Mädchen und einer blauen Windeltasche wieder auf. Anschließend hastete er durch das Tor und die Treppe hinauf, um im Haus zu verschwinden.

»Ein richtiger Vater des Jahres«, knurrte Adams leise. »Wird Zeit, dass deine Kleine ihre Mutter kennenlernt.«

Der Vater kam aus dem Child's Play gestürzt, rannte die Treppe hinunter, sprang in seinen Wagen und raste davon.

Das reicht jetzt, dachte Adams rechtschaffen empört und überquerte die Straße. Sie klopfte zweimal schnell hintereinander und kräftig an die Tür, um deutlich zu machen, dass mit ihr nicht zu spaßen war. Dann betrat sie die Kindertagesstätte und stand sofort mitten im Hauptflur vor dem Empfangstresen, der mit einer munteren jungen Frau besetzt war. Auf ihrem Namensschild stand »Susan«.

»Guten Tag«, sagte Susan. »Wie kann ich Ihnen helfen?«

»Ich würde gerne Marylyn Green sprechen«, erwiderte Adams. »Sie leitet doch die Einrichtung hier, oder?«

»Ja. Und wer sind Sie?«

Adams zückte eine Brieftasche und zeigte ihren Dienstausweis, ausgestellt vom städtischen Jugend- und Gesundheitsamt. Das waren die beiden Behörden, in deren Auftrag sie gewisse Ermittlungen durchführte.

Susan stand auf. »Ich hole Miss Green.«

»Warum bringen Sie mich nicht gleich zu ihr?«

»Worum geht es denn?«, erkundigte sich Susan.

Adams durchbohrte sie lediglich mit eiskalten Blicken. Susan drückte auf eine Taste. Ein Summer ertönte. Die Tür zu ihrer Rechten schnappte auf. Sie betraten einen Flur, in dem es nach kleinen Kindern und Babys roch. Von allen Seiten war Geschrei und Gelächter zu hören. In einem großen Zimmer spielten lauter Kleinkinder.

»Miss Green?«, rief Susan einer großen, rothaarigen Frau mit einem freundlichen Gesicht zu. »Hier möchte Sie jemand sprechen.«

Adams zeigte auch ihr ihren Ausweis. »Ich würde gerne mal einen Blick auf Joss Branson werfen. Sie ist doch in Ihrer Obhut, nicht wahr?«

»Ja. Joss? Ist irgendetwas nicht in Ordnung?«

»Die Frage müsste eher lauten: Ist überhaupt etwas in Ordnung?«, erwiderte Adams.

Die Kita-Leiterin brachte sie in ein Babyzimmer. Hier standen vier Kinderbettchen. Drei waren mit je einem schlafenden Baby besetzt. Das vierte Baby lag auf dem Rücken und brüllte, während eine müde wirkende Mittfünfzigerin ihm die Windeln wechselte.

»Eliza, das ist Miss Adams, eine Untersuchungsbeamtin vom Jugendamt.« Marylyn Green blickte ihre Mitarbeiterin ein wenig ratlos an. »Sie möchte sich Joss ansehen.«

Eliza drückte den letzten Klebestreifen fest und sagte: »Bitte sehr, das ist sie.«

Adams trat an den Wickeltisch und nahm die Kleine auf den Arm.

»Was stimmt denn mit ihr nicht?«, wiederholte Marylyn Green ihre Frage.

»Ist sie öfter so aufgeregt?«, wollte Adams wissen.

Eliza schien etwas verunsichert. »Wir nennen das die Tränenstunde. Das ist ganz normal, kurz nachdem sie gebracht worden sind. Aber sie beruhigen sich alle wieder. Bei Joss dauert es vielleicht ein bisschen länger als bei den anderen.«

»Das liegt wahrscheinlich am Meth.«

»Was!?«, sagte Green.

»Nein«, meinte Eliza. »Mr. Branson ist Wissenschaftler am Smithsonian, und seine Frau hat Krebs. Warum sollten sie …?«

»Mr. Branson ist Chemiker, und ja, es stimmt, sie hat Krebs. Wir glauben, dass wir es mit einem Fall zu tun haben, wie er in dieser Fernsehserie geschildert wird. *Breaking Bad*. Von der Drogenfahndung wissen wir, dass sie das Zeug im Keller kochen. So erklärt sich auch der Audi, nicht wahr?«

Marylyn Green schlug die Hand vor den Mund. »Mein Gott, wir hatten ja keine …«

»Woher auch«, fiel Adams ihr ins Wort. »Jedenfalls bin ich hier, weil wir fürchten, dass Joss einer Vielzahl unterschiedlicher Giftstoffe ausgesetzt ist. Da auch bundespolizeiliche Ermittlungen eingeleitet wurden, können wir den Eltern nicht einfach das Sorgerecht entziehen, aber ich habe hier eine richterliche Anordnung, die es mir gestattet, bei ihr verschiedene Blut-, Haut- und Kleidertests durchzuführen. Wir möchten gerne wissen, wie stark die Belastung ist. Kann ich davon ausgehen, dass Sie diese Angelegenheit vertraulich behandeln? Wie gesagt, ihre Eltern sind zurzeit Gegenstand von Ermittlungen des FBI. Ich brauche auch nicht lange. Ich bringe sie ins Bethesda.«

»Ja, natürlich, mein Gott. Tun Sie das, was für Joss am besten ist.«

»Soll ich ihre Sachen holen?«, erkundigte sich Eliza.

»Das wäre sehr hilfreich«, sagte Adams, während sie Joss in ihren Armen wiegte. »Je früher ich sie ins Labor bringe, desto früher sind wir wieder da.«

»Ach, lassen Sie sich ruhig Zeit«, meinte die Kita-Leiterin. »Mr. Branson holt sie selten vor fünf Uhr ab.«

Jetzt lächelte Adams zum ersten Mal. »Das erleichtert mir die Sache ein wenig.«

14

Am selben Nachmittag gegen vier klappte Cynthia Wu behutsam die Kopfhaut des Bekloppten zurück und brachte ein Loch mit hässlich faserigen Rändern zum Vorschein, dort, wo das Hohlkammergeschoss vom Kaliber vierzig in seinen Hinterkopf eingedrungen war. Anschließend entblößte sie auch den zerschmetterten Wangenknochen mit der Austrittswunde.

»Wie weit war der Schütze entfernt?«, wollte John Sampson wissen.

»Vier Meter? Fünf?«, lautete die Antwort der Gerichtsmedizinerin.

»Genau wie du gesagt hast, John. Sieht ganz nach Profi aus«, sagte ich.

»Oder nach Wahnsinn«, gab Sampson zurück und zeigte quer durch den Raum zu dem anderen Gerichtsmediziner, der gerade Kim Ho untersuchte, eine der beiden toten Frauen aus dem Massagesalon. »Alle bis auf unseren Schützling hier sind aus kürzester Entfernung erschossen worden. Ich habe das Gefühl, als ob der Täter ihnen ins Gesicht sehen will. Er will ihre Reaktion mitbekommen, unmittelbar bevor er sie erschießt. Aber dann hat er gesehen, wie riesig Francones ist, und hat Angst bekommen.«

Das war denkbar und lediglich eine weitere Variation im Katalog der seltsamen Fetische, die wir im Lauf der Jahre im Zusammenhang mit Massen- und Serienmorden bereits erlebt hatten.

»Manchmal sollen solche Schüsse aus nächster Nähe das

Opfer nicht nur töten, sondern auch verunstalten«, sagte ich. »Aber das gilt für gewöhnlich nur, wenn die Untreue des Partners der Auslöser für die Tat war.«

»Wenn ich das richtig sehe, dann war Untreue die Hauptbeschäftigung des Bekloppten«, gab Sampson zurück. »Aber wenn es stimmt, was man so hört, dann hat er es sich mit keiner Einzigen so richtig verscherzt. Fast wie Charlie Sheen in *Two and a half Men*.«

»Irgendwann hat Charlie doch jede Frau vor den Kopf gestoßen, mit der er geschlafen hat. Hast du die Folge mit seiner Beerdigung nicht gesehen?«

»Nein, die habe ich wohl verpasst.«

»Wissen wir schon, wo die Freundinnen des Bekloppten zum Zeitpunkt seines Todes waren?«

»Ich habe leider kein vollständiges Harems-Verzeichnis zur Hand, aber nach allem, was ich in der *People* gelesen habe, ist er in letzter Zeit öfter mit Mandy Bell Lee gesehen worden. Das ist diese Country- und Western-Sängerin. Sie haben sich nach einem Spiel der Titans in Nashville kennengelernt.«

»Wo ist sie jetzt?«

»Das kriege ich raus.«

»Der Bekloppte muss einen Manager oder einen Agenten oder irgend so was gehabt haben. Vielleicht wissen die ja etwas über Feinde oder finanzielle Schwierigkeiten. Vielleicht auch über seinen Kokainkonsum. Noch was?«

»Quintus und die Staatsanwaltschaft haben einen Durchsuchungsbeschluss für Virginia beantragt. Wir können also sein Haus draußen in McLean durchsuchen. Bis wir die Genehmigung haben, sperrt der zuständige Sheriff das ganze Anwesen ab.«

Ich wolle gerade fragen, wie lange das wohl noch dauern würde, da piepste mein Smartphone. Ich hatte eine E-Mail bekommen, trat einen Schritt zur Seite und las. Der Absender war Captain Quintus. Er hatte mehrere Dokumente angehängt.

Ich überflog sie: Ein Immobilienfonds aus Delaware hatte das Haus, in dem sich das Superior Spa befand, im letzten Jahr gekauft. Der Massagesalon war eine Filiale der Firma Relax LLC aus Falls Church, Virginia. Als Adresse war ein Postfach angegeben, der Vorstandsvorsitzende hieß Trenton Wiggs.

Noch ein Puzzlesteinchen, dachte ich und überlegte, was ich alles herausgefunden hatte, nachdem die Reste unserer Kücheneinrichtung in Kisten verpackt und in den Keller geschafft worden waren und ich das Entsetzen im Gesicht meiner Großmutter gesehen hatte, als Bill DuPris mit Stemmeisen und Plastikfolie bewaffnet unser Haus betreten hatte.

Donald Blunt, der ermordete Manager des Massagesalons, war tagsüber Doktorand in Molekularbiologie an der University of Maryland gewesen. Das wusste ich von seinen beiden Mitbewohnern im College Park.

Der eine sagte, dass Blunt den Job im Massagesalon angenommen hatte, weil »er da, na ja, zwanzig Mäuse die Stunde verdient hat und nebenbei lernen konnte. So schwer war die Arbeit ja nicht. Außerdem haben die es ihm da, na ja, so oft besorgt, wie er wollte.« Der andere Mitbewohner hatte ausgesagt, dass Blunt, soweit er wusste, keine Feinde gehabt hatte. Und beide konnten sich beim besten Willen nicht erklären, wieso ein kaltblütiger Killer ihren Freund ins Visier genommen haben sollte.

In den beiden Stunden, die mir dann noch vor den Obduktionen geblieben waren, hatte ich versucht herauszufinden, welchen Weg die beiden toten Koreanerinnen genommen hatten, um in die USA, nach Washington, D.C., und schließlich ins Superior Spa zu kommen. Als Erstes wandte ich mich an das INS, um mir ihre Arbeitserlaubnisse anzusehen, aber mir wurde gesagt, dass es etliche Tage dauern würde, bis man meinen Antrag bearbeiten konnte.

Auf dem Weg zur Leichenhalle hatte ich noch einen niederschmetternd kleinen Fortschritt in Bezug auf Cam Nguyen zu verzeichnen, die dritte, noch vermisste Prostituierte. Meine Kollegen waren an diesem Vormittag in ihrer Wohnung gewesen und hatten sie verlassen vorgefunden. Sobald die Spurensicherung im Superior Spa fertig war, würde sie dort weitermachen.

Das verschwieg ich Cam Nguyens Eltern, die in Garden Grove, Kalifornien, lebten. Ich rief sie vom Wagen aus an. Sie sagten, sie hätten seit fast einer Woche nichts mehr von ihrer Tochter gehört. Die Mutter stieß hysterische, vietnamesische Laute aus und ließ den Hörer fallen, nachdem ich ihr erklärt hatte, dass Cam vermisst wurde und im Zusammenhang mit mehreren Morden in einem Massagesalon, in dem sie allem Anschein nach beschäftigt war, gesucht wurde.

Ihr Vater war wütend geworden und hatte mich beschuldigt, den Namen seiner Tochter in den Schmutz zu ziehen. Doch als ich ihm erklärt hatte, dass ich ihm lediglich die bislang erkennbaren Fakten dargelegt hatte, war er zusammengebrochen.

»Cam so ein kluge Mädchen«, hatte er unter Schluchzern hervorgebracht. »Cam solle lebe amerikanische Traum, mache uns stolz.«

Jetzt, hier in der Leichenhalle, umgeben von den Toten aus dem Massagesalon, musste ich an meine Tochter Jannie denken und konnte mir ungefähr vorstellen, welche Qualen Mr. Nguyen auszustehen hatte.

»Alex?«, rief Cynthia Wu und riss mich aus meinen Gedanken.

Ich drehte mich zu ihr um. Francones' Brustkorb war weit geöffnet. Sein Herz lag in einer Metallschale. Doch die Gerichtsmedizinerin hielt ein Blatt Papier in der Hand. »Der vorläufige toxikologische Bericht weist auf Kokainrückstände hin. Und zwar eine Menge davon.«

Dann deutete sie auf das Herz des Football-Giganten. »Es ist stark vergrößert, viel zu groß sogar für jemanden wie ihn. Und ich habe Anzeichen für eine degenerierte Nasenscheidewand infolge des übermäßigen Kokainkonsums gefunden.«

»In diesem Land musst du erst vorher Geld machen. Und wenn du Geld hast, dann hast du die Macht. Und wenn du die Macht hast, dann kriegst du auch die Frauen«, sagte Sampson. Es war eine ziemlich gute Imitation von Al Pacino in *Scarface*.

Ich nickte. »Kokainschmuggel und Blutbäder, das sind zwei Seiten einer Medaille.«

Mein Handy klingelte. Bree.

»Hey«, sagte ich. »Sag bloß nicht, dass es jetzt schon Probleme bei der Renovierung gibt.«

»Ich war noch gar nicht zu Hause, also kann ich dazu gar nichts sagen«, erwiderte sie. »Ich bin gerade auf dem Weg nach Tacoma. Es wird wahrscheinlich später werden.«

»Was ist denn los?«

»Irgendeine Frau hat sich als Ermittlungsbeamtin ausgegeben und ein Baby aus einer Kita mitgenommen. Seither sind alle beide spurlos verschwunden.«

15

»Sie haben einer wildfremden Frau unser Baby in die Hand gedrückt, verfluchte Scheiße noch mal!«, war eine brüllende Männerstimme zu hören. »Was haben Sie denn erwartet. Dass ich fröhlich durch die Gegend hüpfe? ›Oh, du lieber Augustin‹ singe?«

Na gut, dachte Detective Bree Stone. Sie schluckte trocken und erklomm die Stufen, die zur Kita hinaufführten. Am Straßenrand hatten sich bereits drei Übertragungswagen aufgebaut. Und hinter dem Absperrband drängte sich eine dichte Menschenmenge.

Alex Cross' Ehefrau trat durch die Eingangstür und landete mitten im Chaos.

»Wir sorgen dafür, dass man Ihren Laden dichtmacht!«, kreischte eine kränklich wirkende Frau mit einem Seidenkopftuch und stach dabei ununterbrochen mit dem Zeigefinger in Richtung Eliza und Marylyn Green. Hinter ihr stand ein junger Streifenbeamter der Metropolitan Police.

»Sie hat sich als Untersuchungsbeamtin des Jugendamts ausgegeben«, erwiderte Eliza und stöhnte.

»Sie hat mir ihre Dienstmarke gezeigt, ihren Dienstausweis und eine richterliche Anordnung von Richter Banner am Familiengericht. Darin stand, dass wir sie ihr übergeben sollen«, sagte Marylyn Green unter Tränen. »Sie hat behauptet, dass Sie so einer sind wie dieser Kerl aus *Breaking Bad*.«

»Dieser Crystal-Meth-Koch?«, keuchte der Vater des vermissten Babys voller ungläubiger Wut. »Das ist doch totaler Schwachsinn!«

»Ich muss mich gleich übergeben!«, krächzte Joss' Mutter.

»So, das reicht jetzt«, schaltete Bree sich mit entschlossener Stimme ein. »Jetzt schalten Sie alle mal einen Gang zurück. Ich bin Detective Bree Stone, und ich bin hier, um Ihnen zu helfen. Officer, begleiten Sie die Frau bitte zur Toilette.«

Der junge Streifenbeamte nickte und führte die bemitleidenswerte Mutter nach draußen.

Bree deutete auf Branson. »Sie sind vermutlich der Vater?«

»Und Sie sind vermutlich keine Intelligenzbestie?«, gab er zurück.

»Wie heißen Sie?«, fragte Bree, ohne auf seine Spitze einzugehen.

»Theodore Branson. Und meine Frau heißt Crystal.«

»Ich brauche ein Foto von Ihrer Tochter, Mr. Branson«, sagte Bree. »Und eine Beschreibung ihrer Kleidung. Dazu die Fußabdrücke, die bei ihrer Geburt gemacht worden sind, und sämtliche äußeren Kennzeichen wie Muttermale, Augenfarbe, Anzahl der Zähne, alles, was für ihre Identifizierung hilfreich sein kann.«

Bei diesen Worten richtete Branson sich ein wenig auf, zügelte seinen Zorn und sagte: »Ich habe sie heute Morgen beim Frühstück fotografiert, mit meinem Handy. Crystal war übel, wegen der Chemo, und ich habe Joss gefüttert. Sie hat so niedlich ausgesehen. Ich …« Mit einem Mal wirkte er völlig hilflos und fing an zu weinen. »Mein kleiner Sonnenschein ist weg.«

»Wir bringen sie Ihnen zurück«, sagte Bree sehr viel sanfter als zuvor.

»Aber wie?« Bransons Stimme klang dünn und schwach.

»Als Erstes geben wir eine öffentliche Suchmeldung heraus. Damit jeder Polizist im Umkreis von tausend Kilometern das Bild Ihrer Tochter zu sehen bekommt.«

16

Etwa zur gleichen Zeit kam Marcus Sunday in seine Wohnung in Kalorama zurück. Die Musik war verstummt, und Acadia Le Duc erwartete ihn bereits. Sie trug ein einfaches Baumwollkleid mit einem indianischen Muster, war barfuß und hatte sich frische Gänseblümchen ins Haar gesteckt. Das Kleid war ziemlich ausgebleicht und abgetragen und ließ wenig Raum für Spekulationen. Viel trug sie jedenfalls nicht darunter.

»Möchtest du jetzt dein Geschenk haben, mein Süßer?«, fragte sie ihn mit neckischem Grinsen.

»Ich konnte den ganzen Tag an nichts anderes denken«, erwiderte er.

»Ich auch nicht.« Sie drehte sich um und ging auf den Flur mit der Abstellkammer zu.

Als der Professor ihr nachging, dachte er wieder einmal, dass in Bezug auf Acadia Le Duc wirklich *alles* möglich war.

Sie war ausgebildete Fotografin, und sie war gut. Vor zwei Jahren hatten sie sich zufällig kennengelernt, in einer Bar in der Bourbon Street von New Orleans. Und von Anfang an war zwischen ihnen eine unwiderstehliche, unbekümmerte Anziehungskraft spürbar gewesen, wie in diesem alten Film mit Warren Beatty und Faye Dunaway. *Bonnie & Clyde*. So empfand Sunday es jedenfalls.

Acadia war ganz eindeutig verrückt und verwegen genug, um die Rolle der Bonnie Parker zu spielen, dachte er, während er in der Tür der Abstellkammer stehen blieb und zusah, wie sie ganz sanft die Schulter des Computergenies berührte.

Preston Elliot zuckte zusammen, riss sich den Kopfhörer herunter und wirbelte lächelnd herum. Er hatte *tatsächlich* ungefähr Sundays Statur. Und flüchtig betrachtet, sah er Sunday sogar ein bisschen ähnlich.

»Ha…ha…hallo, Acadia«, stieß er mühsam hervor.

Acadia streichelte dem Stotterer mit den Fingernägeln der einen Hand über den Oberarm, während sie mit der anderen Hand mit ihren blonden Locken spielte. Preston starrte sie wie hypnotisiert an, bis sie sagte: »Das da ist der Freund, von dem ich dir erzählt habe, mein Süßer. Er würde sich deine Erfindung gerne mal anschauen.«

Erst jetzt nahm der Stotterer Sunday war, nickte verlegen und schien etwas sagen zu wollen, doch dann ließ er es sein. Stattdessen drehte er sich um und machte sich an einem Laptop zu schaffen. Auf den Bildschirmen an der Wand war nun eine Art Fotocollage zu erkennen. Im Zentrum befand sich eine Aufnahme von Alex Cross' Haus, die Acadia erst kürzlich von der gegenüberliegenden Straßenseite in der Fifth Street aus geschossen hatte. Gestrichelte Linien führten von verschiedenen Fenstern im Haus zu Fotos von Dr. Alex, seiner Frau, seiner Großmutter, seiner Tochter und seinem kleinen Sohn. Seitlich versetzt war noch ein gerahmtes Foto von Damon, dem ältesten Sohn, zu sehen. Er war siebzehn Jahre alt und besuchte gerade eine Privatschule irgendwo im Westen von Massachusetts.

Von jedem dieser Bilder führten weitere Linien zu Schulen, Polizeiwachen, Kirchen, Lebensmittelgeschäften oder Freunden. Außerdem war jedes Mitglied der Familie Cross mit einem Kalender- und einem Uhren-Symbol verknüpft.

»Er hat eine Xbox-Kinect mit einer Mindmapping-Software kombiniert«, erläuterte Acadia. »Dadurch kann man das Ganze interaktiv steuern, Marcus. Stell dich mal vor die Kamera und zeig auf ein Bild, das dich interessiert.«

Sunday war neugierig geworden. Er stellte sich vor die Bildschirmwand mit der Kinect-Kamera und deutete auf das Foto von Cross. Sofort war auf dem Bildschirm eine ausführliche Biografie des Detective zu sehen, gespickt mit zahlreichen Fotos von Bree Stone und seinen Kindern bis hin zu seinem weißen Chevy und seinem besten Freund John Sampson sowie dessen Frau Billie.

Sunday deutete auf das Kalender-Symbol und bekam alles, was Cross im letzten Monat getan oder unternommen hatte, in chronologischer Form angezeigt. Sobald er sich wieder dem Hausbild zuwandte, sprangen die Bildschirme zu der anfänglichen Collage zurück. Aus reiner Neugier, nur weil er wissen wollte, wie weit sie das ganze Spielchen getrieben hatten, zeigte er auf das Foto von Cross' ältestem Sohn Damon.

Jetzt tauchte eine Fotosammlung auf den Monitoren auf, in deren Zentrum sich ein farbiger Grundriss des Schulgeländes in Massachusetts befand. Die Angaben über Damons Alltag jedoch waren eher spärlich gesät.

Sunday beschloss, seine Nachforschungen an dieser Stelle noch etwas zu vertiefen, und wandte sich dann an Acadia und Preston. »Das ist fantastisch.«

»Da … da … da ist noch mehr«, stotterte Preston.

»Das Beste hast du noch gar nicht gesehen«, sagte Acadia. »Setz mal den Helm auf, mein Süßer.«

Sunday zögerte, doch dann sah er, dass der Helm über ein Kabel mit dem Server verbunden war. Er setzte ihn auf, klappte das Visier herunter und hielt den Atem an. Direkt vor seinen Augen sah er ein Drei-D-Bild von Cross' Haus.

Es schwebte wie ein Hologramm vor ihm.

»Leg mal die Hand an die Haustür«, war Acadias Stimme aus den Lautsprechern im Helm zu hören. »Lass dich von deinen Händen führen.«

17

Sunday streckte die Hand nach der Tür aus. Sie schwang auf, und er betrat ein digitales Modell des Hauses. Von der Qualität her war es zwischen Architekturzeichnung und Fotografie angesiedelt. Er befand sich im Hausflur. Mit einer Bewegung der rechten Hand konnte er einen Blick in das vordere Zimmer werfen. Dann bewegte er die linke Hand, und eine Schranktür öffnete sich.

»Kann ich das im ganzen Haus so machen?«, erkundigte er sich.

»Von oben bis unten«, erwiderte Acadia. »Du kannst das Haus so sehen, wie es jetzt ist, oder so, wie es während und nach dem Umbau sein wird.«

Fasziniert stieg der Professor die virtuelle Treppe hinauf und landete in Alex Cross' Schlafzimmer. Er betrachtete das Bett, stellte sich Bree Stone in dieser engen Jeans vor, die sie vor wenigen Tagen getragen hatte. Doch trotz dieser ausgesprochen erfreulichen Vorstellung hielt es ihn nicht länger hier.

Es gab einen Ort in diesem Haus, den er unbedingt sehen wollte. Sunday verließ das Schlafzimmer und gelangte über eine zweite, schmalere Treppe hinauf in die Dachkammer, in der Cross sein Arbeitszimmer hatte. Es lag in beinahe fotorealistischer Qualität vor ihm.

Sundays Begeisterung kannte keine Grenzen. Hier also vollbrachte Dr. Alex etliche seiner größten beruflichen Taten, zumindest wenn man einem unterwürfigen Artikel über ihn glauben durfte, der vor einigen Jahren im *Post Sunday*

Magazine erschienen war. Dort war, neben dem Artikel, auch das Foto von der Dachkammer abgedruckt worden, das Preston irgendwie in seine digitale Darstellung integriert hatte.

Sunday schwenkte einmal durch das ganze Zimmer, sah den Schreibtisch, den Stuhl, die Aktenschränke, sogar die Fotos mit den Opfern ungeklärter Morde sowie ein paar neuere Zeitungsausschnitte, die sich ebenfalls mit den Fällen an der Wand beschäftigten. Er hielt den Atem an.

War denn das die Möglichkeit? Cross war immer noch besessen von den Fällen, die er in seinem Buch über den perfekten Verbrecher behandelt hatte?

Sunday deutete auf einen der Zeitungsausschnitte. Zu seiner großen Freude wurde er sofort vergrößert, und er konnte einen Artikel aus dem *Austin Statesman* über die Monahan-Morde lesen. Bei einem Bild von Alice Monahan, der jungen Mutter und Ehefrau, verweilte er kurz. In seiner Vorstellung sah er sie genauso vor sich wie jedes Mal: nackt im Badezimmer und laut schreiend, bevor das Rasiermesser ihr durch die Kehle fuhr.

Doch dann riss er sich los und nahm sich den zweiten Ausschnitt vor. Er stammte aus dem *Omaha World-Herald* und beschrieb die brutale Ermordung der Familie Daley. Erneut blieb sein Blick bei der Mutter und Ehefrau hängen, Bea Daley. Sie war beinahe zwanzig Jahre älter als Alice Monahan, aber auch sie war vor seinem geistigen Auge nackt und winselte um Gnade, bevor das Rasiermesser ihr den Garaus machte …

»Na, gefällt es dir, mein Süßer?«, unterbrach Acadia über das Headset seine Gedanken.

»Oh ja.«

Daran konnte es nicht die Spur eines Zweifels geben. Mithilfe dieser ausgesprochen scharfsinnigen Erfindung des jungen Preston Elliot konnte er, Marcus Sunday, als unsichtbarer Geist durch das Cross'sche Haus streifen und sich mit jedem einzelnen Quadratzentimeter vertraut machen, bis er eines Tages dann tatsächlich in der Dunkelheit dort umherschleichen würde.

Das würde aufregend werden. Würde jede Zelle seines Körpers zum Vibrieren bringen, oder etwa nicht?

Oh doch. Und wie! Und das war noch nicht alles! Während er sich in dem Cyber-Arbeitszimmer umsah, hatte Sunday das Gefühl, als würde er jetzt schon die Privatsphäre des guten Doktors verletzen, als hätte er sich ins Allerheiligste des großen Kriminalisten geschlichen und sich dort häuslich niedergelassen.

Was sollte da noch kommen? Wie ließ sich das noch übertreffen?

Gar nicht!

Sunday fühlte sich absolut unverwundbar. Er nahm den Helm ab und lächelte Preston an. »Acadia hat gesagt, Sie seien ein Genie, mein Freund. Und sie hat recht!«

Preston warf Acadia einen Blick zu, errötete und rutschte unsicher auf seinem Schreibtischsessel hin und her.

»Kein Mensch weiß, dass oder für wen Sie das hier gemacht haben, ist das richtig?«, hakte Sunday nach.

»B-b-b-bloß ich«, sagte Preston. »W-w-w-wie Acadia g-g-g-gesagt hat.«

Sunday warf ihr einen Blick zu. »Und du weißt, wie man weitere Daten eingibt?«

»Preston ist ein sehr guter Lehrer«, erwiderte Acadia und knetete dem jungen Mann sanft die Schultern.

»Dann gib ihm seinen Lohn«, sagte Sunday und ging zur Tür.

»Mit dem größten Vergnügen.«

Während Sunday zur Wohnungstür ging, wurde er erneut von einer pulsierenden, freudigen Erwartung in Besitz genommen. Er machte die Tür auf, machte sie wieder zu und streifte die Schuhe ab. Anschließend zog er seinen schmalen Gürtel aus den Schlaufen und blieb abwartend stehen. Er lauschte.

Acadia lachte verführerisch und sagte: »Wie wär's, mein Süßer. Wollen wir in mein Zimmer gehen? Mal sehen, was ein Mädchen aus Louisiana zwischen den Laken so alles anstellen kann?«

Wenige Augenblicke später hörte Sunday, wie eine Tür sich öffnete und leise Musik ertönte. Für einen kurzen Moment blitzte vor seinem geistigen Auge wieder das Bild auf, wie er als Achtzehnjähriger mit dem Spaten in der Hand hinter dieser Gestalt herhuschte und ausholte.

Von einem Gefühl unbändiger Lebendigkeit erfüllt, weit jenseits aller Gesetze und jeder moralischen Ordnung, schlich der Professor den Flur entlang Richtung Schlafzimmer. Er hatte die Freiheit gewählt, die wahre Freiheit, und sie sorgte jetzt dafür, dass er nur noch stoßweise atmen konnte.

Sunday stand im Flur, hörte Prestons Stöhnen und Acadias Anfeuerungen. In weniger als einer Minute war es vorbei. Wahrscheinlich ein Anfänger.

Fünf Minuten später sagte Acadia. »Wie wär's mit etwas Exotischerem, Erotischerem, mein Süßer?«

»B-b-bitte«, sagte Preston.

»Also dann, runter vom Bett und auf die Knie, *Chéri*«,

befahl sie. »Dieses Mal will ich zuerst noch deine Zunge spüren, bevor wir wieder zusammenkommen.«

Preston stieß einen genießerischen Seufzer aus. Sunday legte die Hand an die Klinke und machte die Tür auf. Der Stotterer lag tatsächlich auf den Knien und hatte dem Professor den Rücken zugewandt. Acadia war nackt. Sie sah atemberaubend aus und bewegte ihr Geschlecht vor dem Gesicht des Computergenies langsam hin und her.

Prestons Aufmerksamkeit war voll und ganz auf sie gerichtet. Ganz anders Acadia, sobald Sunday den Gürtel um den Hals des Programmierers gelegt und begonnen hatte, ihn zu erdrosseln.

Während der Stotterer dem sicheren Tod entgegenröchelte, starrte sie unentwegt in Sundays Augen, in denen dasselbe skrupellose Verlangen lag wie in ihren eigenen.

18

An diesem Freitagabend legte ich gegen halb sieben den Hörer meines Bürotelefons auf die Gabel. Es war nicht so einfach, an die Bilder aus den Überwachungskameras zu kommen, die an den Straßenkreuzungen in der Nähe des Superior Spa montiert waren, und ich war ziemlich angefressen deswegen.

Die Typen aus der IT-Abteilung sagten, dass die Dateien durch irgendeinen Programmfehler oder einen Virus oder etwas anderes unlesbar geworden seien. Sie waren zwar noch da, ließen sich aber nicht öffnen. Der öffentliche Druck, der durch den Francones-Fall noch einmal zugenommen hatte, lastete auf ihnen ebenso sehr wie auf uns. Es konnte jedenfalls mehrere Tage dauern, bis irgendein Techniker den Fehler fand und die Dateien wieder lesbar waren.

Zuvor hatte ich schon Francones' Agenten und seinen Manager aufgetrieben beziehungsweise herausgefunden, wer sie überhaupt waren. Beide saßen im Moment in einem Privatjet auf dem Weg von Los Angeles nach Washington, um die Begräbnisfeierlichkeiten für ihren verstorbenen Mandanten zu organisieren. Ihre Sekretärinnen hatten uns für den kommenden Vormittag einen Termin mit den beiden versprochen.

Trenton Wiggs, der Besitzer des Massagesalons, war in keinem der Telefonbücher von Washington und Umgebung zu finden. Ich suchte bei Google und fand zehn gleichnamige Männer verstreut im ganzen Land, doch keiner von ihnen schien eine offensichtliche Verbindung in dieses schmierige Gewerbe zu haben. Aber andererseits: Wer posaunte so etwas schon in der Öffentlichkeit herum?

Mittlerweile war der Mord an Francones zur begehrtesten Geschichte im Medienzirkus der Gegenwart geworden. Beinahe jeder Fernsehsender hatte damit aufgemacht, und fast alle Berichte thematisierten das blutige Hinscheiden des Bekloppten in einem Massagesalon in der – wortwörtlich – »Mordhauptstadt der Welt«.

»Ich gehe jetzt nach Hause und sehe mal nach, was die Renovierungsarbeiten machen«, sagte ich zu Sampson. Der Stress nagte an mir. »Und du gehst am besten auch nach Hause zu Billie. Wir sind spät ins Bett gekommen und waren früh wieder auf den Beinen.«

»Genau das habe ich auch gerade gedacht«, meinte er und gähnte. »Noch ein Bier?«

»Nö, heute nicht«, sagte ich und ging.

Zwanzig Minuten später fuhr ich an meinem Haus vorbei. Der Schuttcontainer im Vorgarten war fast bis zum Rand gefüllt. Ich hatte den Wagen schon beinahe zum Stehen gebracht, da drückte ich doch wieder aufs Gas und fuhr nach Anacostia. Das ist eine der härtesten Gegenden der Stadt und absoluter Spitzenreiter im Hinblick auf die Anzahl der Morde pro Einwohner.

Ava Stetson hatte auf den Straßen von Anacostia gelebt, bevor Nana sie gerettet hatte. Ich stattete etlichen der Orte, von denen sie uns erzählt hatte, einen Besuch ab: einem Mini-Markt in Congress Heights, der Notaufnahme des St. Elizabeth's Hospital, dem Waldgebiet östlich der Mississippi Avenue, dem Fort Stanton Park. Ich zeigte den Jugendlichen, die in kleinen Grüppchen dort überall herumsaßen, und allen Obdachlosen, die ich entdecken konnte, ein Foto von Ava. Aber niemand hatte sie gesehen.

Frustriert fuhr ich schließlich noch zu dem verlassenen Fabrikgebäude, in dem die verkohlte Leiche gefunden worden war. Das polizeiliche Siegel an der Tür war ohnehin schon längst aufgebrochen worden, also nahm ich mir eine Taschenlampe und ging hinein, nahm die nächstgelegene Treppe und betrat den Keller, in dem das Mädchen verbrannt war. Schließlich stand ich vor der Stelle, wo der Betonboden schwarz und verkohlt war und der Geruch des Todes noch in der Luft hing.

Ich starrte den Fleck lange an, dann ließ ich den Strahl der Taschenlampe über die Umgebung wandern. Die Kriminaltechniker hatten den ganzen Keller untersucht, und er machte immer noch einen ziemlich sauberen Eindruck. Plötzlich spürte ich einen Luftzug von der hinteren Treppe her, als ob dort eine Tür oder ein Fenster aufgegangen wäre.

Ich ging los und suchte nach der Ursache, leuchtete in einen Raum jenseits der hinteren Treppe.

Mit irrem Blick und wilder Wut kam er auf mich zu, schwang einen Baseballschläger und traf mich genau in die Magengrube, sodass mir die Luft wegblieb und ich auf den Knien landete.

Zweiter Teil

Zeit zu töten

19

Gegen Mitternacht lag ich im Esszimmer und kühlte meine lädierte Magengegend mit Eiswürfeln, während Bree auf der transportablen Doppelkochplatte, die ich für die Zeit der Hausrenovierung gekauft hatte, das restliche Hühnerfrikassee aufwärmte. Die Küche sah aus, als hätte eine Bombe eingeschlagen. Schwere Vorhänge aus Plastikfolie trennten sie vom Rest des Hauses.

»Der Kerl war längst über alle Berge, bis ich wieder halbwegs gerade stehen konnte«, sagte ich.

»Hast du ihn wenigstens gesehen?«, wollte Bree wissen, während sie das Frikassee in unsere Schalen schöpfte.

»Das war so ein dreckiger, durchgeknallter Penner mit zerzausten Haaren«, erwiderte ich. »Wahrscheinlich wohnt er dort. Ich habe jedenfalls eine Matratze, ein paar schäbige Decken, McDonald's-Einwickelpapier und drei Kleidertüten gesehen. In einer der Tüten war auch etwas, was du bestimmt lieber nicht sehen willst.«

Bree stellte mir die Schale mit dem dampfenden Hühnerfrikassee vor die Nase. »Was denn?«

Ich bückte mich, stöhnte wegen der Schmerzen und holte einen großen Ziploc-Indizienbeutel aus der Plastiktüte, die neben mir stand. Er enthielt einen blaugrünen Pullover mit deutlich erkennbaren, kleinen Messingknöpfen.

»Der gehört Ava«, rief Bree und schlug die Hand vor den Mund.

»Den hat sie von Nana Mama zu Weihnachten geschenkt bekommen.«

»Was hast du damit vor?«

»Ich lasse ihn analysieren, lasse dem Irren, der mich niedergeschlagen hat, ein paar Tage Zeit, um wieder in sein Nest zurückzukehren, und dann schnappe ich ihn mir.«

»Da bin ich dabei«, sagte Bree.

»Wahrscheinlich keine schlechte Idee.« Ich drückte ihre Hand.

Sie hielt sie fest, während wir aßen, und als sie fertig war, sagte sie: »Ist dir eigentlich klar, wie glücklich wir uns schätzen können, Alex?«

»Natürlich.« Ich rieb mit dem Daumen ihre Fingerknöchel. »Wir sind gesund und haben einander, die Kinder, die Arbeit, ein Haus. Ich bin dankbar.«

»Ich auch«, sagte sie. »Manchmal vergesse ich das, aber dann sehe ich Menschen wie die Bransons, die ihre kleine Tochter verloren haben, und …«

Tränen liefen ihr über die Wangen.

»Ist mittlerweile eine Lösegeldforderung aufgetaucht?«, erkundigte ich mich.

»Nein«, lautete Brees frustrierte Antwort. »Und die Entführerin war schlau, das muss man ihr lassen. So wie es aussieht, hat sie in dieser Kita bis auf Joss nichts angefasst. Rein, raus und weg.«

»Bei einer Frau in dem Alter … vielleicht spürt sie das Ticken der Uhr.«

»Daran habe ich auch schon gedacht«, meinte Bree. »In diesem Fall werden wir nie eine Lösegeldforderung zu Gesicht bekommen. Aber mit dem bisschen, was wir haben, können wir nicht sinnvoll ermitteln. Ich habe keine Ahnung, wie ich das morgen den Bransons erklären soll.«

Niedergeschlagen blickte sie mich an.

»Du findest sie ganz bestimmt wieder«, sagte ich und stand auf, um sie in den Arm zu nehmen.

Dabei fiel mein Blick über die Schulter meiner Frau hinweg auf Avas Pullover, und ich fragte mich, ob ich wirklich recht behalten würde.

20

Es war Samstagmorgen, zwei Uhr, als Marcus Sunday sich noch einmal versicherte, dass das Sperma aus Prestons gebrauchtem Kondom dreifach verpackt und sicher in einem Plastikbeutel lag. Dann steckte er es in eine Gemüseschublade des Kühlschranks und wickelte ein Seil um die Knöchel des Computergenies.

Als alle Lichter in der Wohnung ausgeknipst waren, schoben er und Acadia den Leichnam zum Fenster hinaus und ließen ihn ab, bis der Kopf ungefähr einen Meter über der Gasse hinter dem Haus hing. Sunday machte das Seil an einem Heizungsrohr fest und ging die Hintertreppe hinunter. Dann fuhr er den Lieferwagen rückwärts in die Gasse, stieg aus und machte die Heckklappe auf.

Als er den toten Programmierer fest im Griff hatte, miaute er. Sofort wurde das Seil schlaffer. Keine Minute später lag der Leichnam unter einem Teppich im Laderaum des Wagens. Als Nächstes wechselte er die Magnetschilder an den Seitenwänden. Jetzt gehörte der Lieferwagen der Ralston Feed Company.

Das ist ja das Großartige, wenn man sich einmal für einen existenzialistischen Lebensstil entschieden hat, dachte Sunday, während er die Türen zuklappte und losfuhr. Dann hat nichts einen höheren Sinn, nicht einmal die eigene Identität, und darum kann man sein, wer man will, und zwar immer dann, wann man will.

Als logische Konsequenz dieser Philosophie glaubte der Professor nicht an Gut oder Böse. Er glaubte auch nicht an so etwas wie Gerechtigkeit. Gerechtigkeit war, genau wie das Verbrechen, nichts weiter als eine abstrakte Größe, etwas, was die Menschen sich ausgedacht hatten. Kein notwendiger Bestandteil des Universums. Das Leben passierte einfach, mal spärlich, mal überbordend, manchmal auch in gewalttätigen Exzessen. Es gab kein Richtig und kein Falsch.

Soweit Sunday es beurteilen konnte, gab es kein Rezept für ein gutes Leben, und jede Vorstellung von Moral und Ethik war nichts weiter als ein Witz. Genau wie das Konzept des Karma. Das Leben schlug die Rechtschaffenen und die Spirituellen ganz genauso wie die Verschlagenen und die Freigeister. Der Trick bestand darin, diese Wahrheit von ganzem Herzen anzunehmen. Erst dann konnte der kluge, der vollkommene, der freie Mensch wirklich handeln, und zwar ohne jede Furcht vor Konsequenzen.

Gestärkt von diesen Gedanken, machte sich Sunday auf nach Purcellville, Virginia. Die Fahrt dauerte eine Stunde. Danach fuhr er fünfzehn Minuten lang Richtung Berryville und bog dann auf eine schmale Nebenstraße nach Süden ab, die ihn durch unbewohntes Ackerland führte.

Während der Fahrt über die Berryville Road dachte der Professor an Acadia und daran, wie wild und hemmungslos sie sich auf ihn gestürzt hatte, sobald das tote Computergenie zwischen ihnen auf dem Fußboden gelegen hatte – als ob Mord ihr Aphrodisiakum wäre, und genauso war es natürlich. Mord war auch *sein* Aphrodisiakum. Sobald man frei war, wurde das Töten zu einem mächtigen Trieb, dem stärksten, den er je erfahren hatte.

Bei der Sechs-Kilometer-Markierung bog Sunday nach rechts auf einen grasbewachsenen Feldweg ab, direkt in den

Wald, wo er nicht gesehen werden konnte. Er setzte sich eine Stirnlampe auf, schaltete das rote Licht ein und stieg aus. Sofort nahm er einen vertrauten, ekelhaften Gestank wahr. Er befreite Preston Elliots Leichnam von den Plastiksäcken, schaltete die Stirnlampe aus und legte sich den leblosen Körper quer über die Schultern. Dann machte er sich auf den Weg, dem Gestank entgegen.

Im Licht des Halbmonds erreichte Sunday schon bald den Rand einer Lichtung. Einen knappen Kilometer entfernt, am Ende eines lang gezogenen Abhangs, lag ein Bauernhof. Der Hof wurde von einer einsamen Glühbirne beschienen, und Sunday wusste, dass es noch mindestens eine Stunde dauern würde, bis sich dort tatsächlich etwas regte. Schließlich war es erst halb vier.

Dann wandte er sich dem lang gestreckten Gebäude mit dem tief gezogenen Dach zu, vor dem er stand. Sunday näherte sich einer Tür, ließ Prestons Leichnam fallen und schob die Tür auf. Er zerrte den Toten auf einen schmalen Laufsteg, der links und rechts ein Geländer und einen niedrigen Maschendrahtzaun besaß. Schweiß rann ihm übers Gesicht. Er schaltete die rote Stirnlampe wieder ein und sah jetzt, dass sich direkt unter ihm über tausend junge Mastferkel drängten.

Die meisten Tiere in dem riesigen Maststall lagen kreuz und quer übereinander. Keines wog mehr als vierzig Kilogramm. Sie waren total verdreckt und schliefen. Doch dann wachten ein paar von ihnen auf, sahen sein Licht und fingen an, lautstark zu grunzen, sodass nach und nach auch die anderen wach wurden.

Während Sunday den toten Programmierer mit aller Kraft auf das Geländer des Laufstegs hievte und zerrte, tauchte vor seinem geistigen Auge erneut dieses Bild auf, wie er im zarten Alter von achtzehn Jahren einen anderen Toten in den Schweinestall jener Farm in West Virginia wuchtete, auf der er aufgewachsen war. Und auch damals war der Leichnam irgendwann über das Geländer gefallen. Genau wie jetzt.

Der tote Stotterer landete auf den Schweinen, die erschrocken quiekten und kreischten. Doch dann rochen andere Ferkel, dass es hier etwas zu fressen gab, und robbten näher.

Sunday konnte sich noch gut daran erinnern, wie die Schweine, die sein Vater jahrelang gefüttert hatte, den Leichnam des Alten mit ähnlicher Begeisterung angefallen hatten. Schweine fressen alles – Kleider, Haut, Fleisch und Knochen –, wenn man ihnen nur genügend Zeit dafür lässt. Nicht einmal Piranhas würden so etwas tun.

Und wieder die immer gleiche Geschichte, dachte er und schaltete seine Stirnlampe aus. Ein Leben frisst ein anderes, beendet es. Und das ist weder gut noch schlecht.

Aufmerksam und sehr vorsichtig verließ Sunday den Maststall und hörte, wie das Quieken und Grunzen in seinem Rücken langsam in einen blindwütigen, blutigen Aufruhr mündete, der den gesamten Stall erfasste. Trotzdem machte er sich auf dem Weg zurück in den Wald keine großen Gedanken. Er wusste aus eigener Erfahrung, dass der Bauer nicht nachsehen würde.

In Schweinemastanlagen gehörte ein solcher Blutrausch zum Alltag, besonders dann, wenn ein Schwein starb und die anderen zu Kannibalen wurden.

21

Das Problem bei einem Fall wie den »Bekloppten-Morden«, wie die New Yorker Boulevardpresse die Tat mittlerweile getauft hatten, liegt darin, dass es zu viele Blickwinkel, zu viele unterschiedliche Ermittlungsansätze gibt, die unmöglich in den entscheidenden ersten achtundvierzig Stunden abgearbeitet werden können, schon gar nicht, wenn nur zwei Vollzeitkräfte darauf angesetzt sind.

Genau deshalb war ich schon früh am Samstagmorgen bei der Arbeit und wartete gemeinsam mit Sampson auf Captain Quintus.

»Sagen Sie mir etwas Positives, Alex«, lautete Quintus' Begrüßung.

»Wir brauchen Unterstützung.«

»Sie haben die Idee mit der Komiker-Karriere also immer noch nicht aufgegeben?«

Sampson verzog das Gesicht. »Und Sie sind auf den Gegenwind vorbereitet, den Sie kriegen, wenn Sie erklären müssen, weshalb der Mord an Pete Francones nicht mehr Ermittlungspersonal verdient hat?«

»Das liegt daran, dass wir so verdammt viele Morde aufzuklären haben«, schäumte Quintus. »Wenn ich mehr Leute auf Francones ansetze, sitzen mir sofort die Angehörigen der anderen Opfer im Nacken.«

»Ist Ihnen eigentlich gar nicht klar, dass Francones *das* Symbol für diese hohe Mordrate *ist*?«, sagte ich. »Zumindest für die Allgemeinheit. Geben Sie uns die notwendige Unterstützung, dann klären wir den Fall auf, und die

Öffentlichkeit wird Sie für einen ganzen Kerl halten, der vor mutigen Entscheidungen nicht zurückschreckt.«

Quintus musterte mich durchdringend. »Komiker und Chefstratege in einem?«

Ich grinste. »Ich bin ein Mann mit vielen Gaben.«

Der Leiter der Mordkommission seufzte. »Ich gebe Ihnen noch zwei zusätzliche Männer, aber nur in Teilzeit.«

»Captain«, wollte Sampson anfangen, sich zu beklagen.

»Mehr kann ich beim besten Willen nicht tun.«

»Dann können Sie immerhin sagen, dass Sie eine Sonderkommission eingesetzt haben«, sagte ich. »Also, danke.«

»Finden Sie den Täter, Cross«, sagte Quintus.

»So schnell wir können, Captain«, versicherte ich ihm.

Sampson und ich legten eine Liste mit den Aufgaben an, die die anderen Detectives erledigen sollten, so zum Beispiel die Lokalisierung von Trenton Wiggs, dem Besitzer des Massagesalons, und die Organisation der Suche nach Cam Nguyen, die jetzt offiziell als vermisst galt. Kurz nach zwei Uhr nachmittags erhielten wir die erste gute Nachricht: Ein Richter aus Virginia hatte einen Durchsuchungsbeschluss für das Privathaus des Bekloppten in McLean ausgestellt. Wir machten uns auf den Weg und trafen uns unterwegs mit dem Agenten und dem Manager des Bekloppten im Willard Hotel.

»Vielleicht können die uns ja sagen, wer Francones auf seiner Todesliste hatte«, sagte ich, kurz bevor wir die Lobby betraten.

»Vielleicht«, meinte Sampson. »Es sei denn, es war einfach irgendein durchgeknalltes Arschloch, und der Bekloppte hat eben zufällig Pech gehabt.«

»Dann wären ja alle Toten mit voller Absicht ermordet

worden, und das würde nichts anderes bedeuten, als dass der Täter ein Psychopath ist«, sagte ich. »Aber bevor wir das nicht geklärt haben, sollten wir uns in erster Linie auf Francones konzentrieren, finde ich.«

»So kriegen wir jedenfalls weniger Druck«, pflichtete Sampson mir bei.

Alan Snyder, der Agent des Bekloppten, und sein Manager J. Barrett Timmons erwarteten uns in der großzügigen und eleganten Lobby des Hotels. Snyder, ein kleiner, energiegeladener Kerl, der immer wieder auf sein Smartphone blickte, schlug vor, auf eine Tasse Kaffee ins Restaurant zu gehen.

Doch Timmons, ein eher grimmig dreinschauender Mittfünfziger, schüttelte den Kopf. »Mir wäre es lieber, wenn wir uns in einem etwas privateren Rahmen zusammensetzen könnten«, sagte er. »Die Presse klebt mir schon die ganze Zeit an den Hacken. Das sind alles Typen, die uns in einem öffentlichen Restaurant schamlos belauschen würden.«

Sampson sprach kurz mit dem Sicherheitschef des Hotels, einem alten Bekannten, und zehn Minuten später saßen wir in einem unbenutzten Büroraum. Auf dem Tisch standen eine volle Kaffeekanne und ein Teller mit Gebäck.

»Ich möchte Ihnen sagen, dass ich mich freue, dass Sie beide diesen Fall bearbeiten«, sagte Snyder, der Agent. »Wir haben bereits von Ihnen gehört, Dr. Cross. Und von Ihnen auch, Detective Sampson.«

»Sehr schmeichelhaft«, sagte ich. »Können Sie mir sagen, was der Bekloppte in einem Laden wie dem Superior Spa wollte und was ihn zur Zielperson bei einem Massenmord gemacht haben könnte?«

Timmons schüttelte stirnrunzelnd den Kopf, als könnte er die Umstände immer noch nicht fassen, unter denen sein Mandant zu Tode gekommen war.

»Das Ganze ist mir nach wie vor ein absolutes Rätsel«, sagte Snyder. »Der Pete Francones, den ich in den letzten fünfzehn Jahren vertreten habe, ist nicht derselbe wie der, der in diesem Massagesalon erschossen worden ist. Und Stichwort Zielperson? Nein, das kann ich mir nicht vorstellen. Was sollte denn da das Motiv sein, um alles in der Welt?«

»Finanzielle Schwierigkeiten?«

»Wohl kaum.« Snyder schnaubte. »Er hatte genügend Geld. Dreißig Millionen.«

»Wer profitiert von seinem Tod?«, erkundigte ich mich.

Timmons kniff die Augen zusammen. »Er hat für seine beiden Neffen, die Söhne seiner Schwester, je einen reichlich ausgestatteten Treuhandfonds eingerichtet. Das restliche Geld soll unter den diversen Wohltätigkeitsorganisationen aufgeteilt werden, die er regelmäßig unterstützt hat.«

Ich hatte das Gefühl, dass jetzt der richtige Zeitpunkt war, um die Bombe platzen zu lassen. »Was haben Sie zu seinem Kokainkonsum zu sagen?«

»Sie müssen den Verstand verloren haben, wenn Sie glauben, dass Pete Francones irgendwelche Drogen genommen hat«, fuhr Snyder mich an. »Ich habe nie einen nüchterneren Menschen kennengelernt als ihn. Drogen haben ihn nie interessiert. Seine Droge war das Leben, Detective. Das Leben.«

Francones' Manager nickte bedächtig, aber irgendetwas an seiner Haltung ließ mich sagen: »Sehen Sie das genauso, Mr. Timmons?«

Timmons zögerte, räusperte sich und sagte dann: »Ich habe keine persönliche Kenntnis davon, dass er Drogen konsumiert hat.«

»Höre ich da ein ›Aber‹ im Hintergrund?«, fragte Sampson.

Timmons rang mit sich, bis ich sagte: »Das, was jetzt kommt, haben Sie nicht von uns, aber der Bekloppte hatte bei seinem Tod drei Gramm hochreines Koks in der Hosentasche und mindestens ein Gramm in der Nase. Nach Angaben unserer Gerichtsmedizin lässt der Zustand seiner Atemwege auf regelmäßigen Konsum schließen. Außerdem hatte er ein vergrößertes Herz, das aufgrund des Kokainkonsums sowieso nicht mehr lange durchgehalten hätte.«

Der Agent wirkte verblüfft, völlig überrumpelt von dieser Wendung, aber der Manager beugte sich nach vorn und barg sein Gesicht in den Händen. »Um Himmels willen. Das war eine der Sachen, bei denen man eben lieber wegschaut.«

»Spucken Sie's aus«, meinte Sampson.

Und Timmons schilderte uns, was es mit Francones' schwarzer Kasse auf sich gehabt hatte: Geld, das der Bekloppte für bekloppte Dinge auf den Kopf gehauen hatte, und zwar eine ganze Menge: zu Anfang zehntausend pro Monat, gegen Ende seiner aktiven Karriere dann eher zwanzig- und schließlich, nachdem er bei Monday Night Football gelandet war, sogar dreißigtausend.

»Selbst wenn er nur zwanzig Prozent davon für Schnee ausgegeben hat, dann ist das eine ganze Menge für eine einzige Nase«, sagte ich.

»Ja, schon, aber darauf will ich gar nicht…« Der Manager unterbrach sich und sagte dann: »Kurz vor Weihnachten sind die Ausgaben noch einmal dramatisch gestiegen, und er wollte immer wieder Nachschub haben, zehn-, manchmal auch zwanzigtausend.«

»In bar?«, wollte ich wissen.

»Als Überweisung auf sein Bargeldkonto, ja«, sagte Timmons.

»War er ein Spieler?«, erkundigte sich Sampson.

»Na ja, gestern noch hätte ich gesagt: ›Auf keinen Fall‹, aber jetzt?« Snyder zuckte mit den Schultern. »Wer weiß?«

»Das Spielen war aus meiner Sicht nicht das Problem«, sagte der Manager mit einem Blick zu Snyder. »Aber Mandy war …«

Sein Handy klingelte. Er beugte sich vor und runzelte die Stirn. »Tut mir leid, aber das muss ein Notfall sein. Ich habe ausdrücklich darum gebeten, nur in dringenden Fällen gestört zu werden.«

Timmons nahm den Anruf an.

»Wollte er gerade was über Mandy Bell Lee sagen?«, wandte sich Sampson an Snyder.

Der Agent verzog missmutig das Gesicht, aber noch bevor er etwas sagen konnte, brüllte Timmons: »Diese hinterhältige Schlange!«

Er knallte das Handy auf den Tisch. Sein Gesicht war puterrot angelaufen. »Mandy Bell hält eine Pressekonferenz ab, im Haus. Sie behauptet, dass sie und der Bekloppte letzten Monat heimlich geheiratet haben und dass sie das Testament anfechten will.«

22

Gegen 16.00 Uhr trafen wir vor Francones' großzügigem Anwesen in McLean, Virginia, ein. Die ganze Straße war voll mit Übertragungswagen, und überall keuchten Reporter den neuesten Stand der Ereignisse in irgendwelche Kameras.

Links neben dem Tor des Anwesens stand ein Streifenwagen des Fairfax County. Darin saß ein Hilfssheriff und beobachtete die Straße. Als wir näher kamen, stieg er aus, und wir sahen, dass es sich um eine Frau handelte. Wir zeigten ihr unsere Dienstmarken.

»Sie ist da drin und erwartet sie«, sagte die Beamtin. »Mandy Bell.«

»Moment mal, Sie haben sie reingelassen?«, fuhr ich sie an.«

»Ist doch kein Tatort«, gab sie trotzig zurück. »Und sie hat einen gültigen Trauschein: Sie war mit dem Bekloppten verheiratet, und dann hat sie auch ein Recht, nach Hause zu kommen.«

»Hat sie Ihnen ein Autogramm gegeben oder Konzerttickets versprochen?«, wollte Sampson wissen.

Die Frau lief rot an und sagte dann: »Sie ist eine Witwe, Detective. Ich wollte lediglich ein bisschen Sensibilität zeigen und es ihr nicht noch schwerer machen.«

Ich seufzte. Es passte mir ganz und gar nicht, dass Francones' angebliche Ehefrau das Haus betreten hatte, aber das ließ sich nun nicht mehr ändern. »Lassen Sie uns rein, bitte.«

Die Frau nickte, drückte rechts neben dem Tor auf eine

Taste, und es schwang auf. Wir fuhren eine geschwungene Auffahrt entlang und näherten uns einem Haus, das ganz nach dem Geschmack von Tony Soprano gewesen wäre. Ich hätte mich nicht groß gewundert, wenn Carmela uns die Tür geöffnet hätte. Doch stattdessen wurden wir von einem groß gewachsenen, schlaksigen Mann empfangen. Er trug einen dunklen Anzug ohne Krawatte, schwarze Cowboystiefel und besaß ein Kinn, das jedem Filmstar zur Ehre gereicht hätte.

»Tim Jackson«, sagte er mit diesem typischen Tennessee-Singsang und streckte uns die Hand entgegen. »Ich bin Miss Lees Rechtsanwalt. Was kann ich für Sie tun, meine Herren?«

»Wir untersuchen den gewaltsamen Tod von Mr. Francones«, sagte Sampson, »und würden Miss Lee in diesem Zusammenhang gerne ein paar Fragen stellen.«

»Steht Miss Lee unter Tatverdacht?«

»Sie behauptet, die Frau des Verstorbenen zu sein«, sagte ich.

»Sie *ist* die Frau des Verstorbenen«, erwiderte der Anwalt gereizt. »Dafür gibt es amtliche Dokumente und Zeugen. Daran ist nicht zu rütteln.«

»Umso mehr Grund für uns, ein Gespräch mit ihr zu führen«, sagte Sampson.

»Sie können sich vermutlich vorstellen, was für ein schrecklicher Schlag das für meine Mandantin war. Erst die ganze Geheimniskrämerei, was die Ernsthaftigkeit ihrer Beziehung anging, und dann auch noch der Tod ihres Ehemanns, nun ja. Sie ist jedenfalls vollkommen erschüttert und erschöpft. Könnten wir nicht …?«

»Aber für die Pressekonferenz war sie nicht zu erschüttert und erschöpft«, fiel ich ihm ins Wort. »Zumal Sie, Herr Rechtsanwalt, in dieser Angelegenheit ohnehin nicht das letzte Wort haben.«

Sampson griff in seine Jackentasche, holte die Durchsuchungsanordnung heraus und übergab sie dem Anwalt. Ich schob ihn zurück ins Haus, das völlig anders eingerichtet war, als man von außen vermutet hätte. Entweder der Innenarchitekt oder aber Francones selbst hatten sich sehr für moderne Kunst interessiert. In beinahe jedem Zimmer befanden sich etliche solcher Werke, nur in der Bibliothek nicht. Sie diente vielmehr als eine Art Schrein des Bekloppten. Hier waren all seine Pokale und Trophäen, gerahmte Fotografien, Spielbälle, Trikots und andere Erinnerungsstücke ausgestellt.

Und dort fanden wir auch Mandy Bell Lee. Sie saß zusammengekauert auf einem Ledersofa, trank unverdünnten Bourbon und war schon nicht mehr ganz nüchtern.

23

Mandy Bell Lee war, wie Sampson später einmal sagte, eine »Rakete«.

Groß gewachsen und mit genau den richtigen Kurven an genau den richtigen Stellen, dazu eine Frisur, auf die Dolly Parton neidisch gewesen wäre, und ein Gesicht wie geschaffen für das Titelblatt der *Vogue*. Ihr hautenger, trauerschwarzer Overall drohte bei jeder ihrer Bewegungen – und sie bewegte sich oft – zu platzen. Und auf dem Verlobungsring an ihrer Hand prangte ein Diamant, der, nun ja, schlicht und einfach riesig war.

Der Anwalt stellte sich neben sie und sagte: »Mandy, hier sind zwei Kriminalpolizisten, die gerne mit dir reden würden. Ich persönlich würde in deinem jetzigen Zustand allerdings davon abraten.«

Sie blinzelte uns mit verweinten Augen an. »Sie wollen herausfinden, wer meinen bekloppten Liebling umgebracht hat?«, fragte sie mit leiser, beseelter Stimme.

»So ist es«, sagte ich, zeigte ihr meinen Ausweis und stellte auch Sampson vor.

»Was kann ich für Sie tun?«

»Mandy…«, machte ihr Anwalt noch einen zweiten Versuch.

»Ich hab nichts zu verbergen, Timmy«, fauchte sie und versuchte dann, sich wieder auf uns zu konzentrieren. »Was wollen Sie wissen?«

»Wann haben Sie und der Bekloppte denn geheiratet?«, lautete Sampsons erste Frage.

»Das hat sie doch schon auf der Pressekonferenz gesagt«, beklagte sich Jackson.

»Kaum vorstellbar, ich weiß, aber die haben wir leider verpasst«, sagte ich.

»Vor einem Monat, am 12. März, in Playa Del Carmen«, stieß Mandy Bell matt hervor.

»Aus einem spontanen Impuls heraus«, ergänzte ihr Anwalt und zeigte mir einen Trauschein sowie mehrere Fotos. Es war eine einfache Zeremonie bei Sonnenuntergang am Meer gewesen. »Nicht einmal die Angehörigen haben etwas davon gewusst.«

»Sie sehen glücklich aus, alle beide«, sagte ich.

»Ist das nicht ganz normal am Tag der Hochzeit?«, sagte sie. Es klang, als wollte sie sich gegen einen unterschwelligen Vorwurf verteidigen, und sie fing an zu weinen.

»Ich wollte lediglich mein Mitgefühl zum Ausdruck bringen, Mrs. Francones«, sagte ich.

»Oh«, erwiderte sie und tupfte sich mit einem zusammengeknüllten Papiertaschentuch die Augenwinkel. »Entschuldigen Sie. Ich habe noch nie jemanden verloren, den ich so sehr geliebt habe.«

»Frisch verheiratet und so weiter«, schaltete sich der Anwalt wieder ein. »Sie hat sich noch nicht einmal daran gewöhnt, mit Mrs. Francones angesprochen zu werden.«

Im Verlauf der folgenden halben Stunde klärte uns die verwitwete Mrs. Francones darüber auf, dass sie und der Bekloppte sich zufällig in einer Bar in Nashville begegnet waren, wo sie ein Engagement als Sängerin gehabt hatte. Trotz des Alterunterschieds von zwanzig Jahren hatten sie beide sofort eine starke gegenseitige Anziehungskraft empfunden.

»Das haben wir schon öfter gehört, dass er eine solche Wirkung auf Frauen gehabt hat«, meinte Sampson.

Mandy Bell fand das irgendwie witzig. »Das stimmt. Und ich weiß, was Sie jetzt denken, das mit all den anderen Frauen, die er schon gehabt hat. Um ehrlich zu sein, am Anfang habe ich gedacht, dass ich für ihn auch bloß eine von vielen bin. Also habe ich beschlossen, alles, was ich kriegen kann, ausgiebig zu genießen. Und mit ihm konnte man toll genießen. Das wird mir am meisten an ihm fehlen. Mein bekloppter Liebling hat das Leben wirklich in vollen Zügen genossen.«

»Wer hatte die Idee mit der Hochzeit?«

»Er«, erwiderte sie mit fester Stimme. »Wir waren gerade in Cancun und haben ein bisschen Tequila getrunken. Da hat er mich angeschaut, von oben bis unten, und gesagt, dass er noch nie im Leben so glücklich war wie jetzt und dass er mich heiraten will. Und dann haben wir es getan.«

»Und warum haben Sie es anschließend nicht öffentlich gemacht?«, wollte Sampson wissen.

»Es hätte meiner Mutter das Herz gebrochen. Sie hat sich immer eine Riesenhochzeit für mich gewünscht.« Mandy Bell warf ihrem Anwalt einen schnellen Blick zu. »Wir dachten, wir könnten später noch feiern, verstehen Sie, vor Saisonbeginn, bevor er wieder ständig unterwegs sein musste.«

»Und wie sehen Sie das mit dem Massagesalon?«, wollte ich wissen.

»Du musst dich nicht dazu äußern«, meinte der Anwalt.

»Warum nicht, Timmy? Er ist tot.« Sie nahm einen tiefen Schluck Bourbon. »Wenn Sie mich fragen, ob ich gewusst habe, dass mein bekloppter Liebling solche Läden besucht hat, dann sage ich nein. Aber ich kann ihn verstehen.«

»Wieso denn das?«

»Er war sexsüchtig«, erwiderte sie. »Das hat er mir selbst gesagt.«

24

Mandy Bell ließ sich in der Bibliothek des Bekloppten vom Sofa gleiten, ging zu einer offenen Flasche Maker's Mark und schenkte sich zwei Fingerbreit ein. Sie hatte etwas Besonderes an sich, die Ausstrahlung eines Stars, nehme ich an. Man konnte den Blick einfach nicht von ihr abwenden.

Sampson räusperte sich. »Sexsüchtig, ja? Wie haben Sie darauf reagiert?«

Sie ging zurück zum Sofa und setzte sich seufzend auf das eine, angezogene Bein. »Ich habe mich über seine Ehrlichkeit gefreut. Zumal er mir versprochen hat, dass er sich ändern würde, dass er mir von jetzt an treu sein würde.« Sie verzog schmerzhaft das Gesicht. »War wohl nichts.«

»Erzählen Sie uns etwas über seinen Kokainkonsum.«

Mandy Bell ließ den Blick zu ihrem Anwalt huschen, der erklärte: »Davon hat sie erst vor Kurzem überhaupt erfahren.«

»Kürzlich wollte ich ihn überraschen und bin von Nashville aus nach Hause geflogen. Da habe ich ihn dabei erwischt, wie er sich ein paar Lines reingezogen hat, direkt von diesem Tisch hier.« Sie machte eine leichte Kopfbewegung. »Er hat gesagt, dass er es damit genauso hält wie dieser Sherlock Holmes.«

»Wie hat er das gemeint?«, wollte ich wissen.

»Mein bekloppter Liebling hat gesagt, dass er besser denken kann, wenn er gelegentlich mal ein bisschen was schnupft. Ich habe nicht gewusst, wie ich das einschätzen soll, und weiß es bis heute nicht. Wieso?«

»Weil er bei seinem Tod auf Koks war und wir mehrere Gramm von dem Zeug in seiner Hosentasche gefunden haben«, erwiderte ich.

Mandy Bell holte tief Luft, dann zuckte sie mit den Schultern. »Ich weiß wirklich nicht, was ich dazu sagen soll.«

»Von seinem Manager wissen wir, dass er in den letzten Monaten sehr viel Bargeld verbraucht hat«, machte Sampson weiter.

Sie trank noch einen Schluck und zuckte erneut mit den Schultern. »Wahrscheinlich mit mir zusammen. Es hat ihm Spaß gemacht, mit einem Haufen Kohle loszuziehen und alles auf den Kopf zu hauen. Viel Trinkgeld zu geben. Alles, wozu wir Lust hatten.«

»Wo waren Sie am Donnerstagabend?«

Sie schüttelte den Kopf. »In Nashville. Ich habe Timmy sofort angerufen, als ich es gehört hatte. Gestern Abend sind wir dann hier hochgeflogen.«

»Und haben eine Pressekonferenz angesetzt?« Diesen Punkt hatte ich immer noch nicht wirklich verstanden.

»Das war Timmys Idee«, sagte sie.

Der Rechtsanwalt schien sich nicht so recht wohl in seiner Haut zu fühlen, sagte aber: »Ich hatte das Gefühl, dass wir Mandys Ansprüche unverzüglich geltend machen müssen. Und das war meines Erachtens die beste Möglichkeit. Einfach alles an die Öffentlichkeit bringen.«

»Wie lange kennen Sie und Timmy sich schon?«, fragte ich Mandy Bell.

»Seit fünfzehn Jahren«, erwiderte sie. »Wir waren auf derselben Highschool, er in der zwölften und ich in der neunten Klasse.«

»Hatten Sie damals vielleicht mal was miteinander?«,

wollte Sampson wissen und zeigte mit dem Zeigefinger abwechselnd auf die beiden.

Mandy Bell wurde rot und sagte leise. »Das ist lange her, Detective. Ich habe ihn angerufen, weil er zurzeit der beste Rechtsanwalt in Nashville ist.«

»Natürlich.« Ich lächelte die beiden an. »Hört sich vernünftig an. Aber jetzt muss ich Sie leider beide bitten, das Anwesen vorläufig zu verlassen.«

»Aber das Haus gehört ihr«, protestierte Jackson.

»Ich habe die Spurensicherung verständigt, Herr Rechtsanwalt, und die Kollegen sind bereits unterwegs. Um uns die Suche nach Mr. Francones' Mörder nicht unnötig zu erschweren, wäre es mir wirklich lieber, wenn Sie nicht in der Nähe wären.«

Der Rechtsanwalt wollte gerade anfangen zu streiten, da leerte Mandy Bell ihr Glas und sagte: »Ist schon okay, Timmy. Wir besorgen uns ein Hotel. Ein gutes. Vier Sterne. Fünf. Warum nicht?«

25

Es war Viertel vor sieben, als Marcus Sunday sah, wie Mandy Bell Lee und ihr Rechtsanwalt vor dem Eingang des *Mandarin Oriental Hotel* mit Blick auf das Tidal Basin aus einem Taxi stiegen.

Im Bett muss sie eine Rakete sein, dachte der Professor, vielleicht genauso wahnsinnig wie Acadia. Er war den beiden gefolgt, seit sie Francones' Haus verlassen hatten, obwohl er selbst nicht genau wusste, warum eigentlich. Eher dem Instinkt als einer bewussten Absicht folgend, hatte er die Beschattung von Cross aufgegeben und sich stattdessen auf diese beiden konzentriert.

Jetzt überließ er dem Parkwächter seinen Wagen.

»Wollen Sie einchecken, Sir?«, erkundigte sich der Portier.

»Nur in die Bar«, erwiderte Sunday. »Die soll ja sehr angenehm sein.«

»Jawohl, Sir. Die Empress Lounge, am oberen Ende der Treppe.«

So wackelig, wie sie beim Aussteigen auf den Beinen gewesen war, lag die Vermutung nahe, dass die beiden auf direktem Weg die Hotelbar angesteuert hatten, und er hatte sich nicht getäuscht, zumindest teilweise nicht. Während der Rechtsanwalt die Anmeldeformalitäten erledigte, sorgte Mandy Bell Lee in der plüschigen Lounge für einen mittleren Aufstand. Jeder Kerl starrte sie mit weit aufgerissenen Augen an, während sie zum Tresen stakste, sich nach vorn beugte und mit provokativem Hüftschwung etwas zu trinken bestellte.

Sunday warf noch einen Blick in Richtung Rechtsanwalt. Was lief da zwischen den beiden? Hatten die was miteinander? Spielte das eine Rolle?

Und das war der Augenblick, wo er begriff, warum sein Instinkt ihn hierhergeführt hatte: Für *Alex Cross* würde es sehr wohl eine Rolle spielen, ob die Sängerin und der Anwalt etwas miteinander hatten. Ein Dreiecksverhältnis war schließlich ein durchaus gängiges Mordmotiv.

Aber das ist Quatsch, dachte Sunday und setzte sich an einen Platz, von wo er die ganze Bar im Blick hatte. Allein aufgrund der Berichte in den Nachrichtensendungen erschien es ihm vollkommen naheliegend, dass Francones nicht der entscheidende Faktor für die Morde im Superior Spa gewesen war. Ja, sicher, der Bekloppte war eine Berühmtheit, ein Frauenheld, ein Football-Gott und so weiter. Aber das waren lediglich die Aufhänger für die Medienfuzzis, auf denen sie bis zum Gehtnichtmehr herumreiten konnten, einfach nur, um Quote zu machen.

Alles, was Sunday bisher über die Bluttat gelesen hatte, deutete auf einen durchgeknallten Wahnsinnigen hin – auch die Tatsache, dass er die Festplatte mit den Aufnahmen der Überwachungskameras mitgenommen hatte. Die *Post* hatte heute Morgen dazu geschrieben, dass »der Täter seine Spuren verwischen wollte«. Schon wieder Quatsch.

Dieser Killer war alles andere als perfekt. Er glaubte an etwas, in diesem Fall an sich selbst. Sunday nahm an, dass der Mörder ein Narzisst war, der sich selbst bei seiner Tat zusehen wollte, der jeden Augenblick seines Vernichtungswerks wieder und wieder miterleben wollte. In gewisser Hinsicht verstand der Professor diesen Drang, aber er erkannte auch, dass es ein schlimmer Fehler war, ein

Fehler, der leicht zur Verhaftung und Verurteilung führen konnte.

Während er Mandy Bell Lee dabei beobachtete, wie sie sich einen Schnaps hinter die Binde kippte, der ihren Körper im Takt der Barmusik zum Schwingen brachte, erkannte Sunday, dass die fehlenden Überwachungsvideos ihm noch etwas über den Täter verrieten: Das Superior Spa war nicht das erste Mal, dachte der Professor. Er hat so etwas schon einmal gemacht! Er konnte es spüren: Irgendwo, irgendwie hatte dieser unvollkommene Killer schon einmal ein Blutbad angerichtet. Und er war sich außerdem sicher, dass Cross diese Tatsache nicht einmal ansatzweise in Betracht zog, weil er sich nämlich von dem Bekloppten und dessen Berühmtheit blenden ließ.

Diese Erkenntnis erregte ihn intellektuell. Er war zutiefst davon überzeugt, Mord, Verbrechen und gewalttätiges Chaos auf eine Art und Weise zu verstehen, wie es Alex Cross niemals möglich sein würde. Was wusste Cross denn wirklich über die kaltblütige Ermordung eines Menschen? Die Lust, die in einem aktiven Mörder aufwallte? Das süchtig machende Verlangen, Leben zu beenden?

Ganz bestimmt hatte Dr. Alex alle möglichen halb garen Theorien zu diesem Thema zur Hand, aber er, Professor Marcus Sunday, er besaß die Erkenntnis, die wahre Erkenntnis darüber, was einen Menschen zum Mörder machte.

Und dann kam ihm ein köstlicher Gedanke. Wäre es nicht amüsant zu sehen, wie Cross vor seiner endgültigen Vernichtung noch einmal kräftig verarscht wurde? Wäre es nicht ausgesprochen befriedigend, ihn als Versager im Dreck kriechen zu sehen, genau dann, wenn sein ganzes Leben sich in seine Einzelteile auflöste?

Doch. Doch, das wäre es. Schon im nächsten Augenblick begann Sundays fruchtbarer Geist, einen spontanen Plan zu entwickeln, der sich nahtlos in sein Vorhaben einfügen ließ. Ja, genau, dachte er kurze Zeit später. So müsste es gehen.

Jetzt betrat Mandy Bell Lees Anwalt die Bar und entdeckte den Country- und Western-Star an der Theke, als sie sich gerade den nächsten Maker's Mark gönnte. Jackson trat zu seiner Mandantin. Sie begannen ein hitziges Gespräch. Dann signalisierte der Anwalt dem Barkeeper, dass sie genug hatte.

Er nahm sie am Ellbogen und brachte sie nach draußen. Der ganze Laden beobachtete die Szene. Als sie an Sunday vorbeikamen, der interessiert die Getränkekarte studierte, nuschelte die Sängerin schleppend: »Du bis'n Arschloch, Timmy. Wars' du schon immer. Ich weiß echt nich', wieso ich dich angeruf'n hab. Ich war wohl nich' ganz bei Trost, weil ich gedacht hab', du bis' mein Freund.«

»Ich bin dein Rechtsanwalt, meine Liebe«, erwiderte Jackson. »Das ist ein himmelweiter Unterschied.«

Während die beiden in Richtung Fahrstuhl verschwanden, nickte Sunday gedankenverloren. Ihm war gerade eine neue Idee gekommen, ein neuer Plan – riskant, verwegen, aber unglaublich reizvoll.

Das bringt den guten Dr. Cross mit Sicherheit komplett aus dem Konzept, dachte der Professor und unterdrückte ein Lächeln. Damit rechnet er niemals.

26

Endlich kam ich nach Hause. Es war Samstagabend gegen 21.40 Uhr. Ali schlief schon, aber meine Tochter Jannie war noch wach. Sie saß mit einer Schale Erdbeereis vor dem Fernseher und sah sich den *Colbert Report* an, ihre Lieblingssendung.

»Hallo, fremdes Mädchen«, sagte ich und gab ihr einen Kuss auf die Stirn.

»Hallo, Daddy«, erwiderte sie. »Findest du nicht auch, dass Stephen Colbert der schlagfertigste Mensch aller Zeiten ist?«

»Er ist wirklich wahnsinnig schnell«, stimmte ich zu. »Aber gegen einen gewissen Johnny Carson würde ihm wahrscheinlich bald die Puste ausgehen.«

»Wer ist Johnny Carson?«

»Armes Kind«, sagte ich und fühlte mich sofort steinalt.

»Ich habe in Geschichte eine glatte Eins geschrieben«, sagte sie stolz. »Und der Trainer hat gesagt, dass meine Vierhundert-Meter-Zeiten immer besser werden.«

Wir klatschten uns ab, und ich sagte: »Siehst du? Fleiß wird eben doch belohnt.«

Sie neigte den Kopf zur Seite, als ob sie mir widersprechen wollte, doch dann nickte sie nur. »So mache ich das jetzt in allen Fächern. Und beim Sport auch.«

»Sehr gut«, sagte ich.

Es war Jannies erstes Jahr auf der Benjamin Bannecker Highschool, und der Anfang war ihr nicht leichtgefallen. Sie hatte Schwierigkeiten mit den gestiegenen Anforderungen gehabt. Schön, dass sie den Entschluss gefasst hatte, mehr Arbeit zu investieren.

»Ist Bree schon da?«, wollte ich wissen.

»Unter der Dusche.«

»Ali und Nana?«

»Im Bett. – Dad?«

»Ja?«, sagte ich, während ich mir aus einer der Kühlboxen, die uns derzeit als Kühlschrank dienten, ein Bier holte.

»Ist dir eigentlich aufgefallen, dass Nana Mama irgendwie traurig ist? Ich habe gedacht, sie würde sich über die neue Küche und den Anbau freuen. Aber als sie heute erfahren hat, dass die Arbeiter in ein paar Tagen die hintere Wand einreißen wollen, da hätte sie beinahe angefangen zu weinen.«

»Ich glaube schon, dass sie sich freuen wird, sobald alles fertig ist. Aber so, wie es jetzt hier aussieht, dieses Leben auf einer Baustelle, im Chaos und einem ständigen Durcheinander, das ist für jemanden in ihrem Alter nur schwer zu ertragen.«

»Ich mag es nicht, wenn Fremde in unserem Haus sind.«

»Das ist eben ein notwendiges Übel«, erwiderte ich, während ich Bree die Treppe herunterkommen hörte.

Die Werbung war zu Ende, und der *Colbert Report* erforderte wieder Jannies ganze Aufmerksamkeit, also ging ich zu meiner Frau und nahm sie in die Arme.

»Du riechst so gut«, sagte ich.

»Und du riechst furchtbar«, gab sie zurück, speiste mich mit einem Küsschen auf die Lippen ab und ging ins Esszimmer.

»Ich stelle mich noch unter die Dusche, bevor ich ins Bett gehe«, sagte ich und folgte ihr. »Wie war dein Tag?«

»Anstrengend.« Sie nahm sich ein Bier. »Aber wir haben Fortschritte gemacht.«

»Habt ihr schon Reaktionen auf die Suchmeldung bekommen?«

»Nein, das leider nicht. Aber wir haben mithilfe der beiden Erzieherinnen aus der Kindertagesstätte eine Phantomzeichnung von der Frau erstellt.«

»Hast du sie dabei?«

»Ja, hier.« Sie ging zu ihrer Tasche und zog eine Zeichnung heraus. Ich schätzte die Frau auf Anfang dreißig.

»Sie hat schon auch weiche Züge«, sagte ich, »aber ihre Augen und die Lippen wirken sehr hart.«

»Das finde ich wenig überraschend bei einer Person, die so dreist war, ein Baby aus einer Kita zu stehlen«, erwiderte Bree. Dann seufzte sie. »Sag mal, muss ich vielleicht ein schlechtes Gewissen haben, weil ich heute nicht mehr losgehe und nach Ava suche?«

»Wie gesagt, mit ihrem Pullover und dem Kerl, der mir eine übergebraten hat, haben wir eine wirklich belastbare Spur. Lassen wir ihm noch einen Abend, um zurückzukommen.«

Sie stieß ein leises Schnauben aus, doch dann nickte sie achselzuckend und deutete auf die Plastikfolien, mit denen die Bauarbeiter die Baustelle abgedichtet hatten. »Wollen wir mal einen Blick wagen?«

»Warum nicht?« Ich nahm mir ein zweites Bier.

Bree hatte das Klebeband bereits so weit abgelöst, dass sie sich durch den Schlitz schieben konnte, und knipste das Licht an. Ich folgte ihr und wusste sofort, wieso meine Großmutter so nervös war.

Die Kücheneinrichtung und die Anschlüsse waren allesamt abgebaut. Das Linoleum war herausgerissen worden, genau wie die Gipskartonplatten. Nur noch das Skelett der tragenden Wände hatten sie stehen lassen. Rote Kreidemarkierungen zeigten an, wo die Rückwand herausgetrennt werden und der Durchgang in den Anbau entstehen sollte.

»Es dauert nicht mehr lange, bis sie uns aus unserem Schlafzimmer schmeißen«, sagte ich.

»Aber heute nicht mehr«, erwiderte Bree. »Ich habe nämlich noch was vor.«

Ich zog eine Augenbraue in die Höhe. »Tatsächlich?«

Sie lächelte. »Schon den ganzen Tag, Baby. Also, warum huschst du nicht schnell nach oben und stellst dich unter die Dusche?«

Ich salutierte, machte auf dem Absatz kehrt und marschierte unverzüglich zurück ins Haus.

27

Kurz vor Mitternacht streifte Marcus Sunday durch die Kneipen der Altstadt von Alexandria, nur wenige Kilometer südlich von Washington, D.C., am anderen Ufer des Potomac gelegen. Bei einem kurzen Abstecher in die Wohnung mit der bereits schlafenden Acadia hatte er Preston Elliots Kondom aus dem Kühlschrank geholt und war anschließend hierhergefahren, wo sich jeden Samstagabend junge Singles auf der Suche nach einem flüchtigen Abenteuer zusammenfanden.

Der Professor hatte bereits mehrere Kandidatinnen ausfindig gemacht, alle Ende zwanzig, Anfang dreißig. Aber jedes Mal, wenn er dicht an einer von ihnen vorbeiging und schnüffelte, fehlte dieser ganz bestimmte Duft, nach dem er suchte.

Sunday wollte schon aufgeben und für ein paar Stunden in seine Wohnung zurückkehren, da entdeckte er noch eine potenzielle Kandidatin. Sie kam gerade aus dem Bilbo Baggins Pub in der Queen Street, war groß und schlank, hatte blasse Haut und rötlich blondes Haar, das ihr bis weit über die Schultern hing. Sie trug einen engen, schwarzen Rock und hatte sich bei einem dieser Typen mit dem kantigen Kinn und der Betonfrisur eingehakt, welche die gesamte Hauptstadt zu bevölkern schienen. Sie lachte.

Der Professor ging den beiden mit gesenktem Kopf entgegen – ein Mann, der ein klares Ziel vor Augen hatte – und hörte sie sagen: »Wir könnten zu mir gehen, Richie. Ich wohne ganz in der Nähe.«

Sunday ging ohne Blickkontakt an ihnen vorüber und sog ihren Duft auf. Sie roch nach Schweiß, Flieder und Fruchtbarkeit. Er wusste sofort, dass er fündig geworden war. Nach zwanzig Metern lief er über die Straße und schlenderte dann wieder in die andere Richtung, sah, wie die beiden nach rechts in die North Lee Street abbogen.

Er folgte ihnen über sechs Häuserblöcke, bis sie vor einem Backsteinhaus stehen blieben. Der Bürgersteig wurde von alten Eichen gesäumt. Eine steile Eingangstreppe führte zum Hauseingang. Sunday hatte seine Schritte fast perfekt berechnet.

Sie kramte nach ihrem Schlüssel, während ihr Eroberer an ihrem Ohr nuckelte. Sie musste kichern und sagte: »Jetzt warte doch, Richie.«

Sunday federte die Treppe hinauf und drückte dem jungen Mann einen kleinen Colt an den Hinterkopf.

»Falls einer von euch auch bloß auf die Idee kommen sollte, mich anzuschauen, dann puste ich dem lieben Richie den Schädel weg«, knurrte er mit einem breiten Akzent.

»Rich?«, sagte die Frau und weinte leise.

»Claudia, bitte«, sagte Richie zitternd. »Tu, was er sagt.«

»Geh jetzt rein, Claudia«, befahl der Professor.

Claudia drückte die Haustür auf.

Mit gesenktem Kopf, zusätzlich geschützt durch das Mützenschild für den Fall, dass es hier irgendwo Kameras gab, stieß Sunday die beiden in einen kleinen Vorraum mit drei Briefkästen und drei Klingelknöpfen.

Das macht das Ganze einfacher, dachte Sunday. Es sei denn …

»Mitbewohnerinnen?«, herrschte er Claudia an, als sie den Schlüssel in das Schloss der zweiten Tür steckte.

»Was? Nein«, stammelte sie und stieß die Tür auf. »Ich lebe alleine.«

»Wo?«

»Da«, sagte sie und wies mit einer Kopfbewegung auf die Tür am unteren Ende der Treppe.

»Reingehen«, befahl der Professor.

»Was haben Sie vor?«, wimmerte Claudia.

»Das soll eine Überraschung werden«, erwiderte der Professor.

Am ganzen Körper zitternd schloss die Frau jetzt ihre Wohnungstür auf, trat ein und knipste das Licht an.

Der Professor gab Richie einen Stoß und schlug ihm den Pistolenknauf mit voller Wucht an die Stelle hinterm Ohr. Der Getroffene ging in die Knie und sackte zu Boden. Sunday schaltete das Licht wieder aus, sah, wie die schemenhafte Gestalt der Frau sich umdrehen wollte, hob die Pistole und sagte: »Keine Bewegung.«

Sie gehorchte. Sunday trat direkt hinter sie und drückte ihr die Pistole in den Nacken.

»Bitte«, sagte sie.

»Das lasse ich mir nicht zweimal sagen«, entgegnete Sunday und schob sie zum Sofa. »Recht herzlichen Dank für die Einladung. Und so, wie du heute Abend duftest, Claudia, also, da wird mir ganz mulchig ums Herz.«

»Oh Gott«, flüsterte sie.

»Du weißt, dass du gerade deinen Eisprung hast, nicht wahr?«, sagte er in wohlwollendem Ton, spreizte ihr im Stehen die Beine und schob ihren Rock nach oben. »So absurd das Leben auch sein mag, aber eines lässt sich nicht bestreiten – es soll und will immer weitergehen.«

»Bitte …«, schluchzte Claudia leise auf.

»Keine Angst. Mr. Mulch tut dir nicht weh«, beschwichtigte Sunday sie. Dabei zog er Prestons gebrauchtes Kondom aus der Tasche und wendete es, zog seinen Reißverschluss auf und streifte sich das Kondom mit der unbenutzten Seite nach innen über den Penis, sodass sich die DNA des Stotterers jetzt auf der Außenseite befand.

»Mulch wird dich bestehlen, damit du Richie nicht beichten musst, was wir getan haben. Aber Mulch wird auch jederzeit wissen, was du unter dem Herzen trägst, Claudia, denn er wird dich beobachten.«

Sie gab jetzt ein ersticktes Schluchzen von sich.

»Und weil Mulch dich beobachtet, weil er genau weiß, welches Geheimnis wir beide miteinander teilen, darum wirst du nicht zur Polizei gehen. Nein, du wirst unser gemeinsames, zukünftiges Leben lieben. Hast du mich verstanden, Claudia? Du wirst unser gemeinsames zukünftiges Leben lieben.«

Sunday drang ein kleines Stückchen in sie ein und stöhnte und zitterte, als sei er sofort gekommen. Dann schlug er auch sie bewusstlos und ließ sie einfach mit hochgezogenem Rock über der Rückenlehne des Sofas liegen.

Ausgezeichnet, dachte der Professor, während er das Kondom abnahm und es vorsichtig wieder in das Plastiktütchen steckte. Ich schätze, das dürfte reichen.

28

»Alex? Aufwachen.«

Bree rüttelte mich an der Schulter, und ich schlug müde die Augen auf. Alle Lichter in unserem Schlafzimmer brannten. Ich hatte das Gefühl, als sei ich gerade erst eingeschlafen.

»Wie viel Uhr ist es?«, brachte ich mühsam hervor. »Welcher Tag?«

»Fast schon fünf«, sagte sie. »Sonntagmorgen.«

»Fünf? Bitte, Bree, ich brauche noch ein paar Stunden …«

»Ich kann nicht mehr länger warten«, beharrte meine Frau. »Ich gehe jetzt da hin, egal, ob du mitkommst oder nicht. Jetzt.«

»Bree, ich hab dir doch gesagt …«

»Du hast gesagt, ich soll ihm noch eine Nacht Zeit lassen«, unterbrach mich Bree. »Das haben wir gemacht. Gut möglich, dass er, während wir hier miteinander plaudern, dort drin auf einer Matratze liegt und schläft.«

Mittlerweile war ich hoffnungslos wach. An der Art und Weise, wie sie ihre Zähne aufeinanderpresste, mit etwas nach rechts verschobenem Kiefer, erkannte ich, dass es keinen Sinn hatte weiterzuargumentieren.

»Okay, okay«, knurrte ich. »Wir fahren. Aber danach lege ich mich noch mal hin.«

»Etwas anderes würde ich auch niemals zulassen«, erwiderte sie, sprang aus dem Bett und fing an, sich anzuziehen.

Ich ließ es ein klein wenig langsamer angehen, aber keine fünfzehn Minuten später kurvten wir durch die Nebenstraßen von Washingtons Südosten und überquerten schließlich den Fluss, um nach Anacostia zu kommen. Es hatte gerade erst angefangen zu dämmern, als ich vor einem Kiosk anhielt, um einen Becher Kaffee zu holen.

»Haben wir dafür Zeit?«, fragte Bree ungeduldig.

»Ich will mich nicht in diese Fabrik reinschleichen, ohne wenigstens ein bisschen was zu sehen«, erwiderte ich. »Der alte Kasten ist sein Zuhause. Er findet sich dort auch im Dunkeln problemlos zurecht. Aber ich nicht, genauso wenig wie du. Und wenn wir die Taschenlampen nehmen, verschwindet er womöglich auf Nimmerwiedersehen.«

Sie betrachtete mich lange, dann sagte sie: »Latte mit Haselnuss. Und einen doppelten Espresso.«

Als ich den Wagen dann vor dem verlassenen Fabrikgebäude abstellte, war es nicht nur ein klein wenig heller geworden, auch das Koffein hatte seine Wirkung getan. Wach und aufmerksam stieg ich aus dem Wagen.

Ich schilderte Bree das Innere des Gebäudes, beschrieb ihr den Raum, in dem die verkohlte Leiche gefunden worden war, den zweiten, in dem der Obdachlose sein Lager aufgeschlagen hatte, und auch, wie er mir über die Treppe und durch ein Fenster auf der Rückseite entkommen war. Dann erklärte ich ihr, was sie machen sollte.

»Bist du sicher, dass du da alleine reingehen willst?«, fragte sie mich.

»Ich schätze, ich komme klar. Und du?«

Sie lächelte. »Du musst ihn nur aufschrecken. Den Rest übernehme ich.«

Wir näherten uns der Fabrik und teilten uns auf. Bree schlich sich auf die Rückseite, und ich nahm denselben Weg wie vorgestern, durch den Haupteingang. Ich gab mir keine Mühe, besonders leise zu sein, ganz im Gegenteil. Ich trat leere Dosen durch die Gegend und nutzte jede Gelegenheit, auf meinem Weg zur nächstgelegenen Kellertreppe anständig Lärm zu machen.

Draußen war es mittlerweile fast taghell, hier drin jedoch herrschte immer noch Dämmerung. Aber schließlich brauchte ich nicht zu sehen, wie der Penner vor mir weglief.

Als ich fast am unteren Ende der Treppe angelangt war, hörte ich ihn, ganz in der Nähe des Raums, in dem die unbekannte Tote aufgefunden worden war.

Er rannte die hintere Treppe hinauf. Ich folgte ihm im gemütlichen Dauerlauf, damit er genügend Zeit hatte, um den Notausgang seiner Wahl zu erreichen.

Bei dem zerbrochenen Fenster angekommen, lehnte ich mich nach draußen. Er lag laut fluchend auf dem Bauch. Bree drückte ihm ein Knie in den Rücken und legte ihm gerade Plastikfesseln an. Der Baseballschläger lag hinter ihr auf dem Boden.

29

»Sie haben wirklich einen beachtlichen Schlag«, sagte ich zu dem Obdachlosen, nachdem Bree ihn mitsamt seinem Baseballschläger ins Gebäude gezerrt hatte.

Er blieb stumm, während wir ihn in sein Versteck brachten und auf seine dreckige Matratze verfrachteten. Bei Licht betrachtet, wies er mit dem wirren Haarschopf und dem wilden Bart sowie seinen blassblauen, etwas aus der Achse geratenen Augen eine beachtliche Ähnlichkeit mit Ted Kaczynski auf, dem sogenannten Unabomber, der die Öffentlichkeit über zwanzig Jahre lang in Atem gehalten hatte.

»Name?«, sagte ich zu ihm. Kleine Zweige und zerfetzte Blätter hingen in seinem Bart.

»Bullen?«

»In der Tat, genau das sind wir.« Ich zeigte ihm meine Dienstmarke und den Ausweis.

»Brauch ich'n Anwalt?«

»Ich könnte Sie wegen Hausfriedensbruchs und tätlichen Angriffs auf einen Polizeibeamten festnehmen«, sagte ich. »Oder aber Sie beantworten mir ein paar Fragen.«

Er musterte uns etliche Sekunden lang mit seinen merkwürdigen Augen, dann sagte er: »Everett Prough.«

»Woher stammen Sie, Everett?«, wollte ich wissen.

»Das sehen Sie doch«, lautete seine Antwort.

»Hier haben Sie also Ihr ganzes Leben lang gewohnt?« Brees Stimme klang freundlich.

»Spielt es eine Rolle, wie ich hierhergekommen bin?«, antwortete er.

»Eigentlich nicht«, sagte ich. »Wie lange hausen Sie schon hier?«

»Keine Ahnung, war zwischendurch immer wieder mal weg. Was wollt ihr eigentlich von mir?«

Ich zeigte ihm den durchsichtigen Indizienbeutel mit Avas blauem Pullover. Everett Prough blinzelte, starrte ihn etliche Sekunden lang an und fragte mich dann mit gespieltem Desinteresse: »Und?«

»Den habe ich aus Ihrem Einkaufswagen genommen, vorgestern Abend, gleich nachdem Sie mich niedergeschlagen haben.«

»Ja, das glaube ich sofort. Das war Diebstahl.«

»Woher haben Sie diesen Pullover, Everett?«

Der Obdachlose wand sich, als sei ihm gerade eben etwas ins Hosenbein gekrabbelt. Dann sagte er: »Weiß nich' mehr.«

»Aber sicher wissen Sie das«, meinte Bree. »Die entscheidende Frage aber lautet: Wissen Sie auch, wem dieser Pullover gehört?«

Prough krümmte sich und starrte auf den Fußboden, als lägen dort Geheimnisse verborgen, die nur er entschlüsseln konnte. Dann nickte er. »Ich kenn sie.«

Plötzlich breitete sich ein grässliches Gefühl in meiner Magengegend aus, eine Leere, wie ich sie noch nie zuvor empfunden hatte. Wer war dieser Kerl? Was bedeutete er Ava? Was hatte er ihr angetan?

Bree ließ nicht locker: »Wem gehört dieser Pullover?«

Prough kniff die Augen zusammen und schob das Kinn vor, als würde er gezwungen, einen grässlichen Schrecken zu durchleben, den er am liebsten für alle Zeiten vergessen hätte.

»Gehört dem Mädchen«, sagte er. »Dem Mädchen, das das andere Mädchen umgebracht hat. Und dann hat sie sie angezündet.«

30

Zwei Stunden später vibrierte in Sunday schon wieder die freudige Erwartung. Er saß in seinem Lieferwagen, den er unweit des Personaleingangs des *Mandarin Oriental Hotel* abgestellt hatte. Um wach zu bleiben, leerte er noch schnell eine Dose Red Bull. Nach seinem kleinen Abenteuer in Alexandria war er direkt hierhergefahren.

Er schätzte, dass es gegen Viertel vor fünf losging. Zur Überbrückung der Wartezeit stopfte er sich Wattebäuschchen in die Backen, setzte sich braune Kontaktlinsen in die Augen und eine dunkelbraune Elvisperücke auf den Kopf. Zu guter Letzt streifte er ein paar hautfarbene Latexhandschuhe über und rieb sich das Gesicht mit Selbstbräunungslotion ein. Anschließend wischte er die Handschuhe mit einem Papiertuch wieder trocken.

Es wurde 4.45 Uhr. Nichts passierte.

4.50 Uhr. Immer noch nichts.

Er begann bereits, an seinem Instinkt zu zweifeln, was nicht oft vorkam. Doch dann fuhr ein Toyota neueren Baujahrs am Personaleingang und auch an seinem Lieferwagen vorbei und parkte etwas weiter entfernt am Straßenrand. Ein Mann in schwarzer Hose, schwarzen Schuhen, weißem Hemd und Krawatte stieg aus. Er hatte ein weißes Sakko in der Hand. Der erste Frühstückskellner war zur Arbeit erschienen.

Sunday überquerte die Straße und ging auf den Kellner zu. Er musste etwa Ende zwanzig sein und war noch nicht einmal halb wach.

»Tschuldigung, Kumpel«, rief der Harvard-Professor mit einem leidlich glaubhaften australischen Akzent. »Ist mein erster Tag heute.«

»Mir nach«, sagte der Kellner müde im Vorbeigehen.

»Alles klar«, erwiderte Sunday und schlug ihn mit voller Wucht auf den Hinterkopf.

Der Kellner kippte nach vorn, doch der Professor erwischte ihn noch rechtzeitig am Hemd, bevor er mit der Nase auf dem Bürgersteig landete. Er zerrte sein Opfer hinter einen der Müllcontainer des Hotels, durchsuchte seine Taschen und fand den Hotel-Ausweis. Er steckte das Ding ein und schlüpfte in das Jackett. Passte gar nicht so schlecht.

Dann versetzte er dem Kellner noch einen Schlag, so fest, dass er mehrere Stunden lang außer Gefecht sein würde. Anschließend bedeckte er den Kerl mit Müll, ging zum Personaleingang und steckte den Ausweis in den vorgesehenen Schlitz. Als die Tür aufglitt, musste der Professor grinsen.

Beim Betreten des Kellerflurs auf der Rückseite des Hotels kam Sunday der Geruch nach frisch gebackenem Brot, brutzelndem Speck und frischem Kaffee entgegen. Er kämpfte gegen den Brechreiz, den der Speckgeruch in ihm auslöste, schnappte sich einen der drei Servicewagen, die an der Wand des Flurs bereitstanden, und schob ihn an eine etwas weniger hell ausgeleuchtete Stelle. Dann warf er seine Sporttasche in das untere Abteil des Wagens, suchte und fand ein weißes Tischtuch und ein paar Teller. Dazu kamen noch eine Serviette, Besteck, ein Steakmesser, zwei Gläser und eine leere Kaffeekanne.

»Der Kaffee ist gleich fertig«, ertönte eine Frauenstimme.

Der Professor drehte sich um und lächelte zur Begrüßung. Die Frau war Anfang fünfzig, und ihre Schürze war voller Mehlstaub. Sie stand ungefähr fünf Meter entfernt und klopfte eine Zigarette aus einer Packung.

»Ausgezeichnet«, meinte Sunday freundlich.

»Neu hier?«, sagte sie und kniff die Augen zusammen, als könnte sie ihn nicht besonders gut sehen.

»Genau«, entgegnete er. »Erst mal nur befristet, könnte aber auch länger werden. Zufrieden hier?«

Aus ihrem Lachen wurde ein Raucherhusten. »Wie's eben ist, wenn man sonntagmorgens um vier vor einem zweihundert Grad heißen Ofen schuften muss. Alles Gute. Muss erst mal eine rauchen.«

»Viel Spaß.«

Die Tür ging auf und wieder zu. Sunday wartete kurz und ging dann zu der Tür, durch die sie gekommen war. Dort entdeckte er einen Vorraum und dahinter – sichtbar durch ein großes Fenster – die Küche, in der Hochbetrieb herrschte. Drei Kaffeemaschinen standen rechts an der Wand des Durchgangs. Er nahm eine Kanne, stellte sich an eine der Maschinen und fing an, die Kanne zu füllen, da rief ihm ein Mann aus der Küche zu: »Ein Denver-Omelett mit Speck, ohne Kartoffeln.«

Der Professor machte die Kanne drei Viertel voll, wartete, bis der Koch wieder weg war, schnappte sich den Teller und huschte in den Flur zurück. Er stellte den Teller unter die Edelstahlhaube und eilte weiter, auf der Suche nach einem Fahrstuhl.

Hinter der nächsten Ecke wurde er fündig, betrat die Kabine und drückte die Taste für den vierzehnten Stock. Dabei hielt er ununterbrochen den Kopf gesenkt. Als die Türen sich geschlossen hatten, ging er in die Knie, griff nach der Sporttasche und zog den Reißverschluss auf. Hoffentlich hatte er die richtige Zimmernummer.

Gestern Abend, kurz nach Verlassen des Hotels, hatte er mit einem Prepaidhandy die Rezeption angerufen und gebeten, mit Timothy Jackson verbunden zu werden. Nachdem Jackson sich gemeldet hatte, hatte Sunday mit britischem Akzent gesagt: »Hier spricht Mulch von der Rezeption. Wir haben Beschwerden aus Ihrem Nachbarzimmer 604 erhalten, wegen zu lauter Musik, und möchten Sie …«

»Da sind Sie komplett auf dem Holzweg, Mulch. Ich habe Zimmer 1401«, war Jackson ihm verärgert ins Wort gefallen. »Aber wo ich Sie schon mal an der Strippe habe, ich möchte um 6.45 Uhr Frühstück aufs Zimmer haben. Die Bestellung hänge ich an die Tür.«

»Sehr wohl, mein Herr«, hatte Sunday gesagt und aufgelegt.

Jetzt holte der Professor ein weißes 120-Milliliter-Fläschchen aus seiner Sporttasche. Auf dem Etikett stand:

QZT Vapes
92,2 % Nikotinflüssigkeit, geschmacklos
Extrahiert aus feinstem South-Carolina-Tabak

Der Professor merkte, dass der Fahrstuhl bereits den siebten Stock passiert hatte. Er musste sich beeilen. Schnell schraubte er das Fläschchen auf – gut, dass er die Latexhandschuhe trug – und kippte fast den ganzen Inhalt in die Kaffeekanne.

Pling! Die Fahrstuhltüren glitten auf. Vierzehnter Stock.

Der Professor warf einen Blick auf seine Armbanduhr.

Um 5.25 Uhr setzte er sich in Bewegung. Er empfand keine Angst, verschwendete keinen Gedanken an eine mögliche Festnahme, war ausschließlich auf sein Ziel konzentriert. Er sah die Überwachungskamera hoch oben in der ersten Ecke, zog eine kleine Sprühdose mit Pflanzenöl aus der Sporttasche und sprühte die Linse im Vorbeigehen damit ein.

Das Gleiche machte er mit den drei anderen Kameras auf dem Flur, bevor er kurz und kräftig an die Tür von Zimmer 1401 klopfte.

Er hatte fast damit gerechnet, dass er beim ersten Mal keine Reaktion bekommen würde, darum klopfte er noch einmal, noch lauter, und sagte mit spanischem Akzent: »Zimmerservice.«

Im Zimmer ertönte ein Fluch, und dann hörte er, wie jemand zur Tür kam. Voller Selbstbewusstsein lächelte der Professor in den Türspion. Der Riegel wurde zurückgeschoben, und die Tür ging auf.

Ein sehr verärgerter Timothy Jackson blickte ihn an. »6.45 Uhr, habe ich gesagt. Jetzt ist es 5.25 Uhr.«

Sunday reagierte verwirrt. »Oh«, sagte er. »Entschuldig. Sie falsch aufschreiben?«

»Von wegen fünf Sterne«, zischte Jackson ihn an.

»Ich soll kommen zuruck spater?«, fragte der Professor.

Jackson holte tief Luft und schüttelte den Kopf. »Nein, jetzt bin ich schon wach. Bringen Sie's rein. Ist ja nicht Ihre Schuld.«

»Jawohl, Sir.« Ganz der beflissene Dienstbote, so rollte Sunday den Wagen durch die Tür. Es war eines dieser Managerzimmer mit Riesendoppelbett, Sofa und Schreibtisch für den reisenden Geschäftsmann.

Jackson kam hinter ihm her und ließ die Tür ins Schloss fallen.

Der Professor stellte den Wagen neben das Sofa und sagte: »So gut?«

»Ja, von mir aus, egal«, erwiderte der Rechtsanwalt und gähnte, während Sunday in die Knie ging und so tat, als wollte er die Räder des Wagens feststellen. Stattdessen wischte er jedoch die Außen- und Innenseite von Preston Elliots gebrauchtem Kondom an Jacksons Anzughose ab, die auf einem Stuhl ganz in der Nähe lag. Dann erhob er sich wieder, steckte das Kondom in seine Tasche und griff nach der Kaffeekanne.

»Das ist aber kein koffeinfreier, oder?«, fragte Jackson.

»Französische Röstung, Sir«, erwiderte Sunday.

»Gut. Genau das wollte ich h…« Der Rechtsanwalt hatte die Edelstahlglocke angehoben und starrte auf den Teller. »Was, verdammt noch mal…? Ich wollte drei Spiegeleier haben, mit gebratenem Speck und Weizentoast.«

Sunday machte sich klein, so gut er nur konnte. »Tut mir furchtbar leid, Sir. Ich nehmen und bringen richtig Fruhstuck, sofort.«

»Was?«, herrschte der Rechtsanwalt ihn an. »Ja, bitte, machen Sie das. Das ist etwas völlig anderes, als ich bestellt habe.«

»Ich lasse Kaffee hier, bringe andere gleich.«

»Zucker und Milch auch. Und eine *Washington Post*.«

Sunday verbeugte sich und stellte die Tasse, die Untertasse sowie das Milchkännchen und die Zuckerschale auf den Tisch. »Ich entschuldige noch mal, Sir. Fruhstuck ist gratis.«

»Na gut«, erwiderte Jackson, während Sunday den Wagen wegrollte. »Immerhin.«

»Das ist wirklich das Mindeste, was das Haus für Sie tun kann«, gab der Professor zurück und ließ die Zimmertür hinter sich ins Schloss fallen.

31

Erschüttert und niedergeschlagen verließen Bree und ich das alte Fabrikgebäude. Everett Prough folgte uns mit langsamen, schlurfenden Schritten.

»Ich kann es einfach nicht glauben.« Der Schmerz war Brees leisen Worten deutlich anzuhören.

»Seine Geschichte klingt einigermaßen schlüssig«, sagte ich, aber das machte es keinen Deut besser.

»Aber wirklich überzeugend?«

Ich wusste nicht, was ich sagen sollte. Wir hatten dem Obdachlosen ein Foto von Ava gezeigt, und er hatte sie als Mörderin und Leichenschänderin identifiziert. Prough behauptete, dass Ava zu einer Clique von sechs oder sieben jugendlichen Ausreißerinnen gehörte, die im Lauf der letzten Monate immer wieder in die alte Fabrik gekommen waren, um Drogen zu nehmen und dort zu übernachten. Er verlegte seinen Schlafplatz in regelmäßigen Abständen, um möglichst wenig aufzufallen. In der Mordnacht war er in der Abenddämmerung hierhergekommen, und zwar zum ersten Mal seit einem Monat.

Prough fuhr fort, dass er schon beim Näherkommen gehört hatte, wie die Mädchen sich um Geld und Meth gestritten hatten. Es war klar, dass sie schon etwas genommen hatten. Prough hatte sich angeschlichen und heimlich beobachtet, wie Ava und ein anderes Mädchen mit pechschwarz gefärbten Haaren sich erst ununterbrochen angeschrien und dann angefangen hatten, sich an den Haaren zu ziehen.

»Sie hat der anderen ein Bein gestellt, und dann hat sie ihr einen Ellbogenschlag verpasst, so«, berichtete Prough, umfasste sein Handgelenk und rammte dann den Ellbogen mit Wucht seitlich nach hinten. Ich kannte diese Bewegung, und das machte mich sehr traurig.

Ich hatte sie Ava selbst beigebracht, genau wie meinen anderen Kindern auch.

Prough sagte, dass das schwarzhaarige Mädchen nach dem Schlag sofort umgefallen und mit dem Kopf gegen einen Pfeiler geprallt war. Dann hatte sie sich nicht mehr gerührt.

»Da hat die andere kapiert, was sie gemacht hat, und hat angefangen zu heulen. Aber dann hat sie einen Benzinkanister geholt und ihn über der Toten ausgekippt und sie mit einer brennenden Zigarette angezündet.«

Dann war Ava weggerannt, mit einem blauen Rucksack auf dem Rücken. Und Prough, der nicht in der Nähe sein wollte, wenn der Leichnam entdeckt wurde, war ihr wenige Minuten später gefolgt und hatte dabei den Pullover gefunden. Den hatte sie offensichtlich bei der Flucht verloren.

Es gab etliches, was mich an seiner Geschichte störte. »Wo hatte sie denn das Benzin her?«, wollte ich wissen.

Prough zuckte mit den Schultern. »Das hatte sie wohl aus irgendeinem Grund da.«

»Das würde ja Vorsatz bedeuten«, meinte Bree.

Prough sah sie verdutzt an und zuckte noch einmal mit den Schultern. »Keine Ahnung.«

»Wie oft haben Sie sie vor diesem Abend schon gesehen?«

»Mehr als einmal.«

»Hat sie mit Ihnen geredet?«, erkundigte sich Bree.

»Sie hat ja keine Ahnung gehabt, dass ich überhaupt da bin«, erwiderte Prough. »Ich mag keine Menschen.«

»Aber Sie spionieren sie aus?«

»Manchmal«, gab er zu.

»Wären Sie bereit, das, was Sie gesehen haben, vor Gericht zu bezeugen?«, fragte ich ihn.

Er nickte zögerlich. »Wenn es sein muss.«

Ich hatte den Großteil des Gesprächs aufgezeichnet. Aber wir nahmen Prough trotzdem mit auf die Wache, um eine schriftliche Aussage aufzunehmen. Wir setzten ihn auf die Rückbank und machten sämtliche Fenster auf, weil er so übel stank. Ich ließ den Motor an. Die Vorstellung, dass dieses scheue Mädchen, das so lange unter unserem Dach gelebt hatte, weggelaufen und in die Drogenszene geraten war, ein anderes Mädchen ermordet und dann die Leiche verbrannt hatte, machte mich fassungslos.

Wir waren noch keinen Häuserblock weit gekommen, da klingelte mein Handy. Sampson. Ich meldete mich. »John?«

»Alex, gerade ist Timmy Jackson tot im *Mandarin Oriental* aufgefunden worden.«

32

Mandy Lee Francones' Rechtsanwalt lag der Länge nach ausgestreckt am Fußende des Doppelbetts, neben ihm ein umgekippter Kaffeebecher. Die weit aufgerissenen Augen des Anwalts waren blutunterlaufen, und sein Mund stand weit offen, als würde er nach Luft schnappen.

»Auf den ersten Blick würde ich sagen Herzinfarkt, meine Herren«, sagte Tony Bracket. Er war der zuständige Gerichtsmediziner.

»Der Kerl ist doch höchstens vierunddreißig«, meinte Sampson. »Und hat einen Körper wie ein Stier.«

»Dann braucht er aber auch ein Herz wie ein Stier«, erwiderte Bracket. »Hat er in letzter Zeit vielleicht Stress gehabt?«

»Das könnte man sagen«, sagte ich. Ich hatte Prough Bree überlassen und war mit dem Taxi direkt ins Hotel gekommen.

Jetzt blickte ich mich im Zimmer um. Kaffeekanne auf dem Tisch. Aufgerissenes, leeres Zuckerpäckchen. Kaffeesahne. Anzughose und Jackett. Ich zog Latexhandschuhe an, nahm den Anzug hoch und sah die Schmierspuren am rechten Hosenbein sofort.

»Das ist frisch«, sagte ich und gab die Hose einem Kriminaltechniker.

Dann schnüffelte ich an der Kaffeesahne und dem Zuckerpäckchen. Probierte beides mit der Zunge. Nichts. Ich schraubte den Deckel der Kaffeekanne ab und schnüffelte ebenfalls, aber ich roch nur Kaffee. Kurz bevor ich den Finger in die braune Flüssigkeit stecken wollte, fing mein Herz an zu rasen, und ich hielt inne.

Mir wurde schwindelig. Ich stellte die Kanne ab und musste mich einen Moment lang am Tisch festhalten. Erst dann verlangsamte sich mein Herzschlag wieder, und das seltsame Schwindelgefühl ließ nach.

»Tut mir leid, Doc«, sagte ich zu Bracket, der gerade die Körpertemperatur des Leichnams feststellte. »Aber wir behandeln das vorerst als Mord, bis zum Beweis des Gegenteils.«

»Wieso denn das?«, wollte Sampson wissen, der gerade die Schränke durchsah.

Ich zeigte auf die Kaffeekanne. »Ohne Gasmaske gehe ich nicht mal mehr in die Nähe von dem Ding da. Entweder hatte ich gerade eine zufällige Herzrhythmusstörung, oder der Kaffee ist vergiftet, und zwar nicht zu knapp.«

»Wo hat er den eigentlich her?« Sampson stellte sich neben mich und beäugte die Kanne, als würde sie einen ekligen Geruch verströmen.

»Genau«, sagte ich.

Mithilfe der digitalen Datenbank des hoteleigenen Sicherheitsdiensts erfuhren wir, dass Jacksons Zimmertür um 5.25 Uhr geöffnet worden war, und dann noch einmal um 5.29 Uhr. Genau eine Stunde und achtzehn Minuten vor der Entdeckung der Leiche durch den Zimmerservice.

Wir stellten außerdem fest, dass irgendjemand wenige Minuten, bevor Jacksons Zimmertür geöffnet worden war, die Objektive der Überwachungskameras mit Glibberzeug eingesprüht hatte, sodass die Bilder vollkommen unscharf geworden waren. Ob das dasselbe Zeug war wie an der Hose des Anwalts?

Während die Kriminaltechniker ihre Arbeit machten und die Wachleute des Hotels die Aufnahmen aller Überwachungskameras der letzten fünf Stunden für uns kopierten, suchten Sampson und ich nach Mandy Bell Lee. Die Country- und Western-Sängerin saß zwei Stockwerke tiefer auf dem Bett in ihrem Zimmer. Sie trug die gleichen Sachen wie am Abend zuvor, hatte sich an das Kopfbrett gelehnt und die Beine angezogen. Tränen und Mascara hatten deutliche Spuren auf ihrem Gesicht hinterlassen, genau wie der Kater, der Schock und die Trauer.

»Alle sterben sie, alle, die mir nahestehen«, sagte sie mit zitternder Stimme.

»Darüber wundern wir uns auch«, sagte Sampson.

»Irgendjemand hat gesagt, dass es ein Herzinfarkt war …?«

»Das wissen wir noch nicht genau«, erwiderte ich. »Wann haben Sie Mr. Jackson das letzte Mal gesehen?«

»Ich weiß nicht. Um neun? Zehn? Ich hatte ziemlich viel getrunken.«

»Waren Sie die ganze Nacht hier?«, erkundigte sich Sampson.

»Ja, ich …« Mandy Bell starrte auf ihren Schoß. Sie sah verloren aus. »Ich bin sofort eingeschlafen, noch komplett angezogen. Ich bin erst aufgewacht, als der Sicherheitsdienst angeklopft hat.«

Ich wusste, dass die elektronischen Daten mit ihrer Aussage übereinstimmten, und sagte: »Nehmen wir einfach einmal an, dass es kein Herzinfarkt war. Nicht, dass ich das behaupten würde, aber ich muss Sie das so oder so fragen. Haben Sie vielleicht einen Stalker? Jemanden, der wollen würde, dass der Bekloppte und Mr. Jackson aus Ihrem Leben verschwinden?«

Der Country-Star brach in leises Weinen aus. »Zwei oder drei. Ich habe aber gegen jeden eine einstweilige Verfügung… Timmy hatte ein Kind, verstehen Sie? Aus seiner geschiedenen Ehe. Garth ist erst zwei Jahre alt. Jetzt wird er seinen Daddy nie kennenlernen. Und ich…«

Damit schien auch der letzte Damm zu brechen, und sie fing hemmungslos an zu schluchzen. »Entschuldigen Sie«, sagte sie und flüchtete ins Badezimmer.

Kurze Zeit später kam sie wieder. Sie hatte sich die Schminke aus dem Gesicht gewischt und sah blass und ungepflegt aus.

»Können Sie uns die Namen dieser Stalker geben?«, bat Sampson.

Sie nickte teilnahmslos und setzte sich wieder auf das Bett. »Ich hasse die.«

»Sollen wir vielleicht jemanden für Sie anrufen?«, fragte ich sie.

»Einen anderen Anwalt, meinen Sie?«

»Eher jemanden, der bei Ihnen ist und sich um Sie kümmern kann«, erwiderte Sampson. »Das alles ist ja nicht ganz leicht zu verkraften, meinen Sie nicht?«

»Meine Eltern sind tot«, sagte sie dumpf. »Meine Schwester lebt in Omaha. Cindy Bell.«

»Geben Sie mir ihre Nummer«, sagte ich.

Zehn Minuten später legte ich auf und sagte: »Sie nimmt den nächsten…«

Da klopfte es an die Zimmertür. Ich öffnete und stand einem kleinen Mann namens Waters gegenüber. Er war der Sicherheitschef des Hotels.

»Einer unserer Kellner ist gerade aufgetaucht. Er hat eine stark blutenden Kopfwunde«, sagte er. »Er behauptet, dass er von einem Kerl niedergeschlagen wurde, der wie Elvis aussieht.«

Wir fanden Carl Raynor in einem Umkleideraum neben der Küche, wo er gerade von den Sanitätern verarztet wurde. Raynor sagte aus, dass es noch dunkel gewesen war, als Elvis auf ihn zugekommen sei und behauptet hatte, dass heute sein erster Arbeitstag im Hotel sei.

»Ab da weiß ich gar nichts mehr. Ich komme da draußen im Gebüsch zu mir, in meinem Schädel tobt der Dritte Weltkrieg … und mein Dienstausweis ist auch weg.«

Jetzt konnten wir die Tatzeit noch genauer eingrenzen. Mithilfe der elektronischen Aufzeichnungen und der Kameras rund um den Personaleingang konnten wir den Mann, den wir für den Mörder von Mandy Bells Highschoolschwarm hielten, aus etlichen Perspektiven sehen.

Doch Elvis war clever. Genau wie der Tatverdächtige vor dem Superior Spa hielt er den Kopf immer gesenkt. Offensichtlich wusste er, dass mehrere Objektive auf ihn gerichtet waren. Wir sahen, wie er einen Rollwagen vor sich her schob und in Jacksons Stockwerk fuhr. Und eine Viertelstunde später verließ er das Hotel durch den Personaleingang wieder. Aber sein Gesicht bekamen wir kein einziges Mal wirklich zu sehen.

Da meldete sich eine der Hotel-Bäckerinnen bei uns. Sie hatte den Killer gesehen, hatte sogar ein paar Worte mit ihm gewechselt. Sie sah sich ein paar Standbilder aus den Überwachungskameras an und konnte ihn anschließend sehr genau beschreiben.

»Er hat einen netten Eindruck gemacht«, sagte sie. »Irgendwie fröhlich, verstehen Sie?«

Sampson nickte bedauernd. »Wir arbeiten schon lange

bei der Mordkommission, Madam, und leider kommt es so gut wie nie vor, dass jemand, der einem Killer begegnet, von Anfang an weiß, dass er es mit einem durchgeknallten Psychopathen zu tun hat.«

33

Am nächsten Morgen gegen Viertel vor acht blinzelte Kelli Adams noch ein-, zweimal, um die letzten Anflüge ihrer Migräne loszuwerden, überprüfte ein letztes Mal ihr Make-up und ging dann mit selbstbewussten Schritten auf die Tür eines luxuriösen Reihenhauses bei Foggy Bottom zu. Heute trug sie jedoch keinen konservativen Anzug. Vielmehr war sie – zumindest wenn man dem Schriftzug auf ihrer Windjacke trauen konnte – als frischgebackene Absolventin der Catholic University unterwegs.

Sie steckte ihre rechte Hand in den Jackenärmel und drückte durch den Stoff hindurch auf den Klingelknopf. Fast im selben Augenblick hörte sie eine Männerstimme rufen. Niemand machte ihr die Tür auf. Sie klingelte erneut und hörte jetzt Schritte näher kommen. Die Tür wurde aufgerissen. Vor ihr stand eine abgehetzte Frau Mitte dreißig in Bürokleidung. Sie hielt einen acht Monate alten Jungen in den Armen.

»Kelli?«, sagte die Frau.

»Hallo«, erwiderte Adams mit strahlendem Lächeln. »Frau Dr. Lancaster?«

»Ellen«, erwiderte Frau Dr. Lancaster und streckte ihr die Hand entgegen. »Wollen Sie reinkommen?«

»Ja, gerne.« Kelli Adams gab ihr die Hand und trat über die Schwelle. Sie zwinkerte dem kleinen Jungen zu, der sofort anfing, wie wild an seinem Daumen zu nuckeln.

»Das ist Evan«, sagte Frau Dr. Lancaster. »Seit Neuestem ist er in seinen Daumen verliebt.«

Adams kitzelte den Kleinen und sagte: »Hallo, Evan. Wir werden bestimmt gute Freunde werden.«

Evan kicherte und drückte sich an seine Mutter.

»Das ist ein gutes Zeichen«, sagte seine Mutter. »Wir haben schon mehrere Kindermädchen gehabt. Am Anfang fremdelt er in der Regel sehr stark, aber Sie scheint er zu mögen.«

»Das haben Sie ja schon am Telefon gesagt. Aber wir werden bestimmt gut miteinander auskommen.«

»Wie gut, dass Sie so kurzfristig verfügbar waren«, meinte Dr. Lancaster und übergab Kelli ihren Sohn. »Ihre Vorgängerin hat uns ohne jede Vorwarnung verlassen.«

Adams wiegte das Baby fachgerecht hin und her. »Ich habe mich sofort bei Ihnen gemeldet, als ich die Anzeige gesehen habe.«

»Und darüber bin ich wirklich sehr froh. Sie haben ja hervorragende Beurteilungen bekommen.«

»Ich wäre wirklich sehr gerne geblieben, bei beiden Familien, aber ich möchte eben eine Vollzeitstelle haben.«

Ellen Lancaster legte die Hand aufs Herz, als wollte sie einen Eid schwören. »Perfekt. Sie glauben ja gar nicht, wie schwierig es ist, jemanden zu fi…«

»Ich muss los, bin spät dran!«, rief ein Mann, der im Anzug, mit blütenweißem Hemd und gestreifter Krawatte die Treppe heruntergeeilt kam, ohne den Blick von seinem iPhone zu nehmen.

»Bill, das ist Kelli«, sagte Dr. Lancaster.

»Sehr erfreut, aber ich muss in zwanzig Minuten bei Senator McCord im Büro sein«, sagte ihr Ehemann und eilte zur Tür hinaus.

Ellen Lancaster blickte ihrem Mann hinterher und sagte:

»Sag Auf Wiedersehen zu Daddy, Evan. Und ich muss mich auch beeilen. Wir wollen schließlich nicht, dass jemand an einem gebrochenen Herzen stirbt, nicht wahr?«

»Wann kann ich wieder mit Ihnen rechnen?«, erkundigte sich Adams.

»Ich habe Ihnen eine Liste auf den Küchentisch gelegt. Da finden Sie unsere Telefonnummern, alles, was Evan mag und nicht mag, und seinen Tagesablauf. Milch habe ich ausreichend abgepumpt, sie steht im Kühlschrank. Ach, und da steht auch die Medizin gegen seine Ohrenschmerzen. Alles andere erklärt sich von selbst.«

»Bestimmt«, erwiderte Adams.

Dr. Lancaster warf ihrem Jungen ein Luftküsschen zu. »Mommy geht nur bis drei arbeiten.«

Sie ging zur Tür hinaus, und Kelli Adams folgte ihr mit Evan im Arm. Sie nahm seinen Unterarm und winkte damit seiner Mutter zu.

Leise flüsterte sie dem Baby ins Ohr: »Sag Auf Wiedersehen, Evan. Auf Wiedersehen, Mommy.«

34

Ich war an diesem Montag erst spät an meinem Schreibtisch, wo bereits zwei Berichte auf mich warteten. Sie stammten von Detective Paul Brefka. Er war einer der beiden Teilzeit-Kollegen, die Captain Quintus uns versprochen hatte.

Brefka war offensichtlich ein effizienter Ermittler mit einer guten Intuition. Nachdem er den Namen der Betreibergesellschaft des Superior Spa – Relax LLC – in Erfahrung gebracht hatte, hatte er auf Verdacht nach anderen Gesellschaften mit beschränkter Haftung gesucht, die ebenfalls den Begriff »Relax« im Namen trugen. Er hatte insgesamt neunzehn Stück gefunden, die allesamt in Delaware registriert waren.

Allerdings tauchte der Name Trenton Wiggs – so hieß der eingetragene Besitzer des Superior Spa – im Zusammenhang mit diesen anderen Firmen nicht wieder auf. Dafür aber ein »Harold Trenton« und ein »Charles Wiggs«. Den Angaben zufolge waren diese Männer gemeinsame Besitzer der Firma »Total Relaxation Ventures« mit Sitz in Reston, Virginia. Brefka hegte den starken Verdacht, dass sich dahinter eine einzige Person verbarg, die ein ganzes Massagesalon-Imperium beherrschte. Ich auch. Darum machte ich mir eine Notiz: Besuch bei »Total Relaxation«.

Detective Brefkas zweiter Bericht befasste sich mit Cam Nguyen.

Er hatte mithilfe der Textnachrichten und Anrufe auf ihrem Handy viele ihrer Freunde und Kommilitonen ausfindig gemacht und mit ihnen gesprochen. Alle hatten übereinstimmend erklärt, dass sie wie vor den Kopf gestoßen waren, als sie erfahren hatten, dass Cam als Prostituierte gearbeitet hatte. So war es auch ihrem festen Freund ergangen, der an der George Washington University studierte und am Tatabend als Tellerwäscher im Foggy Bottom Pub gearbeitet hatte. Weder er noch irgendjemand sonst aus ihrem Bekanntenkreis hatte seitdem etwas von Cam Nguyen gehört.

Bei der Überprüfung ihres Bankkontos stellte sich heraus, dass sie knapp fünfzehntausend Dollar angespart hatte. Und an der Aufstellung ihrer Kreditkartendaten war zu erkennen, dass sie nicht nur gespart, sondern auch gerne und viel ausgegeben hatte – bis zum Abend der Morde. Ab da nicht mehr.

»Gibt es da eine Verbindung?«, schreckte Captain Quintus mich auf. »Zwischen dem Mord an Francones und dem an Jackson?«

»Das kann doch unmöglich Zufall sein.«

»Bilder aus den Überwachungskameras?« Der Chef der Mordkommission nahm sich einen Stuhl.

»Der Elvis war gut«, erwiderte ich. »Richtig gut. Wir haben nicht *einmal* freie Sicht auf sein Gesicht bekommen. Außerdem muss er Handschuhe getragen haben, weil er keinerlei Spuren in Jacksons Hotelzimmer hinterlassen hat. Zumindest haben wir bis jetzt noch nichts gefunden.«

»Wer könnte Francones und gleichzeitig dem Rechtsanwalt seiner Witwe den Tod wünschen?«

»Vielleicht ja die Witwe selbst, aber eigentlich glaube ich das nicht«, schaltete Sampson sich ein, der gerade mit zwei Kaffeebechern hereingekommen war. »Oder einer von den drei Typen, die Mandy Bell verfolgt haben. Oder Francones' Manager und sein Agent.«

»Snyder und Timmons«, sagte ich und nickte. »Sie haben ziemlich heftig reagiert, als sie erfahren haben, dass Mandy und der Bekloppte geheiratet haben.«

»Ob die beiden Jackson umgebracht haben, damit sie sie besser manipulieren können?«, grübelte Quintus.

»Kommt mir sehr weit hergeholt vor«, erwiderte Sampson. »Ich meine, sie haben ja an den Einnahmen des Bekloppten verdient und nicht an denen seiner Frau.«

»Überprüfen Sie das«, sagte Quintus. »Überprüfen Sie alles.«

Ich lächelte matt. »Machen wir doch sowieso, Captain.«

35

Während Sampson versuchte, Kontakt zu Francones' Agenten und Manager aufzunehmen, besorgte ich mir einen Wagen und fuhr zur 14th Street Bridge. Ich wollte nach Reston, zum Sitz von Total Relaxation Ventures.

Bis mein Handy klingelte. Es war Bree.

»Hey du«, sagte ich. »Bist du mit Proughs Aussage fertig geworden?«

»Ja, aber ich habe sie noch nicht weitergereicht, und außerdem fühle ich mich immer noch mies, weil wir ihn gestern haben laufen lassen.«

»Es gab keinen Grund, ihn festzuhalten.«

Es folgte eine Pause, dann sagte sie: »Bleib mal kurz dran.«

Nach einer kurzen Stille war sie wieder da. Ihre Stimme klang eindringlich. »Wo bist du?«

»Auf dem Weg nach Reston. Wieso? Was ist los?«

»Wir haben hier schon wieder eine Kindesentführung«, sagte sie. »Ein acht Monate alter Junge. Dieses Mal bei der Prominenz. Die Mutter ist Kardiologin an der Uniklinik, der Vater ein bedeutender Lobbyist auf dem Capitol Hill. Ich brauche dich hier.«

»Ich arbeite im Moment an vier Kapitalverbrechen gleichzeitig, und nirgendwo mache ich irgendwelche Fortschritte.« Meine Stimme war nur noch ein heiseres Flüstern.

»Nur für die ersten Gespräche«, beharrte Bree. »Ich glaube mittlerweile, dass wir es mit einem Serien-Kidnapper zu tun haben könnten. Ist das nicht eines deiner Spezialgebiete?«

»Bis jetzt habe ich *einmal* mit so einem Fall zu tun gehabt. Das macht mich nicht gleich zum Spezialisten.«

»Immer noch eher als mich«, erwiderte Bree. »Der entführte Junge ist gerade mal acht Monate alt, Alex. Er ist ihr einziges Kind.«

Ich seufzte, warf einen Blick auf meine Armbanduhr, sah, dass es fast schon drei Uhr war, und sagte: »Wie ist die Adresse?«

Dann rief ich Quintus an, um ihm zu sagen, dass ich für maximal zwei Stunden nach Georgetown fahren würde, nur um auszuhelfen. Er stimmte grummelnd zu und schickte Detective Brefka zu den Herrschern der Massagesalons.

Ich fuhr also zurück nach Georgetown und dachte: Acht Monate, hmm? Meine drei Kinder gingen mir durch den Kopf: Ali, Jannie und Damon. Wie waren sie in dem Alter gewesen? Große Augen, voller Widersprüche, im einen Moment juchzend vor Glück, im nächsten hysterisch kreischend. Was, wenn mir eines von ihnen damals genommen worden wäre?

Ich spürte ein Ziehen in der Magengrube und plötzlich das dringende Bedürfnis, die Stimme meiner Kinder zu hören, vor allem Damons. Wir hatten seit einer Woche nicht miteinander gesprochen. Die Prüfungen, hatte er gesagt.

Ich zog mein Handy hervor und wählte seine Nummer.

Es klingelte und klingelte und klingelte. Ich rief ihn sechs Mal an und bekam sechs Mal die Mailbox. Während ich den Wagen unweit des Absperrbands, das rund um das Reihenhaus gespannt war, abstellte und ausstieg, musste ich unwillkürlich denken, wie nervtötend die Sache mit den Handys und den Teenagern war. Du kaufst ihnen ein Handy. Du bezahlst ihnen die Flatrate, damit ihr in Kontakt bleiben könnt, und dann gehen sie nie ran, wenn das verdammte Ding klingelt. Andererseits, die Prüfungen standen kurz bevor und...

»Dr. Cross?«, ertönte da eine Stimme, als ich mich dem Absperrband näherte.

Ich schaute nach rechts und erkannte den eifrigen Streifenpolizisten mit dem Milchgesicht wieder, der das Superior Spa so geistesgegenwärtig abgeriegelt hatte.

»Officer Carney, stimmt's?«

»Jawohl, Sir.« Der Polizist strahlte. »Ich dachte, Sie sind bei der Mordkommission?«

»Bin ich auch«, erwiderte ich und duckte mich unter der Absperrung hindurch. »Ich tue nur einer Kollegin einen Gefallen.«

»Es sieht ganz so aus, als könnte sie jede Hilfe gebrauchen«, meinte Carney und warf einen schnellen Blick auf das Haus. »Furchterregend, nicht wahr?«

»Wie bitte?«

»Na ja, dass da irgendeine Wahnsinnige Babys entführt?«

»Das stimmt, Carney. Das ist furchterregend. Etwas, was man niemandem wünschen würde.«

»Aber sie werden sie doch schnappen, oder? Dieses Kindermädchen?«

»Sie werden es jedenfalls versuchen«, sagte ich. »Halten Sie inzwischen die Stellung.«

»Jawohl, Sir«, sagte Carney, und ich ging weiter.

Vor der Tür stand noch ein Streifenpolizist. Er ließ mich hinein.

Schon im Hausflur konnte ich das laute Schluchzen einer Frau hören.

36

Damon Cross deutete auf ein mit Efeu bewachsenes Gebäude auf dem Schulgelände der Kraft School in den Berkshires im Westen von Massachusetts und ignorierte das Piepsen seines Handys. »Das ist die Mensa, wo alle essen. Dort machen wir unseren ersten Halt.«

Es war Damons letzte Führung für heute. Er hatte sieben interessierte Bewerber und deren Eltern dabei. Die Rolle des Fremdenführers gefiel ihm. Er hatte schon in seinem ersten Jahr auf der Schule damit angefangen.

Er hielt seiner Gruppe die Tür zur Cafeteria der Schule auf und wollte ihnen gerade hinterhergehen, da hörte er eine Frauenstimme mit Südstaatenakzent: »Nicht zumachen, Schätzchen. Nimmst du mich noch mit, oder komme ich zu spät?«

Damon drehte sich um und sah eine ausgesprochen attraktive Frau mit wehender blonder Mähne und einer Figur, bei der … nun ja, die schwarze Steghose und der weiße Rollkragenpullover unter ihrer schicken Lederjacke schienen jedenfalls wie eine zweite Haut an ihr zu kleben. Sie eilte über den Innenhof auf ihn zu.

»Sie sind nicht zu spät dran«, sagte er. »Wir fangen gerade erst an.«

»Sehr schön.« Sie klatschte in die Hände und kam dicht an ihn heran. Sie roch leicht nach Parfüm. »Du bist ganz schön groß, was?«

»Ja, Madam«, erwiderte Damon ein wenig verlegen. »Ich bin im Basketballteam.

»Madam?«, quetschte sie in ihrem breiten Südstaatendialekt hervor. Es klang einigermaßen entrüstet. »Das hört sich ja an, als wäre ich eine alte Schachtel. Ich bin doch erst sechsundzwanzig. Und du?«

Damon blickte zum Mensaeingang hinüber, von wo einer der Väter ihn und die Frau anstarrte. »Ich werde im Januar achtzehn.«

»Fast schon ein Mann«, sagte sie.

»Genau.« Er merkte, wie ihm das Blut in die Wangen schoss. »Wir sollten lieber reingehen.«

»Natürlich«, erwiderte sie aufgekratzt und ging los. »Wie heißt du eigentlich, großer Fremdenführer?«

»Damon«, sagte er und folgte ihr. »Damon Cross.«

»Ich bin Karla Mepps. Den Namen solltest du dir merken, Damon. Karla Mepps.« Dann schwebte sie durch die Tür in die Cafeteria und ließ nur einen Hauch ihres Parfüms in der Luft zurück.

Damon folgte ihr fasziniert. Noch nie zuvor hatte er jemanden wie Karla Mepps über den Campus geführt. Noch nie hatte er jemanden wie sie gerochen.

Doch anstatt weiter das Gespräch mit ihr zu suchen, wandte er sich wieder seiner Aufgabe zu und referierte den Speiseplan und die Öffnungszeiten der Mensa. Nach etlichen Fragen, die sich um Laktose-Intoleranz und die Verfügbarkeit glutenfreier Speisen drehten, bat er seine Gruppe nach draußen, um ihnen die Bibliothek zu zeigen.

»Machst du das schon lange?« Karla Mepps hatte sich neben ihn geschoben.

»Seit zwei Jahren.« Damon wurde schon wieder rot. »Es macht mir Spaß.«

»Du machst das sehr gut«, erwiderte sie. »Ich würde

meinem Neffen am liebsten sofort raten hierherzukommen.«

»Neffe?«

»Der Sohn meiner Schwester. Er heißt Jack und ist vierzehn. Sie wohnen in New Orleans, und weil sie wussten, das ich gerade hier in der Gegend bin, haben sie mich gebeten, mir das mal anzuschauen.«

»Wir haben Schüler aus dem ganzen Land hier«, sagte er. »Tut mir leid, aber ich muss…«

»Na klar, na klar«, beruhigte Karla Mepps ihn mit einem strahlenden Lächeln. »Mach weiter, unbedingt. Ich finde es toll, wie du das machst.«

Damon setzte sich an die Spitze der Gruppe und begann mit seinem üblichen Vortrag über die Bibliothek, die Zahl der Bücher, die Datenbanken, Internetzugänge, Öffnungszeiten und so weiter. Dann führte er sie durch eines der Wohnhäuser, zeigte ihnen ein typisches Zimmer aus dem Anfängerjahrgang, bevor dann der Gang durch die Sportanlagen folgte.

Karla Mepps sprach ihn während der gesamten Führung nicht mehr an, aber Damon blickte immer wieder zu ihr hinüber, und sie erwiderte seinen Blick mit einem leisen, wissenden Lächeln, als fände sie ihn lustig, amüsant. Nachdem er seine Gruppe wieder zur Anmeldung gebracht hatte, wo es dann um die Bewerbungsgespräche sowie die Bedingungen und Chancen einer Bewerbung ging, verlor er sie aus dem Blick.

Wo steckt sie denn?, fragte sich Damon, aber dann machte er sich keine weiteren Gedanken mehr.

Zehn Minuten später, nachdem er sich beim Koordinator der Führungen abgemeldet hatte, ging Damon nach draußen. Es war fast schon vier Uhr. Eine kühle Brise war aufgekommen. Er wollte noch für etwa eine Stunde ins Fitnessstudio gehen und sich dann wieder an seine Bücher setzen. Er hatte schon immer besser gelernt, wenn er zuvor Sport gemacht hatte, und demnächst wartete eine schwere Prüfung auf ihn.

»Oh, da bist du ja, Damon!«, rief Karla Mepps.

Er drehte sich um und sah sie mit diesem wissenden Lächeln auf sich zukommen. »Tut mir leid, ich musste mal kurz für kleine Mädchen, aber ich hätte da noch ein paar Fragen. Kann ich dich vielleicht zu einer Tasse Kaffee einladen, Schätzchen?«

Er zögerte.

»Oh«, sagte sie enttäuscht. »Musst du irgendwohin?«

»Nein«, meinte Damon, »das nicht. Natürlich können wir noch einen Kaffee zusammen trinken. Ich kenne da ein kleines Café, gleich gegenüber vom Schulgelände.«

»Du bist wirklich ein toller Fremdenführer«, sagte Karla Mepps und kam neben ihn. »Aber sag mal, wie sieht es eigentlich mit der Geselligkeit hier an der Kraft aus?«

»Also, ich bin mit Unterricht, Lernen und Sport eigentlich ziemlich ausgelastet«, erwiderte er. »Manchmal veranstalten wir auch einen Tanzabend mit unserer Schwesterschule, Beech Glen, das liegt bei Tanglewood.«

»Hast du denn eine Freundin in Beech Glen?«

»Ich?« Schon wieder piepste das Handy in seiner Jackentasche. »Ähm, nein.«

»Aber du siehst so gut aus! Wie ist denn das nur möglich?« Behutsam legte sie eine Hand um seinen Arm. »Komm, du musst Karla unbedingt alles erzählen.«

37

Als ich in die Küche kam, war Bree gerade dabei, Ellen Lancaster zu trösten, die bittere Tränen weinte. Den Gesichtsausdruck ihres Mannes kannte ich. Den hatte ich in unterschiedlichen Variationen auf den Gesichtern der Überlebenden im Kampf gegen die Zombies gesehen, in dieser Fernsehserie, die Ali so gut gefiel.

»Mr. Lancaster, ich bin Alex Cross«, sagte ich und reichte ihm die Hand.

Als Lobbyist war Lancaster ein professioneller Händeschüttler, aber sein Griff war völlig kraftlos, und er blickte mich verloren an. »Können Sie ihn wieder zu uns zurückbringen?«

Da ertönte in meinem Rücken eine Stimme, die ich sehr gut kannte. »Das können und das werden wir, Bill.«

Ich blickte mich um. Special Agent Ned Mahoney, ein alter und sehr enger Freund und Kollege aus meiner Zeit beim FBI, betrat die Küche.

»Ned?«

»Bill ist mein Cousin, Alex«, sagte Mahoney, klopfte mir auf die Schulter und nahm anschließend Lancaster in den Arm. »Ich verspreche dir, dass wir alles Menschenmögliche unternehmen werden, um Evan zurückzubringen.«

Der Vater des vermissten Jungen wirkte jetzt nicht mehr ganz so verloren. Seine Unterlippe fing an zu zittern. »Ned, ich hab so verdammt viel um die Ohren gehabt in letzter Zeit. Ich kenne ihn kaum.«

Ich warf einen Blick zu seiner Frau hinüber, die auf den

Boden starrte, als ob dort die Antwort auf ihre Fragen zu finden sei.

Bree, die immer noch Ellen Lancasters Rücken streichelte, sagte: »Wenn wir zu dritt ermitteln, dann ist es wirklich nur eine Frage der Zeit, bis wir ihn gefunden haben.«

»Es sei denn, sie hat ihn schon umgebracht«, stöhnte Evans Mutter.

»Das ist sehr unwahrscheinlich«, erwiderte ich. »Junge Frauen, die Babys entführen, tun dies in der Regel, weil sie selbst unfruchtbar sind. Ihr Kinderwunsch ist so übermächtig, dass sie sich eines stehlen, um es für sich zu haben.«

»Das stimmt«, pflichtete Mahoney mir bei.

»Könnten Sie sich die Zeichnung noch einmal ansehen?«, bat Bree die beiden. »Und uns sagen, ob das Kelli Adams ist?«

»Ich war ja schon auf dem Weg zu Arbeit. Ich habe sie kaum wahrgenommen.«

Aber seine Frau wischte sich die Augen trocken, nahm die Skizze vom Tresen und betrachtete sie sorgfältig. Dann sagte sie mit tränenerstickter Stimme. »Kann schon sein. Sie war sehr stark geschminkt. Die Form der Augen stimmt, aber die Farbe nicht. Ihre Haare sehen auch anders aus, und ihre Wangen waren nicht so voll wie auf dem Bild. Mein Gott, sie hatte doch so gute Referenzen. Ich habe persönlich mit den Leuten gesprochen.«

»Wir brauchen die Namen und Telefonnummern dieser Leute«, sagte Mahoney.

Ellen Lancaster nickte und griff nach ihrem Handy.

»Hat sie etwas angefasst?«, wollte ich wissen.

Die Mutter des vermissten Jungen sah mich mit diesem wie betäubten Gesichtsausdruck an, den ich vor wenigen Augenblicken auch bei ihrem Mann wahrgenommen hatte.

»Sie war nur wenige Minuten hier, und trotzdem hat sie alles angefasst«, erwiderte Dr. Lancaster und brach erneut in Tränen aus. »Diese Frau hat mein ganzes Leben begrapscht und zerstört.«

38

»Keine Freundin also, hmm?«, sagte Karla Mepps und setzte Damon eine Tasse Kaffee vor. »Tut mir leid, aber ich war Cheerleader an der Louisiana State University, und darum fällt mir dazu nur eines ein: Wie ist das möglich?«

Damon grinste verlegen und warf ein paar anderen Jungs aus seiner Schule, die zu ihm herüberstarrten, einen schnellen Blick zu. Noch nie hatte ein Mädchen, geschweige denn eine schöne Frau wie diese hier, so mit ihm geredet. »Weiß auch nich'«, sagte er. »Zu viel zu tun, schätze ich.«

Karla Mepps zog die Lederjacke aus. Erst jetzt wurde deutlich, wie eng sich der langärmelige Rollkragenpullover an ihre Brüste schmiegte. Sie neigte kokett den Kopf, als hätte sie ihn erwischt, und sagte: »Aber du magst Mädchen, oder etwa nicht?«

»Na ja … ja. Klar.« Seine Wangen brannten, und dann streifte sein Blick ihren linken Handrücken. Ihr Ärmel war ein kleines Stückchen hochgerutscht, und man konnte ein Stück von einem Tattoo sehen, wie die Schwanzspitze eines Tieres.

»Na ja … ja. Klar«, wiederholte sie und lachte. »Das ist gut. Alles andere wäre wirklich ein tragischer Verlust für die Damenwelt.«

Zuerst verstand Damon gar nicht, was sie gesagt hatte, doch dann fiel der Groschen. Das Ergebnis war, dass auch noch seine Ohren zu brennen anfingen. Er konnte ihr unmöglich in die Augen schauen, darum wandte er sich wieder dieser tätowierten Schwanzspitze zu, die unter ihrem

Ärmel hervorlugte. Zu welchem Tier mochte sie gehören? Wie sah wohl der Rest des Tattoos aus?

»Möchten Sie noch etwas über die Schule wissen?«, fragte er schließlich.

»Ja, in der Tat«, erwiderte Karla Mepps.

Während der nun folgenden halben Stunde drehte sich das Gespräch ausschließlich um das Leben an der Schule. Zuerst wollte sie etwas über die Zimmerbelegung erfahren. Er erklärte ihr das Losverfahren, das am Ende jedes Schuljahrs durchgeführt wurde. Die Schüler der Abschlussklassen durften zuerst ziehen. Er hatte die Zehn gezogen und sich eines der schönsten Zimmer auf dem Campus gesichert, ein Einzelzimmer mit einem offenen Kamin im Hochparterre des Nordgebäudes. Das Fenster bot freie Sicht auf den Wald, und er konnte oft morgens noch ein paar Rehe grasen sehen.

»Kannst du mir dieses Nordgebäude mal auf der Karte zeigen?«, bat sie und zog eine Schulbroschüre aus ihrer Jackentasche.

Damon zeigte es ihr und sagte: »Mit der Führung sind wir dort gar nicht vorbeigekommen. Aber hier ist ein Bild vom Haus.«

Er schob ihr die Broschüre zu und tippte auf ein Foto. Das Granitsteingebäude sah aus, als wäre es mindestens hundert Jahre alt. »Das da, in der linken Ecke, das ist mein Zimmer.«

»Ja?« Sie betrachtete das Bild lange. »Da kannst du aber froh sein.«

»Bin ich auch, wirklich.«

Als Karla Mepps sich nach den Lehrern erkundigte, berichtete Damon, dass alle Lehrer, die er bisher hier gehabt hatte, viel von ihren Schülern verlangten, aber dass sich alle auch um ihn gekümmert und eigentlich immer Zeit für ihn gehabt hatten.

»Was sagen deine Eltern dazu?«, wollte sie wissen. »Sind sie auch zufrieden mit alldem?«

Darüber hatte Damon noch gar nicht nachgedacht, aber trotzdem nickte er. »Ich denke eigentlich schon. Mein Dad sagt immer, dass ich in den letzten Jahren erwachsen geworden bin.«

»Seht ihr euch oft?«

»Alle sechs, sieben Wochen«, erwiderte Damon. »Entweder kommen sie für ein langes Wochenende hierher, oder es sind Ferien und ich fahre nach Hause. Und im Sommer sowieso.«

»Wie oft habt ihr denn Ferien?«

Darüber musste Damon erst nachdenken. »Viermal. Dreimal lang und einmal kurz, über Thanksgiving. Dann noch drei Wochen über Weihnachten und so ungefähr zehn Tage an Ostern.«

Karla Mepps fand das interessant. »Das heißt also, dass ihr bald wieder Ferien habt?«

Er nickte. »Freitagfrüh fahre ich los.«

»Und wohin geht es dann, wenn ich fragen darf?«

»Nach Washington. Normalerweise nehme ich den Minibus vom Dorf nach Albany, und dort steige ich dann in den Metro Liner.«

»Amtrak?«

»Genau. Dauert fünf, sechs Stunden.«

»Nicht schlecht«, meinte sie. »Aber ob es meiner Schwester so recht ist, wenn mein Neffe ständig alleine nach Louisiana fliegen muss?«

»Dafür gibt es auch extra Begleitpersonen«, meinte Damon. »Speziell für die jüngeren Schüler.«

Sie lächelte ihn an und erhob sie. »Tja, also dann, vielen Dank, Damon Cross. Ich muss jetzt los. Es wird schon dunkel, und ich habe noch eine lange Fahrt vor mir.«

»Oh, na klar.« Hastig stand er auf. »Ich hoffe, ich konnte Ihnen helfen.«

»Mehr, als du glaubst«, gab Karla Mepps zurück. Sie ließ ihn nicht aus den Augen, während sie sehr geruhsam in ihre Jacke schlüpfte. »Bringst du mich noch zum Auto? Dann würde ich mich sicherer fühlen.«

»Oh«, meinte er. »Oh, na klar.«

Ohne die starren Blicke der anderen Jungen im Café zu beachten, begleitete Damon sie nach draußen. Der Wind hatte aufgefrischt. Zweimal während der kurzen Strecke bis zum Besucherparkplatz schien sie zu stolpern, sodass er sie stützen musste.

»So stark«, sagte sie beim ersten Mal.

»So schnell«, sagte sie beim zweiten Mal.

Bei ihrem Wagen, einem blauen Honda, angekommen, drehte Karla Mepps sich zu ihm um. »Ich habe mich sehr gefreut, deine Bekanntschaft zu machen, Damon.«

»Ähm, ja, also, ich mich auch, Miss Mepps.«

Sie gab ihm die Hand und hielt sie ein paar Sekunden zu lange fest. Dabei flüsterte sie ihm zu: »Ich verrate dir jetzt mal was, was dich wach halten wird. Eines Nachts – wer weiß, wann? – kommt Karla vielleicht aus dem Wald vor das Haus mit deinem Zimmer geschlichen und klettert durch dein Fenster. Also lass es immer einen Spalt offen.«

Damon blinzelte und zog seine Hand zurück.

Sie kicherte, was sich anhörte wie das Schnurren einer

Katze, stieg ein und ließ den Motor an. Dann fuhr Karla Mepps hinaus in die hereinbrechende Nacht, während Damon ihr verwirrt hinterherblickte.

39

Ich sah zu, wie ein Kriminaltechniker die Türklingel der Lancasters mit Fingerabdruckpulver bepinselte. Abgesehen von dem kleinen Evan, war sie das Einzige, was die Entführerin mit Sicherheit berührt hatte. Andere Spurensicherer waren im Hausflur zugange. Ned Mahoney alarmierte gerade sämtliche Polizeikräfte in Maryland, Virginia, Delaware und Pennsylvania. Bree ging mit den Lancasters durch das Haus, um festzustellen, ob das Kindermädchen außer ihrem einzigen Kind noch etwas von Bedeutung mitgenommen hatte.

Ich wollte mich ihnen gerade anschließen, da klingelte mein Handy. Nach einem Blick auf das Display kannte ich auch den Anrufer. Es war Damon.

»Dein Telefon ist kaputt«, sagte ich zur Begrüßung und ging ein paar Schritte beiseite. Draußen hinter dem Absperrband drängten sich bereits die Übertragungswagen. Sie waren garantiert direkt vom Wohnhaus der Eltern von Joss Branson hierhergefahren. Das Einzige, was die Medien in der heutigen Zeit vom Schauplatz einer Kindesentführung weglocken kann, ist eine andere Kindesentführung.

»Wieso, es funktioniert doch«, erwiderte Damon.

»Aber du gehst nicht so oft ran.«

»Tut mir leid, Dad. Ich hatte eine Schulführung und dann war da noch… eine Frau, die Tante von einem Jungen in Louisiana, der vielleicht auf unsere Schule kommen will. Sie ist nach der Führung noch länger dageblieben und hat… na ja, sie hat mir einen Haufen Fragen gestellt.«

Ich hatte ganz vergessen, dass er auch Schulführungen durchführte. »Kein Problem«, sagte ich.

»Wieso hast du mich angerufen? Du hast keine Nachricht hinterlassen.«

»Das mache ich nicht so gern.«

»Du hättest mir auch eine SMS schreiben können.«

»Ich höre ab und zu ganz gerne deine Stimme im Original. Ist das schlimm?«

»Hast du mich deshalb sechs Mal angerufen?«

»Wenn du's genau wissen willst, ja.«

»Oh.« Er unterbrach sich kurz. »Also, was möchtest du mir sagen?«

»Das Alphabet.«

»Echt jetzt?«

»Nein, das war nur … wie war dein Tag, Großer?«

»Gut. Echt gut.«

»Ist irgendwas Neues oder Aufregendes passiert?«

Nach einer Pause, die länger dauerte, als ich erwartet hatte, sagte er: »Nein, eigentlich nicht. Bloß diese Frau bei der Führung.« Er zögerte kurz. »Und ich muss viel lernen. Morgen schreibe ich eine wichtige Physikklausur. Die erste Zwischenprüfung.«

»Okay.« Ich seufzte. »Lass dich nicht aufhalten. Wollte dir nur sagen, dass ich dich lieb habe.«

»Ich dich auch«, sagte Damon. »Dad?«

»Ja?«

»Hast du schon mal …?«

»Alex!«, hörte ich Bree rufen. »Sie haben was entdeckt.«

»Tut mir leid, mein Junge«, würgte ich Damon ab. »Ich muss los. Wir reden später, okay?« Und dann legte ich auf, noch bevor er etwas erwidern konnte.

40

Auf dem Weg zu meiner Frau, die auf der Eingangstreppe vor dem Reihenhaus der Lancasters stand, klingelte mein Handy schon wieder. Es war die Gerichtsmedizin. Entnervt gab ich Bree ein Zeichen und meldete mich: »Cross.«

Cynthia Wu war am Apparat. »Alex, es geht um diesen Kaffee aus dem Zimmer von Tim Jackson, den wir untersuchen sollten.«

»Ja?«

»Der war mit fast reinem Nikotin versetzt. Von der Menge hätte sogar ein Pferd einen Herzinfarkt bekommen.«

»Flüssiges Nikotin?«, entgegnete ich verwirrt. »Moment mal, würde man das nicht sofort schmecken? Nasse Zigaretten sind ja nicht gerade appetitlich. Und riechen eklig.«

»Weil sie aus Tabak gemacht werden«, gab Wu zurück. »Hier haben wir es mit Nikotinextrakt zu tun, wie es zum Beispiel in elektronischen Zigaretten verwendet wird, allerdings hundertfach verdünnt im Vergleich zu dem, was wir hier haben.«

»Haben Sie eine Ahnung, wo man dieses reine Zeug herbekommt?«

»Dafür muss es Händler geben«, erwiderte Wu.

»Sonst noch was?«

»Ein vorläufiger Bericht über die Schmierspuren an der Anzughose des Rechtsanwalts«, sagte sie. »Vaginalsekret. Und Spermaspuren.«

Ich überlegte und sagte dann das Naheliegende. »Lassen

Sie die weibliche DNA mit der von Mandy Bell Lee abgleichen, und das Sperma mit Jacksons DNA.«

»Könnte ein Weilchen dauern.«

»Ein Weilchen haben wir. Und, Cynthia? Danke. Ich bin Ihnen was schuldig.«

»Jederzeit, Alex.« Dann legte sie auf.

Kaum hatte ich den Flur der Lancasters betreten, zeigte Bree auf die Treppe. »Auf der zweiten Stufe haben sie synthetische Haare gefunden. Eine billige Perücke, schätzungsweise. Das bedeutet, dass Kelli ihr Aussehen verändert hat, und das bedeutet, dass die Phantomzeichnung, die wir rausgegeben haben, ziemlich genau gestimmt haben muss.«

»Kann sein«, erwiderte ich. »Oder es ist einfach nur Teil ihrer Verkleidung. Was noch?«

»Sie hat eine Windeltasche und einen Stapel Windeln mitgenommen.«

»Das heißt, sie will sich um Evan kümmern.«

Meine Frau kniff die Augen zusammen. »Du meinst, die Entführerin könnte tatsächlich eine Frau sein, die unter ihrer Unfruchtbarkeit leidet?«

»Könnte. Oder aber sie will ihn nur so lange behalten, bis sie ihn an irgendwelche Leute verkaufen kann, an ein Paar, das so verzweifelt …«

Da bemerkte ich im Augenwinkel eine Bewegung, schaute zur Treppe und sah, wie Ellen Lancaster mit entgeisterter Miene von oben auf uns starrte. »Verkaufen?«, sagte sie. »Mein Baby verkaufen?«

41

Es dauerte fast eine Stunde, bis wir die Lancasters nach meiner zugegeben idiotischen Bemerkung wieder einigermaßen beruhigt hatten. Es war tatsächlich nicht auszuschließen, dass Kelli Adams diese Babys entführt hatte, um sie zu verkaufen, aber ich hätte so viel Takt haben müssen, das nicht auszusprechen, solange wir noch in ihrem Haus waren.

»Das erste Szenario ist sehr viel wahrscheinlicher«, sagte ich immer wieder. »Wir haben es vermutlich mit einer Frau zu tun, die schon länger unter psychischen Problemen und ihrer Unfruchtbarkeit leidet.«

»So ist es«, bestätigte Mahoney, und auch Bree nickte.

Doch das Kind war bereits in den Brunnen gefallen. Als meine Frau und ich abends gegen halb acht das Haus verließen, hatten die Lancasters immer noch an der Vorstellung zu knabbern, dass ihr kleiner Junge demnächst an den Höchstbietenden verschachert werden sollte.

Mahoney blieb bei ihnen und versuchte, den Schaden zu reparieren, den ich angerichtet hatte.

Ich fuhr hinter Bree her zum Polizeipräsidium. Dort wollte ich ihr eigentlich unseren Wagen überlassen, damit sie nach Hause fahren konnte. Ich selbst wollte noch ein paar Dinge erledigen und später mit dem Taxi nachkommen. Doch dann setzte Bree sich zu mir auf den Beifahrersitz und sagte: »Los, suchen wir Ava.«

Dabei hatte sie eine Miene aufgesetzt, die deutlich machte, dass sie zu keinerlei Verhandlungen bereit war.

Ich nickte und sagte: »Aber zuerst muss ich was essen.«

»Henry's?«

»Das müsste reichen«, erwiderte ich und fuhr los.

Zehn Minuten später hielten wir vor Henry's Soul Café an der Ecke 17th Street und U-Street an. Hier kann man bestellen, was man will, es ist alles gut, aber das Brathühnchen mit Süßkartoffelpastete ist das beste in ganz Washington. Außerdem liegt dort ein herrlicher Duft in der Luft, der mich, genau wie die freundschaftliche Stimmung zwischen den Angestellten, immer an einen ähnlichen Laden in Winston-Salem erinnert, wo ich die ersten neun Jahre meines Lebens verbracht habe.

Bree legte mir diverse Papierservietten auf das Hemd und fütterte mich mit gebratenem Hähnchenfleisch und eiskalter Cola, während wir nach Anacostia fuhren. Mitten auf der Brücke klingelte mein Handy.

»Gehst du mir eigentlich absichtlich aus dem Weg, Alex?«, lautete Nana Mamas Begrüßung.

»Ich? Niemals.«

»Ich habe dich seit Tagen nicht zu Gesicht bekommen.«

»Muss immer lange arbeiten.«

»Heute auch?«

Ich warf einen Blick zu Bree und erwiderte: »Noch eine Stunde oder so.«

»Dann bleibe ich so lange wach. Ich will, dass du dir ansiehst, was sie mit dem Küchenfußboden angestellt haben.«

»Wer hat was mit dem Küchenfußboden angestellt?«

»Die Arbeiter«, meinte sie. »Heute haben sie die ganzen Bodenbretter rausgerissen. Da ist nichts mehr da.«

»Oh«, sagte ich. »Ähm, das sollte eigentlich ein Geheimnis bleiben.«

»Was?«, schrie sie in den Hörer.

»Ich erklär es dir, sobald wir zu Hause sind, Nana«, sagte ich und legte auf.

»Ich hab's dir gleich gesagt«, meinte Bree. »Du hättest es ihr vorher erzählen sollen.«

»Ich wollte sie eben überraschen.«

»Soll ich dir mal verraten, was das Einzige ist, was ich über deine Großmutter wirklich sicher weiß?«

»Was denn?«

»Sie mag keine Überraschungen.«

Im Verlauf der folgenden Stunde klapperten wir erneut all die Orte ab, die Ava in ihrer Zeit bei uns erwähnt hatte. Wir sprachen mit Jugendlichen in ihrem Alter und zeigten ihr Foto herum. Aber auch dieses Mal hatte sie angeblich keiner gesehen.

Als wir schon auf dem Rückweg waren, beschloss ich spontan, noch beim Owen's Road Park vorbeizuschauen. Sie hatte ihn zwar nie erwähnt, aber ich wusste, dass das ein ähnlich beliebter Treffpunkt war wie der Seward Square. Im Vorbeifahren sah ich ein Mädchen in Avas Alter auf einer Parkbank sitzen und hielt sofort an. »Die kenne ich«, sagte ich zu Bree. »Die war mal bei uns und hat Ava besucht.«

42

Ich überlegte krampfhaft, wie das Mädchen hieß, dann fiel es mir ein.

»Yolanda?«, rief ich, nachdem ich ausgestiegen war.

Sie sah mich verwirrt an. Als ich näher gekommen war, verdüsterte sich ihre Miene.

»Weißt du noch, wer ich bin?«

Yolanda nickte. »Du bist ein Bulle, stimmt's? Du bist hinter Ava her.«

»Ja. Ich suche sie. Aber nicht als Polizist, sondern weil ich ihr helfen will.«

Sie kaute auf der Innenseite ihrer Backe herum. »Soviel ich gehört hab, gibt es eine Menge Leute, die nach Ava suchen.«

»Warum?« Das war Bree, die sich hinter mich gestellt hatte.

Yolanda musterte sie misstrauisch. »Sie hat Schulden.«

»Bei Drogendealern?«, wollte ich wissen.

»Bei denen auch.«

»Weißt du, wo wir sie finden können?«, wollte Bree wissen.

Yolanda spitzte die Lippen und schüttelte den Kopf. »Ich hab sie schon seit zwei Wochen nich' mehr geseh'n. Das letzte Mal war sie ganz dreckig und hat nach Rauch gestunken. Und irgendwie war sie total nervös und paranoid, weil angeblich jemand hinter ihr her war und sie umbringen wollte. Ich hab gedacht, sie braucht ein bisschen Oxy. Dann hab ich ihr zwanzig Dollar gegeben und gesagt, dass sie verduften soll.«

»Sie war auf Oxycodon?«

»Und Percocet. Alles, was gegen Schmerzen hilft.«

»Wenn du sie siehst, richte ihr bitte etwas aus«, sagte Bree, und ihre Stimme klang angespannt. »Sag ihr, dass Bree und Alex nur mit ihr reden wollen. Ohne sie zu verurteilen. Sie kann uns jederzeit anrufen, ganz egal um welche Uhrzeit. Okay?«

Yolanda zuckte mit den Schultern. »So, wie ich das sehe, kann ich bloß hoffen, dass sie schon längst über alle Berge ist, auf dem Weg nach Kalifornien oder so. Das würde ich jedenfalls machen, wenn so viele Leute hinter mir her wären.«

Als wir wieder im Auto saßen und nach Hause fuhren, wartete ich etliche Minuten ab, dann sagte ich: »Vor zwei Wochen war sie dreckig und hat nach Rauch gestunken.«

Bree machte die Augen zu und rieb sich die Schläfen. »Ich weiß. Genau um die Zeit, als die unbekannte Tote verbrannt worden ist.«

»Ich muss es morgen dem Captain sagen. Und ihm Proughs Aussage zeigen.«

Meine Frau nickte nur stumm. Den Rest des Weges legten wir schweigend zurück.

Kurz vor neun ging ich hinter Bree die Stufen zu unserer Veranda hinauf. Die Süßkartoffelpastete von Henry's hatte ich in der Hand. Nana Mama macht selbst auch eine fantastische Süßkartoffelpastete, aber sie ist ganz vernarrt in das Rezept aus dem Henry's. Es war so eine Art Friedensangebot.

Bree sagte: »Ich geh mal duschen.«

Sie machte die Tür auf und ging die Treppe hinauf. Ich sah ihr hinterher. Es war, als trüge sie einen Amboss auf den Schultern. Mir ging es ähnlich, als ich ins Wohnzimmer trat, wo der Fernseher lief. Meine über neunzigjährige Großmutter, ehemalige Englischlehrerin und stellvertretende Schulleiterin, saß in Schlafanzug und Bademantel auf dem Sofa und sah zu, wie ein Haufen Zombies eine Familie attackierte. Ich konnte nicht anders, ich musste grinsen.

»*Du* schaust dir *The Walking Dead* an?«, fragte ich ungläubig.

Nana Mama tat so, als hätte sie mich gerade erst bemerkt, und sagte: »Sei still, das ist eine spannende Stelle.«

Zwei Zombies hatten die Mutter in die Enge getrieben, dann war die Folge zu Ende.

Ich sah sie an, immer noch leicht amüsiert.

Nana Mama reckte trotzig das Kinn und sagte: »Ali wollte, dass ich mir mit ihm zusammen die erste Folge auf DVD anschaue. Er hat recht. Da geht es gar nicht in erster Linie um Zombies. Die sind im Prinzip austauschbar. Die Menschen, die vor den Zombies flüchten müssen, die sind das eigentlich Interessante daran.«

»Genau.« Ich reichte ihr die Tüte aus dem Henry's. »Für dich.«

Sie machte keine Anstalten, mir die Tüte abzunehmen. »Was für ein Geheimnis?«

Ich seufzte. »Kannst du dich noch an diese italienischen Fliesen erinnern, die dir so gefallen haben, die aber so teuer waren, dass wir sie uns nicht leisten konnten?«

»Ja?«

»Ich habe eine Möglichkeit gefunden, wie wir sie bezahlen können.«

Sie war verblüfft, und ihre Miene wurde weicher. »Tatsächlich?«

»Ich habe gedacht, dass sie den alten Holzboden erst rausreißen, kurz bevor die Anschlüsse gemacht werden.«

Meine Großmutter stand auf. Sie ist eine winzige Person. Sie reckte sich und streichelte mir die Wange. »Du bist ein guter Mensch, Alex.«

»Wir bleiben also Freunde?«

»Natürlich. Und jetzt hole ich mir einen Teller und gönne mir was von Henry's Pastete.«

Wir aßen und redeten, bis ihr die Augen zufielen. Dann machte ich das Licht aus und half ihr die Treppe hinauf. Nachdem sie in ihrem Zimmer verschwunden war, wünschte ich Jannie, die noch für die Schule lernte, eine gute Nacht und schaute bei Ali vorbei, der tief und fest schlief.

Genau wie Bree, als ich schließlich in unser Bett kroch. Die Ereignisse des Tages schwirrten mir noch durch den Kopf. Ich dachte auch an das kurze Telefonat mit Damon und daran, dass ich ihn mitten in einer Frage abgewürgt hatte.

Das hatte ich schon viel zu oft getan, und ich spürte einen Anflug von schlechtem Gewissen. Guter Gott, behüte ihn, betete ich, während ich langsam wegdämmerte. Beschütze meinen Jungen.

43

Der Dienstag war erst eine Stunde alt, und der Mond stand hoch am Himmel. Der Wind frischte etwas auf, und Regen lag in der Luft. Wie ein Jaguar schlich Acadia Le Duc zwischen den kahlen Ästen und Zweigen des Waldes hindurch, der die Landstraße vom Gelände der Kraft School trennte.

Wenn Acadia über sich selbst nachdachte, dann empfand sie sich oft als eine Art Tier. Sie war im ländlichen Louisiana aufgewachsen, umgeben von Sümpfen und dichten Wäldern, zusammen mit Rehen, Enten, Ziegen, Schafen, Hunden, einem Affen und einem Kakadu. Ihr Vater hatte in einem abgesperrten Stauwasserbereich am hinteren Ende ihres Grundstücks sogar ein paar Alligatoren gehalten.

Aber Acadia war kein Alligator. Sie war ein Jaguar, ein Panther. In Augenblicken wie diesem kam sie sich jedes Mal vor wie eine große Raubkatze auf der Jagd nach dem schwärzesten Teil ihrer Persönlichkeit. Alle paar Minuten warf sie einen Blick auf das Display ihres Smartphones. Sie hatte die Kompass-App geöffnet und ging konsequent nach Norden, kletterte über umgestürzte Bäume und watete durch sumpfige Senken, bis sie auf die alte Zufahrtsstraße stieß, die sie bei Google Earth gesehen hatte.

Sie folgte dem Weg Richtung Schule und musste unwillkürlich an ihr düsteres Geheimnis denken. In Acadias Erinnerung zirpten die Zikaden. Es war eine unerträglich heiße Nacht. Blitze zuckten, weit weg ertönte ein Donner, und dann prasselte der Regen. Ihre Mutter flehte um Gnade, doch die Fäuste ihres betrunkenen Vaters waren gnadenlos.

Acadia wusste das alles noch, als sei es gestern gewesen, bis sie an mehreren Stapeln mit frisch geschlagenem Holz vorbeikam und aus ihren Erinnerungen in die Gegenwart zurückgeholt wurde. Unter einer riesigen Fichte knickte der Weg jetzt scharf nach rechts ab. Sie war höchstens noch vierhundert Meter vom Nordgebäude entfernt.

Sie musste beinahe lachen. Alles fühlte sich so köstlich an. Wie sagte Marcus immer? Frei von allen Fesseln? Frei, um wirklich authentisch zu sein?

Egal, wie man es nennen wollte, Acadia genoss dieses Gefühl in vollen Zügen – an keine irdischen Gesetze gebunden, wahrhaft frei im Körper und im Geist. Das gut gefüllte Wodkaglas und der Joint, den sie im Auto noch geraucht hatte, hatten auch nicht geschadet, und dann versetzte sie sich in Gedanken noch einmal zurück in jene Hitzenacht vor langer Zeit, als die Blitze über dem Sumpf gezuckt und der Donner das Schlagen der Verandatür beinahe übertönt hatte.

Jetzt sah sie drei Lichter zwischen den Bäumen blitzen und erkannte bald, dass das die Scheinwerfer auf dem Dach des Nordgebäudes waren, die den Rasen auf der Rückseite des Hauses ausleuchteten. Damons Zimmer lag an der hinteren Ecke.

Sie hielt sich im Schatten der Bäume, und es dauerte nicht lange, bis sie sich genau gegenüber von seinem Zimmer befand. Das Fenster war dunkel, aber sie registrierte erfreut, dass Damon es ein ganzes Stück nach oben geschoben hatte.

Der Scheinwerfer über dem Fenster beleuchtete auch ein Metallrohr, das vor der Wand aus dem Boden ragte. Wenn sie auf dieses Rohr stieg, dann kam sie fast auf Brusthöhe mit dem Fensterbrett. Sie würde das Fenster nach oben schieben, hineinklettern und diesem Jungen den Ritt seines Lebens …

Die Vorstellung war ausgesprochen anregend, aber trotzdem war Acadia sich darüber im Klaren, dass sie auf dem Weg über den Rasen und während der Kletterpartie klar und deutlich zu sehen sein würde. Sie musste also schnell sein und sehr präzise vorgehen. Als sich ein paar Wolken vor den Mond schoben, sah sie sich noch ein letztes Mal um und rannte los. Sie brauchte keine zehn Sekunden, um die hell erleuchtete Rasenfläche zu überqueren.

Bei dem Rohr unter Damons Fenster angelangt, sprang sie auf die Spitze und brauchte nun all ihre Konzentration, um das Gleichgewicht zu behalten, während sie die Hand nach dem Fensterbrett ausstreckte. So bekam sie nicht mit, dass weit entfernt der Strahl einer Stablampe aufblitzte.

Von links ertönte die laute Stimme eines Mannes: »He, du da! Was soll das denn werden?«

44

Acadia wirbelte herum, sprang von dem Rohr und rannte los. Die Angst trieb sie quer über den Rasen zurück in den schattigen Bereich, aus dem sie gekommen war.

Ungefähr zehn Meter vor der Stelle, wo der Weg sein musste, blickte sie sich um und stellte zu ihrem großen Erstaunen fest, dass der Wachmann quer über den Rasen in ihre Richtung rannte. Die Taschenlampe hielt er wie einen Staffelstab in der Hand. Er war schneller als sie.

Die Furcht, erwischt zu werden, ließ das Adrenalin in ihre Blutbahnen schießen. Geduckt lief sie bis zum Weg und hetzte tiefer in den Wald hinein.

Doch da der Mond sich hinter den Wolken versteckt hielt, war es viel dunkler als vorhin. Baumwurzeln legten sich quer und brachten sie auf den ersten hundert Metern mehrfach aus dem Gleichgewicht. Da hörte sie hinter sich das Knacken eines Zweigs und die Stimme des Wachmanns. »He, du da, stehen bleiben!«

Acadia hatte nicht die Absicht, die Aufforderung zu befolgen, für nichts und niemanden. Aber sie war eine sehr, sehr, sehr kluge Frau mit einem hervorragenden strategischen Instinkt. Jedenfalls war ihr sofort klar, dass der Wachmann sie einholen würde. Da zuckte ihr das Bild der jagenden Raubkatze von vorhin durch den Kopf.

Sie spürte, wie der Jaguar in ihr zum Vorschein kam, genau wie beim ersten Mal. Damals war sie sechzehn gewesen, und ihr Vater war zur Fliegengittertür heraus auf die Veranda gekommen. Mit dem Blut seiner Frau an den Knöcheln war er zum Sumpf und dem Gehege mit seinen Alligatoren getorkelt.

Jetzt sah Acadia die Umrisse der riesigen Fichte vor sich, und ihr fiel ein, dass der Weg dort eine scharfe Linkskurve machte. Kurz danach musste die Stelle kommen, wo sie aus dem Unterholz auf den Zufahrtsweg gestoßen war.

Instinktiv und ohne sich bewusst einen Plan zurechtzulegen, rannte Acadia um die Biegung und steuerte dann den schattigen Bereich bei den frischen Holzstapeln an.

Sie griff sich einen stabilen, über einen halben Meter langen Ast. Er hatte ungefähr fünf Zentimeter Durchmesser und lag schwer und vertrauenerweckend in ihrer Hand, während sie zu der Fichte huschte und sich mit dem Rücken an ihren Stamm schmiegte. Sie hörte bereits die Schritte des Wachmanns, sah den Strahl seiner Lampe.

Bei diesem Anblick musste sie an den Blitz in jener längst vergangenen Nacht denken, als sie sich von hinten an ihren Vater angeschlichen hatte, während dieser mit seiner Taschenlampe in das Becken geleuchtet, seine Reptilien mit Namen gerufen und dabei ein betrunkenes Lachen ausgestoßen hatte. Das Beil, das sie damals in der Hand gehalten hatte, war fast so schwer gewesen wie der Ast jetzt.

Der Wachmann verlangsamte seine Schritte. Acadia hörte, wie die ersten Regentropfen fielen. Als sie sah, dass der Lichtkegel der Stablampe direkt vor ihr über den Pfad huschte, packte sie das Holzstück fester.

Acadia spannte die Muskeln an und wurde zum Jaguar. Der Wachmann schnaufte und ging nur noch im Schritttempo.

Jetzt trat er in ihr Sichtfeld und drehte seine Stablampe in ihre Richtung. Acadia schwang ihren Stock mit voller Wucht durch die Luft. Ein lautes Knacken ertönte, als sie den Wachmann mitten auf die Stirn traf. Er sackte regungslos zu Boden und ließ die Taschenlampe fallen.

Mit wild pochendem Herzen griff Acadia nach der Lampe und leuchtete damit den Wachmann an. Sie hatte ihm eine hässliche, stark blutende Platzwunde zugefügt. Die Augen waren halb geschlossen und in die Höhlen gerollt. Sein Körper wurde von unregelmäßigen Zuckungen geschüttelt.

Einige Augenblicke lang kauerte sie neben ihm und sah zu, genauso fasziniert wie damals, als der erste Alligator ihren Vater angegriffen und er vergeblich um Hilfe gerufen hatte.

Jetzt öffnete sich der Himmel über den Berkshires. Regen benetzte die Wälder. Acadia erhob sich und ging los, mitsamt der Stablampe und ihrem Ast und ohne den Wachmann noch eines Blickes zu würdigen. Er hatte ihr im Weg gestanden. Es war notwendig gewesen, ihn zu beseitigen. Und dann war sie sogar noch in den Genuss seines Todeskampfs gekommen. Sie hatte weiche Knie bekommen, und dazu hatte sich dieses angenehm warme Gefühl in ihrem Unterleib ausgebreitet.

Acadia zog ihr Handy aus der Tasche, warf einen Blick auf die Kompassnadel und drang dann in den dichten Wald ein. Auch mit Regen würde es nur zehn Minuten dauern, bis sie bei ihrem Auto war.

Dann noch einmal zehn bis zum Motel, wo sie ihre Sachen packen würde.

Und mit etwas Glück lag sie bei Sonnenaufgang wieder neben Marcus Sunday im Bett.

45

Sunday hatte den Helm aufgesetzt und saß vor der Kinect-Kamera in der Abstellkammer seiner Wohnung. Zentimeterweise bewegte er sich durch Alex Cross' virtuelles Heim, versuchte, sich jede Einzelheit genauestens einzuprägen, sich mit den Dimensionen und den Eigenheiten des alten Hauses vertraut zu machen, sich die Zimmer eingerichtet und bewohnt vorzustellen.

Wie ein Geist schlich der Professor sich durch die im Umbau befindliche Küche in den Garten, wo das Fundament für den Anbau bereits gegossen war und jetzt Zeit brauchte, um abzubinden. Er hatte den Grundriss genau im Kopf und wusste, dass dies der Teil des Hauses war, in dem Cross sich am wenigsten auskannte. Das konnte noch einmal wichtig werden, darum würde er Acadia bitten, die Software zu aktualisieren, damit er den Anbau auch im halb fertigen und dann im Endzustand kannte.

Sunday kehrte zum Fuß der virtuellen Treppe zurück. Er übte das Treppensteigen, prägte sich jede Unebenheit ein, stellte sich vor, wie er als lautlose, tödliche Gefahr von Zimmer zu Zimmer schlich, sah im Geist Cross' Großmutter, seinen Sohn und seine Tochter schlafend vor sich liegen.

Im Schlafzimmer des großen Kriminalisten hatte er Bree Stone vor Augen, so lebensecht, dass er sogar meinte, ihren Duft wahrzunehmen. Doch dann zog es ihn wieder nach oben in den zweiten Stock, unter das Dach, ins Arbeitszimmer des Detective.

Dort verweilte er lange Zeit, verschob Zentimeter für

Zentimeter die Perspektive, untersuchte jeden einzelnen Gegenstand, ganz besonders die Artikel über die Massenmorde bei Omaha und Fort Worth. Er entdeckte seinen eigenen Namen, zusammen mit den Sätzen, die er dem Journalisten in die Feder diktiert hatte, und konnte nicht anders. Er musste lächeln.

Das Verhängnis steht hier in deinem Zimmer, Cross, und du hast keine Ahnung.

Nur widerwillig drehte der Professor sich jetzt um und stellte sich in die Tür. Dann hüpfte er die virtuelle Treppe hinunter und stürmte zur Haustür hinaus. Er nahm den Helm ab, verschwitzt, euphorisiert und orientierungslos. Dieses virtuelle Model war so echt, dass er das Gefühl hatte, er sei tatsächlich gerade eben aus dem Haus gekommen.

Draußen ging die Sonne auf. Er schaltete die Kinect aus, ging zu seinem Kühlschrank und fand darin kaltes Imbiss-Essen. Vom Äthiopier. Garantiert von Acadia. Sie mochte solches Zeug. Hauptsache anders.

Aber warum hatte sie noch nichts von sich hören lassen, seit sie auf diese Erkundungsmission in die Berkshires aufgebrochen war? Sunday hatte mehrfach versucht, sie anzurufen, hatte aber immer nur ihre Mailbox erreicht. Er stellte das Essen in die Mikrowelle und dachte, dass ihr Schweigen nichts Ungewöhnliches war. Acadia ließ öfter mal längere Zeit nichts von sich hören. So wie er ja auch.

Dabei fiel ihm ein, wie jedes Mal, wenn sie zusammen waren, die Funken flogen, schon vom allerersten Abend an. Sie waren durch das French Quarter von New Orleans gezogen, hatten getrunken, Musik gehört und einander ihre Lebensgeschichten erzählt.

Gegen zwei Uhr morgens dann, in seinem Hotel, nachdem sie sich zum allerersten Mal leidenschaftlich geliebt hatten, hatte Acadia ihn nach seinem verborgensten, dunkelsten Geheimnis gefragt. Und während er in Acadias unergründliche Augen geblickt hatte, war Sunday von dem Drang ergriffen worden, ihr etwas zu erzählen, was er bisher noch keinem Menschen erzählt hatte. Er hatte seinen Vater mit einem Spaten erschlagen und ihn anschließend an die Schweine verfüttert.

Als der Professor mit seiner Geschichte fertig gewesen war, hatte Acadia ihn mit großen Augen angestarrt und gesagt: »Ich glaube, wir sind füreinander bestimmt, Marcus. Uns hat das Schicksal heute Abend zusammengeführt.«

Und nachdem er gehört hatte, wie sie ihren gewalttätigen Vater umgebracht und anschließend zu dessen Alligatoren ins Wasser gestoßen hatte, war Sunday zur gleichen Überzeugung gelangt. Er glaubte zwar nicht an eine Seele oder Kismet oder Karma, aber trotzdem glaubte er, dass ihre Begegnung irgendwie vom Schicksal arrangiert worden war.

»Wie hast du dich gefühlt, nachdem du ihn niedergeschlagen hattest? Deinen Vater, meine ich«, hatte er sie gefragt.

»Genauso wie jetzt«, hatte sie ihm geantwortet und sich gierig auf ihn gewälzt. »Und du?«

»Ganz genauso.«

Das *Pling* der Mikrowelle riss ihn zurück in die Gegenwart.

Sunday aß die Reste des äthiopischen Rindfleischgerichts und lenkte sich von Acadia ab, indem er an Cross dachte. Ging er womöglich zu langsam vor? Sollte er den großen Kriminalisten nicht doch ein wenig mehr unter Druck setzen? Er ging seine Strategie noch einmal Punkt für Punkt durch.

Nach einer ausführlichen, objektiven Analyse gelangte er zu dem Schluss, dass der Plan in seinen Grundzügen immer noch funktionierte. Darum würde er auch nicht daran rütteln.

Aber vielleicht ließ sich das eine oder andere kurzfristig ein wenig beschleunigen.

Der Professor überlegte, was er in den vergangenen vierundzwanzig Stunden im Zusammenhang mit den Morden im Superior Spa alles in Erfahrung gebracht hatte. Konnte er diese Informationen vielleicht jetzt verwenden? Und schon sah er, wie es gehen könnte, wie sich das Ganze wunderbar mit seinem letzten Schachzug im *Mandarin Oriental* verquicken ließ.

Er setzte sich wieder in die Abstellkammer vor Preston Elliots Laptop und fing ein neues Word-Dokument an. Dann spielte er mit den unterschiedlichsten Schrifttypen und -größen herum, bis er einen Brief verfasst hatte, der einigermaßen verwirrend aussah, sich aber ganz gut lesen ließ.

Nach kurzem Überlegen beschloss der Professor, dass noch eine Sache notwendig war. Er zog Lederhandschuhe an und schob frisches Papier in den Drucker. Nachdem er die Seite ausgedruckt hatte, nahm er sie mit ins Wohnzimmer, schaltete den Fernseher ein und nahm sich einen Kugelschreiber.

Er sah CNN und kritzelte dabei irgendwelche Männchen auf die Ränder des …

»Die Polizeibehörden der Stadt Washington gehen davon aus, dass es sich im Fall des toten Rechtsanwalts von

Mandy Bell Lee um einen Mord handelt«, sagte der Nachrichtensprecher. Sunday hob den Blick von seinen Kunstwerken.

Jetzt wurde eine Phantomzeichnung eingeblendet, und ein Reporter sagte: »Aus Polizeikreisen verlautete, dass dieser Mann sich als Zimmerkellner ausgegeben und Jackson eine mit reinem, flüssigem Nikotin versetzte Kaffeekanne gebracht haben soll. Der Betroffene erlitt daraufhin einen schweren Herzinfarkt.«

Sunday ließ diese Meldung genauso kalt wie die Phantomzeichnung des Tatverdächtigen mit der auffälligen Elvis-Tolle.

»Sieht mir kein bisschen ähnlich«, sagte er leise.

Jetzt wurde ein Foto von einer hübschen jungen Vietnamesin eingeblendet.

»Im Zusammenhang mit der Ermordung von Pete Francones in einem Massagesalon sucht die Polizei außerdem nach Cam Nguyen. Die junge Frau ist Studentin an der George Washington University.«

Das klang schon interessanter. Sunday hörte weiter zu, während er einen Briefumschlag nahm, adressierte und den Brief hineinsteckte. Er befeuchtete den Klebestreifen und die Briefmarke mit einem Schwamm und beschloss, ihn sofort einzuwerfen.

Doch dann stellte er fest, dass es regnete, und noch bevor er seine Jacke vom Haken nehmen konnte, wurde von draußen ein Schlüssel in das Türschloss gesteckt. Die Wohnungstür schwang auf.

Acadia kam herein, vollkommen aufgekratzt, als hätte sie die ganze Nacht auf Speed oder Koks gefeiert. In der einen Hand hielt sie eine Taschenlampe, in der anderen einen dicken Ast. Bei Sundays Anblick blähten sich ihre Nüstern. Sie versetzte der Tür einen Tritt mit dem Absatz, und sie fiel ins Schloss.

Dann warf sie das Holzstück und die Taschenlampe auf das Sofa und kam auf ihn zu. Mit hastigen Bewegungen knöpfte sie ihre Bluse auf. Als sie über ihn herfiel, roch er diesen speziellen Duft, der ihr aus allen Poren strömte und den er nur all zu gut kannte.

Acadia hatte getötet. Schon wieder.

Das wusste er genauso sicher, als hätte er es selbst getan.

Dritter Teil

Der April ist der grausamste Monat

46

Am Dienstagabend machte ich gegen 18.00 Uhr Feierabend, nach zehn Stunden Arbeit praktisch ohne Ergebnis. Es war, als ob wir mit jedem Fall, den wir auf dem Tisch liegen hatten, in einer Sackgasse steckten. Wenigstens hatte es tagsüber keine neuen Morde in der Stadt gegeben, sodass ich, als ich mich in mein Auto setzte, um nach Hause zu fahren, eine vage Dankbarkeit empfand.

Auf der Pennsylvania Avenue klingelte mein Handy. Ein Wunder. Damon rief mich an, zwei Tage hintereinander.

»Dad?«, sagte er. Seine Stimme klang aufgeregt.

»Hey, Großer. Was gibt's denn?«

»Dad, einer von den Wachmännern ist umgebracht worden, im Wald vor meinem Zimmer. Gestern Nacht.«

»Umgebracht?« Ich war erschüttert. Die Kraft School ist ein idyllisches Institut mitten im Nirgendwo. Das war ja ein Grund dafür gewesen, dass wir ihn dorthin geschickt haben. Um ihn von all den schlechten Einflüssen fernzuhalten, die einen jungen Menschen ins Stolpern bringen können, noch bevor er richtig gehen kann. »Wie?«

»Ich weiß nicht«, erwiderte Damon. »Ein paar von meinen Mitschülern waren morgens beim Joggen und haben ihn gefunden. Anscheinend mit eingeschlagenem Schädel.«

»War die Polizei schon da?«

»Jede Menge. Sie fragen alle, die in unserem Haus wohnen, ob wir was gesehen oder gehört haben und so.«

»Und? Hast du?«

Er zögerte kurz, bevor er antwortete. »Eigentlich nicht.

Ich meine … irgendwie kommt es mir so vor, als hätte jemand ›He, du da‹ gerufen, aber ich glaube, das habe ich geträumt.«

»He, du da?«, wiederholte ich.

»Ich weiß auch nicht.« Er klang sehr niedergeschlagen.

»Mann? Frau?«

Er überlegte. »Ein Mann, glaube ich. Aber ich war wirklich nur ganz kurz wach.«

Ein Mord auf dem Schulgelände, und mein Sohn hatte vielleicht einen Mann »He, du da« rufen hören. Mein erster Impuls war, sofort hinzufahren, aber ich konnte nicht. Ich war dafür nicht zuständig, und außerdem hatte ich sowieso schon viel zu viele Morde an der Backe.

Ich sagte: »Soll ich mich vielleicht mal bei den Kollegen da oben melden?«

»Nein, nein. Nicht nötig. Es ist bloß …«

»Was denn, mein Junge?«

»Ich weiß auch nicht, Dad. Ich schätze mal, ich bin es nicht so gewöhnt wie du, dass in nächster Nähe Leute umgebracht werden.«

Ich seufzte. »Es tut mir wirklich leid für dich. Hast du den Wachmann gekannt?«

»Er hieß Carter. Jeder hat ihn gekannt. Carter war ein netter Typ.«

»Das macht es noch schlimmer«, sagte ich mitfühlend. Doch dann wechselte ich trotz meiner Besorgnis – oder vielleicht gerade deswegen – das Thema. »Wie ist denn deine Mathe-Prüfung gelaufen?«

»Es war Physik, und es ist gut gelaufen.« Er klang jetzt unkonzentriert. »Hör zu, ich muss los. Gleich gibt es Abendessen.«

»Dann bis bald. Ich freu mich auf dich.«

»Ich mich auch, Dad.« Dann legte er auf.

Schweigend fuhr ich nach Hause und hatte dabei die ganze Zeit ein mulmiges Gefühl. Warum in aller Welt hatte jemand einem Wachmann an der Schule meines Sohnes den Schädel eingeschlagen?

Und was zum Teufel hatte dieses »He, du da« zu bedeuten?

47

Am nächsten Tag, es war Mittwoch, trank ich gerade einen Schluck Kaffee und überflog die Zeitung, da warf Sampson mir einen Briefumschlag auf den Tisch. Die Beschriftung sah ausgesprochen wahnsinnig aus.

Der Poststempel stammte vom Tag zuvor, und der Brief war an mich adressiert, ohne Absender. Jeder Buchstabe sah anders aus – anderer Schrifttyp, andere Farbe, andere Größe. Das traf auch auf den Brief zu, den ich aus dem Umschlag holte. Darum fiel es mir zunächst schwer, die einzelnen Wörter zu entziffern. Überall an den Rändern waren außerdem seltsame und teilweise verstörende Zeichnungen und Karikaturen zu sehen.

Eine dieser Karikaturen sollte anscheinend ich sein: Ich hielt mir wie Sherlock Holmes eine Lupe vor das eine Auge und hatte einen riesigen Penis, auf dem sich zahlreiche Vögel niedergelassen hatten. Das fand ich ziemlich erschütternd und wollte den Brief gerade wegwerfen – dadurch, dass ich ab und zu in der Öffentlichkeit auftauche, bin ich immer wieder auch Zielscheibe für die Durchgeknallten dieser Welt. Doch irgendetwas hatte mich neugierig gemacht. Also versuchte ich, mich von dem verwirrenden Schriftbild nicht irritieren zu lassen, und begann zu lesen.

»Lieber Dr. Stümper Cross,
Sie haben keine Ahnung, keine Vision und sind komplett auf dem Holzweg.

Nach meiner sorgfältig abgewogenen Überzeugung

haben die Morde im Superior Spa nicht das Geringste mit dem bekloppten Francones zu tun. Er war lediglich ein Sexsüchtiger, der zufällig in die Schusslinie des Täters geraten ist. Die Medien haben sich wegen seiner Popularität natürlich sofort darauf gestürzt. Und Sie, mit Ihrem Mangel an Fantasie, haben es ihnen nachgemacht.

Wie ein Hündchen, dem man einen Knochen hinhält.

Wenn Sie Ihre Hausaufgaben erledigt hätten, dann wäre Ihnen aufgefallen, dass es bereits andere Taten wie die im Superior Spa gegeben hat. In Tampa zum Beispiel, vor zwei Jahren. Oder in Albuquerque, vor vier Jahren. Irgendwann wird das auch durch Ihren Dickschädel dringen, und dann wird Ihnen klar werden, womit Sie es hier zu tun haben.

Ohne Grüße
Thierry Mulch«

Ich las den Brief noch zweimal durch und stolperte zum Beispiel über die Formulierung »Nach meiner sorgfältig abgewogenen Überzeugung …« So würde sich auch ein Gutachter beispielsweise in einem Mordprozess ausdrücken. Mr. Mulch war also intelligent, gebildet und – falls seine Angaben über vergleichbare Massenmorde tatsächlich zutrafen – ein Hobby-Detektiv, der durchaus Ahnung hatte.

Aber wozu dieses durchgeknallte Schriftbild? Und diese Zeichnung von mir?

War Mulch der Killer? Es wäre nicht das erste Mal, dass ein Serienkiller versucht, mich zu verhöhnen, aber in diesen Fällen war immer klar gewesen, wer mein Gegner war, wer mich da zu einem ganz persönlichen Spiel herausgefordert hatte. Dieser Mr. Mulch hingegen schimpfte mich vom Spielfeldrand aus einen Idioten. Das war etwas anderes.

Oder doch nicht? Irgendetwas stimmte nicht mit diesem Kerl, das stand fest, so wie er mich als »Stümper« bezeichnet oder über meinen »Dickschädel« gesprochen hatte. Und der Penis?

Wer sind Sie, Mr. Mulch?

Ich fuhr meinen Computer hoch und googelte den Namen Thierry Mulch. Ich bekam fünfzehn Treffer.

Der erste wohnte in Santa Clara, Kalifornien, und hatte ein Unternehmen gegründet, das irgendwie mit sozialen Medien zu tun hatte. Ein anderer Thierry Mulch war Regionalvertreter für Kirby-Staubsauger mit einem Büro in Oklahoma. Ein dritter lebte im südlichen Kentucky und handelte mit Futtermitteln, Saatgut und Kunstdünger. Am dichtesten bei Washington, D.C., lag Covington, West Virginia, aber aus dem kurzen Nachruf in der Lokalzeitung ging hervor, dass dieser Thierry Mulch vor sechzehn Jahren im Alter von achtzehn bei einem Verkehrsunfall ums Leben gekommen war.

Die anderen waren von Maine bis Arizona über das ganze Land verteilt. Aber keiner von ihnen war irgendwie auffällig, bei keinem wäre man auch nur ansatzweise auf die Idee gekommen, dass er intelligent, gebildet und wahnsinnig sein könnte. Ich befragte Facebook und stieß mehr oder weniger auf dieselbe Namensliste. Es schien auf dieser Welt nicht allzu viele Thierry Mulchs zu geben.

Ich streifte Latexhandschuhe über, nahm einen Indizienbeutel und steckte den Brief mitsamt dem Umschlag hinein. Meine Fingerabdrücke waren jetzt darauf, aber vielleicht ja auch die von Mr. Mulch. Einen Versuch war es jedenfalls wert.

Sampson kam mit zwei Tassen Kaffee aus der Cafeteria zurück. Ich zeigte ihm den Brief. Er überflog ihn und sah mich an. »Sollst du das sein, der Kerl mit dem riesigen … äh, körperlichen Merkmal?«

»Offensichtlich.«

»Dann weiß er also was über dich, was ich nicht weiß?« Sampson lachte.

»Lies den Brief, du Spruchkasper«, sagte ich, drehte mich um und begann eine Suchanfrage nach Morden in Massagesalons in Tampa und Albuquerque.

Es dauerte nicht lange.

48

Im April vor zwei Jahren hatte ein Killer mit Kapuzenshirt das Sensu Massage in Tampa überfallen und zwei koreanische Frauen, einen männlichen Kunden sowie den Aufpasser am Eingangstresen erschossen, alle aus nächster Nähe. Die Kugeln waren jeweils in Kopf und Brust der Opfer eingedrungen und hatten für einen schnellen, gewaltsamen Tod gesorgt.

Ich rief bei den Kollegen in Tampa an und wurde mit Steven Hall verbunden, einem der Detectives, die damals mit den Ermittlungen befasst gewesen waren. Hall berichtete, dass der Killer in Tampa praktisch keine verwertbaren Indizien hinterlassen hatte, obwohl er nicht einmal die Bänder aus der Überwachungskamera mitgenommen hatte.

»Man kann nie sein Gesicht sehen«, meinte Hall. »Da ist er sehr vorsichtig. Aber man sieht, wie er das dritte Mädchen mitnimmt.«

»Das dritte Mädchen?«

»Esmeralda Felix, zwanzig Jahre alt, US-Bürgerin mit kubanischen Wurzeln und Studentin an der Florida State.«

»Das klingt ganz nach unserem Täter«, erwiderte ich. »Wir haben hier eine vermisste vietnamesische Studentin, die auch in dem Salon gearbeitet hat.«

»Ich hoffe, dass ihr nicht das Gleiche passiert wie Esmeralda«, meinte der Detective aus Tampa, bevor er mir schilderte, dass die Leiche der Studentin sechzehn Tage nach den Morden im Massagesalon an einem abgelegenen Strand südlich von Naples, Florida, aufgefunden worden war. »Da war sie schon drei Tage tot, erdrosselt mit einem grünen Stück Frotteestoff. Aber davor hat dieser Perverse ihr noch die Brustwarzen abgeschnitten, mit einer Zickzackschere.«

Ich hatte plötzlich einen ekligen Geschmack auf der Zunge, bat Hall, mir die Akte zu schicken und versprach ihm, mich zu melden, falls wir nennenswerte Fortschritte machten.

In Albuquerque war Addie Warren für die Morde in dem Massagesalon zuständig. Sie war allerdings zunächst weit weniger auskunftsfreudig als ihr Kollege in Tampa, bis ich ihr sagte, dass ich beim FBI im Bereich Verhaltensforschung gearbeitet hatte, zusammen mit Gabriel Rodriguez, dem derzeitigen Leiter des Albuquerque Police Department.

»Tut mir leid«, sagte Detective Warren dann. »Aber wir sind hier schlicht und einfach überlastet.«

»Haben Sie schon mal gehört, was wir hier in Washington für eine Mordrate haben?«

Sie seufzte. »Dafür fehlt mir die Fantasie.«

»Sagen Sie mir einfach, was ich wissen muss, dann sind Sie mich schnell wieder los.«

Ab da war Detective Warren sehr um Sachlichkeit bemüht und teilte mir Folgendes mit: Im April vor vier Jahren hatte ein Mann im Kapuzenshirt das Empress Spa – einen Massagesalon an einem sehr heruntergekommenen Abschnitt des Highway 85 südlich von Albuquerque – aufgesucht und das Feuer eröffnet. Eine koreanische Frau, die dort gearbeitet hatte, hatte eine Kugel in den Kopf bekommen, genau wie die ältere Frau am Empfang. Eine dritte Frau, die gerade in der Umkleide gewesen war, hatte der Täter in die Brust geschossen und eine vierte entführt.

»Lassen Sie mich raten«, sagte ich. »Als sie wiederaufgetaucht ist, war sie tot und verstümmelt?«

»Erdrosselt, aber nicht verstümmelt«, erwiderte Detective Warren. »Fünfzehn Tage nach ihrem Verschwinden hat ein Wanderer die Leiche in einem Waldgebiet östlich der Stadt entdeckt. Da war sie seit zwei Tagen tot.«

»Haben Sie irgendwelche Frotteefasern an der Leiche gefunden?«

»Das haben wir. Grünen Frotteestoff.«

Ich ließ mir das Ganze durch den Kopf gehen. »Der Täter folgt einem Ritual, das in Teilen gleich bleibt, sich in anderen Teilen aber verändert.«

»Glauben Sie etwa, dass das ein Serientäter war?«

»Ein Massen-Serienkiller. Albuquerque könnte sein erster Versuch gewesen sein. Jedenfalls der erste, von dem wir wissen. Ich sorge dafür, dass Sie auch die Akte aus Tampa bekommen.«

Sie versprach, mir auch ihre Fallakte zu mailen.

Ich legte auf und erzählte Sampson alles, was ich erfahren hatte.

Er wurde ganz nüchtern und nippte an seinem Kaffee, doch dann schüttelte er langsam den Kopf, als müsste er eine bittere Pille schlucken. »Er geht immer einen Schritt weiter. Das Mädchen in Albuquerque wird erdrosselt, aber nicht gefoltert. Zwei Jahre später verstümmelt er die Studentin aus Tampa, bevor er sie tötet. Ich sage es nicht gerne, aber ich frage mich schon, welches widerliche Ritual er für Cam Nguyen vorgesehen hat, falls wir sie nicht rechtzeitig finden.«

Mein Magen war jetzt komplett übersäuert, und ich stellte den Kaffeebecher beiseite. Mit grimmigem Nicken nahm ich den Brief in die Hand, mit dem mein Arbeitstag begonnen hatte. »Irgendwie lande ich immer wieder bei Thierry Mulch. Wer ist dieser Kerl?«

49

Am nächsten Morgen betrat Marcus Sunday die Sojourner Truth School in der Franklin Street und schenkte der Frau am Empfang ein freundliches Lächeln. Sie hingegen musterte argwöhnisch seinen leuchtend roten Abraham-Lincoln-Bart, die weiße Hose, das weiße Hemd, die lilafarbenen Schuhe und die violetten Hosenträger.

»Mein Name ist Thierry Mulch. Ich habe einen Termin bei der Direktorin«, sagte er und reichte ihr einen hervorragend gefälschten, kalifornischen Führerschein. Das Foto stammte aus Preston Elliots Studentenausweis und war mit einer roten Perücke, Augenbrauen und dem Lincoln-Bart nur etwas aufgepeppt worden.

Die Frau hielt den gefälschten Führerschein unter eine Lampe, um das hellblaue Wasserzeichen zu überprüfen. Es saß genau da, wo es sitzen sollte. Ohne eine Miene zu verziehen, gab sie ihm das Dokument zurück und deutete über seine Schulter hinweg. »Miss Hutchins erwartet Sie schon. Die erste Doppeltür rechts.«

»Sehr schön.« Er zwinkerte ihr zu. »Und vielen Dank.«

Sunday drehte sich um und spazierte den Flur entlang. Glasvitrinen säumten die eine Wand, und er konnte darin sein Spiegelbild erkennen. Das gefiel ihm. In dieser Aufmachung sah er fast aus wie eine Zeichentrickfigur. Genau das Richtige für sein Publikum.

Der Professor schnüffelte. Was war denn das? Wurden in der Schul-Cafeteria etwa Hamburger gebraten? Musste wohl. Typisch Grundschule.

Er näherte sich der Doppeltür und konnte schon das aufgeregte Kindergeschnatter hören. Eine groß gewachsene Afroamerikanerin in einem blauen Anzug kam heraus. Sie strahlte ihn an: »Mr. Mulch?«

Sunday reagierte mit überschwänglicher Freude. »Frau Direktorin Hutchins?«

Sie ergriff seine Hand, schüttelte sie kräftig und sagte: »Ich kann Ihnen gar nicht sagen, wie froh ich über Ihr Angebot bin, zu unseren Kindern zu sprechen.«

»Ich möchte unserer Gesellschaft nur etwas zurückgeben«, erwiderte Sunday bescheiden. »Das ist das wenigste, was ich tun kann.«

»Nun, ich weiß, dass die Schüler das sehr zu schätzen wissen werden.«

»Aber ich noch mehr.«

Sie machte die Tür auf und ließ ihn eintreten.

Der Saal war voll mit Erst- und Zweitklässlern, die in lautes Johlen und Gelächter ausbrachen, als Sunday ein breites Grinsen aufsetzte und wie wild anfing zu winken, als käme er direkt aus dem Zirkus.

Der Professor reagierte auf die allgemeine Erheiterung, indem er mit den Fäusten Luftlöcher schlug und seitwärts bis zur Bühne tänzelte, wo er stehen blieb und strahlend in die Runde blickte, auf der Suche nach einem ganz bestimmten Gesicht.

Die Direktorin folgte ihm ein wenig verunsichert und stellte sich an ein Podium. Dann versuchte sie, die sieben und acht Jahre alten Kinder mit Handzeichen zu beruhigen, und rief in das Mikrofon: »Ruhe bitte! Seid bitte alle still. Mr. Mulch sieht zwar lustig aus, aber ich möchte euch trotzdem bitten, ganz genau auf das zu hören, was er gleich sagt.« Sie hielt inne und wartete ab, bis auch die letzten Kasper ihre Mätzchen beendet hatten und still waren. »Danke«, sagte sie dann. »Mr. Mulch hat eine Webseite aufgebaut, etwas Ähnliches wie Facebook. Sie soll noch in diesem Jahr ans Netz gehen und ist für Kinder in eurem Alter gedacht. Er würde euch gerne etwas über sich, sein Leben und diese Webseite erzählen. Mr. Mulch?«

Sunday reagierte zunächst nicht. Er hatte inmitten der klatschenden Kinder das eine entdeckt, um das es ihm ging, in der dritten Reihe, rechts außen.

»Mr. Mulch?«, wiederholte die Direktorin.

Der Professor neigte den Kopf zur Seite, nahm den Blick von seiner Beute und lächelte die Direktorin an. »Ich freue mich sehr, hier sein zu dürfen, Miss Hutchins.« Dann trat er ans Podium und ließ den Blick über die Kinderschar schweifen, die ihn so aufmerksam anblickte, wie man es mit knapp einem Meter neunzig Körpergröße und einer leuchtend roten Mähne auch erwarten konnte.

»Ihr werdet diesen Satz in eurem Leben noch öfter zu hören bekommen«, fing er an, »aber Mr. Mulch ist gekommen, um euch zu sagen, dass ihr alles erreichen könnt, was ihr wollt. Dass ihr sein könnt, wer ihr sein wollt. Als ich in eurem Alter war, habe ich auf einer Schweinefarm gelebt. Und jetzt seht mich an.«

50

Sunday zog eine Grimasse, bis alle Jungs und fast alle Mädchen lachten. Nur einige wenige zogen die Nase kraus und flüsterten einander zu: »Igiiiit, eeecht? Auf einer Schweinefarm?«

Perfekt, dachte er und sah das eine Kind an, das der Grund für sein Kommen war. Es hatte sich nach vorn gebeugt und betrachtete ihn aufmerksam.

»Wir haben mitten in den Appalachen gewohnt, in einem kleinen Bergtal in West Virginia«, fuhr der Professor fort und legte ein wenig Südstaatenschmelz in seine Stimme. »Ich kann euch sagen, wir waren so arm, wie man nur sein kann. Schweinezucht war das Einzige, was meine Mama und mein Papa konnten, und darum haben sie eben damit ihr Geld verdient.« Sunday hielt kurz inne. Er merkte, dass er die meisten an der Angel hatte, aber er wollte alle haben. »In unserem Haus hat es immer gestunken«, sagte er und machte ein möglichst angewidertes Gesicht. »Und im Garten noch viel mehr, vor allem im Sommer, in der Hitze. Die Schweine haben überall hingekackt und sich dann mitten reingelegt und ständig nur gegrunzt. Die waren glücklich und zufrieden.«

Die Kinder fingen an zu kichern und schlugen die Hände vor den Mund. Das war ja klar gewesen. Er warf einen Blick zu Miss Hutchins hinüber, die ihn mit gerunzelter Stirn ansah.

»Meine Aufgabe war es, die Schweine zu füttern«, fuhr der Professor fort. »Manchmal musste ich sie auch waschen und den Stall ausmisten.«

Das war eine Vorstellung, die die Kinder eklig fanden,

und jetzt starrten ihn ausnahmslos alle an. »Ich habe es gehasst«, fuhr Sunday fort. »Ich habe es einfach gehasst.«

Nach einer dramatischen Pause fuhr er fort: »Und dieser Hass war mein Ansporn. Ich habe ihn zu einer großen Kraft gemacht, die mir in der Schule sehr geholfen hat, nur damit ich nicht auch auf dieser Schweinefarm leben muss.«

In diesem Grundton machte Sunday weiter. Er gab eine weitgehend erfundene Geschichte zum Besten, wie er bis spät in die Nacht gelernt hatte, um ein Stipendium fürs College zu ergattern, wo er Computertechnik studiert und das Programmieren gelernt hatte.

Dann erzählte er den Kindern, dass er eine Weile für eine Computerspiele-Firma gearbeitet hatte, bevor ihm dann die Idee mit der Webseite für Grundschüler gekommen war.

»Als ich klein war, hatte ich keine Freunde«, sagte Sunday. »Kein einziges Mädchen wollte was mit mir zu tun haben. Ich meine, wolltet ihr etwa mit jemandem befreundet sein, der nach Schweinekacke riecht?«

Er wartete ab, bis das Gelächter verstummt war. »Und so bin ich auf die Idee mit der Webseite gekommen. Damit jedes Kind Freunde haben kann, auch wenn sie nicht gleich um die Ecke wohnen. Auf der ganzen Welt zum Beispiel. Hört sich das nicht cool an?«

Ein paar Kinder klatschten Beifall. Andere riefen »Ja!«

Sunday zeigte auf seine Stirn. »Ich erzähle euch gleich noch mehr darüber, aber als Allererstes muss euch wirklich klar sein, dass ich das alles nur geschafft habe, weil ich positiv gedacht habe. Als Kind habe ich diese Schweinefarm gehasst, aber jetzt finde ich es gar nicht so schlecht, dass ich dort aufgewachsen bin. Dadurch wird meine Geschichte noch ein bisschen interessanter, findet ihr nicht?«

Sunday sah, dass das Kind, dem sein Interesse galt, nickte. Er lächelte es direkt an und sagte: »Ich habe meine Eltern gehasst, aber jetzt finde ich es eigentlich ganz gut, dass sie Schweinebauern waren.« Der Professor nahm das Mikrofon in die Hand und ging quer über die Bühne. »Versteht ihr, was ich damit sagen will? Man kann das, was einem am Leben nicht gefällt, dazu nutzen, das Leben zu verändern.«

Er stieg die Bühnentreppe herab. Er wusste, dass ein paar mittlerweile nicht mehr bei der Sache waren. »Ich beweise es euch«, sagte er und ging direkt auf das Kind am äußeren Rand der dritten Reihe zu.

»Wie heißt du?«, erkundigte sich Sunday und hielt ihm das Mikrofon unter die Nase.

Das schien dem Jungen peinlich zu sein. »Ich?«, fragte er.

»Warum nicht?«

»Ali Cross«, sagte der Junge, schniefte und rümpfte dabei ein wenig die Nase.

»Ali Cross«, wiederholte Sunday, als sei dieser Name etwas ganz besonders Kostbares. »Und wie alt bist du?«

»Sieben.«

»Zweite Klasse?«

Ali nickte, schniefte noch einmal und rümpfte wieder die Nase.

»Was arbeiten denn deine Eltern?«

»Mein Vater ist bei der Kriminalpolizei«, erwiderte Ali stolz. »Und früher war er beim FBI. Er fängt Mörder und auch andere Böse. Genau wie meine Stiefmutter.«

Der Professor ärgerte sich über diese Antwort, brachte aber trotzdem einen sehr beeindruckten Gesichtsausdruck zustande. »Tja«, sagte er. »Schweinefarm und Schweinekacke sind also für dich kein Thema, was?«

Die anderen Kinder lachten, aber Ali schüttelte ernsthaft den Kopf.

»Nein«, fuhr Sunday fort. »Du bist rundum zufrieden mit deinem Leben?«

Der Sohn von Alex Cross zuckte mit den Schultern und sagte: »Ja, eigentlich schon.«

»Nun, dann …«, meinte Sunday, »bist du vielleicht nicht das ideale Beispiel, Ali. Du hast ein tolles Leben, deine Eltern kämpfen gegen das Verbrechen und so weiter. Aber denk immer daran, das Leben kann sich mit einem Schlag ändern.« Er schnipste mit den Fingern. »Das ist dir doch klar, Ali, oder etwa nicht?«

Der Kleine sah zuerst etwas verwirrt drein, doch dann nickte er. »Wenn zum Beispiel jemand aus der Familie ein Zombie wird oder so?«

Die Kinder in seiner Nähe lachten nervös.

Doch der Professor dachte darüber nach und fand die Vorstellung gar nicht so schlecht. »Ja«, sagte er und klopfte dem Jungen auf die Schulter. »Genau so.«

51

Am Abend war ich noch vor Bree zu Hause. Ich hörte Stimmen hinter dem Haus und sah, dass Nana Mama die Fortschritte der Bauarbeiten inspizierte. Die Arbeiter hatten die Küchenwand herausgestemmt und die klaffende Lücke mit Plastikfolie abgedichtet. Außerdem hatten sie schon mit dem Ständerwerk für den Anbau angefangen.

»Als ich zur Schule gegangen bin, war die Wand noch da, und als Ali eine Stunde später nach Hause gekommen ist, da war sie schon weg«, sagte meine Großmutter und schüttelte staunend den Kopf.

»Ich habe doch gesagt, dass es jetzt ganz schnell geht«, erwiderte ich und legte ihr den Arm um die schmalen Schultern. »Und bevor du dich versiehst, haben wir ein nagelneues Häuschen.«

Sie runzelte die Stirn. »Ich will aber gar kein nagelneues Häuschen.«

»Du weißt genau, wie ich das gemeint habe.«

»Kann schon sein. Lass uns reingehen, dann mache ich dir was zum Abendessen.«

»Die Kinder haben schon gegessen?«, erkundigte ich mich, während wir um das Haus herum zum Vordereingang gingen.

»Nein. Ali wartet auf dich. Er hockt vor dem Fernseher und schaut sich eine absurde Sendung über eine völlig kaputte Familie an, die Lockpfeifen für Enten produziert.«

»Und Jannie?«

»Ist noch beim Training.«

Wir bogen um die Ecke unseres Hauses und sahen Bree den Gehweg entlangschlurfen. Noch nie hatte ich sie so zerschlagen gesehen.

»Ich glaube, da braucht jemand ein paar Streicheleinheiten«, murmelte Nana Mama. »Ich stelle mal das Essen auf den Tisch.«

Ich nickte und ging zu meiner Frau. Wir umarmten uns, ich streichelte ihr eine Weile den Rücken und steckte die Nase in ihr Haar. Ihr Duft machte mir bewusst, wie viele wundervolle Menschen Teil meines Lebens waren. »Möchtest du darüber reden?«

»Erst ein Bier«, sagte sie und ließ sich auf einen der Stühle auf der Veranda sinken.

Ich besorgte uns zwei Flaschen kaltes Bier aus dem Kühlschrank in der Garage. Dann trank ich einen Schluck und wartete, bis sie bereit war, mir von ihrem deprimierenden Besuch bei den Bransons zu berichten.

»Ich war dort, um ihnen zu sagen, dass alles wieder gut wird«, sagte Bree. »Aber ich weiß, dass das nicht stimmt.«

»Woher?«

Meine Frau zuckte mit den Schultern. »Jetzt ist Joss schon eine Woche lang verschwunden.«

»Ich hoffe, dass du sie nicht aufgibst. Genauso wenig wie den kleinen Jungen der Lancasters oder Ava.«

Ihre Augen blitzten. »Auf gar keinen Fall!«

»Sehr gut, so kenne ich dich!« Dann erzählte ich ihr von Thierry Mulchs Brief und den Massagesalonmorden in Albuquerque und Tampa. »Mulch hatte recht. Nur weil Francones unter den Opfern war, habe ich nicht daran gedacht, nach anderen, vergleichbaren Fällen zu suchen.«

Bree überlegte. »Weißt du was? Vielleicht sollte ich ja

mal nachsehen, ob es in anderen Städten vergleichbare Kindesentführungen gegeben hat.«

Ich prostete ihr zu. »Na bitte.«

Dann kam Jannie nach Hause. Sie hatte eine ganze Ladung lustiger Geschichten aus der Schule und dem Training mitgebracht. Die Bannecker Highschool ist bekannt für ihre hervorragenden Läufer, und es war interessant zu erfahren, wie dort trainiert wurde. Nana rief uns zum Essen und servierte gebratene Schweinekoteletts mit Grünkohl, gekocht in Knoblauch und Meersalz. Natürlich entschuldigte sie sich für das einfache Mahl, und natürlich widersprachen wir und sagten, dass es ein Genuss sei, der jedem König Ehre gemacht hätte.

»Wie war es denn bei dir in der Schule?«, wollte Bree von Ali wissen, als wir schon bei der Eiscreme angelangt waren.

»Ganz gut«, sagte er. »Statt Gemeinschaftskunde hat ein Mann mit uns geredet, der hatte total rote Haare. Er hat gesagt, dass man alles sein kann, was man sein will.«

»Der Mann mit den total roten Haaren hat recht«, meinte Nana Mama. »Was du träumen kannst, kannst du auch werden.«

»Ja, genau«, meinte Ali. »So ungefähr.«

»Wie hieß denn der Mann?«, wollte ich wissen.

Er überlegte mit gerümpfter Nase, dann zuckte er mit den Schultern. »Hab ich vergessen, aber er hat eine Webseite für Kinder gemacht.«

Bree und Jannie standen auf und fingen an, den Tisch abzuräumen. Jannie sagte: »Lass mich machen, Bree. Du siehst sehr müde aus.«

»Du willst das alles alleine abspülen? In der Badewanne?«

»So schlimm ist das gar nicht.«

Meine Frau blickte mich an und sagte: »Kann ich vielleicht für eine Weile dein Arbeitszimmer haben?«

»Klar.«

»Vielleicht sollten wir später noch mal eine Runde drehen, was meinst du?«

»Das auch.«

Sie lächelte, schnappte sich ihre Laptoptasche und verschwand nach oben.

»Dad?«, sagte Ali. »Willst du dir die erste Folge von *The Walking Dead* mit mir anschauen? Die hab ich auf DVD.«

Zombies waren zwar nicht unbedingt meine Kragenweite, aber da sogar meine Großmutter dem Charme dieser Serie erlegen war, sagte ich ja.

Als wir wenige Augenblicke später auf dem Sofa saßen und der DVD-Player startklar war, sagte Ali: »Das wird dir bestimmt gefallen, Dad. Die Idee stammt nämlich aus einem Comic.«

Das sagte er mit so viel Ernsthaftigkeit, dass ich lachen musste und ihm mit der Hand durch die Haare wuschelte.

Okay, ich musste es zugeben. Es war gut. Falls Sie die Sendung nicht kennen, es fängt damit an, dass Rick Grimes, ein Hilfssheriff, aus dem Koma erwacht und feststellen muss, dass die Welt von sogenannten »Walkern«, also Zombies, beherrscht wird. Der Schauspieler, der Grimes spielt, macht seine Sache sehr überzeugend, und man nimmt ihm die ganze Geschichte sofort ab. Aber erst als ich mitbekam, dass Grimes' Familie überlebt hatte und zusammen mit anderen Nicht-Zombies draußen vor der Stadt lebte, wurde ich so richtig gepackt und …

»Alex?«

Meine Frau stand in der Tür. Sie hatte einen Papierstapel in der Hand und machte ein entgeistertes Gesicht.

»Was ist denn los?« Ich sprang auf.

Sie schüttelte den Kopf. »Du wirst nicht glauben, was ich gerade herausgefunden habe.«

52

Am nächsten Morgen, es war Freitag gegen zehn, musterten Captain Quintus und John Sampson Bree und mich mit skeptischen Blicken. Wir saßen im Besprechungszimmer. Der Chef der Mordkommission und mein Partner waren gerade erst eingetroffen.

»Moment mal«, sagte Quintus. »Soll das etwa heißen, dass es da einen Zusammenhang gibt?«

»Ja, genau«, meinte auch Sampson. »Sag das doch noch mal.«

Ich wies mit geöffneten Handflächen auf meine Frau. Sie sagte: »Gestern Abend habe ich im Internet nach Kindesentführungen in anderen Städten recherchiert. Es klingt furchtbar, ich weiß, aber das kommt öfter vor, als man glaubt.«

Quintus nickte. »Es gibt immer wieder irgendwelche durchgeknallten Typen, die das versuchen.«

»Manche haben Erfolg damit«, fuhr Bree fort, »und wenn die Eltern des entführten Kindes nicht zu den oberen Zehntausend gehören, regen sich die Medien auch nicht groß darüber auf.«

»Aber wo ist der Zusammenhang zwischen den Massagesalonmorden und den Kindesentführungen?«, wollte Sampson wissen.

»Dieselben Städte und derselbe Zeitraum«, erwiderte Bree.

Bei ihrer Recherche hatte Bree festgestellt, dass in Albuquerque im April vor vier Jahren die fünf Monate alte Juanita Vincente und der sieben Monate alte Albert Tinkler gekidnappt worden waren. Der Zusammenhang war ihr aber erst klar geworden, als sie auf zwei weitere Entführungen gestoßen war: im April vor zwei Jahren, in Tampa. Die Opfer waren ein vier Monate alter Junge und ein acht Monate altes Mädchen gewesen.

»Der zeitliche Rahmen stimmt exakt mit den Massagesalonmorden in diesen Städten überein«, sagte ich.

Wir zeigten ihnen die Artikel aus dem *Albuquerque Journal* und der *Tampa Tribune*, in denen über die Massagesalonmorde und die vermissten Prostituierten sowie die entführten Babys berichtet wurde. Die Zeitungen hatten über beide Taten jeweils am selben Tag berichtet, aber natürlich in unterschiedlichen Artikeln.

»Man hat keinen Zusammenhang zwischen den Taten gesehen«, sagte Bree. »Aber wir glauben, dass sie zusammengehören und dass sie von zwei Tätern begangen worden sind, einem Mann und einer Frau, die zusammenarbeiten.«

Quintus las sich die Berichte sorgfältig durch. »Allmächtiger!«, murmelte er leise.

»Es wird noch schlimmer«, sagte ich und legte den jeweils letzten Bericht zum Thema aus den beiden Zeitungen auf Quintus' Schreibtisch. »Jedes Mal wurden die entführten Babys mehrere Tage nach den ermordeten Prostituierten tot aufgefunden. Ertränkt. Aber nach einem Abgleich der Obduktionsberichte haben wir festgestellt, dass die Babys und die Prostituierten ungefähr zur selben Zeit gestorben sind.«

»Nur, damit ich Sie richtig verstehe«, sagte Quintus. »Da gibt es also dieses Paar, das alle zwei Jahre einen Massagesalon überfällt und alle Anwesenden mit Ausnahme einer

Prostituierten umbringt. Dann nehmen sie die Prostituierte als Geisel und entführen zwei Babys, einen Jungen und ein Mädchen.«

»Richtig«, bestätigte Bree. »Anschließend werden die Prostituierten erdrosselt und die Babys ertränkt und schließlich getrennt entsorgt.«

»Sie sind tatsächlich ungefähr gleichzeitig gestorben?«, hakte Sampson nach.

Ich nickte. »Plus, minus eine Stunde.«

»Gibt es noch andere zeitliche Übereinstimmungen?«, wollte Captain Quintus wissen.

»Ich verstehe nicht«, meinte Bree.

»Parallelen in der zeitlichen Abfolge, meine ich«, gab er in scharfem Ton zurück. »Ich habe, was Ritualmorde angeht, natürlich nicht so viel Erfahrung wie Alex, aber in diesem Fall liegen jeweils zwei Jahre zwischen den Taten, die immer im April stattfinden. Da muss es doch noch andere Übereinstimmungen geben.«

Ich stimmte ihm zu und blätterte die Akten durch, verglich Daten und Zeiten, während Bree, Sampson und Quintus das bereits vorhandene Material sichteten und nach Verbindungen suchten, die uns bisher nicht aufgefallen waren. Zehn Minuten später waren sie bereits dabei, über die Motive der Täter zu spekulieren. Was um alles in der Welt mochte einen Mann und eine Frau dazu bringen, massenhaft Menschen zu ermorden, Babys zu entführen und diese dann auch noch zu töten? Da entdeckte ich eine weitere Parallele.

»Dreizehn Tage und siebzehn oder achtzehn Stunden«, unterbrach ich die anderen. »Sowohl in Albuquerque als auch in Tampa sind die Entführten jeweils am frühen Abend des dreizehnten Tages nach dem Überfall auf den Massagesalon ermordet worden.«

»Sind Sie sicher?«, wollte Quintus wissen.

»Eindeutig. Und das bedeutet …«

»… dass Cam Nguyen, Joss Branson und Evan Lancaster kommenden Mittwochabend sterben müssen«, vollendete Sampson meinen Satz.

53

Beinahe vierzig unerträgliche Stunden vergingen, ohne dass wir in irgendeinem unserer Fälle nennenswerte Fortschritte gemacht hätten. Während der ganzen Zeit war mir schmerzhaft bewusst, dass die Uhr tickte, dass der Tod der Studentin und der beiden Babys unaufhörlich näher rückte. Ich musste an meine eigenen Kinder denken und daran, wie entsetzlich das alles für die Bransons und die Lancasters sein musste. Mehr als einmal senkte ich den Kopf und betete für einen Durchbruch.

Am Palmsonntag gegen halb fünf Uhr nachmittags war es so weit.

Ich hatte zuvor mit Nana Mama die Messe besucht und saß jetzt zu Hause in meinem Arbeitszimmer, als ich eine Nachricht von Detective Brefka erhielt. Das FBI-Computer-Labor in Quantico hatte fast zehn Tage gebraucht, um die Videodateien aus den städtischen Überwachungskameras in der Umgebung des Superior Spa vom Abend der Morde wieder lesbar zu machen. Brefka hatte sie sich angesehen und mir einen Bericht an meine dienstliche E-Mail-Adresse geschickt.

Ich leitete die Akte an Sampson weiter und rief bei ihm zu Hause an. Billie war am Apparat. Als ich ihr sagte, dass Sampson sich die Akte ansehen und mich dann zurückrufen sollte, wurde sie grantig und beschied mir mit knappen Worten, dass John seit drei Wochen keinen freien Tag mehr gehabt hatte. Ich entgegnete, dass ich schon seit vier Wochen keinen ganzen Tag mehr frei gehabt hatte und dass es außerdem nicht lange dauern würde.

»Alex, du weißt wirklich, wie man meine Frau behandeln muss«, sagte Sampson, als er mich zwanzig Minuten später zurückrief.

»Ehrlich?«, fragte ich zurück.

»Nein.«

»Hast du die Akte vorliegen?«

»Ja.«

Brefka schrieb, dass die Kamera unmittelbar vor dem Eingang des Massagesalons defekt gewesen sei. Das sei auch die Hauptursache dafür gewesen, dass die Daten verstümmelt worden waren. Aber die Kameras im Norden und Süden des Superior Spa hatten ein paar Dinge aufgezeichnet, die für uns interessant sein könnten. Dahinter hatte er einen Link zu einer Internetadresse gesetzt.

Ich klickte ihn an. Mein Bildschirm zuckte, und dann fing ein Video an zu laden. Es war der Bildausschnitt aus einer Überwachungskamera, die zwei Häuserblöcke südlich des Superior Spa angebracht war, und dazu eine Datums- und Zeitanzeige.

Am Abend der Morde um 17.45 Uhr, kurz nachdem Blossom Mai sie gesehen hatte, sah man Cam Nguyen in Richtung Superior Spa durch das Bild gehen. Sie trug einen gelben Anorak, eine Jogginghose, Laufschuhe und über der Schulter eine Tennistasche.

Um 18.40 Uhr kam ein Geschäftsmann Mitte fünfzig an einer Kamera vorbei, die in einer Querstraße östlich des Massagesalons hing. Er ging ebenfalls in Richtung des Superior Spa.

Und um 19.02 Uhr fing eine Kamera drei Häuserblöcke weiter nördlich eine Gestalt ein, die auf dem Weg nach Süden war. Die Gestalt war größer und breiter gebaut als der

Durchschnitt. Sie trug einen Rucksack und eine weite Jeans, Basketballstiefel und ein Redskins-Sweatshirt mit Kapuze, die zwar das Gesicht, nicht aber die Hände verdeckte. Die Hautfarbe war weiß.

Um 19.06 Uhr hastete der Geschäftsmann an derselben Kamera vorbei, und zwar in die entgegengesetzte Richtung. Auf seinem Gesicht lag ein zufriedenes Lächeln.

Zweiunddreißig Minuten später, um 19.38 Uhr, passierte die Gestalt im Redskins-Sweatshirt mit gesenktem Kopf und aufgesetzter Kapuze eine Kamera zwei Querstraßen südlich des Superior Spa. Das Gesicht war nicht zu erkennen, ganz im Gegensatz zu Cam Nguyen. Sie trug das gleiche Tennis-Outfit wie zuvor und ging sehr dicht neben der Gestalt im Redskins-Hoodie.

»Da haben wir unseren Killer und Entführer«, sagte ich.

»Mit einem Redskins-Sweatshirt?«, meinte Sampson. »Wir haben es doch wohl nicht mit einem enttäuschten, psychisch kranken Fan zu tun, oder?«

»Woher hätte er wissen sollen, dass der Bekloppte im Superior Spa war?«, entgegnete ich. »Nein, hier geht es um Cam und die Prostituierten. Francones ist nur zufällig in die Schusslinie geraten.«

»Wo ist der Bekloppte überhaupt?«, gab Sampson zurück. »Auf den Videos taucht er überhaupt nicht auf.«

Ich überlegte. »Vielleicht ist er mit dem Taxi gekommen? Und hat sich bis vor die Tür mit der defekten Kamera fahren lassen?«

»Kann schon sein. Ich finde, wir sollten ein Standbild von Mr. Redskins und Cam Nguyen an die Presse geben. Vielleicht kann sich ja jemand an sie oder den Kerl mit dem Hoodie und dem Rucksack erinnern.«

»Ich habe eine bessere Idee«, erwiderte ich und spulte das Video ein Stück zurück. »Wir veröffentlichen das Video von dem Kerl im Anzug. Sein Gesicht ist klar und eindeutig zu erkennen.«

»Okay, aber wieso er?«

»Der Redskins-Fan passiert die Kamera in südlicher Richtung um 19.02 Uhr, der Geschäftsmann kommt um 19.06 Uhr aus der entgegengesetzten Richtung«, sagte ich. »Falls ich mich nicht sehr irre, dann ist dieser hochzufriedene Besucher des Superior Spa irgendwann im Lauf dieser vier Minuten unserem Tatverdächtigen begegnet.«

54

Am nächsten Abend, so ungefähr gegen acht, schleuderte Abigail Barnes eine praktisch leere Flasche Chianti Classico an mir und Sampson vorbei. Die Flasche verfehlte ihr eigentliches Ziel – einen dunkelblonden Mann Mitte fünfzig im Armani-Anzug – und zerschmetterte eine antike Seemannsuhr an der Wohnzimmerwand. Wein spritzte auf den hellbraunen Teppich.

»Du Schwein!«, brüllte Abigail Barnes. »Du bist ein gottverdammtes Dreckschwein, Harry! Hast du eigentlich eine Ahnung, was das für mich bedeutet?«

Harry Barnes starrte seine Frau mit weit aufgerissenem Mund an. Dann wurde er wütend und brüllte zurück: »Das war Großmutters Uhr, Abby! Was ist denn los, verdammt noch mal? Wer zum Teufel sind diese …?«

Abigail Barnes drehte durch. Mit vom Wahnsinn entstelltem Gesicht schoss sie quer durch das Wohnzimmer ihres millionenschweren Hauses in Chevy Chase. Kreischend wie eine Furie stürzte sie sich mit ausgestreckten Fingernägeln auf ihren Ehemann, als wollte sie ihm die Augen auskratzen.

Sie trug einen rubinroten Trainingsanzug mit dem Logo des Chevy Chase Country Club. Sampson packte sie am Kragen und hielt sie fest, bevor es gefährlich wurde. Sie kam ruckartig zum Stehen.

»Lassen Sie mich los, Detective!«, kreischte sie.

»Das führt doch zu nichts, Mrs. Barnes«, sagte Sampson.

»Detective?«, sagte ihr Ehemann, der zuerst verblüfft und dann besorgt dreinschaute.

»Washington, D.C., Metropolitan Police, Mordkommission.« Ich zeigte ihm meine Dienstmarke.

»Mord?«, sagte Barnes und erbleichte. »Abby, was ...«

Seine Frau wehrte sich so kräftig gegen Sampsons Haltegriff, dass ich das Geräusch des zerreißenden Stoffs hören konnte. Dann legte sie wieder los. »Ich hab dich im Fernsehen gesehen, du Schwein!«, brüllte sie. »Mit so einem selbstgefälligen Grinsen, nach Gott weiß was für Orgien!«

»Im Fernsehen?« Jetzt war er vollkommen durcheinander. Er sah mich an.

Noch bevor ich ihm eine Antwort geben konnte, schrie Abigail: »Du warst in diesem schmierigen Massagesalon in der Connecticut Avenue, wo der bekloppte Francones ermordet worden ist! Sie haben es auf Video! Und es läuft überall! Betsy Martin hat es im Club in der Bar gesehen. Sie hat mir Bescheid gesagt. Im Club!«

Weinend brach sie zusammen. Sampson fing sie auf und brachte sie zu einem großen Ohrensessel.

Harold Barnes war leichenblass geworden. Er schlug die Hand vor den Mund und taumelte zur Tür hinaus, begleitet von einem erstickten Husten. »Mein Gott, was habe ich nur getan?«

Diese Worte schienen Abigail Barnes neues Leben einzuhauchen. Jedenfalls unterbrach sie ihr Weinen und kreischte hinter ihm her: »Du hast uns ruiniert, das hast du getan! Du hast mich zum Gespött von ... von *allen* gemacht!«

»Mr. Barnes?«, rief ich und eilte ihm nach.

Als ich im Flur war, hatte er sich schon in ein Badezimmer geflüchtet, die Tür verriegelt und angefangen zu würgen. Ich stand da, hörte seine Frau im Wohnzimmer weinen und ihn brechen und fühlte mich, ehrlich gesagt, ziemlich mies, weil mein Instinkt mich nicht getrogen und meine Idee funktioniert hatte.

Gleich nach dem Gespräch mit Sampson hatte ich Captain Quintus angerufen und ihn dazu überredet, die Aufnahmen von dem Mann im Anzug, der aus der Umgebung des Superior Spa gekommen war, an die Öffentlichkeit zu geben.

»Das wird ein ziemlich unsanftes Erwachen für das arme Schwein und seine Frau geben«, hatte Quintus gesagt, nachdem er zugestimmt hatte.

Und während ich mich an die Flurwand lehnte und den Lauten einer Ehe lauschte, die durch meine Mithilfe zerbrochen war, musste ich zugeben, dass er recht gehabt hatte.

55

Harold Barnes war ein erfolgreicher und einflussreicher Patentanwalt mit einem untadeligen Lebenslauf. Dartmouth. Jurastudium an der Georgetown. Herausgeber der Fachzeitschrift der juristischen Fakultät. Referendar am Bezirksgericht. Dann Teilhaber in einer angesehenen Kanzlei. Seit siebenundzwanzig Jahren verheiratet. Vater von drei Töchtern.

Abigail hing schlaff und zusammengesunken im Sessel, als ich ins Wohnzimmer zurückkam, stöhnte und sagte: »Gott sei Dank gehen sie alle schon aufs College.«

Ich blickte Sampson mit hochgezogenen Augenbrauen an. »Vielleicht kannst du ihr ja einen Kaffee besorgen.«

Hinter mir öffnete sich die Tür des Badezimmers. Abigail Barnes warf einen Blick Richtung Flur und forderte: »Nein, ich will jedes Detail aus seinem schmutzigen Leben hören.«

»Das erledigen Sie bitte, wenn wir wieder weg sind«, entschied ich. »Im Augenblick hoffen wir, dass Sie uns bei der Aufklärung eines Massenmords behilflich sein und vielleicht sogar drei Menschenleben retten können.«

Mrs. Barnes sah zunächst empört und dann ungläubig drein, als ob da jemand bezweifeln wollte, dass die Planeten um ihre Nase und nicht etwa um die Sonne kreisten.

»Lassen Sie uns ein paar Schritte gehen, Mrs. Barnes«, sagte Sampson und reichte ihr die Hand.

Sie wich zurück, kam dann aber doch unsicher auf die Beine. Barnes musste mich gehört haben, jedenfalls war er draußen im Flur stehen geblieben. Sampson stützte die am Boden zerstörte Dame der Gesellschaft, während sie den Raum durch eine andere Tür verließen.

Noch während sie ins Schloss fiel, hörte ich sie schniefen: »Ich hätte niemals gedacht, dass mein Leben einmal zu einem Klischee verkommen würde. War das etwa naiv, Detective?«

Als ihr Mann das Wohnzimmer betrat, wirkte er wie eine leere Hülle. Scherben knirschten unter den Sohlen seiner Oxford-Schuhe, doch er schien es nicht zu bemerken.

»Ich heiße Alex Cross«, sagte ich.

»Ich weiß«, erwiderte Barnes schwach, bevor er sich in den Sessel sinken ließ, in dem bis vor wenigen Augenblicken noch seine Frau gesessen hatte. »Ich lese Zeitung.«

»Das alles tut mir wirklich sehr leid, aber es gab keine andere Möglichkeit, Sie ausfindig zu machen«, sagte ich.

Barnes winkte ab. »Ich überlege seit Tagen, ob ich mich bei Ihnen melden soll. Aber dann habe ich immer wieder gedacht, dass es vielleicht nicht nötig ist.« Er verstummte und blickte mich an. »Ich möchte, dass Sie wissen, dass ich nicht bin wie Francones. Ich bin nicht süchtig nach Sex. Und es ist auch keine Obsession.«

»Okay.«

Der Patentanwalt rutschte unruhig hin und her. »Die Wahrheit ist, dass meine Frau mehr an ihrem gesellschaftlichen Status interessiert ist als an Sex. Zumindest, seit sie fünfzig ist und …«

»Nichts für ungut, Mr. Barnes«, unterbrach ich ihn, »aber die Gründe, die Sie veranlasst haben, das Superior Spa aufzusuchen, interessieren mich eigentlich gar nicht.«

Er zog die Augenbrauen zusammen. »Oh.«

»Nur der Vollständigkeit halber: Sie waren tatsächlich dort?«

Barnes blinzelte, setzte sein Rechtsanwaltsgehirn in Betrieb und sagte: »Dann haben Sie also keine Aufnahme, die mich beim Betreten oder Verlassen des Ladens zeigt?«

»Spielt das denn eine Rolle?«

»Vor Gericht schon.«

»Falls das hier eine Gerichtsverhandlung wäre, was es nicht ist. Aber wenn Sie nicht aussagen und wir irgendwelche Indizien finden, die beweisen können, dass Sie unmittelbar vor den Morden in diesem Massagesalon gewesen sind, dann kann und werde ich Sie wegen Strafvereitelung belangen, Herr Rechtsanwalt.«

Barnes presste die Lippen aufeinander und überlegte. Dann seufzte er. »Also gut, ich war da.«

Sobald er angefangen hatte zu reden, gab es kein Halten mehr. Er schilderte mir, wie er seinen Wagen ein ganzes Stück entfernt in der Connecticut Avenue abgestellt hatte und dann zu Fuß zum Superior Spa gegangen war. Damit bestätigte er den zeitlichen Ablauf, den wir durch die Videoaufzeichnungen bereits kannten. Im Spa hatte er sich in die Hände von An Lu begeben, der jungen Koreanerin mit dem Bademantel, die wir tot im Foyer gefunden hatten. Beim Gehen war er dann dem bekloppten Francones begegnet und hatte gesehen, wie dieser in Begleitung von Cam Nguyen das schäbige, kleine Zimmer betreten hatte, in dem er auch gestorben war.

»Ich hab mich schon gewundert, verstehen Sie?«, sagte er. »Ich meine, ein Typ wie er …«

Ein Typ wie Sie, lag mir auf der Zunge, aber ich sprach es nicht aus.

»Hat er Sie gesehen? Francones, meine ich.«

»Nein, glaub ich nicht.«

»Und dann?«

»Bin ich rausgegangen, zur Vordertür.«

»Sind Sie dabei jemandem begegnet?«

Barnes hielt kurz inne. »Meinen Sie drinnen oder draußen?«

»Draußen auf dem Bürgersteig.«

Der Patentanwalt wollte gerade den Kopf schütteln, dann verharrte er, als würde ihm etwas einfallen. »Da war ein Typ mit einem roten Kapuzenpulli.«

»Wo? Vor der Tür? Aus welcher Richtung ist er gekommen?«

Er überlegte und sagte dann: »Aus Norden. Aus Norden ist er gekommen.«

Ich spürte, wie mein Herzschlag sich beschleunigte. Das passte zu den verschiedenen Videoaufnahmen. »Er ist also an Ihnen vorbeigegangen?«

»Wir sind eher aneinander vorbeigegangen.«

»Haben Sie gesehen, wie er das Superior Spa betreten hat?«

Barnes schüttelte den Kopf. »Ich habe mich nicht umgedreht.«

»Haben Sie sein Gesicht erkannt?«

Er zögerte erst, doch dann nickte er. »Er hatte die Kapuze aufgesetzt, aber wir waren direkt unter einer Straßenlaterne. Ich glaube, ich habe ihn ganz gut gesehen.«

Am liebsten hätte ich die Fäuste gereckt. Aber dann sagte ich nur: »Wären Sie bereit, mit einem unserer Zeichner zusammenzuarbeiten?«

Er nickte erneut.

»Und Sie glauben, dass Sie sich wirklich an sein Aussehen erinnern können?«

Barnes senkte den Blick und sagte leise: »Ich glaube kaum, dass man das Gesicht des Mannes vergessen kann, der einen beinahe getötet hätte.«

Kaum hatte der Patentanwalt diese Worte ausgesprochen, verkrampften sich seine Gesichtszüge. Erst sah es nach Schmerz aus und dann nach nackter Panik. Er hob langsam den Arm, wollte sich an die Brusttasche seines Jacketts fassen, sah mich an und stieß hervor: »Ich habe …«

Dann kippte er nach Luft schnappend vornüber und landete auf dem Boden.

»John!«, brüllte ich und warf mich neben ihm auf die Knie. »Den Notruf, schnell. Er hat einen Herzanfall!«

56

Gegen Mitternacht kam Cross nach Hause. Sunday und Acadia, die den Lieferwagen in der Straße abgestellt hatten, beobachteten, wie der Detective ins Haus ging und das Verandalicht ausschaltete. Die meisten anderen Lichter im Haus waren bereits gelöscht.

»Bist du sicher, dass das der richtige Zeitpunkt ist, mein Süßer?« In Acadias Stimme lag eine leise Besorgnis.

»Dank deinem fantastischen Drei-D-Modell, ja«, erwiderte Sunday. »Und außerdem brauchen wir bessere und noch aktuellere Informationen, wenn alles reibungslos funktionieren soll.«

»Dir ist aber klar, dass ich mich aus dem Staub mache, falls sie dich erwischen«, sagte sie.

Er lächelte sie an und streichelte ihr mit dem Finger die Wange. »Nichts anderes würde ich von einer jungen Frau erwarten, die ihren eigenen Vater an die Alligatoren verfüttert hat.«

Acadia biss ihn sanft in den Knöchel und sagte: »Wie lange willst du warten?«

Soeben war das letzte Licht in Cross' Haus erloschen.

»Ein paar Stunden«, erwiderte Sunday. »Bis alle tief und fest schlafen.«

»Dann lege ich mich auch so lange aufs Ohr.« Sie krabbelte in den Laderaum und legte sich mit ihrem Schlafsack auf die Matten, die sie mitgebracht hatten.

Der Professor schaltete das Radio ein, um sich die Zeit mit WTOP, dem 24-Stunden-Nachrichtensender der Hauptstadt, die Zeit zu vertreiben. Es ging um den neuesten Blödsinn im Nahen Osten, die bevorstehenden Vorwahlen der Präsidentschaftskandidaten und den ersten Spieltag der neuen Baseballsaison nächste Woche.

Doch dann, um 1.45 Uhr, sagte der Sprecher: »Laut einem Artikel der *Washington Post*, der auf der Webseite der Zeitung veröffentlicht wurde, geht die Polizei nunmehr davon aus, dass die Entführung der Kleinkinder Joss Branson und Emily Lancaster im direkten Zusammenhang mit der Ermordung von Pete Francones und etlicher anderer Opfer in einem Massagesalon in Washington stehen könnte.«

Als der Ansager Detective Bree Stone ankündigte, verspürte Sunday den unbändigen Drang, die Faust durch die Windschutzscheibe zu rammen. Bree sagte: »Wir glauben, dass es schon mehr Taten nach demselben Muster gegeben hat, und zwar in Albuquerque und in Tampa. Wir suchen nach einem Paar, einem weißen Mann und einer weißen Frau, die sich womöglich als Eltern der beiden Babys ausgeben. Unter Umständen werden sie von einer circa zwanzig Jahre alten Vietnamesin begleitet. Falls Sie Menschen sehen, auf die diese Beschreibung zutrifft, dann melden Sie sich bitte umgehend bei unserer Hotline.«

Damit war der Bericht zu Ende.

Sunday war außer sich. Wie konnten Cross und seine Frau es wagen, ihm mit einem Mal einen Schritt voraus zu sein! Er schaltete das Radio aus, kletterte nach hinten und weckte Acadia auf. »Es ist Zeit.«

Sie nickte und setzte sich ächzend auf, lehnte sich mit dem Rücken an die Zwischenwand des Lieferwagens. Dann nahm sie ihren Laptop, klappte ihn auf und öffnete Skype.

Sie wählte eine Nummer. Sunday hörte, wie es in seinem Bluetooth-Ohrhörer piepste, nahm das Gespräch an und sagte: »Test.«

Acadia reckte beide Daumen nach oben, und er schlüpfte ohne weitere Verzögerung aus dem Wagen. Schwarz gekleidet und mit den eng anliegenden, fünf Millimeter dicken Neoprenschuhen, die er in einem Taucherladen in der S-Street entdeckt hatte, an den Füßen, tapste er zum Haus. Es war windig, und Sturm lag in der Luft.

Tagsüber hatte Sunday sich wieder einmal durch die virtuelle Behausung des Detective geschlichen. Und als er sich jetzt in Wirklichkeit in den engen Spalt zwischen dem Haus und dem Nachbargebäude schob, da hatte er ein sehr gutes Gefühl.

Du stehst außerhalb des moralischen Universums, sagte er sich, während er seine Schritte verlangsamte und sich eine schwarze Sturmhaube über den Kopf streifte. Die Gesetze Gottes und der Menschen gelten nicht für dich, Thierry Mulch. Du, mein Freund, *bist* der perfekte Verbrecher.

Solchermaßen angestachelt, huschte er auf die Rückseite des Hauses bis zum Anbau. Das Ständerwerk war bereits fertig, genau wie der Dachstuhl und die Schalbretter. Und alles war mit Plastikfolie umhüllt.

Sunday holte ein Taschenmesser aus einer seiner Hosentaschen. Der Wind setzte ihm ordentlich zu, während er die Plastikfolie an der Hauskante entlang aufschlitzte. Er fing unten an und zog das Messer ungefähr einen Meter weit nach oben. Dann ließ er los. Das lose Stück fing sofort an, im Wind zu flattern. Er holte eine Rolle Klebeband aus seinem Rucksack, riss ungefähr einen Meter davon ab und klebte es vorsichtig von außen auf den Rand der flatternden Folie, und zwar so, dass das Klebeband ein Stück weit überstand.

Dann kroch er durch die Öffnung und gelangte auf einen mit Sägemehl übersäten Sperrholzboden. Der Wind wirbelte Späne und Staub durch die Luft, und er wäre beinahe daran erstickt, noch bevor er die Öffnung mithilfe des Klebebandstreifens wieder dicht verschlossen hatte. Er stand auf, klopfte sich sorgfältig ab und näherte sich der ehemaligen Küche.

Es war stockdunkel. Obwohl er mit dem Grundriss bestens vertraut war, hatte er letztlich keine andere Wahl, als zu dem kleinen Nachtsicht-Monokel zu greifen, das er bei einem Versandhändler gekauft hatte. Er schaltete es ein und hielt es sich vors rechte Auge.

Das Allerheiligste des Alex Cross war jetzt in einen grünlichen Schimmer getaucht. Dadurch ähnelte es der virtuellen Version, und das war Sunday gerade recht. Schon nach wenigen Sekunden hatte er die Plastikabtrennung zwischen der Baustelle und dem Rest des Hauses gefunden. So leise wie möglich riss der Professor den Klettverschluss auf und betrat Cross' Esszimmer.

Er sah sich um, entdeckte den Tisch, die Doppelkochplatte und dic Kühlbox. Kurzc Zeit später hatte er die idealen Stellen gefunden. Er kletterte auf den Tisch, nahm eine Wanze, aktivierte sie und befestigte sie an der Kette des bescheidenen Kronleuchters. Anschließend setzte er eine winzige, bewegungsaktivierte Glasfaserkamera plus Sender und Neun-Volt-Lithiumbatterie in eine Grünpflanze in der Ecke. Das Fischaugenobjektiv war auf den Tisch gerichtet.

»Stabiles Signal von beiden«, sagte Acadia in sein Ohr.

Sunday klickte leise mit der Zunge, zum Zeichen, dass er sie verstanden hatte, und ging ins Wohnzimmer, wo er eine Wanze hinter dem Sofa und eine zweite Kamera in den Borsten des Kaminbesens anbrachte, und zwar so, dass sie die Couch und die Sessel erfasste. Anschließend stieg er die Treppe empor, genauso langsam und methodisch, wie er es geübt hatte, die Füße immer dicht an den Rändern, damit die Stufen nicht knarrten.

Auf dem Absatz vor Cross' Schlafzimmer schlich sich ein diabolisches Grinsen auf Sundays Gesicht. Diese Dreistigkeit! Wenn er wollte, dann konnte er jetzt die Tür aufmachen und alle beide erschießen. Oder Cross erschießen und Bree mitnehmen. Alles, was er wollte. In einer existenzialistischen Welt war alles möglich.

Hab Geduld, sagte er sich. Wenn sich alles in Ruhe entwickeln kann, wird es noch viel besser.

57

Sunday stieg die zweite Treppe hinauf, die zur Dachkammer führte, in Cross' Festung der Einsamkeit. Mit wild pochendem Herzen gelangte er ins Arbeitszimmer des Detective. Hatte Raskolnikow sich ebenso gefühlt, als er den Tod der Pfandleiherin geplant hatte?

Aber selbstverständlich, dachte der Professor euphorisiert. Dieses Gefühl ist ein zeitloser Klassiker. Jeder auf dieser Erde kennt es. Menschen lieben es zu zerstören, ganz besonders andere Menschen und ganz besonders diejenigen, die ganz oben stehen. Wir sehen einfach gerne fallen. So ist es eben.

Er trat an das Giebelfenster und zog die Jalousie nach unten, steckte das Nachtsichtglas in die Tasche, knipste die Schreibtischlampe an und sah sich um. Er war sehr zufrieden. Wie ging noch mal dieser alte Song?

»Ain't nothing like the real thing, baby?«

Eine ganze Zeit lang summte er die Melodie vor sich hin, betrachtete mit fröhlicher Aufmerksamkeit die Regale und Wände, die Fotografien und Andenken, die gerahmten Belobigungen und Diplomurkunden und verglich das alles mit dem Foto aus dem virtuellen Haus, das Acadias Computergenie gebastelt hatte.

Unglaublich ähnlich, dachte er. Ein verstelltes Buch hier. Ein anderes Bild da. Aber im Großen und Ganzen ist es dasselbe. Cross mag keine Veränderungen, schon gar nicht in seinem Allerheiligsten.

Das ist eine Schwäche, befand er, eine, die man irgendwie ausnützen sollte.

Doch zunächst schob Sunday diese Idee beiseite und begann, das Arbeitszimmer zu verwanzen, indem er einen Tastatur-Repeater zwischen den Internetanschluss und den Computer schaltete. Jetzt würde alles, was Cross tippte, aufgezeichnet und unverzüglich an eine anonyme Webseite gesendet werden, die Acadia genau dafür eingerichtet hatte.

Auf dem Aktenschrank hinter dem Schreibtisch stand ein gerahmtes Bild von Dr. Alex und seiner Braut an ihrem Hochzeitstag. Sunday klebte eine Wanze an die Stütze des Rahmens.

Jetzt hatte er noch eine Kamera übrig. Was sollte er damit machen? Er sah sich um und entdeckte die perfekte Stelle dafür: in der obersten Reihe eines Bücherregals gegenüber dem Schreibtisch. Er platzierte die winzige Kamera, den Sender und die Neun-Volt-Lithiumbatterie zwischen und hinter zwei Fachbüchern über kriminalpolizeiliche Ermittlungsmethoden.

Als er sich sicher war, dass die Geräte nicht zu erkennen waren, es sei denn, Cross nahm eines der Bücher aus dem Regal – was Sunday für sehr unwahrscheinlich hielt –, setzte er sich auf den Schreibtischsessel des großen Kriminalisten, lächelte in die Kamera und murmelte: »Test.«

»Hat dir schon mal jemand gesagt, dass Schwarz dir ganz großartig steht?«, erwiderte Acadia. »Vor allem die Maske ist eine echte Verbesserung.«

Er machte mit dem Zeigefinger eine zustimmende Geste und sah auf seine Armbanduhr. Es war 2.27 Uhr.

Sunday wollte sich schon zum Gehen wenden, da bemerkte er an der Wand hinter dem Schreibtisch diesen längeren Artikel über Massenmorde, der die Grundlage seines Buchs *Der perfekte Verbrecher* bildete. Den musste er sich noch ansehen, er konnte nicht anders. Er blätterte und suchte nach den Stellen, an denen der Autor ihn zitiert hatte.

Zu seiner großen Überraschung waren sie sogar unterstrichen. Cross hatte eine Bemerkung an den Seitenrand geschrieben. Sunday musste das Blatt umdrehen, um sie lesen zu können.

»Effekthascherei alles in allem, aber hier nicht dumm«, stand da. »Was weiß er sonst noch alles?«

Effekthascherei? Ich weiß mehr als du, Cross, so viel mehr als du.

Er biss sich auf die Unterlippe, dachte noch kurz über den Artikel nach und sah sich erneut konzentriert um, bis sein Blick an einem Stiftehalter hängen blieb. Er bestand aus einer Blechbüchse, die mit rotem Bastelpapier umwickelt und kleinen grünen Weihnachtsbäumchen beklebt worden war … zweifellos ein Geschenk eines seiner Kinder.

Der Stiftehalter stand auf dem Schreibtisch, direkt neben dem Telefon. Da hatte er auch schon vor drei Jahren gestanden, als die *Post* ein Bild des Zimmers abgedruckt hatte. Wahrscheinlich war er seither kein einziges Mal verschoben worden. Sunday nahm ihn in die Hand und stellte ihn ans äußerste Ende des Aktenschranks.

Es war eine kleine Veränderung. Unauffällig. Aber wenn Sundays Vermutung zutraf, dann würde sie bei Cross für Verunsicherung sorgen. Das hoffte er zumindest.

»Ich verschwinde«, murmelte er Acadia zu.

Er erhob sich, platzierte den Schreibtischsessel wieder genau so, wie er ihn vorgefunden hatte, griff nach seinem Monokel und knipste die Schreibtischlampe aus. Geführt von den grünlich schimmernden Bildern seines Nachtsichtgeräts, ging er zur Tür und machte sie lautlos auf. Er schlich die Treppe hinunter, landete im ersten Stock und huschte zu Cross' Schlafzimmertür. Sie lag genau am oberen Ende der Treppe, die weiter ins Erdgeschoss führte.

Gerade, als er den ersten Schritt nach unten machen wollte, hörte er eine Türklinke knarren. Hinter ihm wurde eine Tür geöffnet.

Der Professor erstarrte und blickte sich langsam über die Schulter hinweg um. Dort stand der kleine Ali Cross und rieb sich die Augen.

58

Es dauerte nur eine Sekunde, vielleicht auch zwei, aber trotzdem schien die Zeit stillzustehen, während die naheliegende Option durch Sundays Gehirnwindungen zuckte: *Töte ihn! Auf der Stelle!*

Zwei Schritte nur, dann hätte er den Jungen packen und ihm das Genick brechen …

Ali ließ die Hand sinken und ging mit unsicheren Schritten zur Badezimmertür. Es war so, als hätte er Sunday nicht einmal gesehen. Er machte die Tür auf und trat ein. Das Licht ging automatisch an.

Sunday tänzelte drei Stufen abwärts und blieb stehen, hörte, wie der Junge pinkelte. Noch einmal acht Stufen, dann stand er im Eingangsflur und lauschte erneut. Die Toilettenspülung rauschte.

Kleine Füße trippelten über den Flur. Eine Tür wurde geöffnet.

Dann war es still, bis der Junge mit einem Mal brüllte: »Ein Zombie! Da ist ein Zombie im Haus!«

Sunday floh auf Zehenspitzen den Hausflur entlang, huschte ins Esszimmer und durch die Plastikfolie in den Baustellenbereich. Sorgfältig machte er den Klettverschluss wieder zu, zog anschließend seine Pistole und näherte sich dem Schlitz in der Plastikhülle, die den Anbau vor Wind und Wetter schützen sollte.

Vorsichtig drückte er dagegen, merkte, wie das Klebeband sich löste und der Wind hereinwehte. Sägemehl wirbelte durch die Luft.

Sunday schlüpfte nach draußen, und obwohl der Junge immer noch schrie und jetzt auch andere Stimmen dazukamen, drückte er das Klebeband wieder sorgfältig auf den Schnitt, sodass der Anbau gut abgedichtet war.

»Licht bei Cross und bei der Großmutter«, meldete Acadia.

Sunday war bereits losgerannt. Auf der Vorderseite des Hauses angekommen, murmelte er: »Alles klar?«

»Im Schatten halten und los«, sagte sie.

Aus dem rechten Augenwinkel sah der Professor, wie mehrere Lichter zum Leben erwachten – vermutlich die Lampen im Treppenhaus und im Eingangsflur. Cross oder seine Frau waren unterwegs.

Sunday sprintete den kurzen abschüssigen Rasen entlang, setzte über den niedrigen Zaun hinweg und landete auf dem Bürgersteig. Geduckt rannte er weiter, weg vom Haus. Erst ein ganzes Stück entfernt, überquerte er die Straße. Er ging in die Hocke, duckte sich hinter die parkenden Autos und schlich zurück zum Lieferwagen. Jetzt gingen bei Cross im Erdgeschoss noch mehr Lichter an.

Die Außenbeleuchtung sprang jedoch erst an, als Sunday die Seitentür des Lieferwagens aufgeschoben und sich neben Acadia gekauert hatte. Jetzt starrten sie beide über die Vordersitze durch die Windschutzscheibe nach draußen. Cross betrat die Veranda. Er trug einen Bademantel und leuchtete mit einer Taschenlampe den Vorgarten und den Schuttcontainer an, bevor er wieder ins Innere ging.

»Esszimmer-Wanze!«, sagte Sunday.

Acadia griff nach dem Laptop und stellte den Ton lauter.

Zuerst war außer Rauschen nichts zu hören, doch dann ließ sich Cross' Stimme vernehmen. »Habt ihr was?«

»Ich weiß nicht«, erwiderte Bree. »Draußen im Anbau habe ich ein paar Abdrücke gesehen, die Fußspuren sein könnten. Aber nichts Frisches.«

»Ich lege mich zu ihm, bis er wieder eingeschlafen ist«, erwiderte Cross. »Aber ich finde, wir sollten die Regeln in Bezug auf diese Zombie-Serie verschärfen.«

»Einverstanden«, meinte Bree. »Weniger Zombies.«

Schritte. Die Lichter erloschen. Sunday ließ sich lachend gegen die Seitenwand des Lieferwagens sinken. »Genau so macht das ein perfekter Verbrecher.«

Acadia fing ebenfalls an zu lachen und kroch gierig auf ihn zu.

59

Ich merkte, wie mich jemand an der Schulter rüttelte, schreckte auf und starrte in das ernsthafte Gesicht meines jüngsten Sohnes, keine zwanzig Zentimeter von meiner Nasenspitze entfernt.

»Ich weiß, dass da ein Zombie war, Dad«, flüsterte er mir eindringlich zu. »Als ich zum Pinkeln gegangen bin, war er noch da, und als ich rausgekommen bin, war er weg.«

Seufzend warf ich einen Blick auf den Wecker. 7.30 Uhr. Bree lag neben mir und schlief immer noch tief und fest. Ich zeigte stumm zur Schlafzimmertür, glitt behutsam unter der Decke hervor, nahm meinen Bademantel vom Haken und folgte Ali nach draußen.

Kaum hatte ich die Tür zugezogen, machte er weiter: »Er hat genau da gestanden, wo du jetzt stehst. Das war kein Albtraum, echt nicht.«

Ich blickte zu Boden und sah dort, wo der Teppich an die Treppe stieß, ein bisschen Sägemehl liegen. Wir hatten uns geschworen, während der Bauarbeiten besonders vorsichtig zu sein und nie mit Schuhen das Haus zu betreten. Trotzdem fanden immer wieder ein paar Späne den Weg nach drinnen. Gut möglich, dass sie an irgendeinem Hosenbein geklebt hatten. An meinem zum Beispiel.

Im Erdgeschoss hörte ich Nana Mama mit Jannie reden, aber bis auf die Worte »nie zu Hause« aus dem Mund meiner Tochter konnte ich nichts verstehen. Ich ging nach unten, wobei ich immer wieder hier und da ein bisschen Sägemehl entdeckte.

Unten angekommen, trötete Ali, der direkt hinter mir war, mit lauter Stimme los: »Dad, warum glaubst du mir nicht?«

Ich war durch den Schlafmangel ohnehin ziemlich gereizt, darum starrte ich ihn wütend an: »Sei doch leise! Bree versucht, noch ein bisschen zu schlafen. Und wieso ich dir nicht glaube? Weil du gesagt hast, dass du ihn im Halbschlaf gesehen hast, aber als du dann wieder rausgekommen bist und wacher warst, da war er verschwunden. Findest du nicht, dass das ein bisschen unglaubwürdig klingt?«

»Nein. Das ist ja ein Grund, wieso ich weiß, dass es ein Zombie war.«

Mein Kopf fing an zu pochen. Verwirrt von der Logik eines Siebenjährigen, sagte ich: »Und was ist der andere Grund?«

»Ich hab ihn gerochen«, erwiderte er mit ernsthafter Miene.

Ich rieb mir die Schläfen. Ich war einfach zu müde für so ein Gespräch. »Du hast also etwas Totes im Haus gerochen? Meinst du nicht, dass ich das auch gerochen hätte? Oder Bree?«

Er machte einen verwirrten Eindruck. Ich packte die Chance beim Schopf, zwinkerte ihm zu und steuerte das Esszimmer an.

»Nein, es hat nicht wie etwas Totes gerochen«, rief Ali mir nach. »Aber trotzdem anders, als es in unserem Haus sonst riecht. Irgendwie wie …«

»Pass auf, dass du den Bogen nicht überspannst, mein Junge«, sagte ich und betrat das Esszimmer. Nana Mama schenkte gerade aus einer alten Perkolatorkanne Kaffee aus, und Jannie saß am Tisch und aß mit beleidigter Miene ihre Frühstücksflocken.

»Du siehst aber fröhlich aus«, begrüßte ich sie, während meine Großmutter mir die Kaffeetasse in die Hand drückte.

»Als ob dich das interessieren würde«, gab Jannie zurück, ohne mich anzuschauen.

»Aha«, antwortete ich. »Was ist los?«

Doch Jannie verströmte weiter nichts als stumme Wut.

»Sie ist sauer, und sie hat jedes Recht dazu«, teilte Nana Mama mir mit.

»Und weshalb?«

»Weil sie gestern von ihrem Lauftrainer in die Schulauswahl aufgenommen worden ist, als Jüngste der ganzen Schule und einzige Neuntklässlerin überhaupt. Ihr Trainer glaubt, dass sie eine große Zukunft hat. Sie wollte eigentlich aufbleiben und es dir persönlich erzählen, aber du warst ja um Mitternacht immer noch nicht da.«

Wieder einmal wurde ich schmerzlich daran erinnert, wie wenig ich vom Alltag meiner Kinder mitbekam. Und dass ich schon gar nicht mehr zählen konnte, wie oft ich versprochen hatte, das zu ändern. Wie oft ich die Arbeit als Ausrede benutzt hatte. Aber dieses Mal war es anders.

»Ich musste einen Mann mit einem Herzinfarkt ins Krankenhaus begleiten«, erwiderte ich. »Darum war ich erst so spät zu Hause.«

Meine Tochter ließ sich davon nicht im Geringsten beeindrucken. Als sie mich endlich mit Tränen in den Augen ansah, da schien sie, wenn überhaupt, noch wütender zu sein. »Ist dir eigentlich schon mal aufgefallen, Dad, dass es immer jemanden gibt, der dich nötiger braucht als wir?«

Mir blieb der Mund offen stehen. Ich senkte den Kopf. »Du hättest mich doch anrufen oder eine SMS …«

Jetzt weinte sie richtig, stand auf und sagte: »Ich wollte

dir dabei gerne in die Augen schauen, Dad. Kannst du das verstehen? Ich wollte dein *Gesicht* sehen!«

»Oh Gott, Jannie, ich…«

Sie stürmte aus dem Zimmer, schubste ihren Bruder beiseite und stapfte den Flur entlang und die Treppe hinauf.

»Dad!«, beschwerte sich Ali und rieb sich die Schulter.

Ich wollte Jannie gerade nachgehen, da spürte ich die Hand meiner Großmutter am Ellbogen. »Lass sie erst mal in Ruhe«, sagte sie leise. »Das sind ja auch die Hormone.«

Womit sie meine Gefühlswelt noch mehr in Aufruhr versetzte. Bis jetzt war Jannie doch immer mein kleines Mädchen gewesen! Und jetzt war sie nicht nur als jüngste Schülerin in die Schulauswahl berufen worden, sondern wurde auch noch von Hormonen überschwemmt?

Ich legte den Kopf auf die Unterarme und wünschte mir nichts sehnlicher, als wieder schlafen zu gehen.

»Was sind Hormone, Nana?«, fragte Ali.

Pause.

»Frag deinen Vater.«

Mein Sohn erwiderte: »Er will nicht mit mir reden, weil er nicht glaubt, dass ich heute Nacht einen Zombie gerochen hab.«

Ich hob den Kopf, blickte meine Großmutter mit verdrehten Augen an und sagte: »Ich glaube, ich habe Jannie jetzt genügend Zeit gelassen.«

Nana Mama sah aus, als wollte sie mir widersprechen, doch dann zuckte sie nur mit den Schultern und blickte Ali an. »Cornflakes oder Eier, junger Mann?«

»Spiegelei«, antwortete Ali, als ich in Richtung Flur ging, und dann rief er mir hinterher: »Dad, bringst du mich gleich zur Schule?«

Ich warf einen Blick auf meine Armbanduhr, und mir wurde etwas bewusst: Falls das Killer-Entführer-Team sich an seinen ritualisierten Fahrplan hielt, dann hatten Cam Nguyen und die beiden Babys keine sechsunddreißig Stunden mehr zu leben.

»Ich kann nicht, mein Junge«, rief ich zurück. »Ich muss zu einer Sitzung.«

»Dad, bitte«, bettelte er.

»Morgen«, rief ich die Treppe hinunter. »Garantiert!«

Als ich an Jannies Tür klopfen wollte, hörte ich, dass Bree schon bei ihr war und mit ihr sprach.

»Es ist meine Schuld«, sagte sie. »Ich habe gemerkt, dass du deinem Dad etwas sagen wolltest, aber ich habe einfach nicht begriffen, wie außergewöhnlich das ist, was du geleistet hast.«

Danach war es lange Zeit still, bis Jannie leise sagte: »Ich hätte es dir erzählen müssen, aber ich wollte, dass es eine Überraschung wird, verstehst du?«

»Ja, das verstehe ich«, meinte Bree.

Ich klopfte an, machte die Tür auf und sah, wie meine Frau meine Tochter umarmte.

»Ist da noch ein Plätzchen frei? Schließlich will ich der schnellsten Vierhundert-Meter-Neuntklässlerin in ganz Washington auch gratulieren«, sagte ich und machte eine alberne Geste mit den Armen.

Jannie lächelte mich an und nickte. Ich trat zu ihr und nahm sie in die Arme. »Wir sind wirklich *wahnsinnig* stolz auf dich.«

Sie kuschelte sich an meine Brust. »Versprecht ihr, dass ihr alle beide zu meinem ersten Wettkampf kommt? Am Freitagnachmittag. Ich darf beim Einladungsrennen mitmachen.«

»Karfreitag«, sagte Bree. »Selbstverständlich kommen wir da.«

»Keine hundert wilden Pferde könnten uns davon abhalten«, fügte ich hinzu.

60

Gegen drei Uhr nachmittags erwachte Harold Barnes auf der Intensivstation des Holy Cross Hospital in Silver Spring langsam aus seiner Betäubung. Die Ärzte hatten ihm zuvor einen Stent eingesetzt, und die Krankenschwester, mit der ich gesprochen hatte, sagte, dass er am Abend wahrscheinlich wieder fit genug sei, um mit einem Phantomzeichner zusammenzuarbeiten.

Ich blickte immer wieder auf die Uhr in unserem Büro. Mit jeder Sekunde verringerten sich unsere Aussichten, Cam Nguyen, Joss Branson und Evan Lancaster lebend wiederzufinden. Daher wäre ich im Prinzip am liebsten sofort ins Holy Cross gefahren, um dem Patentanwalt ein bisschen kaltes Wasser ins Gesicht zu spritzen und ihn zur Mitarbeit zu nötigen. Aber die Vernunft sagte mir, dass das nur dann einen Sinn hatte, wenn Barnes wirklich klar im Kopf war. Schließlich sollte er mir beschreiben, wie der Mann im Redskins-Hoodie ausgesehen hatte, dem er am Abend der Morde im Superior Spa begegnet war. Und wenn diese Beschreibung nicht absolut zuverlässig war, würde jeder Verteidiger sie vor Gericht zerpflücken.

Gegen sechs hatte ich Bree am Telefon. Sie klang gestresst. »Wie lange haben wir noch? Vierundzwanzig Stunden?«

»So ungefähr«, meinte ich.

»Ständig rufen die Lancasters und die Bransons bei mir an. Und ich kann ihnen nichts sagen, gar nichts. Das ist das Schlimmste daran. Dass ich genau weiß, was da auf sie zukommt und dass ich es ihnen nicht sagen darf.«

Ich fühlte mit ihr, von ganzem Herzen. »Positiv denken«, sagte ich. »In etwa einer Stunde fahre ich nach Silver Spring. Ich will dabei sein, wenn Barnes mit dem Zeichner arbeitet. Sobald wir etwas haben, rufe ich dich an.«

Um Viertel vor sieben packte ich meine Sachen zusammen und wollte mich gerade auf den Heimweg machen, da kam Captain Quintus den Gang entlang. Er hatte wieder diesen bestimmten Gesichtsausdruck aufgesetzt.

Sampson sah ihn auch. Er winkte sofort mit seiner Riesenpranke und sagte: »Nein. Nicht noch mehr.«

»Vier Tote in einem Luxusbordell in Georgetown«, sagte Quintus. »Alle aus nächster Nähe erschossen, irgendwann am späten Nachmittag. Könnte Ihr Täter gewesen sein.«

»Niemals«, meinte Sampson.

Ich schüttelte ebenfalls den Kopf. »Unser Täter überfällt alle zwei Jahre einen billigen Massagesalon.«

»Haben Sie nicht erst neulich gesagt, dass er das Tatmuster durchaus auch verändern könnte?«

Sampson chauffierte uns nach Georgetown. Ich schrieb Bree eine SMS, um ihr das mit den Bordellmorden zu erzählen. Es würde wieder eine lange Nacht werden.

Sie rief an, als wir den Wagen südlich des Tatorts auf der Wisconsin Avenue abstellten, ganz in der Nähe des Book Hill Parks. Es dämmerte bereits. Blaue Blinklichter blitzten. Der Tatort war schon abgesperrt. Zum Glück hatten noch kaum Medien Wind von der Sache bekommen. Bis jetzt waren nur ein paar freie Fernsehjournalisten vor Ort. Aber es hatte sich bereits ein Menschenauflauf gebildet, der immer größer wurde.

Sampson stieg aus und betrat das Bordell, während ich Brees Anruf entgegennahm.

»Gibt es da eine Verbindung?«, wollte sie wissen.

»Quintus geht davon aus.«

»Soll ich vorbeikommen?«

»Ich sage dir Bescheid, sobald ich mich umgesehen habe.«

»Du klingst sehr müde.«

»Wie soll das anders sein, wenn man jeden Tag bis zur totalen Erschöpfung arbeitet?«

»Ich weiß genau, wie du dich fühlst«, sagte sie. »Aber ich habe mir fest vorgenommen, noch mal nach Ava zu suchen, bevor ich nach Hause fahre.«

»Vielleicht hatte das andere Mädchen ja recht, und sie ist schon längst irgendwo an der Westküste.«

»Na ja, ich will es trotzdem noch mal probieren.«

»Noch ein Grund, dich zu lieben«, sagte ich und legte auf.

Ich umschiffte die wachsende Menge aus Schaulustigen und Reportern, indem ich bis zum Absperrband auf der Westseite der Straße ging.

Dort zeigte ich der Beamtin, die Wache hielt, meine Marke, duckte mich unter dem Band hindurch und steuerte das Gebäude an. Dabei fiel mein Blick zufällig noch einmal auf die Menge, und ich nahm für einen kurzen Moment einen Mann mit einem Sweatshirt der Georgetown University wahr. Irgendwie kam er mir bekannt vor. Ich verlangsamte meine Schritte, um ihn etwas genauer in den Blick nehmen zu können.

»Alex?«

Ich drehte mich zu Sampson um. Er stand im Eingang und starrte mich mit dieser grimmigen Miene an, die er jedes Mal aufsetzt, wenn ihn etwas in den Grundfesten erschüttert hat.

»Schlimm?«, sagte ich und ging auf ihn zu.

»Schlimmer«, lautete seine Antwort. »Und von wegen vier Todesopfer …«

61

Manche Tatorte brennen sich unauslöschlich ins Gedächtnis ein. Ich wusste von der ersten Sekunde an, dass dieser dazu gehörte. Als Erstes war da der Geruch, noch bevor man überhaupt etwas sehen konnte. Aber dieses Mal war es nicht Zitrone, sondern Fichtennadel.

Von der Eingangstür blickte man einen langen Flur entlang. Links lagen zwei geschlossene Türen, rechts eine Gourmetküche und geradeaus der luxuriös ausgestattete Hauptraum. Auf dem butterfarbenen Teppich, an den mausgrauen Vorhängen, den Sofas und Sesseln, überall waren deutlich sichtbare Blutspuren zu erkennen.

Im Zimmer lagen vier Leichen. Ein gut gekleideter Mann Anfang zwanzig hatte aus kurzer Distanz eine Kugel in das rechte Auge bekommen. Er lag am dichtesten beim Eingang. Die anderen Todesopfer waren Frauen, alle wunderschön, alle Ende zwanzig, Anfang dreißig, alle in Dessous und Negligés. Zwei waren auf der Couch gestorben, durch je eine Kugel in den Kopf und in die Brust. Die dritte lag kurz vor einem weiteren Flur auf dem Bauch. Sie hatte man in den Nacken geschossen. Rund um die Leichen waren bernsteinfarbene Pfützen mit Tannennadelreiniger zu sehen. Und Neun-Millimeter-Hülsen, zehn Stück, wenn ich richtig gezählt hatte.

»In den Zimmern da hinten liegen noch drei weitere Opfer«, sagte Sampson. »Zwei Männer, eine Frau.«

Bevor ich mich auf den Weg dorthin machte, sprach ich mit einer erschütterten Beamtin, Officer Andrea Sprouls.

Sie war als Erste hier gewesen und berichtete uns, dass die ältere Dame aus der Wohnung über dem Etablissement sich über zu laute Musik und Geschrei beschwert hatte. Darum sei sie überhaupt hierhergeschickt worden. Die verärgerte ältere Dame hätte ihr die Haustür aufgemacht, und sie hätte die wummernde Hip-Hop-Musik sofort gehört. Officer Sprouls hatte daraufhin an die Tür geklopft und, als eine Reaktion ausgeblieben war, die Klinke gedrückt. Es sei offen gewesen.

»Als ich die Tür aufgemacht habe, habe ich sofort die Zentrale verständigt«, sagte Sprouls. »Das … das … also, ich habe noch nie so was gesehen.«

»Es ist jedes Mal wieder ein Schock«, sagte ich mitfühlend. »Haben Sie etwas angefasst?«

»Ja«, erwiderte sie. »Die Türklinke. Und dann habe ich mit einem Taschentuch die Musikanlage ausgeschaltet und bin nach hinten gegangen, um in den anderen Zimmern nachzusehen. Anschließend habe ich draußen gewartet.«

»Haben Sie mit der älteren Dame schon gesprochen?«, wollte Sampson wissen.

Die Beamtin nickte. »Mrs. Fields. Sie hat gedacht, dass die Wohnung gar nicht durchgehend bewohnt wird, weil es immer so still war. Da hat sie sich natürlich über die laute Musik besonders gewundert.«

»Gut gemacht«, sagte ich. »Würden Sie bitte auf die Kriminaltechniker warten und ihnen zeigen, was Sie alles angefasst haben, einschließlich der Haustür? Die werden auch Ihre Schuhsohlen brauchen.«

Sie nickte, sah mich erleichtert an und ging nach draußen.

Ich folgte Sampson durch den Flur zu den anderen Zimmern. Sie waren allesamt sehr edel ausgestattet. Das erste war leer. Im zweiten lagen zwei Tote, ein Mann und eine Frau. Sie waren nackt. Er lag auf der Seite mit einem Loch in der Schläfe, während sie anscheinend versucht hatte wegzukrabbeln und eine Kugel in den Hinterkopf bekommen hatte. Das Blut hatte die seidenen Laken durchtränkt, und der Holzfußboden war durch den langsam trockener werdenden Tannennadelreiniger schon ganz klebrig.

Im dritten Zimmer sahen wir eine männliche Leiche unter einem weit geöffneten Fenster liegen. Sie war nur mit einer Hose bekleidet, Gürtel und Reißverschluss waren offen. Der Täter hatte ihn zweimal in den Rücken und einmal in den Hals geschossen.

An einem Kleiderschrank hingen ein Hemd, eine Krawatte und ein Jackett, Schuhe und Socken standen darunter. Ein schwarzes Spitzen-Negligé lag über einem Schaukelstuhl in der rechten Ecke. Und am unteren Rand des hochgeschobenen Fensters sah ich ein Stück schwarzer Spitze hängen, ungefähr so groß wie ein Fingernagel.

»Was ist hier passiert, Alex?«, fragte Sampson.

Ich ließ mir kurz durch den Kopf gehen, was ich bis jetzt alles gesehen hatte, und sagte dann: »Er kommt zur Wohnungstür rein, das heißt, er wird erwartet. Er hat also vorher schon mit jemandem Kontakt aufgenommen, mit dem Toten im vorderen Zimmer vielleicht oder mit einer der Frauen.«

Mein Partner nickte.

»Er ist bewaffnet, aber derjenige, der ihn hereingelassen hat, scheint das nicht bemerkt zu haben. Oder es hat ihn nicht weiter beunruhigt«, spann ich den Faden weiter. »Dann werden die verfügbaren Frauen gerufen, drei an der Zahl. Sie kommen ins Zimmer. Der Täter steht neben der

Musikanlage. Er dreht sie lauter. Vielleicht sagt der Mann dann, dass er wieder leiser machen soll. Der Täter erschießt ihn aus kurzer Distanz. Und anschließend die beiden Frauen, die am dichtesten bei ihm stehen. Dann muss er schnell sein, um die dritte Frau auch zu erwischen, bevor sie den Flur erreicht.«

Sampson überlegte. »Und warum hat er die Musik laut gedreht?«, fragte er dann. »Er hat doch höchstwahrscheinlich einen Schalldämpfer benutzt.«

Ich zuckte mit den Schultern. »Vielleicht um eventuelle Schreie zu übertönen? Jedenfalls können wir davon ausgehen, dass auch die anderen die laute Musik gehört haben. Er geht in das Zimmer mit dem Pärchen und erschießt erst den Freier und dann die Frau.«

Sampson deutete auf den vor uns liegenden Leichnam. »Und das hier?«

Ich kaute ein wenig auf meiner Unterlippe herum, spielte verschiedene Szenarien durch. »Er hört etwas, oder seine Begleiterin, einen Schrei oder so was in der Art. Sie wollen durchs Fenster flüchten. Sie schafft es, obwohl sie mit ihrer Wäsche hängen bleibt. Er nicht.«

»Absolut denkbar«, meinte Sampson. »Aber vielleicht ist er auch reingekommen, hat den Kerl auf dem Weg zum Fenster erschossen und das Mädchen mitgenommen, so wie Cam Nguyen. Was meinst du?«

»Auch möglich. Sobald die Kriminaltechnik da ist, erfahren wir mehr.«

»Dann fange ich mal mit der Identifizierung an.«

»Ich komme auch gleich«, sagte ich, stieg über den Toten hinweg, steckte den Kopf zum geöffneten Fenster hinaus und leuchtete mit meiner Taschenlampe nach draußen.

Vor mir lag ein kleiner Garten mit Backsteinterrasse, Blumenbeeten, einer über eins fünfzig hohen Backsteinmauer und ein paar gusseisernen Gartenmöbeln. Ein paar niedrige Treppenstufen führten ziemlich weit rechts zu einer Glastür. Sie gehörte vermutlich zu dem großen Zimmer mit den zugezogenen Vorhängen.

Die zugewucherten Beete, die fauligen Blätter, die toten Zweige auf der Terrasse und ein alter Styroporbecher sagten mir, dass die Glastür und die Terrasse in letzter Zeit wenig genutzt worden waren. Ich wollte mich gerade wieder zurückziehen, da erfasste der Strahl meiner Taschenlampe etwas, was ich zuvor verpasst hatte: Unter dem Fenster führte eine mit zerbrochenen Bierflaschen übersäte Betontreppe nach links unten. Ich lehnte mich ein Stück weiter hinaus, richtete den Strahl der Taschenlampe auf die Scherben und sah, dass manche eine Flüssigkeit enthielten.

Das ergab keinen Sinn. Abgesehen von den verschrumpelten Blättern, schien es im ganzen Garten nichts Feuchtes zu geben. Außerdem hatte es seit Tagen nicht mehr geregnet. Ich hängte mich noch ein Stückchen weiter hinaus und entdeckte am unteren Ende der Treppe eine Stahltür. Ein Keller?

Jedenfalls wollte ich mir die Glasscherben und die Flüssigkeit genauer ansehen. Ich machte einen großen Schritt über das Mordopfer hinweg und ging in den Hauptraum hinüber, wo die Techniker bereits dabei waren, mit Fotos den Tatort zu dokumentieren. Sampson stand in der Küche und durchsuchte diverse Brieftaschen und Portemonnaies.

Ich wollte ihn nicht unterbrechen und zog die Vorhänge zurück. Die gläserne Schiebetür war mit einem Schloss versehen, und ich hatte keinen Schlüssel.

Also machte ich mich auf den Weg in die Küche, um in den Schubladen und Handtaschen nach einem Schlüsselbund zu suchen. Dabei kam ich an den beiden geschlossenen Türen im Flur vorbei. Die erste war eine Besenkammer. Die zweite, die näher beim Ausgang lag, war abgeschlossen.

Verärgert legte ich den Kopf in den Nacken und sah ein winziges Stückchen Messing über die Kante des Türrahmens ragen. Lächelnd streckte ich die Hand aus. Der Schlüssel passte. Vermutlich hätte er auch in das Schloss der Verandatür gepasst, aber jetzt machte ich erst einmal diese hier auf. Dahinter führte eine steile Treppe in die Dunkelheit hinab.

Die moderige Luft, die mir aus dem Keller entgegendrang, war eine willkommene Abwechslung zu dem Tannennadelduft. Das Haus war alt und stammte aus einer Zeit, als die Menschen noch kleiner waren. Ich musste mich ducken, um überhaupt die Treppe hinuntersteigen zu können. Und auch unten auf dem schmutzigen Kellerboden musste ich den Kopf einziehen, um mich nicht an der Decke zu stoßen.

Als ich den Strahl meiner Taschenlampe kreisen ließ, sah ich acht neue Koffer und Reisetaschen an der Wand stehen. Ein Stück weiter entfernt, neben einem Heizkessel und einem Öltank, entdeckte ich mit Staub und Spinnweben überzogene Stapel aus alten Kartons und Gartengeräte. Links neben dem Heizkessel befand sich die Stahltür, die in den Garten führte.

Da wollte ich hin. Als ich den Heizkessel passierte, steckte ich die Hand in die Tasche und suchte nach dem Schlüssel, den Lichtstrahl auf die Tür gerichtet. Ich schloss auf und öffnete sie. Jetzt konnte ich die zerbrochenen Bierflaschen mit der Flüssigkeit sehr viel besser erkennen.

Es war Blut.

Keine riesigen Mengen, wie oben, sondern eher kleine Spritzer, beinahe so, als sei jemand barfuß über die Scherben gelaufen und hätte …

Ich richtete den Lichtstrahl auf die Türschwelle und entdeckte auch dort Blutspuren. Trat einen Schritt zurück und sah, was ich in meiner Eile vorhin übersehen hatte: blutige Fußspuren im Staub, die …

Seide raschelte über den Boden, und dann schrie jemand mit einem russischen Akzent: »Ich dich umbringen, Dreckschwein!«

Ich riss die Taschenlampe nach oben und sah eine große, rasende Frau in einem schwarzen Spitzennachthemd mit einer Mistgabel auf mich losstürmen.

62

Vielleicht lag es daran, dass mir erst vor Kurzem ein Obdachloser seinen Baseballschläger in die Magengrube gedroschen hatte.

Ich weiß es nicht.

Aber als ich die spitzen Zinken dieser Mistgabel auf mein Gesicht zusausen sah, warf ich mich blitzschnell zur Seite. Die letzte Zinke erwischte mich trotzdem am Ohr.

Ich landete auf dem Boden, konnte mich irgendwie noch abrollen und fingerte nach der Pistole, die unter meiner Jacke im Schulterhalfter steckte. Ich rollte weiter, hörte, wie die Stahlzinken hinter mir klirrend auf den Betonboden prallten, und drehte mich um, die Taschenlampe in der einen, die Dienstpistole in der anderen Hand.

Die Mistgabel mit beiden Händen gepackt und hoch erhoben, so stand sie vor mir, bereit, erneut zuzustoßen, doch das Licht blendete sie.

»Polizei!«, brüllte ich sie an. »Waffe fallen lassen, oder ich schieße!«

Sie machte einen verwirrten Eindruck und sagte etwas, was sich wie Russisch anhörte.

»Fallen lassen!«

Die junge Frau ließ die Mistgabel los, sodass sie scheppernd auf dem Fußboden landete. Zitternd, geschockt und ungläubig, so stand sie da, und dann brach sie als schluchzendes Häufchen Elend zusammen. Erst jetzt sah ich ihre nackten, mit Schnittwunden übersäten Füße. Überall war Blut.

Es dauerte eine ganze Weile, bis sie ruhiger wurde und die Sanitäter ihre Füße versorgt hatten. Im Krankenwagen auf dem Weg zum Georgetown Medical Center bekam ich von ihr eine erste Aussage in gebrochenem Englisch.

Ihr Name lautete Irena Popowitsch. Sie war vierundzwanzig Jahre alt und vor dreizehn Monaten mit einem Arbeitsvisum in die USA gelangt, das sie über eine Agentur in St. Petersburg erhalten hatte. Dort hatte man ihr versichert, dass sie hier als Model arbeiten könne. Sie hatten ihr sogar den Flug bezahlt.

Doch anstatt nach ihrer Ankunft bei diversen Modeschauen Ruhm und Ehre einzuheimsen, hatte sie feststellen müssen, dass sie Eigentum eines russischen Verbrecherkartells geworden war, das eine ganze Reihe privater Luxusbordelle entlang der US-amerikanischen Ostküste betrieb: Boston, New York, Philadelphia, Washington, Atlanta, Tampa und Miami.

Irena Popowitsch kannte sie alle. Die Russen verlegten die Mädchen offensichtlich immer wieder von einem Standort an den nächsten, um die Kunden, die zweitausend Dollar und mehr für einen Besuch bezahlten, bei der Stange zu halten. Seit ungefähr einem Monat arbeiteten sie hier zu viert in derselben Besetzung zusammen. Sie wohnten gemeinsam in einem bewachten Apartment in Falls Church und kamen Tag für Tag zur Arbeit, alles unter den wachsamen Augen von Dimitri. Das war der gut gekleidete Tote im Hauptraum.

An diesem Abend gegen Viertel vor sieben, also zwanzig Minuten nach der Ankunft des Mannes, der tot im ersten Zimmer lag, hatte Irena Popowitsch einen gewissen Martin willkommen geheißen. Er war ihr dritter Kunde an diesem

Tag und hatte sie regelmäßig einmal pro Woche besucht. Sie sagte, dass Martin sich bei Dimitri gezielt nach ihr erkundigt hatte.

Martin hatte sich immer zuerst ausgezogen, um sich von ihr streicheln zu lassen, solange sie noch ihre Dessous trug, bevor es dann zur Sache ging. Und genau damit war sie beschäftigt gewesen, als sie die Türklingel gehört hatte. Und auch, als die Musik im Hauptraum sehr, sehr laut geworden war, hatte sie ihn noch gestreichelt.

»Das ich nix verstehen«, sagte Popowitsch und fing wieder an zu weinen. »Dimitri, er hassen laute Musik, und er hassen Hip-Hop. Er sagen, Männer mit viele Geld für uns sind zu alt für diese scheiße Rap.«

Mascaraspuren liefen ihr wie Spinnweben über die Wangen. Ich nahm ein Taschentuch, wischte ihr das Gesicht ab und sagte: »Sie haben also die Musik gehört, und dann haben Sie nachgesehen?«

Popowitsch nickte schniefend. »Nach eine Minute, ja, weil meine Kunde sagen, er kann nix machen Sachen mit Musik so laut. Ich gehe zu Tür und weiß ich nicht, warum, aber ich denken aufmachen nur kleine Stück.«

Ihre Miene wurde hart und ihr Blick starr.

»Sie haben ihn gesehen?«, sagte ich. »Den Killer?«

Sie nickte aufgeregt und fing wieder an zu weinen. »Er tragen Anzug und Hut wie Indiana Jones. Er hat zwei Pistolen mit diese Dinger, die machen kein Lärm.«

»Schalldämpfer.«

Bebend holte sie Luft. »Er geh in Marina Zimmer, und dann ich sehen in Flur meine Freundin Lenka liegen und alles voller Blut.«

Dann, so erzählte sie weiter, hatte sie ihrem nackten Kunden zugezischt: »Lauf! Er bringt alle um!« Sie hörte einen Schrei aus dem Nachbarzimmer und rannte zum Fenster. Als sie Kopf und Schultern nach draußen geschoben hatte, wurde ihr klar, dass sie mit dem Kopf voraus auf den Backsteinen landen würde. Sie zögerte, bis Martin sie einfach nach draußen schubste. Sie fiel und stieß sich tatsächlich den Kopf dabei.

Obwohl sie benommen war, hörte sie, wie die Musik lauter wurde, und ihr war klar, dass jemand ihre Zimmertür aufgemacht haben musste. Sie hörte ihren Kunden sagen: »Nein, bitte!«

Dann war sie aufgestanden, um Schutz zu suchen. Sie wusste, dass Dimitri einen Kellerschlüssel in einem künstlichen Stein versteckt hatte.

»Ich nix wissen, dass da ist Glas«, sagte sie. »Ich laufen, schneiden, schmerzen, aber ich nix schreien. Ich hören etwas an die Fenster und laufen Treppe hinunter. Noch mehr schneiden, aber dann ich finden Schlüssel.«

»Sie haben großes Glück gehabt«, sagte ich. »Warum sind Sie nicht wieder nach oben gekommen, nachdem die Musik aufgehört hatte?«

»Ich hören Schritte, dann Stimmen«, sagte sie. »Ich nix wissen, wer da, darum ich bleiben unten.«

Der Krankenwagen stieß jetzt rückwärts in die Schleuse der Notaufnahme des Georgetown University Medical Center.

»Wie gut haben Sie ihn gesehen?«, wollte ich wissen.

Sie überlegte. »Er wissen, wer ich bin?«

»Sie meinen, ob wir Sie beschützen können? … Ja«, sagte ich bestimmt. »Wir sind hier nicht in Russland. Haben Sie ihn gesehen?«

Irena Popowitsch zögerte erst, dann erwiderte sie stockend: »Ja. Gut. Da war Licht aus Badezimmer. Aber nur von Seite, wie er geht in Marina Zimmer.«

Die Sanitäter machten die Heckklappe auf und zogen ihre Trage nach draußen. Hinter ihnen stand eine Polizeibeamtin.

»Sie kommen mit mir, Detective?«, sagte Irena in bittendem Tonfall.

»Die Beamtin bleibt bei Ihnen«, versicherte ich ihr. »Zuerst werden Ihre Wunden versorgt, und dann bekommen Sie Besuch von einem Zeichner.«

»Ich sehen in Fernsehen. Er malen, was ich sehen, ja?«

»Ganz genau.« Ich klopfte ihr auf die Schulter. »Sie sind eine tapfere Frau, Irena, und wir helfen Ihnen.«

Als die Sanitäter sie in die Notaufnahme schoben, brach sie erneut in Tränen aus. »Ich will nur leben in USA, verstehen?«

Einen kurzen Moment lang stand ich einfach nur da und fühlte mit ihr. Doch kaum hatten die Türen sich hinter ihr geschlossen, dachte ich, dass wir heute Abend mit ein wenig Glück zwei Phantomzeichnungen des Täters aus zwei unterschiedlichen Perspektiven haben würden. Dann konnte die Jagd nach einem Massenmörder tatsächlich beginnen.

Doch sofort überkamen mich Zweifel. Ob wir überhaupt genügend Zeit hatten? Ob irgendjemand den Killer erkennen würde?

Ich setzte mich auf eine Bank vor der Notaufnahme und rief Bree an. Ich musste einfach ihre Stimme hören.

63

Beinahe zwei Stunden lang war Bree auf der Suche nach Ava kreuz und quer durch Washingtons Südosten gefahren. Sie hatte jede Stelle abgegrast, die Alex und sie im Lauf der vergangenen Woche aufgesucht hatten, auch das Fabrikgebäude, in dem dieser Obdachlose beobachtet haben wollte, wie Ava die unbekannte Tote angezündet hatte.

Aber nirgendwo war etwas von ihr zu sehen gewesen.

Schließlich, es war gegen halb zehn, fuhr Bree auf den Parkplatz eines Seven Eleven in der 8th Street und ließ den Kopf auf das Lenkrad sinken. Vielleicht ist Ava ja tatsächlich verschwunden, dachte sie und wurde dabei von einem traurigen Gefühl der Verzweiflung gepackt.

Während der viel zu kurzen Zeit, die das Mädchen bei der Familie Cross zugebracht hatte, hatte sie eine enge Bindung zu ihr aufgebaut, fast wie zu einer jüngeren Schwester, die sie nie gehabt hatte. Die Vorstellung, dass sie Ava womöglich nie wieder zu sehen bekam, nie erfahren würde, was aus ihr geworden war, die war …

Ihre Gedanken gingen zu den bedauernswerten Eltern der entführten Babys. Wie unermesslich mussten ihre Verzweiflung und ihre Angst sein. Bei der Vorstellung, dass die wehrlosen Kinder morgen ertränkt werden würden, standen Bree die Tränen in den Augen, und sie überließ sich für einen kurzen Moment ganz der Trübsal und dem Kummer.

Doch fast im selben Moment wurde sie wütend. Nein, sie würde nicht aufgeben. Noch nicht. Nicht diese Babys. Und nicht Ava.

Sie stieg aus und betrat den Laden, um sich ein bisschen Trostnahrung zu besorgen. Sie nahm sich eine Cola und eine Tüte Cajun-Kartoffelchips, eines ihrer wenigen Laster. Kaum saß sie wieder im Wagen, ließ sie die Coladose knacken und riss die Tüte mit den Chips auf. Während sie abwechselnd trank und kaute, wurde ihr klar, dass sie in einer Sackgasse steckte, dass sie es mit einem neuen Ansatz versuchen musste.

Falls Ava nicht ganz aus Washington verschwunden war, dann hatte sie sich doch höchstwahrscheinlich zumindest aus Southwest zurückgezogen, wo mehrere Drogendealer hinter ihr her waren. Und Yolanda hatte erzählt, dass sie Schmerzmittel wie Oxy und Percocet geschluckt hatte.

Wer einmal von diesen Drogen abhängig ist, kommt nur schwer wieder davon los, überlegte Bree. Und das bedeutete, dass Ava, falls sie noch in der Stadt war, ständig Nachschub brauchte.

Bree hatte noch nie bei der Drogenfahndung gearbeitet, genauso wenig wie Alex. Darum wusste sie nicht genau, wo heutzutage die wichtigsten Umschlagplätze waren. Aber sie kannte einen Kollegen aus der Ausbildung, der jetzt seit drei Jahren im Drogen- und Bandenmilieu tätig war. Sie schrieb ihm eine SMS und erkundigte sich, wo im Moment außerhalb von Southwest gedealt wurde.

Als sie sich die letzten Chips in den Mund steckte, summte ihr Handy. Sie las die Antwort, leerte ihre Coladose, ließ den Wagen an und hörte das Handy klingeln. Sie drückte die Lautsprechertaste.

»Hey.« Das war Alex. »Wo steckst du gerade?«

»Unterwegs. Und du?«

»Georgetown Medical Center.«

Ihr Magen ballte sich zusammen. »Alles in Ordnung?«

»Ich brauche eine Mitfahrgelegenheit.«

»Ich kann in einer Viertelstunde da sein«, sagte Bree. »Und dann möchte ich noch eine einzige Sache überprüfen, bevor ich Ava wieder auf Eis lege.«

»Ich warte vor der Notaufnahme.«

64

Vierzig Minuten später fuhren wir nördlich von Adams Morgan durch eine Gegend, die sich sehr stark im Wandel befand. Hier gab es zwar immer noch noble und streng abgeschirmte Achthunderttausend-Dollar-Stadtvillen, aber auch deutlich problematischere Ecken. Wir bogen von der 18th Street nach Osten auf die Euclid ab, eine schmale Straße, gesäumt von alten, roten Backsteinhäusern, Eichen und parkenden Autos älteren Baujahrs.

Weiter vorn, dort, wo die 17th Street die Euclid Street kreuzte, leuchteten Bremslichter. Mehrere Autos hielten mitten auf der Straße. Dort wurden nach Angaben von Brees Kollegen aus dem Drogendezernat alle Wünsche bedient, angefangen bei der Hilfskraft aus dem US-Senat, die sich lediglich einen kleinen Feierabend-Kick verschaffen wollte, bis hin zu Hardcore-Junkies auf Entzug. Je näher wir kamen, desto deutlicher waren die Gestalten zu erkennen, die zu den Fenstern der parkenden Wagen huschten und genauso schnell wieder verschwanden.

»Sollen wir anhalten?«, fragte Bree, als wir in Sichtweite des alten Euclid Market waren. Der Supermarkt war zurzeit geschlossen und wartete auf einen neuen Pächter. Fünf, sechs junge Männer in Kapuzenpullovern lehnten dort an der Wand, tranken Bockbier, rauchten und ließen uns nicht aus den Augen. Auf der gegenüberliegenden Seite der Kreuzung fungierte eine ähnliche Gruppe als Anlaufpunkt für die Käufer von Norden her.

»Fahr lieber weiter«, sagte ich und hielt den Blick starr

geradeaus gerichtet. »Wir haben bestimmt größere Chancen, wenn wir sie zu Fuß ansprechen.«

Bree nickte. Wir überquerten die 17th und fuhren am Mozart Place vorbei, bis wir in der Nähe der Kinderklinik einen Parkplatz fanden. Es war Viertel vor zwölf, als wir zu der Kreuzung zurückgingen. In der Hand hielten wir ein Foto von Ava, das mittlerweile mehrere Monate alt war. Und natürlich fragte ich mich, ob das nicht ein vollkommen aussichtsloses Unterfangen war …

»Da ist sie, Alex!«, schrie Bree plötzlich und zeigte auf die andere Straßenseite der 17th Street, in Richtung Westen.

Ava ging gerade an dem geschlossenen Supermarkt vorbei auf die Dealer zu. Sie musste Bree gehört haben, denn sie blickte sich sofort nach allen Seiten um und sah, wie ich mich in Bewegung setzte.

Sie machte auf dem Absatz kehrt und rannte los.

»Ava!«, rief ich und nahm die Verfolgung auf.

»Wir wollen bloß mit dir reden!«, rief Bree, die auf dem östlichen Bürgersteig entlanglief.

Ava beschleunigte noch einmal. Sie kannte sich offensichtlich gut aus, denn als sie den Euclid Market hinter sich gelassen hatte, rannte sie nach Westen und sprang über einen niedrigen Holzzaun auf ein unbebautes, überwuchertes Grundstück, das mehr oder weniger als Müllhalde diente.

Als ich dort angelangte, war Ava bereits über zwei Matratzen gestolpert und befand sich auf dem Weg zur Spitze eines aus Erde und Bauschutt bestehenden Hügels. Hinter dem Grundstück verlief eine Gasse zurück zur 18th Street. Ich schätzte, dass Ava dorthin wollte. Bree hatte denselben Gedanken, jedenfalls sah ich, wie sie ebenfalls die Gasse ins Visier nahm.

»Ava!«, rief ich noch einmal.

Doch sie machte keinerlei Anstalten, stehen zu bleiben, und steuerte auch nicht die Gasse an. Wie ein verschrecktes Eichhörnchen sprang sie auf einen Maschendrahtzaun am hinteren Ende des Grundstücks, kletterte darüber hinweg und schwang sich dann über einen dahinter befindlichen Holzzaun. Danach war sie in der Dunkelheit verschwunden.

Ich kletterte über den ersten Zaun und blickte über den zweiten. Ava war schon im Garten eines Reihenhauses und kletterte gerade in den nächsten.

»Wir wollen dir doch bloß helfen!«, schrie ich ihr nach.

Doch sie wurde nicht einmal langsamer. Wir hatten sie also schon wieder verloren.

»Zumindest ist sie noch in Washington«, sagte ich, während wir zu unserem Auto zurückschlichen. »Und solange sie hier ist, finden wir sie auch wieder.«

Aber Bree saß während der ganzen Fahrt nach Hause still und niedergeschlagen neben mir.

»Sie vertraut uns nicht mehr«, sagte sie, als wir die Verandastufen hinaufgingen.

»Ich weiß«, sagte ich. »Aber ich weiß nicht, wieso.«

»Schuldgefühle?«, meinte Bree, steckte den Schlüssel ins Schloss und ließ die Haustür aufschwingen.

Es war schon nach Mitternacht und dunkel im Haus. Wir hatten noch ungefähr achtzehn Stunden, bis Cam Nguyen und die Babys ermordet wurden.

Ich zog mein Handy hervor. Vielleicht hatte sich ja einer der Phantomzeichner bei mir gemeldet. Doch auch diese Hoffnung zerschlug sich schnell.

»Bier?«, fragte Bree.

»Unbedingt. Sonst kann ich gar nicht einschlafen«, sagte ich und schaltete das Licht im Esszimmer ein.

Sie holte zwei Dosen aus der kleinen Kühlbox, mit der wir während des Umbaus auskommen mussten, machte eine davon auf und gab sie mir.

Das Festnetztelefon klingelte. Das war überraschend, nicht nur wegen der Uhrzeit, sondern auch weil die Festnetznummer eigentlich nur noch von irgendwelchen Telefonvermarktern benutzt wurde. Ich warf einen Blick auf das Display. Die Nummer kam mir nicht bekannt vor, darum sagte ich in scharfem Ton: »Ist das nicht ein bisschen spät, um uns irgendwelchen Quatsch anzudrehen?«

»Ich bin's.«

»Ava?« Ich drückte die Lautsprechertaste. »Wo bist du?«

»Wir kommen sofort zu dir«, meinte Bree aufgeregt.

»Bitte«, erwiderte Ava mit tränenerstickter Stimme. »Sucht nicht nach mir. Bitte, vergesst mich einfach.«

»Ava.«

»Das ist alles, was ihr noch für mich tun könnt.« Und mit diesen Worten legte sie auf.

65

Wir waren mit unseren Gedanken bei Ava, die im Verdacht stand, ein Kapitalverbrechen begangen zu haben, und polizeilich gesucht wurde, sowie bei der bevorstehenden Hinrichtung von Cam Nguyen und der beiden Babys und kamen kaum zur Ruhe. Bree döste erst im Morgengrauen ein, aber ich war hellwach, als unsere Schlafzimmertür gegen Viertel vor sieben behutsam aufgeschoben wurde.

»Dad …«, sagte Ali mit leiser Stimme.

Jeder Widerspruch wäre sinnlos gewesen, ich konnte ja ohnehin nicht schlafen. Also stand ich auf und legte den Finger an die Lippen. Draußen im Flur flüsterte ich: »Ich gehe schnell unter die Dusche, dann bringe ich dich zur Schule.«

Er grinste mich an, und ich sah, dass er einen vorderen Schneidezahn verloren hatte. Ich zeigte auf meine Zähne. »Wann ist das denn passiert?«

»Gestern Abend. Nana Mama hat gesagt, dass es für die Zahnfee schon zu spät war.«

»Sie hat sehr strenge Vorschriften«, gab ich zurück. »Die Zahnfee, meine ich.«

Mein Jüngster nickte, als sei das die logischste Sache der Welt, und ging dann nach unten, wo meine Großmutter schon dabei war, Frühstück zu machen.

Fünfzehn Minuten später, nach einer schnellen Dusche, einer Rasur und einem Satz frischer Kleider, überließ ich Bree das Bad, stellte mich vor Alis Zimmertür und sah zu, wie er sich ein Sweatshirt über den Kopf streifte. Aber ich konnte nur an Josh Branson und Evan Lancaster denken und daran, ob irgendein durchgeknalltes Täterpaar die beiden heute ertränken und eine Prostituierte erdrosseln würde, und zwar ohne jeden erkennbaren Grund.

»Nun mach schon, kleiner Mann, ich hab's eilig«, sagte ich.

»Ich mach doch«, rief er, während er bereits in seine Turnschuhe schlüpfte.

Mein Blick ging zur Treppe am Ende des Flurs, die hinauf in die Dachkammer führte. Ich stutzte. Sägemehl? Ich wollte schon nachsehen, da kam Ali aus seinem Zimmer gestürmt und sagte: »Fertig!«

Er schlang mir die Arme um die Beine, lächelte mich mit seiner großen Zahnlücke an und sagte: »Wir müssen los!«

»Stimmt genau.« Ich drückte ihn fest an mich.

Wir riefen Nana Mama ein zweistimmiges »Bis nachher!« zu und gingen zur Tür hinaus. Die Bauarbeiter kamen uns entgegen, und ich sprach noch kurz mit Billy DuPris. Dabei erfuhr ich, dass der Anbau heute seine Gipskartonwände und morgen das Dach bekommen sollte.

»Dad, ich komme zu spät!«, sagte Ali.

»Wir müssen«, sagte ich zu DuPris, und wir wandten uns nach Süden. Die Sojourner School liegt etwa zehn Blocks von unserem Haus entfernt.

Ali hielt meine Hand, und ich dachte an Ava und wie sie uns angefleht hatte, sie zu vergessen. Auf der gegenüberliegenden Straßenseite stand ein Lieferwagen. Er gehörte einem Staubsaugerreparatur-Service, und ich hatte ihn kürzlich schon einmal hier gesehen. Da hatte wohl jemand aus der Nachbarschaft eine Geschäftsidee gehabt…

»Dad?«, sagte Ali.

»Hmm?« Ich blickte ihn an. Erst jetzt wurde mir bewusst, dass wir am Ende des Blocks angelangt waren und die Straße überqueren mussten. »Oh, entschuldige.«

»Dad, du denkst ganz schön viel«, meinte er, als wir dann weitergingen.

Ich lächelte ihn an. »Manchmal zu viel.«

Schweigend gingen wir die nächsten fünf Häuserblocks nebeneinander her. Kurz bevor wir die Schule erreicht hatten, sagte Ali. »Ich denke manchmal auch ganz schön viel.«

Ich sah ihn neugierig an. Man wusste nie, was mein Sohn als Nächstes sagen würde. »Manchmal?«

»Ja.«

»Denkst du jetzt gerade auch?«

»Ganz schön viel.«

»Woran denkst du denn?«

Er blieb stumm.

»Zombies?«, riet ich.

Er nickte eifrig, hob den Blick und sagte: »Und wie sie riechen.«

»Ach ja, genau. Nicht nach etwas Totem.«

»Also, ich weiß ja nicht, wie das mit den anderen ist. Aber der, der in unserem Haus war, jedenfalls nicht.«

»Wie könnte ich das vergessen?«

Mein Sohn blieb vor dem Zaun stehen, der den Schulspielplatz umgab. »Du glaubst mir zwar nicht, aber ich weiß mittlerweile, wie er gerochen hat … ich meine, nach *wem* er gerochen hat.«

»Nach wem denn?«

»Nach dem Mann, der an meiner Schule war und über seine Firma geredet hat«, sagte Ali und rümpfte die Nase. »Der hat auch komisch gerochen, genau wie der Zombie.«

Das machte mich stutzig. »Wie hieß denn der Mann?«

»Weiß nicht«, erwiderte Ali. »Weiß bloß noch, dass er komisch gerochen hat. Ich kann ja Miss Hutchins fragen, damit sie es dir sagt.«

»Mach das mal«, sagte ich und wuschelte ihm durch die Haare. »Nana holt dich nachher wieder ab.«

66

Ich beobachtete meinen Kleinen, bis er sich zu seinen Freunden beim Klettergerüst gestellt hatte, dann hastete ich nach Hause und überlegte mir unterwegs, was ich zuerst machen sollte. Dort, wo vorhin der Staubsauger-Lieferwagen gestanden hatte, parkte jetzt ein dunkelblauer Chevrolet Tahoe mit getönten Scheiben und D.-C.-Kennzeichen.

Schon von Weitem war das Rattern der Nagelpistolen zu hören, und als ich das Haus betreten wollte, kam Nana Mama mir völlig aufgelöst entgegen.

»Wenn das den ganzen Tag so weitergeht, dann gehe ich«, teilte sie mir mit.

»Kluge Idee.«

»Pater Hannon hat mich sowieso um Hilfe gebeten. Es geht um die Vorbereitung der Karfreitags- und Ostersonntagsgottesdienste.«

»Soll ich dich fahren?«

»Auf keinen Fall.« Mit diesen Worten stieg sie die Eingangstreppe hinunter.

Im Esszimmer saß eine bedrückte Bree vor einer Schale Frühstücksflocken.

»Denkst du an die Babys?«, fragte ich sie.

»Und an Cam Nguyen«, erwiderte sie mit trübsinnigem Blick. »Ich ertrage dieses Gefühl der Hilflosigkeit einfach nicht, diese Gewissheit, dass …«

Mein Handy klingelte.

»Ist dein Fax eingeschaltet?«, sagte Sampson zur Begrüßung.

»Ich glaub schon. Ich seh mal nach.«

Sampson sagte, dass die Skizzen der Phantomzeichner fertig seien: die Profilansicht von Irena Popowitsch, die die Morde im Luxusbordell beobachtet hatte, sowie die Frontalansicht, die Harry Barnes von dem Killer aus dem Superior Spa bekommen hatte.

»Quintus will sie demnächst rausschicken.«

»Hast du sie schon gesehen?«

»Noch nicht. Wann kommst du ins Büro?«

»Sofort«, sagte ich und legte auf.

Ich war bereits nach oben Richtung Arbeitszimmer und Faxgerät unterwegs und rief Bree noch zu, dass die Skizzen jeden Moment da sein müssten.

»Komme sofort«, rief sie zurück.

Kaum hatte ich mein Arbeitszimmer betreten, merkte ich, dass etwas nicht stimmte. Zuerst war mir nicht klar, was, doch dann stellte ich fest, dass ein Stiftehalter, den Damon mir gebastelt hatte, als er sieben Jahre alt war, nicht mehr auf meinem Schreibtisch stand, sondern am hinteren Ende des Aktenschranks. In den zehn Jahren, in denen ich diesen Stiftehalter besitze, habe ich ihn nie um mehr als ein paar Zentimeter verrückt.

Ich blickte zu Boden, entdeckte ein paar unscheinbare Sägemehlspuren und zuckte zusammen, als mein Handy summte. Eine SMS von Alis Lehrerin, Miss Hutchins. Ich las sie und blickte ruckartig auf.

Der Redner letzten Freitag war Mr. Thierry Mulch.

Thierry Mulch? Der Kerl, der mir diesen Brief geschickt hatte …?

Das Faxgerät piepste und fing an zu drucken. Ich starrte immer abwechselnd auf die SMS und den Stiftehalter.

Ich hörte, wie Bree die Treppe heraufkam, und musste an Alis Worte denken: »Er hat komisch gerochen, genau wie der Zombie.«

War dieser Thierry Mulch etwa in der vorletzten Nacht in meinem Haus gewesen? Hatte er meinen Stiftehalter versetzt?

Bree klopfte an, trat ein und sagte: »Phantomzeichnungen?«

Geistesabwesend zeigte ich auf das Faxgerät, aber mit den Gedanken war ich bei der Tatsache, dass der Wahnsinnige, der mich auf den Zusammenhang mit früheren Massagesalonmorden aufmerksam gemacht hatte, auch an der Schule meines Sohnes gewesen war. Dass er Ali so nahe gekommen war, dass dieser ihn gerochen hatte. Und dass er anschließend womöglich in mein Haus eingebro…

»Der kommt mir irgendwie bekannt vor«, sagte Bree aufgeregt.

»Was?« Ich hob den Blick und sah, dass sie sich über zwei Zeichnungen auf meinem Schreibtisch beugte. »Woher denn?«

»Das weiß ich noch nicht«, sagte sie und tippte mit dem Finger auf die Skizzen. »Aber ich bin mir sicher, dass ich ihn in der letzten Woche irgendwann gesehen habe.«

»Das ist nicht dein Ernst.«

»Doch. Hundertprozentig.«

Ich stellte mich neben sie. Ob das das Gesicht von Thierry Mulch war? Ich sah den Killer aus zwei unterschiedlichen Perspektiven vor mir, einmal von vorn mit Kapuzenpullover und einmal von der Seite mit Anzug.

Auf beiden Zeichnungen war ein Milchgesicht Ende zwanzig zu erkennen.

Auch ich hatte sofort das Gefühl, dass ich ihn schon irgendwo gesehen hatte, aber wo? Bis ich ihn schlagartig mit anderer Kleidung vor Augen hatte und mich an mehrere Begegnungen in der letzten Zeit erinnern konnte. Ich hatte keinerlei Zweifel.

»So ein widerliches, kaltblütiges Arschloch«, flüsterte ich. »Er hat uns die ganze Zeit an der Nase herumgeführt.«

Vierter Teil

Skrupellos und verwegen

67

Ungläubig staunend saß Marcus Sunday auf dem Fahrersitz des blauen Tahoe, der nicht weit von Cross' Haus entfernt am Straßenrand parkte. Mit offenem Mund starrte er Acadias Laptop an, auf dem die Live-Bilder aus dem Dachkammer-Arbeitszimmer zu sehen waren.

Gerade sagte Cross' Frau: »Wer?«

»Erzähl ich dir alles auf dem Weg in die Stadt«, erwiderte Cross, schnappte sich die Zeichnungen und sauste aus dem Zimmer, dicht gefolgt von Bree.

»Was ist denn da los, Marcus?«, fragte Acadia verwirrt. »Wer hat sie die ganze Zeit an der Nase herumgeführt?«

»Der Massagesalon-Killer.« Sunday war beeindruckt und verärgert zugleich. Cross war in der Tat ein würdiger Gegner, einer, der Respekt verdiente, wie jeder Feind, den man besiegen wollte.

Cross war mithilfe der Informationen aus dem Brief von Thierry Mulch offensichtlich sehr viel weiter gekommen, als Sunday gedacht hätte. Der gute Doktor hatte einen Verdächtigen. Zweifellos. Zum allerersten Mal seit seinem Entschluss, Alex Cross zu vernichten, an ihm ein Exempel zu statuieren und damit die Beliebigkeit und Absurdität des Lebens für jedermann klar und deutlich zu demonstrieren, verspürte er einen Hauch Unsicherheit.

Wenn der Detective so einen Fall tatsächlich knacken konnte …

»Da sind sie«, sagte Acadia.

Cross und seine Frau rannten aus dem Haus, am Schuttcontainer vorbei und bis zu ihrem Auto. Sunday unterdrückte das dringende Bedürfnis, irgendetwas kaputt zu machen, und startete den Tahoe.

Bis vor wenigen Minuten hatte alles noch so gut ausgesehen, und jetzt das! Die Wanzen und die Kameras, die er vor zwei Tagen im Ess- und im Wohnzimmer versteckt hatte, funktionierten reibungslos, und sie hatten allerhand Dinge erfahren, die sich in den kommenden Tagen mit ein klein wenig Kreativität als unbezahlbar erweisen konnten.

Zum Beispiel hatte Sunday gehört, dass Bree Stone geradezu besessen nach einer jungen Ausreißerin namens Ava suchte und dass sie und Cross gestern Abend sogar mit ihr gesprochen hatten. Cross' kleiner Sohn Ali war im Zombiefieber und behauptete, dass er Sunday bei ihrer kurzen Begegnung gerochen hatte.

War das denkbar? Hatte er einen so feinen Geruchssinn? Acadia hielt das für Quatsch, aber er hatte trotzdem Seife und Deo gewechselt, nur um auf der sicheren Seite zu sein.

Sie hatten zudem erfahren, dass Cross' Tochter in die Leichtathletikauswahl ihrer Schule aufgenommen worden und gleichzeitig ziemlich angepisst war, weil der gute Herr Papa viel zu wenig Zeit für seine Familie hatte. Und die liebe Nana Mama würde in den nächsten Tagen ebenso viel Zeit mit den Ostervorbereitungen in St. Anthony's verbringen wie zu Hause.

Das alles waren absolut großartige Neuigkeiten gewesen. Sie hatten seine Fantasie zu Höchstleistungen angespornt, und dann war der Moment gekommen, als Cross sein Büro betreten und gemerkt hatte, dass etwas anders war als sonst. Dieser Augenblick, im Bild festgehalten, unmittelbar bevor das Faxgerät angefangen hatte zu piepsen, war so vollkommen gewesen, dass Sunday die Siegerfaust in die Luft gereckt hatte. Und Acadia hatte applaudiert.

Doch dann waren diese Phantomzeichnungen angekommen, und Cross hatte lediglich gesagt, dass der Killer sie die ganze Zeit an der Nase herumgeführt habe, aber mehr nicht!

»Vermutlich hättest du auch sein Auto verwanzen sollen, mein Süßer«, sagte Acadia.

»Ach, tatsächlich?«, erwiderte Sunday.

»Ja, tatsächlich. Wo fahren wir hin?«

»Wo immer die hinfahren, Schnuckelchen«, erwiderte Sunday. »Ich bin genauso neugierig auf den Killer wie sie.«

»Ein Seelenverwandter?«

»So etwas in der Art.«

68

Zwei Stunden später hatten Bree und ich unser Zivilfahrzeug unweit eines Wohnblocks in der Tuckerman Street in Brightwood, einem nördlichen Stadtteil von Washington, am Straßenrand abgestellt. Auch die Kindertagesstätte, aus der Joss Branson entführt worden war, lag ganz in der Nähe.

Wir saßen im Wagen und telefonierten mit Captain Quintus, beziehungsweise, um genau zu sein: Wir hatten den Handylautsprecher eingeschaltet und brüllten uns gegenseitig an.

»Was soll das denn heißen, Sie bekommen zu viel Gegenwind?«, wollte ich wissen.

»Hier stehen Menschenleben auf dem Spiel«, beharrte Bree. »Unschuldige Babys!«

»Glauben Sie etwa, ich weiß das nicht?«, gab Quintus zurück. »Aber im Moment haben Sie doch nichts anderes als die Phantomzeichnungen und die Tatsache, dass Carney anscheinend in der Nähe mehrerer Tatorte gesehen worden ist.«

»An jedem Tatort! Ich habe ihn sowohl vor dem Spa als auch im Haus der Lancasters persönlich angetroffen. Und ich schwöre, dass er auch in der Menschenmenge vor dem Edelbordell gestanden hat, weil mir nämlich dort kurz ein Typ in einem Georgetown-Sweatshirt aufgefallen ist. Und Bree ist überzeugt, dass Carney der Beamte war, den sie gebeten hat, sich um Mrs. Branson zu kümmern, als sie nach der Entführung von Joss um ein Haar in Ohnmacht gefallen wäre.«

»Und Sie sind sicher, dass er in keinem Fall einen Einsatzbefehl hatte?«, wollte Quintus wissen.

»*Absolut*, Captain«, gab ich zurück. »Beim ersten Mal hat er mir und Sampson erzählt, dass er auf der Fahrt nach Hause über Funk von dem Zwischenfall im Superior Spa erfahren hat. Bei den Lancasters hat er uns weisgemacht, dass er zur Absperrung eingeteilt sei, aber wir haben gerade erfahren, dass er da dienstfrei hatte.«

»Reicht immer noch nicht für eine Durchsuchungsgenehmigung. Finden Sie noch mehr raus.«

»Finden Sie einen anderen Richter!«, brüllte ich ins Handy und legte auf. Am liebsten hätte ich irgendetwas kaputt geschlagen. Wir wussten, dass Carney in seiner Wohnung war. Ich hatte vor einer Viertelstunde mit einem billigen Prepaidhandy seine Festnetznummer angerufen, und er hatte abgenommen. Waren die Babys bei ihm? Und Cam Nguyen auch?

»Wir könnten doch raufgehen. Vielleicht hört man ja Geschrei?«, schlug Bree vor.

»Gute Idee, aber leider unmöglich«, erwiderte ich. »Carney kennt uns.«

Meine Frau hob verzweifelt die Hände. »Und was sollen wir dann machen?«

»Solange Quintus keinen kooperativen Richter auftreiben kann, warten wir, bis Carney zur Arbeit geht. Dann brechen wir in seine Wohnung ein.«

»Genau mit solchen Äußerungen schaffst du es, dass ich mich immer wieder neu in dich verliebe, Dr. Cross.«

Ich grinste und schickte ihr ein Luftküsschen. Mein Handy klingelte. Sampson.

»John?«

»Okay, Alex«, sagte der Hüne keuchend. »Ich hab da ein bisschen was gefunden. Carney war Elitesoldat, bei den Marines. Bei einem Einsatz in Afghanistan hat er durch eine Sprengfalle eine Kopfverletzung erlitten. Als er wieder gesund war, hat er sich für die Fernaufklärung bei der Force Recon beworben. Obwohl er die Aufnahmeprüfung bestanden hat, haben die ihn aber nicht angenommen, aus unbekannten Gründen. Darauf hat er seinen Abschied eingereicht und sich in Albuquerque eine Stellung als Wachmann gesucht, ungefähr um die Zeit, als dort die Morde und die Entführungen passiert sind. Vor zwei Jahren hat er in Tampa seine erste Anstellung als Polizist in Ausbildung angetreten, also wieder parallel zu der nächsten Mord- und Entführungsserie. Und vor vier Monaten ist er dann hierhergekommen, weil die Stelle bei gleichem Rang besser bezahlt wird.«

»Das reicht«, sagte ich. »Ruf Quintus an und sag ihm das!«

Eine Viertelstunde später rief der Captain zurück. »Sie haben Ihren Durchsuchungsbeschluss, Alex. Sampson holt ihn gerade ab. Er ist in zwanzig Minuten vor Ort, spätestens.«

Die Minuten vergingen, und ich musste mich zwingen, nicht daran zu denken, was dort oben womöglich vor sich ging, solange wir hier unten saßen und warteten. Mein Gefühl sagte: Geh einfach rauf, schlag die Tür ein und lass den Durchsuchungsbeschluss nachkommen. Dann steht dein Wort gegen Carneys. Doch die Stimme der Vernunft erinnerte mich daran, dass wir so dicht davor waren, die Angelegenheit auf legalem Weg zu erledigen, dass sich das Risiko der verbotenen Frucht einfach nicht …

»Da ist er!«, rief Bree. »Carney haut ab!«

Ich hob den Blick und sah, wie der junge Streifenpolizist vom Gartenpfad auf den Bürgersteig abbog und die Straße entlangging, sich von uns entfernte. Er trug zivile Kleidung: Jeans, Arbeitsstiefel, ein Karohemd und eine Segeltuchjacke.

»Er hat etwas unter dem Arm.« Ich schnappte mir ein Fernglas und hatte ihn im Fokus, als er vor einem blauen Chevy Impala stehen blieb und den Schlüssel ins Schloss steckte.

Er machte die hintere Beifahrertür auf, warf das, was er unter dem Arm getragen hatte, hinein, klappte die Tür zu und ging um seinen Wagen herum.

»Was war das?«, wollte meine Frau wissen.

»Leere, zusammengeknüllte Sporttaschen«, sagte ich und ließ das Fernglas sinken, während Carney sich ans Steuer setzte. »Viele.«

Bree begriff. Sie sah mit einem Mal sehr krank aus. »Wir können nicht länger auf Sampson und den Durchsuchungsbeschluss warten, Alex. Er will die Babys und Cam Nguyen ertränken und anschließend zur Arbeit gehen.«

Ich gab ihr recht, ließ den Motor an und fuhr los. »Sag John, dass er sich Verstärkung besorgen und die Wohnung genau unter die Lupe nehmen soll. Und gib dem Captain Bescheid.«

69

Sunday sah, wie Cross aus der Parklücke in der Tuckerman Street ausscherte, und setzte sich in einem halben Häuserblock Entfernung hinter ihn.

»Er verfolgt diesen blauen Impala«, sagte Acadia.

»Ich hab alle beide im Blick«, erwiderte der Professor.

»Rechts abbiegen«, sagte sie.

»Ich seh's.«

Der Professor lenkte den Wagen um die Kurve, achtete darauf, sechs oder sieben Fahrzeuge zwischen sich und Cross zu haben, der wiederum sechs, sieben Fahrzeuge zwischen sich und dem blauen Impala hatte. Ob der Fahrer der Killer war? Dieser Gedanke jagte Sunday eine Gänsehaut über den Rücken.

Acadia schien ganz ähnlich zu empfinden, denn sie fragte ihn: »Glaubst du, dass er ist wie wir?«

Der Professor sah sie an und musste wieder einmal denken, wie unheimlich es war, dass sie so unglaublich ähnlich dachten und fühlten. Als ob sie Spiegelbilder ein und derselben Geschichte waren.

»Er tötet gerne, das steht fest«, erwiderte Sunday. »Aber ich könnte mir vorstellen, dass seine dunkle Seite eher von Zwängen getrieben wird als vom Genuss.«

Acadia nickte. »Also hat er keine Wahl. Also ist er überhaupt nicht wie wir.«

»Eine vollkommen andere Unterart«, meinte er.

»Faszinierend«, erwiderte sie.

Sie folgten dem blauen Impala und Cross' Zivilfahrzeug

nach Norden, verließen den District of Columbia auf der Maryland State Route 97, die sich durch die Vororte von Wheaton, Glenmont und Aspen Hill schlängelte. Erst bei Olney waren die ersten Felder zu sehen.

Hier gab es wesentlich weniger Verkehr, und Sunday musste sich weit zurückfallen lassen, so weit, dass er erst den blauen Impala und dann auch Cross' Wagen aus dem Auge verlor, nachdem sie bei Sunshine nach links abgebogen waren und auf der Damascus Road nach Westen fuhren.

Er konnte die ganze Straße entlangsehen. Sie waren verschwunden. »Wo sind die denn …?«

»Sie müssen zu dem Stausee da hinten gefahren sein«, unterbrach ihn Acadia.

Sunday trat auf die Bremse und riss bei rund sechzig Stundenkilometern das Lenkrad herum. Mit kreischenden Reifen schwang der Wagen um hundertachtzig Grad herum auf die Gegenfahrbahn. Sunday nahm den Fuß von der Bremse und trat aufs Gas. Wo ging denn jetzt diese Straße …?

»Da ist es!«, rief Acadia. »Theadelphia Reservoir Road.«

Sunday bog scharf nach links ab und schoss die unbefestigte Straße entlang. Jetzt fuhren sie wieder nach Norden, passierten einen Bauernhof nach dem nächsten. Dicke Stapel aus gefällten Bäumen markierten die Grundstücksgrenzen. Wohin ging die Fahrt? Zum Stausee?

Er erreichte eine kleine Erhebung.

»Hoppla«, sagte Acadia, dann kam Sunday: »Scheiße.«

Das Zivilfahrzeug stand am Straßenrand, keine fünfundsiebzig Meter vor ihnen und höchstens noch fünfundzwanzig Meter vor dem Ende eines Wäldchens. Dahinter lag eine

Wiese. Der Detective und seine Frau waren bereits ausgestiegen und hatten die Türen ihres Wagens zugeklappt. Bree Stone hielt ein Walkie-Talkie in der Hand und ging gerade auf die Wiese zu.

Aber Alex Cross? Der stand da und sah ihnen direkt entgegen.

70

Ich beobachtete den dunkelblauen Chevy Tahoe mit den getönten Scheiben und dem Washingtoner Kennzeichen, der uns zügig passierte. Mehr als zwei Silhouetten – einen Mann und eine Frau – konnte ich nicht erkennen. Ich setzte mich Richtung Wiese in Bewegung und sah dem SUV hinterher, bis er hinter der nächsten Kurve verschwunden war.

»Was ist denn?«, erkundigte sich Bree.

»Wahrscheinlich gar nichts«, sagte ich, während ich meine Schritte verlangsamte, da wir kurz vor der Waldkante waren. »In Washington fahren ja jede Menge solcher dunkelblauer Tahoes herum. Allein das Weiße Haus hat eine komplette Flotte davon.«

Hinter der Wiese stand eine lange Reihe mit Nadelbäumen. Sie bildeten eine Art Windfang, der sich von der Straße bis zu einem von niedrigen Büschen umgebenen, alten Bauernhaus und einer noch älteren Scheune zog. Mithilfe des Fernglases konnte ich gerade noch das Dach des Impala erkennen, den Carney neben dem Haus abgestellt hatte. Und selbst aus dieser Entfernung war offensichtlich, dass die weiße Farbe der Holzschindeln an vielen Stellen aufgeplatzt oder ganz abgeblättert war. An einer Ecke des Scheunendachs klaffte ein riesiges, rußgeschwärztes Loch, als hätte dort irgendwann einmal der Blitz eingeschlagen. Das Gebäude hatte sich bedenklich nach links geneigt.

»Da sind sie drin«, sagte Bree.

»So muss es sein«, pflichtete ich ihr bei und suchte die Umgebung mit dem Fernglas ab. Klar war, dass wir nicht einfach quer über die Wiese gehen konnten. Dann wären wir zu leicht zu sehen gewesen.

Meine Frau dachte genau dasselbe. »Wir schleichen durch den Graben da links entlang der Straße bis zur Baumreihe. Und dann nehmen wir die Bäume als Deckung.«

Das erschien mir sinnvoll. Geduckt huschten wir an den linken Straßenrand und hüpften in den Bewässerungsgraben. Dort war selbst ich nicht mehr zu sehen. So schnell wie möglich brachten wir die hundertfünfzig Meter bis zur Baumreihe hinter uns. Dort konnte man uns vom Bauernhaus aus unmöglich sehen.

Wir gingen auf dem schmalen Pfad entlang, hielten uns immer dicht an den Bäumen, bis wir hinter dem letzten Stamm angelangt waren. Carneys Impala stand neben dem Haus, direkt neben einer Tür. Alle Vorhänge waren zugezogen. Und was waren das für Geräusche? Es klang fast wie Hühnergegacker.

»Gib mir Deckung und hol Verstärkung«, flüsterte ich Bree zu und zog meine Pistole. Ich wollte mich so schnell wie möglich durch die Büsche schlagen, um auf die andere Seite des Hauses zu kommen.

Aber als ich den letzten Baum umrundete, geriet ich unversehens mitten in ein Inferno aus Gackern, Kreischen, Flügelschlagen und umherfliegenden Federn – ein Rudel wilder Truthähne. Es mussten mindestens zehn Tiere sein.

Mir blieb vor Schreck beinahe das Herz stehen, und es dauerte mindestens zehn Sekunden, bevor Bree mich am Ellbogen packte und wir gemeinsam an dem Impala vorbei an die Seite des Bauernhauses huschten und uns dort an die Hauswand drückten.

»Das war's dann wohl mit der Heimlichtuerei«, flüsterte

ich. Innerlich zitterte ich immer noch, aber trotzdem richtete ich meine Pistole auf die Seitentür. Sie musste sich jeden Moment öffnen. Wir hatten so viel Lärm gemacht, dass Carney gar nichts anderes übrig blieb als nachzusehen, oder?

Doch dann verging erst eine Minute und dann noch eine. War es denkbar, dass er uns gar nicht gehört hatte? Wo war …?

Da ertönte im Inneren des Hauses eine Männerstimme. Die Worte waren nicht zu verstehen, aber es klang drohend. Anschließend kam noch eine weibliche Stimme dazu, die genauso unfreundlich klang.

Bree hob zwei Finger. Carney war da drin, zusammen mit seiner Komplizin. Der Frau, die die beiden Babys …

Aber dann war plötzlich eine andere, flehende Frauenstimme zu hören.

Die ersten verständlichen Worte kamen aus dem Mund eines Mannes: »Halt die Klappe, du gleichgültiges Miststück!«

Nach der nun folgenden Stille fingen zwei Babys an zu schreien.

71

»Ich gehe da rein, und zwar sofort«, flüsterte meine Frau mir zu.

»Ich auch«, murmelte ich zurück, »aber genau so, wie wir es gelernt haben. Du gehst von vorn rein, durch die Haustür, und zwar in genau dreißig Sekunden. Und vergiss nicht, der Kerl war bei den Marines. Kann sehr gut mit Waffen umgehen.«

Bree lief geduckt zur Vorderseite und huschte auf die baufällige Veranda. Ich hielt mich unterhalb der Fenster, stieg die wackelige Treppe hinauf, streckte die linke Hand aus und drehte am Türknauf, bis es klickte. Die Tür war offen.

Ich stieß sie auf, steckte kurz den Kopf hinein, sah mich nach rechts und links um und wusste, dass die alte Küche leer war. Die Babys weinten immer noch. Mit schussbereiter Waffe schlich ich behutsam ins Innere. Da standen eine Cornflakes-Schachtel und eine Schale mit einem Milchrest. Es roch nach vergammelndem Essen.

Das Babygeschrei wurde jetzt lauter, aber es hörte sich irgendwie seltsam unwirklich an und kam aus einem Zimmer hinter der Küche. Mit pochenden Schläfen hörte ich, wie die Vordertür aufging und Bree zwei knarrende Schritte machte, bevor eine schrille Frauenstimme das Geschrei der Babys übertönte.

»Was hast du denn erwartet?«, sagte sie höhnisch. »Nach allem, was du uns angetan hast? Was hast du erwartet?«

»Bitte«, flehte die zweite Frau. »Ich habe Ihnen doch gar nichts getan. Genauso wenig wie die Babys!«

»Du lügst!«, brüllte ein Mann, und dann hörte ich ein lautes Klatschen.

Mit zwei schnellen Schritten war ich an der Tür. Ich rief: »Polizei!«, und huschte geduckt in das Zimmer, in dem die drei Erwachsenen und die beiden Babys sein mussten.

Bree kam durch eine zweite Tür herein. Wir starrten zuerst einander an und dann die durchgesessene, alte Couch, den Couchtisch und den Laptop. Sonst war niemand da.

»Bitte, hören Sie auf!«, flehte eine Frau und schluchzte. Jetzt war alles klar.

Ich ging zum Tisch und drehte den Laptop herum. »Mein Gott!«

Cam Nguyen saß mit entblößtem Oberkörper auf einem Stuhl. Sie hielt die beiden schreienden Babys im Arm und wurde von Weinkrämpfen geschüttelt. Rechts und links von ihr stand je ein Kinderbett. Im Vordergrund war eine alte Badewanne mit Pfotenfüßen zu sehen. In der unteren rechten Bildschirmecke befand sich ein leuchtend roter Punkt, und ich begriff, was hier los war. Carney wollte eine bleibende Erinnerung an seine kranke Zeremonie haben. Aus demselben Grund hatte er auch die Festplatte aus dem Superior Spa mitgenommen.

»Wo ist er?« Brees Stimme klang vollkommen entsetzt. »Wo ist diese Frau? Wo sind die denn?«

»Ich weiß nicht. Das muss per Funk von irgendwo her …«

Plötzlich tauchte Carneys Kopf und dann seine Jacke im Bild auf. Gleich darauf war er ganz zu sehen. Er zog einen Gartenschlauch hinter sich her, warf ihn in die Badewanne, sah Cam Nguyen an und sagte: »An die Badewanne kannst du dich doch noch erinnern, oder, Mommy?«

72

»Er will die Babys ertränken«, sagte Bree flüsternd. Ihre Stimme zitterte. »Wo ist das denn? Wo ist dieses Zimmer?«

Ich drückte auf die Stummtaste. »Wir müssen sie suchen. Wir müssen genau hinhören.«

Das Babygeschrei und Cam Nguyens Weinen hätten wir auf jeden Fall hören müssen, wenn sie irgendwo im Erdgeschoss oder im ersten Stock des Bauernhauses gewesen wären. Aber bis auf das sanfte Rauschen der Bäume draußen vor dem Fenster war nicht das geringste Geräusch zu erkennen.

Ich warf noch einmal einen Blick auf den Bildschirm. Vielleicht hatte ich ja irgendeinen Hinweis übersehen. Doch abgesehen von den Kinderbetten, einem Tisch hinter Cam und der Badewanne war da nur ein kleiner, unauffälliger Raum mit weißen Wänden zu entdecken. Jetzt kam Carney auf die Kamera zu und verschwand dann aus dem Blickfeld.

Ich drückte erneut die Stummtaste und hörte die Frauenstimme sagen: »So ist es richtig, Mommy. Du musst Angst vor dem Wasser haben, so wie wir damals auch.«

Dann ertönte eine Männerstimme: »Du hast uns keine Chance gelassen, also lassen wir dir auch keine.«

»Das war doch nicht Carney«, sagte ich.

Bree schüttelte den Kopf. »Die beiden anderen müssen in einer Art Vorraum sein. Vielleicht in der Scheune?«

»Oder im Keller.«

»Ich gehe mal raus… Mist, ich habe noch keine Verstärkung geholt«, sagte sie.

»Das kannst du auf dem Weg zur Scheune erledigen. Ich sehe unten im Keller nach. Wenn du sie hörst, dann rufst du mich an, verstanden? Am besten gehst du durch die Küche und nimmst die Seitentür nach draußen.«

Bree nickte und verschwand, während ich nach einer Kellertreppe suchte. Das ständige Gezeter der verschiedenen Stimmen, Cam Nguyens Weinen und das Geschrei der Babys trieben mich an. Ich musste sie unbedingt finden, bevor es zu spät war.

Nach zwei vergeblichen Versuchen, die mich in eine leere Speisekammer und einen Wandschrank geführt hatten, entdeckte ich in dem schmalen Flur neben der Küche eine Tür, hinter der sich eine brüchige Holztreppe verbarg. Ich lauschte. Nichts. Ich knipste den Lichtschalter ein. Wieder nichts.

Aus meiner Tasche förderte ich eine kleine Maglite zutage. Ich hielt sie unter den Lauf meiner Pistole und landete am Fuß der Treppe in einem Keller mit schimmeligem Müll und rostigen Gartengeräten.

Sie müssen in der Scheune sein, dachte ich, und wollte mich schon umdrehen, um Bree nachzugehen. Da fielen mir im Strahl der Taschenlampe Fußspuren auf dem staubigen Boden auf. Sie gehörten zu einem offensichtlich viel begangenen Pfad, der quer durch den Keller führte. Vor einem leeren Holzregal, das vom Boden bis zur Decke reichte, endete er. Wieso da? Hatte Carney das Regal erst kürzlich leer geräumt? Und was hatte darin gelegen?

Noch einmal wollte ich mich zum Gehen wenden.

Doch dann spürte ich einen sanften Luftzug an meiner Wange, einen Luftzug, der nicht von oben die Treppe herabwehte, sondern von dem leeren Regal her kam. Mit schnellen Schritten ging ich hinüber, ließ den Strahl der Taschenlampe über eine dicke Staubschicht gleiten … und über die Fingerabdrücke auf der rechten Seite.

Ich rüttelte an dem Regal. Es rührte sich kaum. Ich legte Pistole und Taschenlampe beiseite und packte das Ding mit beiden Händen. Es löste sich ächzend von der Wand und neigte sich in meine Richtung.

»Alex?«, hörte ich Brees Flüsterstimme im Funkgerät. »Ich habe in Montgomery angerufen …«

Ich griff nach meinem Funkgerät: »Bitte wiederholen.«

Nichts.

»Bree?«

Nichts.

Ich zögerte, duckte mich, starrte in den schmalen, niedrigen Tunnel und versuchte es noch mal. »Bree?«

Doch mehr als ein Rauschen war nicht zu hören.

73

Bree stand draußen im Nebel und klickte erneut auf die Sendetaste ihres Funkgeräts, aber ohne Resultat. Das Ding war tot. Sie legte es auf einen alten Picknicktisch und überlegte kurz, ob sie Alex auf dem Handy anrufen sollte.

Doch dann hörte sie etwas, was alle Gedanken an ihren Mann schlagartig verjagte. Ein kurzes Geräusch nur, das aber aus dem Inneren der Scheune gekommen zu sein schien. Die Pistole im Anschlag huschte sie durch das hohe Gras zur nächsten Ecke des baufälligen Gebäudes. War es nur der Wind gewesen, der durch die morschen Balken geweht war? Oder ein erstickter Verzweiflungsschrei?

Sie blieb stehen, lauschte, und dann hörte sie es wieder, abgehackt, fast wie ein Quietschen, als hätte sie nur den höchsten Ton eines länger anhaltenden Schreis mitbekommen. Aus der Nähe konnte Bree erkennen, dass die Scheune zum Teil bereits von ihrem Fundament gerutscht war. Konnte sie sich wirklich ins Innere wagen?

Jetzt ertönte der Schrei noch ein drittes Mal, lauter als zuvor. Bree dachte nicht mehr länger an sich. Sie war hergekommen, um diese kleinen Kinder vor einem Wahnsinnigen zu beschützen. Und das war das Einzige, was zählte.

Sie bog um die Ecke und versuchte, das große Scheunentor aufzuschieben. Es ließ sich vielleicht zwanzig Zentimeter weit bewegen, dann blieb es im Matsch stecken. Doch das reichte ihr. Sie zwängte sich durch den Spalt und gelangte in einen düsteren Raum, der nach Heu und altem Leder roch.

Etliche Tauben, die auf den Deckenbalken gesessen hatten, flatterten auf und verschwanden durch das Loch im Dach. Bree zog ihre Maglite aus der Tasche und leuchtete. Sie sah über sich einen Dachboden und vor sich einen mächtigen Stützbalken. Dort, wo der Blitz eingeschlagen hatte, waren die Bodenbretter schwarz und verkohlt.

Die Schreie wurden jetzt lauter. Bree konnte einzelne Wörter verstehen.

»Bitte nicht!« Cam Nguyen weinte. »Bitte nicht!«

Das kam von unten!

Sie richtete den Strahl der Maglite auf den Boden. Zwischen den Bodenbrettern waren schmale Schlitze zu erkennen. Sie hockte sich auf die Knie und spähte hinab in einen gemauerten Kellerraum voller alter, rostiger landwirtschaftlicher Geräte.

Irgendwo musste es einen Weg nach unten geben. Sie ging tiefer ins Innere der Scheune, leuchtete in jede Ecke, jeden Winkel, suchte nach einer Treppe oder einer Falltür. Aber da war nichts zu sehen. Vielleicht war der Keller ja nur von außen zugänglich. Sie drehte sich um und ging Richtung Tür.

Beim Überqueren der verkohlten Narbe, die der Blitz auf dem Scheunenboden zurückgelassen hatte, knackte es plötzlich. Dann brachen die Bretter unter ihren Füßen weg.

74

Später sollte ich erfahren, dass ein gewisser Ezra Pike den Tunnel irgendwann gegen Ende der 1850er-Jahre gebaut haben musste. Er war Bauer, Quäker und ein leidenschaftlicher Gegner der Sklaverei gewesen … und darüber hinaus ein wichtiges Bindeglied des Schleusernetzwerks, das vor und während des Bürgerkriegs zahlreichen Sklaven zur Flucht nach Kanada verholfen hatte.

Doch in der Gegenwart diente Pikes Tunnel – soweit ich es beurteilen konnte – als Weg *in* die Sklaverei, *in* die Folter, *in* den Tod. Ich wollte das nicht akzeptieren und umgab mich mit einem Panzer aus unbeugsamer Entschlossenheit. Ich wollte nichts anderes, als Cam Nguyen und die beiden Babys vor dem sicheren Tod bewahren. Als ich knapp zwanzig Meter weit gekommen war, hörte ich irgendwo weiter vorn ein Baby schreien, gefolgt von mehreren gedämpften Stimmen: Carneys, Nguyens sowie die des anderen Mannes und der anderen Frau, die wir bis jetzt noch gar nicht gesehen hatten.

Ich stellte den Strahl meiner Maglite schwächer und ging weiter, bis ich die Lampe schließlich ganz ausschaltete. Die Stimmen waren jetzt so laut, dass ich sie deutlich voneinander unterscheiden konnte.

»Wer ist als Erstes dran, Kenny-Zwo?«, sagte die Frau gerade.

»Ich sag's wirklich nur äußerst ungern, Schwesterherz, weil es so traurig ist, aber natürlich der Junge«, erwiderte Carney. »Kevin war ja auch der Erste.«

Seine Schwester?, dachte ich. Kevin? Ich schob mich dicht vor eine Holzwand, die mir den Weg versperrte, und spähte durch die Spalten.

»Ich war der Erste?«, sagte der andere Mann mit bebender Stimme.

»Ich hab's mit eigenen Augen gesehen«, erwiderte Carney. Tiefe Trauer lag in seiner Stimme. »Dich hat sie zuerst ersäuft, kleiner Bruder. Die Mutter des Jahres! Unser aller Mutter!«

Ich drückte das Auge an ein kleines Astloch im Zaun und hatte einen Raum mit niedriger Decke und Steinboden vor mir. Ezra Pikes Rübenkeller, eine Durchgangsstation auf dem langen Weg in die Freiheit. In diesen Rübenkeller hatte Carney ein primitives Verlies gebaut, das ungefähr fünf Meter zu meiner Linken vor der Steinmauer stand. Ich konnte die Holzbalken und die dicke Schaumstoffisolierung erkennen, die er, wie wir später feststellten, von außen auf den Sperrholzwänden angebracht hatte. Als Schalldämmung, nahm ich an.

Nur schien Carney aus irgendeinem Grund heute keinen Wert auf Schallschutz zu legen. Die Stahltür des Verlieses stand jedenfalls sperrangelweit offen, und Licht fiel in den Rübenkeller.

»Und Kelli war als Nächstes an der Reihe?«, wollte Kevin wissen.

»Sobald in der Wanne keine Bläschen mehr aufgestiegen sind.« Carneys Stimme klang beinahe ehrfürchtig. »Sie wollte, dass wir die Welt in umgekehrter Reihenfolge verlassen, wie wir sie einst betreten haben. Stimmt's, Mommy?«

Meine Hände suchten die Holzwand, die den Zugang zum Keller versperrte, nach einer Tür ab, nach einem Mechanismus, mit dem sie sich öffnen ließ. Aber sie fanden nichts.

Carney sagte: »Mommy, gib mir Kevin. Ich halt ihn fest, damit du dich neben die Wanne knien kannst. Du hast eine schmutzige Arbeit vor dir.«

Voller Verzweiflung stemmte ich mich gegen die Seitenränder der Barriere. Auf der linken Seite gab sie ein wenig nach. Im selben Moment kreischte Cam Nguyen: »Sie sind wahnsinnig! Das mache ich nicht!«

Die Babys fingen an zu schreien und zu weinen. Und irgendwo über mir glaubte ich ein lautes Krachen zu hören.

75

Bree merkte, wie der Boden unter ihr nachgab, und streckte instinktiv die Arme zu beiden Seiten aus. Sie fiel senkrecht nach unten und streifte dabei an den gesplitterten Holzbalken entlang, sodass ihre Beine, Hüften und die Rippen zerkratzt wurden, bevor ihre Achseln den Sturz ruckartig bremsten. Jetzt baumelten ihre Beine in der Kellerluft.

Die Waffe war ihr beim Aufprall aus der Hand gefallen und ein paar Zentimeter entfernt liegen geblieben. Nur die kleine Maglite hielt sie immer noch fest umklammert.

Es fühlte sich so an, als sei eine Rippe gebrochen, vielleicht auch zwei. Und das andere? War das Blut?

Wie brechendes Eis fingen jetzt die Bretter um sie herum an, zu knacken und zu splittern. Einen entsetzlichen Augenblick lang war sie sicher, dass sie im nächsten Moment in die Dunkelheit stürzen und dort unten in irgendeiner rostigen Pflugschar landen würde. Doch die Bretter hielten noch, und sie wusste, dass sie eine Chance hatte, wenn sie sich beeilte.

Mühsam und unendlich langsam versuchte sie, durch Schieben, Rutschen und Zappeln auf die Ellbogen zu kommen und die vielen Holzsplitter zu ignorieren, die wie Haifischzähne von allen Seiten ihre Haut durchbohrten. Als sie es endlich geschafft hatte, verschnaufte sie kurz und dachte zum ersten Mal, dass ihr Sturz durch den Boden einen fürchterlichen Lärm gemacht haben musste.

Ob Carney etwas gehört hatte? Ob er Cam Nguyen und die Babys allein gelassen hatte und womöglich schon auf dem Weg zu ihr war? Ihre baumelnden Beine sehen und nach dem Motto *Erst schießen, dann fragen* handeln würde?

Schweißtropfen rieselten ihr von der Stirn, und sie atmete schwer. Sie erkannte die ersten Anzeichen einer einsetzenden Panik und zwang sich, ruhig und tief ein- und auszuatmen, sich zu beruhigen, eine Sache nach der anderen in Angriff zu nehmen.

Sie begann, mit dem Oberkörper hin- und herzuschaukeln, um so viel Schwung zu holen, dass sie sich auf die Hände stemmen und aus dem Loch befreien konnte. Da durchzuckte sie ein stechender Schmerz. Einer der spitzen Holzsplitter hatte sich zwischen ihre gebrochenen Rippen gebohrt. Und sie war sich sicher, dass sie blutete, weil die Seite ihrer Bluse schon ganz durchnässt war.

Sie biss sich auf die Zähne, verbannte den Schmerz und die Verletzung aus ihrem Bewusstsein und versuchte, sich nach links zu neigen. Es klappte. Sie konnte sich tatsächlich vom rechten Ellbogen auf die rechte Hand stützen und bekam einen spitzen Splitter zu fassen, der sich in ihre Rippen gebohrt hatte. Sie versuchte, ihn beiseitezudrücken und etwas mehr Raum zu schaffen, sodass sie sich wieder nach rechts neigen und ihre linke Hand durch das Loch schieben konnte.

Doch dann brach das ganze Brett mit einem Mal ab.

Ihre rechte Schulter rutschte durch das Loch, gefolgt von ihrer Pistole. Sie hörte, wie sie unten in der Dunkelheit auf etwas Metallisches prallte.

Jetzt wurden ihr linker Ellbogen und der Unterarm ebenfalls Opfer der Schwerkraft, und Bree fing an, wild mit den Beinen zu strampeln.

76

Ein, zwei Sekunden lang dachte ich, dass Carney den Krach über unseren Köpfen garantiert gehört hatte – das musste Bree sein, kein Zweifel –, und griff nach meiner Pistole. Bestimmt kam er gleich nach draußen gestürzt, um nachzusehen. Doch das Gebrüll der Babys in dem engen Raum musste alle anderen Geräusche übertönt haben, jedenfalls hörte ich diese Kelli sagen: »Aber natürlich machst du das, Mommy. Du bist eine Crack-Hure, und wir wissen genau, was Crack-Huren alles machen.«

»Wenn das Leben hart wird und die Drogen knapp«, fügte Kevin hinzu.

»Ich mache das nicht!«, kreischte Cam Nguyen. Ich stemmte mich so kräftig gegen die Holzbarriere, dass ich mich durch den entstehenden Spalt in den Rübenkeller zwängen konnte.

»Dafür sorge ich schon, Mommy«, sagte Carney. Ich hörte einen dumpfen Schlag, und sofort fingen die Babys wieder an zu brüllen.

»Das wird ihr eine Lehre sein«, sagte Carneys Schwester. »Ganz bestimmt, Kenny-Zwo.«

Mit entsicherter Pistole ging ich zwei Schritte auf die offene Tür zu. Ich schnüffelte und roch Körpergeruch und Windeln und Angst.

»Ich werd ihr schon beibringen, dass sie sich hinknien soll«, hörte ich Carneys Bruder Kevin sagen.

Drei weitere leise Schritte vorwärts und dann einen zur Seite. Jetzt stand ich genau im Lichtkegel, der aus der Kammer des Schreckens nach draußen fiel, und blickte ins Innere.

Cam Nguyen saß zusammengesunken auf einem Stuhl. Ihr Kopf baumelte träge nach vorn, wie bei einem benommenen Boxer. Ihre Brustwarzen und Lippen waren mit Lippenstift vollgeschmiert, sodass sie grotesk und übergroß wirkten. Die Babys lagen brüllend auf dem Boden neben der Wanne, die jetzt beinahe randvoll war. Aber wo waren Carney und die anderen? Sie mussten entweder links oder rechts sein, direkt neben der Türöffnung.

Als ich mich vorsichtig ein Stück näher schob, hörte ich von links ein metallisches Rasseln.

Und dann erklang Carneys Stimme, auch von links: »Sind denn auch alle da? Dann kann die Zeremonie ja beginnen.«

Mit vorgehaltener Pistole wagte ich einen schnellen Blick ins Innere, nach links. Doch als mir klar wurde, dass dort niemand war, explodierte ein Feuerwerk in meinem Schädel. Geblendet brach ich zusammen.

77

Mit der rechten Hand verzweifelt nach Halt suchend, merkte Bree, wie die verkohlten Bretter unter ihrem linken Ellbogen splitterten und dann nachgaben. Im Fallen streifte sie mit der rechten Wange die scharfkantigen Seiten und trug mehrere Schnitt- und Risswunden davon. Sie riss den Kopf zur Seite und den rechten Arm nach oben, um sich vor weiterem Schaden zu schützen.

Dieser Reflex rettete ihr das Leben. Sie spürte etwas Hartes unter dem Oberarm und dem Ellbogen und blieb für einen Moment an einer Art Metallrohr hängen. Dann schwang der Rest ihres Körpers nach vorn, riss sie durch den Schwung los, und sie sackte ein drittes Mal nach unten.

Bereits nach rund einem halben Meter streiften ihre Schuhsohlen eine Kante. Sie fiel nach vorn und landete, alle viere von sich gestreckt, auf einer glatten Metalloberfläche. Die Schmerzen, die ihr den Brustkorb durchbohrten, waren unfassbar brutal und glühend heiß. Ihr Gesicht fühlte sich an, als sei es von einer Löwenpranke bearbeitet worden.

Doch Bree fiel nicht mehr, und wie durch ein Wunder hielt sie immer noch die brennende Maglite in der Hand. Der Lichtstrahl fiel direkt auf ein altes, aber glänzendes Coca-Cola-Schild, das vor der Mauer und den Kisten und dem anderen verstaubten Zeug lehnte. Zitternd und mit schmerzverzerrtem Gesicht, während ihr das Blut über das Gesicht lief, ließ Bree die Taschenlampe kreisen. Erst jetzt wurde ihr klar, wie knapp sie dem Tod entronnen war.

Sie lag auf der Motorhaube eines alten Traktors ohne

Sitzbank und ohne Räder. Nach ihrem Sturz durch die Decke war sie an einem Überrollbügel hängen geblieben, der ursprünglich zum Schutz des Fahrers gedient hatte. An den Traktor angekoppelt war eine riesige Egge mit Dutzenden kreisförmigen Klingen, die Erdschollen zerkleinern und festen Boden aufbrechen konnten. Wenn Bree nur ein kleines Stück weiter seitlich gelandet wäre, dann wäre sie nur noch als aufgespießter Leichnam gefunden worden.

»Ich mache das nicht!«, kreischte Cam Nguyen.

Dieses Mal war sie deutlich besser zu verstehen, aber immer noch schien sie sich weiter unten zu befinden. Gab es etwa noch einen tieferen Keller? Wie in Gottes Namen sollte sie es bis dahin schaffen? Trotz ihrer zahlreichen Verletzungen biss sie die Zähne zusammen, rollte sich zur Seite, setzte sich auf und schwang die Beine über das Armaturenbrett.

Sie suchte und fand mit den Füßen den Höcker, auf dem ursprünglich der Sitz montiert gewesen war. Dann stand sie auf. Das Blut triefte an ihr herab, aber sie leuchtete mit ihrer Taschenlampe das ganze Maschinen-Durcheinander ab, ohne die geringste Ahnung zu haben, wo sie überhaupt anfangen sollte zu suchen.

»Nein!«, kreischte Cam Nguyen, und jetzt konnte Bree auch klar und deutlich das hysterische Geschrei der Babys hören.

Ich kann sie nicht retten, dachte sie verzweifelt und leuchtete noch einmal im Kreis. Sie werden …

Dann streifte der Strahl ihrer Taschenlampe das Coca-Cola-Schild, und sie fasste neue Hoffnung.

78

Nach dem Schlag auf den Hinterkopf landete ich auf dem Fußboden, nicht bewusstlos, aber fast. Eine Stiefelspitze traf meinen unteren Rücken. Noch ein Tritt, etwas höher dieses Mal, und ich krümmte mich zusammen. So langsam konnte ich wieder etwas wahrnehmen, aber irgendwie seltsam verzerrt. Da merkte ich, dass ich die Pistole noch in der Hand hielt. Ich wollte mich umdrehen und schießen, doch der Stiefel drückte mein Handgelenk unbarmherzig auf den Boden.

»Detective Cross?«, sagte Carney. »Welch unvorhergesehene Überraschung.«

Allmählich konnte ich wieder klar sehen und erkannte, dass der junge Streifenbeamte neben Cam Nguyen und den beiden schreienden Babys die *einzige* weitere Person im Raum war. Carneys Milchgesicht zuckte unaufhörlich, und er starrte mich mit schmalen Lippen und glühenden Augen über den Lauf einer Neun-Millimeter-Pistole hinweg an, die direkt auf meinen Kopf gerichtet war.

»Es ist vorbei, Carney«, sagte ich. »Ganz egal, was das hier werden soll, es ist vorbei!«

»Es ist niemals vorbei!«, schrie er mich an. »Es geht immer weiter und weiter und weiter.«

Ich sah, wie er den Zeigefinger krümmte. Gleich würde er abdrücken.

»Da draußen sind noch mehr Kollegen«, sagte ich. »Wir sind umzingelt.«

»Quatsch. Die Sirenen hätte ich doch gehört.«

»Sie sind natürlich ohne Sirenen gekommen«, beharrte ich. »Hier kommen Sie nie wieder raus.«

Das schien Carney irgendwie witzig zu finden. »Aber natürlich komme ich hier raus. Hier gibt es überall Tunnel. Ich erledige, was zu erledigen ist, und dann verschwinde ich, ganz einfach.«

Dieser Gedanke schien ihn einen Moment lang von seinem Vorhaben abzubringen, mich zu erschießen. Er trat mir auf die Finger, und ich ließ meine Pistole los. Er versetzte meiner Waffe einen Tritt, sodass sie quer über den Fußboden schlitterte, und lief hinterher. Bei jedem seiner Schritte spritzte das Wasser, das mittlerweile über den Rand der Badewanne gelaufen war. Carney hob meine Dienstpistole auf und zielte auf mich, grinste und ging zu Cam Nguyen, die sich weinend auf dem Stuhl zusammengekauert hatte.

»Mach schon, Mommy!«, blaffte er sie an. »Tu, was du immer tust!«

Dann – so sah es zumindest aus – wurde der Körper des jungen Polizeibeamten von Krämpfen geschüttelt. Seine ganze Haltung veränderte sich, wurde weiblicher. Genau wie seine Stimme, die jetzt mehr als eine Oktave höher und ganz nach Frau klang.

»Nimm den Jungen, Mutter«, sagte Kelli in einem eigenartigen, flehenden Tonfall. »Nimm Kevin, bevor du mich nimmst.«

Carney warf meine Pistole in die Badewanne und packte die Studentin an den Haaren. Er rammte ihr seine eigene Waffe an die Schläfe, zerrte sie vom Stuhl und schleuderte sie vor der Wanne zu Boden.

»Du nimmst jetzt meinen Bruder«, sagte Carney mit der Stimme seiner Schwester. »Und dann legst du ihn ins Wasser wie den kleinen Moses. Falls nicht, dann reißt Kenny-Zwo dir eigenhändig das Gehirn aus dem Schädel, so wahr mir Gott helfe.«

»Bitte nicht…« Cam Nguyen schluchzte. »Ich…«

Carney hatte wieder einen dieser Anfälle. Ich versuchte, aufzustehen und mir meine Pistole zu holen. Doch dann wurde sein Blick wieder klar, und ich konnte mich nicht mehr bewegen. Er herrschte die Studentin an: »Nun mach endlich, Mommy. Tu es oder stirb!«

Am ganzen Leib zitternd und aus tiefster Seele schluchzend streckte Cam Nguyen die Hand nach einem der Babys aus.

»Das ist Kelli«, grollte Carney. »Aber Kevin ist zuerst dran. Hast du das vergessen?«

Mit bebendem Unterkiefer nahm sie den kleinen Evan Lancaster und hielt ihn über das Wasser. Carney sah aus, als würde er sich einen alten, sehr vertrauten Film anschauen, mit genüsslich gespitzten Lippen, als wollte er gleich eine seiner Lieblingsstellen mitsprechen.

»Leg ihn schlafen, Mutter«, sagte er. »Leg ihn schlafen. Dann hört er auf zu weinen.«

Die nächsten zehn Sekunden kamen mir vor wie eine Stunde.

Carney versetzte Cam Nguyen einen kräftigen Schlag auf den linken Handrücken.

Sie heulte auf vor Schmerz und zog die Hand zurück. Jetzt hielt sie den kleinen Jungen nur noch mit der rechten Hand fest, die sich in seinen schmutzigen Schlafanzug gekrallt hatte. Carney packte ihr rechtes Handgelenk und holte aus. Er wollte mit einem Faustschlag dafür sorgen, dass sie Evan Lancaster in die Badewanne fallen ließ.

79

Ein ohrenbetäubender Knall dröhnte durch den engen Raum. Für einen Moment war ich völlig orientierungslos.

Carneys rechte Schulter explodierte. Blut spritzte nach allen Seiten. Er taumelte und prallte gegen Cam Nguyen, die daraufhin Evan Lancaster fallen ließ. Das Baby landete in der Wanne.

Carney nahm seine Waffe in die linke Hand und wollte schießen. Der zweite Schuss zerschmetterte sein linkes Handgelenk, noch bevor er dazu kam, und die Pistole fiel zu dem Baby in die Wanne. Ich sprang auf, um Evan Lancaster aus dem Wasser zu ziehen, doch Cam Nguyen war schneller. Sie hatte bereits beide Arme in die Wanne gesteckt und hob das prustende Baby heraus.

Trotz des lauten Klingelgeräuschs in meinen Ohren konnte ich Brees Stimme hören: »Auf den Boden, Officer Carney! Sofort! Und keine andere Bewegung, sonst erschieße ich Sie!«

Carney starrte sie an wie eine Erscheinung aus einem Albtraum. Und ich sah auch, warum. Das Gesicht meiner Frau war stark geschwollen und von zahlreichen Verletzungen übersät. Zum Teil steckten noch Holzsplitter in den Wunden. Blut hatte sich wie ein Spinnennetz über ihr Gesicht und ihre Bluse verteilt.

Obwohl mir ziemlich schummerig zumute war, steckte ich die Hand in die Badewanne, holte meine Dienstwaffe heraus, richtete sie auf Carney und brüllte: »Du hast gehört, was sie gesagt hat. Auf den Boden!«

Die Zuckungen auf dem Gesicht des jungen Beamten ließen langsam nach. Dann ging er neben der Badewanne in die Knie, blickte nach oben an die Decke des primitiven Raums und stöhnte: »Du hast gesagt, dass du nichts Schlimmes machst, Mommy. Du hast gesagt, dass du sie bloß schlafen legen willst.«

80

Marcus Sunday und Acadia Le Duc hörten die Sirenen, lange bevor sie die Blinklichter der Streifenwagen des Montgomery County Sheriff's Department und der Krankenwagen auf dem glitschigen Feldweg, der zu dem Bauernhaus führte, sehen konnten. Die beiden saßen auf der Kante eines Kalksteinfelsen auf der anderen Straßenseite, etwas dichter beim Stausee. Sunday hatte das Fernglas durch den Nieselregen auf den mehrere hundert Meter entfernten, alten Bauernhof gerichtet.

»Sollten wir nicht langsam von hier verschwinden, mein Süßer?«, meinte Acadia.

»Wieso denn das?«, entgegnete er. »Wir sind doch einfach nur zwei einsame Wanderer oder Vogelbobachter. Oder beides.«

Er behielt die Streifenwagen, die jetzt in die Einfahrt zum Hof einbogen, weiterhin im Blick.

»Aber da hinten sind Schüsse gefallen«, wandte Acadia ein. »Und ich weiß ja nicht, wie das bei euch zu Hause war, aber mir wurde beigebracht, dass man sich in so einem Fall von der Polizei fernhalten soll.«

»Hat dein Vater, der Schmuggler, dir das beigebracht?«, fragte Sunday zurück.

»Und Mama auch«, meinte Acadia. »Sie hat den Bullen nicht über den Weg getraut. Ich übrigens auch nicht.«

»Mein Daddy hat sich in dieser Hinsicht für den entgegengesetzten Ansatz entschieden«, sagte Sunday, während die Autokarawane auf dem unkrautüberwucherten Vorplatz des Bauernhauses zum Stehen kam. »Er hat sich immer besonders für die interessiert, die ihm am gefährlichsten werden konnten.«

»Nur mit dir hat er offensichtlich nicht gerechnet«, gab sie zurück.

»Auf dem Auge war er blind.« Jetzt sah Sunday Cross aus dem Haus treten, gefolgt von Sanitätern mit einer Trage, auf der ein schluchzender junger Mann lag. Danach kam Bree Stone mit zwei Babys im Arm, und dann noch ein anderer Sanitäter, der eine junge, in eine Decke gehüllte Asiatin stützte.

Sunday reckte das Kinn vor und sagte: »Bravo, Mr. und Mrs. Cross.«

»Was?«

»Es scheint, als hätten sie den Killer geschnappt und die Babys mitsamt der vermissten Prostituierten gerettet.«

Acadia blickte ihn an: »Ich muss schon sagen, du verblüffst mich, mein Süßer.«

»Wieso denn das?« Sunday ließ das Fernglas sinken und sah sie an.

Acadia zuckte mit den Schultern. »Ich dachte, du ärgerst dich vielleicht, weil… na ja, ich weiß auch nicht… weil Cross dir gerade eine lange Nase gedreht hat?«

»Hat er?«, erwiderte der Professor. »Das würde ich nicht sagen. Ohne meinen Brief wären sie längst nicht so weit gekommen, und die Vietnamesin und die Babys wären jetzt tot.«

»Und woher willst du das wissen, mein Süßer?« Ihre Stimme klang skeptisch.

»Aufgrund der zeitlichen Zusammenhänge im Muster des Killers«, erwiderte er, ganz der väterliche Professor. »Um es kurz zu machen: Er hat seine Opfer immer dreizehn Tage und ein paar Stunden nach dem Überfall auf den Massagesalon getötet. Und das bedeutet eindeutig, dass mir ein nicht unwesentlicher Anteil an ihrer Rettung zukommt.«

Acadia lächelte. »Da ist er wieder, mein strahlender Held.« Sie ließ sich in seine Arme sinken und drückte sich an ihn. »Und jetzt?«, wollte sie wissen.

»Jetzt machen wir Ernst«, erwiderte Sunday. »Jetzt zwingen wir ihn in die Knie.«

81

Zwei Stunden nachdem Bree mir und den Geiseln das Leben gerettet und einen Wahnsinnigen in Gewahrsam genommen hatte, dröhnte mir immer noch der Schädel. Meiner Frau machten vor allem die Gesichtsverletzungen und die gebrochenen Rippen zu schaffen, und zwar trotz Novocain und Schmerztabletten und obwohl ihre Wunden alle genäht und verbunden worden waren.

Aber ich glaube, wir waren noch nie glücklicher gewesen.

Dazu muss man wissen, dass die Mehrheit der Entführungsopfer nie wieder nach Hause kommt. Weil sie irgendwann im Lauf ihrer Gefangenschaft ihr Leben verlieren und nur noch als Leiche geborgen werden können, unter Tränen und mit blutendem Herzen. Doch an diesem Mittwochabend um kurz vor sieben wurden wir in der Notaufnahme des Holy Cross Hospital – des Krankenhauses, in das auch Harold Barnes nach seinem Herzinfarkt vor zwei Tagen eingeliefert worden war – Zeugen eines Wunders.

Teddy und Crystal Branson stürmten zur Tür herein.

»Ist es wahr?«, platzte Crystal heraus, kaum dass sie Bree gesehen hatte. »Geht es Joss gut? Geht es Ihnen gut?«

»Paar Rippen gebrochen, paar Wunden genäht, aber ansonsten alles bestens. Und Joss ist ziemlich hungrig und übermüdet und hat außerdem einen wunden Po, aber ansonsten ist sie …«

Teddy Branson brach in Tränen aus, während seine Frau meiner Frau einen Kuss auf die halbwegs intakte Wange drückte und schluchzte: »Vielen Dank, Detective. Aus tiefstem Herzen danke. Sie haben meinem Leben wieder einen Sinn gegeben.«

Zwanzig Minuten später wiederholte sich das Wunder, als die Lancasters hereinkamen und ihren Sohn in die Arme schließen konnten.

»Ich möchte Sie einfach nur drücken«, stieß Ellen Lancaster unter Tränen hervor.

»Bitte nicht«, erwiderte Bree, lachte und verzog im selben Moment das Gesicht. »Gehen Sie zu ihm, er wartet schon.«

»Detective Cross«, sagte ihr Mann. »Wir werden nie vergessen, was Sie für uns getan haben. Wir schulden Ihnen alles.«

Dann eilten die beiden in das Zimmer, wo sich die Krankenschwestern um ihren Jungen kümmerten.

»Ganz ordentlich gemacht, Alex«, sagte Ned Mahoney, der die Lancasters hergefahren hatte.

»Haben wir alles meiner besseren Hälfte zu verdanken«, sagte ich und wies mit einer Kopfbewegung auf Bree, die auf wackeligen Beinen zu mir kam. »Sie hat ganz alleine dafür gesorgt, dass alles gut ausgegangen ist.«

»Das war doch das Mindeste, nach allem, was ich durchgemacht habe, um zu dir zu kommen«, sagte sie.

Bree hatte mir die ganze Geschichte erzählt: Wie sie durch den verkohlten und verfaulten Fußboden gestürzt war. Wie ihr die Pistole aus der Hand gefallen und sie auf dem Traktor gelandet war. Wie sie jede Hoffnung aufgegeben hatte, bevor sie ihre Pistole zwischen den Klingen der Egge gesehen hatte, und wie sie dann ihrem Gefühl gefolgt und zu dem alten Coca-Cola-Schild gegangen war – dem einzigen sauberen Gegenstand in diesem Scheunenkeller. Sie hatte das Schild beiseitegeschoben und einen Ring im Fußboden entdeckt – eine Falltür. Die Leiter darunter führte in einen Vorraum des Rübenkellers.

»Na ja, ich wünsche wirklich keinem Menschen mehrere gebrochene Rippen«, sagte ich. »Aber andererseits bin ich wahnsinnig froh, dass du nicht später gekommen bist.«

»Ahhhh, du bist so ein Romantiker«, sagte sie, lachte und verzog erneut das Gesicht.

»Ich kann es nur noch mal sagen, Alex«, meinte Mahoney. »Du bist ein Glückspilz.«

»Als ob ich das nicht wüsste«, sagte ich und gab meiner Frau einen Kuss auf die Stirn.

»Was ist mit Carney?«, wollte Mahoney dann wissen.

»Sie haben ihn in die Psychiatrie im St. Elizabeth's gebracht«, erwiderte ich.

»Übernimmst du das Gutachten?«

»Ich denke schon.«

»Wir müssen bald mal los«, sagte Bree. »Ich habe eine Verabredung mit der Couch und einem großen Glas Wein. Vielleicht sogar zwei.«

»Noch eine Sekunde«, sagte ich. »Es gibt da jemanden, mit dem ich schnell noch ein Wort wechseln möchte, bevor wir gehen.«

82

Cam Nguyen lag dösend in ihrem Krankenbett. In ihrem Arm steckte eine Infusionsnadel, am Hinterkopf war sie genäht und ihre gebrochene Hand war eingegipst worden.

Draußen auf dem Flur war das aufgeregte Geschnatter der Bransons und der Lancasters zu hören, die die Wiedervereinigung mit ihren Babys feierten. Doch hier, im Zimmer der Studentin, die zur Prostituierten geworden war, waren das Piepsen der medizinischen Geräte und das leise Tropfen der Infusionslösung die einzigen hörbaren Geräusche.

Ich hatte mich schon umgedreht und wollte gerade wieder gehen, da sagte sie: »Sie haben uns gerettet.«

Ich stellte mich neben ihr Bett. »Das war meine Frau. Wir arbeiten beide bei der Metropolitan Police.«

»Ich habe Kopfschmerzen.«

»Sie haben eine mittelschwere Gehirnerschütterung.« Ich rieb mir die Stelle am Hinterkopf, wo Carney mich erwischt hatte. »Schlimmer als meine jedenfalls.«

Cam nickte bedächtig und sagte: »Er wollte, dass ich die Babys ertränke.«

»Ich habe es gesehen. Und gehört. Grauenhaft. Aber jetzt sind Sie in Sicherheit, genau wie die Kinder. Und Carney sitzt in einer Gummizelle.«

»So heißt er also? Carney?«, fragte sie mich. »Er redet, als wäre er drei oder vier verschiedene Personen.«

»Das wird mir inzwischen auch langsam klar«, sagte ich und sah, wie ihr die Augen zufielen. »Ich komme morgen wieder, ja?«

Sie nickte müde.

»Soll ich vielleicht jemandem Bescheid sagen, dass Ihnen nichts Schlimmes passiert ist?«

»Meine Elt…«, brachte sie noch hervor, dann war sie eingeschlafen.

Draußen wurde ich von Bree erwartet. Und von Mahoney, der uns nach Hause fahren wollte. Und so, wie sich mein Kopf anfühlte, wollte ich ihm nicht widersprechen. So wenig wie Bree.

Zehn Minuten später waren wir auf dem Weg in die Stadt. Ich saß auf dem Rücksitz. Der Berufsverkehr war zwar schon längst vorbei, aber trotzdem war auf den Straßen eine Menge los. Hunderte Autos fuhren an uns vorbei, und jedes transportierte sein eigenes Drama, seine eigenen Themen, völlig losgelöst von dem Wahnsinn, dem wir heute ausgesetzt gewesen waren und den wir besiegt hatten.

Mir dämmerte, dass der schwierigste Teil meines Berufs die Abspaltung vom Normalen war, die permanente Begegnung und Auseinandersetzung mit abartigen und zutiefst erschütternden Phänomenen. Dass das an irgendeinem Punkt die eigene Persönlichkeit beeinflusste, dass es einem den Geist verwirrte, selbst wenn man ein hoch spezialisierter und erfahrener Psychologe war, das war mir klar. Irgendwann wurde man jemand anderes.

Aber heute nicht, sagte ich mir. Heute nicht.

Mir fiel ein, dass ich die Nummer des Restaurants von Cam Nguyens Eltern in Kalifornien noch gespeichert hatte. Ich zog mein Handy hervor und rief sie an.

»Nguyen Pho«, meldete sich eine Männerstimme.

»Mr. Nguyen?«

»Ja. Wer ist da?«

»Hier spricht Detective Cross, Sir. Ich habe vor einiger Zeit schon einmal angerufen. Es ging um Ihre vermisste Tochter. Erinnern Sie sich?«

Stille. »Sie tot?«

»Ich bin sehr froh, Ihnen sagen zu können, dass sie lebt, Mr. Nguyen. Sie ist zwar durch die Hölle gegangen, aber sie ist am Leben, und es geht ihr so weit gut.«

Die nun folgende Stille verblüffte mich.

»Sir, haben Sie verstanden, was ich Ih…«

»Sie große Schande weil Prostituierte«, unterbrach er mich. »Cam besser tot sein.«

Dann legte er auf.

83

Es war Gründonnerstag, 14.00 Uhr. Der Streifenpolizist Kenneth Carney lag festgeschnallt in einem Bett der psychiatrischen Abteilung des St. Elizabeth's. Seine Zimmertür war abgeschlossen, und er unterhielt sich leise mit jemandem, der nicht da war. Der zuständige Psychiater hieß Arthur Nelson und war ein alter Bekannter von mir. Er erzählte mir, dass Carney an der Hand und an der Schulter operiert worden und anschließend zur Beobachtung hierhergebracht worden sei. Trotz der Medikamente wechselte seine Stimmung immer wieder schlagartig. Mal war er orientierungslos, dann wieder traurig oder gewalttätig. Nelson hatte jedenfalls angeordnet, ihn festzuschnallen.

»Ich empfehle eine Lithiumtherapie, sobald er die Opiate nicht mehr braucht«, sagte Nelson, als ich mich von dem kugelsicheren Fenster in der Tür abwandte.

»Ich würde gerne jetzt mit ihm reden«, sagte ich.

Nelson zog eine Augenbraue in die Höhe. »Deine Entscheidung, Alex. Du hast mehr Erfahrung mit wahnsinnigen Verbrechern als ich.«

Ich sah hinüber zu Sampson, Bree und Elaine Brown, der für diesen Fall zuständigen stellvertretenden Bezirksstaatsanwältin. Alle drei nickten.

»Ich lasse ihn in ein Behandlungszimmer bringen«, sagte Nelson.

Wir setzten uns in den Wartebereich. Elaine Brown zog sich zurück, um ein paar Telefonate zu führen. Ich hatte immer noch Kopfschmerzen, was sicherlich auch mit den beiden Flaschen Chianti zusammenhing, die Bree, Nana Mama und ich am Abend zuvor geleert hatten, um unseren Wundschmerz zu lindern und – trotz Mr. Nguyens Reaktion auf die Rettung seiner Tochter – die Tatsache zu feiern, dass wir einen schier unmöglichen Fall gelöst hatten.

So zumindest hatte Captain Quintus in den Elf-Uhr-Nachrichten unsere Ermittlungen beschrieben. Außerdem hatte er angekündigt, dass meine Frau für ihren heroischen Einsatz eine besondere Anerkennung erhalten werde. Auch die Lancasters und die Bransons waren mitsamt ihren Babys vor die Kameras getreten und hatten sich bei uns und dem gesamten Police Department überschwänglich dafür bedankt, dass wir ihre Familien wieder vereinigt hatten.

Doch hatten auch die Macher der Nachrichtensendungen bemerkt, dass die Motive für Carneys Handlungen nach wie vor ziemlich im Dunkeln lagen. Und das war der Grund dafür, dass wir uns jetzt im St. Elizabeth's eingefunden hatten, anstatt uns einen wohlverdienten freien Tag zu gönnen.

Sampson hatte Carneys Wohnung durchsucht und dabei die Neun-Millimeter-Pistole gefunden, mit der der Polizist kaltblütig acht Menschen ermordet hatte. Außerdem unter den Fundsachen: die aschblonde Perücke, die Kleidung und sogar das Make-up, mit dem sich der glatzköpfige junge Mann in Kelli Adams, die Kindesentführerin, verwandelt hatte, sowie der Kapuzenpullover, die braune Perücke und der falsche Bart, die er benutzt hatte, wenn er als Massenmörder Kevin Olmstead durch die Stadt gestreift war.

Was mein Partner jedoch nicht entdeckt hatte, das war ein konkreter Hinweis, der Carneys wahnsinniges Verhalten hätte erklären können. Wobei … genau deshalb nennt man es ja Wahnsinn.

Man muss schon selbst ein kleines bisschen irre sein, um sich mit jemandem unterhalten zu können, der ein irrwitziges Verbrechen begangen hat, zumindest dann, wenn man etwas tiefere Einblicke in seine Persönlichkeit bekommen möchte. Wenn ich doch bloß nicht solche Kopfschmerzen gehabt hätte. Trotzdem versuchte ich, mich an jedes Wort zu erinnern, das in diesem Rübenkeller gefallen war, bevor er mich niedergeschlagen hatte. Und dann versuchte ich, mir vorzustellen, welchen Hintergrund dieses bizarre Mehr-Personen-Gespräch wohl haben mochte.

Das eine oder andere konnte ich mir durchaus erklären, aber die Lücken dazwischen waren riesig.

»John«, sagte ich.

»Alex?«, erwiderte Sampson.

»Ruf doch mal Mahoney an. Er soll rauskriegen, wieso die Marines Carneys Bewerbung für die Force Recon abgelehnt haben, obwohl er die Aufnahmeprüfung bestanden hat.«

Er nickte. »Ich habe ein paar Bekannte im Pentagon, die uns vielleicht auch weiterhelfen können.«

»Alex?« Dr. Nelson blickte uns aus einer Türöffnung entgegen. »Der Patient liegt in Zimmer zwei, gleich rechts.«

»Hast du ihn unter Beobachtung?«, fragte ich ihn.

»Ja. Per Video, in meinem Sprechzimmer.«

»Viel Glück, Schätzchen«, sagte Bree. Trotz all ihrer Wunden und der gebrochenen Rippen hatte sie bis auf ein bisschen Ibuprofen nichts genommen. Man merkte es ihren steifen, langsamen Bewegungen an, und genauso redete sie auch.

Ich sammelte mich kurz, holte tief Luft und machte mir klar, dass die Begegnung ziemlich unangenehm werden konnte. Dann betrat ich Carneys Zimmer. Er lag gefesselt auf dem Bett und starrte geistesabwesend an die Decke. Ich setzte mich neben ihn. Hoch oben an der Decke, hinter meinem Rücken, lief die Kamera.

Ich musterte den jungen Polizeibeamten für einen Moment. Wie er so vor mir lag, von hellem Licht beschienen, ohne Haare und milchgesichtig, da konnte ich mir durchaus vorstellen, dass er mit dem passenden Make-up und entsprechender Kleidung so weiblich aussah, dass sich andere Frauen selbst auf kurze Entfernung davon täuschen ließen.

»Officer Carney«, fing ich an.

Er musterte mich verächtlich von Kopf bis Fuß und sagte: »Bin ich nicht.«

»Also gut«, erwiderte ich. »Mit wem spreche ich dann, bitte?«

Carney lachte. »Peng, peng. Als ob Sie das nicht wüssten.«

Dann begriff ich. »Oh, hallo Kevin.«

Carney lächelte und nickte. »Sehen Sie? Ich hab's doch gesagt: *Sie* wissen genau, wer *ich* bin.«

84

Ich räusperte mich und sagte: »Wem haben Sie das gesagt? Kenny-Zwo? Kelli? Ihren Geschwistern?«

»Wem denn sonst? Dem netten Wachtmeister Tugendsam etwa?«, erkundigte Carney sich liebenswürdig, hielt inne und musterte mich misstrauisch. »Wieso fragen Sie mich nach Kelli und Junior? Aufpassen! Sie sprechen jetzt mit mir, Sie Arschloch!«

Ich hob beschwichtigend die Hände. »Ich versuche bloß zu verstehen, wie…«

Carneys nervöses Gesicht begann unaufhörlich zu zucken und zu beben. Seine Augen flatterten, wurden glasig und rollten nach oben in die Höhlen, während er gleichzeitig den Kopf in den Nacken warf, sodass seine Halsmuskeln bis zum Zerreißen gespannt waren und die Adern hervortraten. Für einen kurzen Moment hatte ich Angst, dass er einen epileptischen Anfall bekommen könnte, und wollte ihm helfen.

Doch so plötzlich, wie der Anfall gekommen war, war er auch wieder vorbei, in weniger als fünf Sekunden, um genau zu sein. Carneys Hals entspannte sich, und er ließ den Kopf sinken. Müde blinzelte er mich an und sagte dann mit dieser rauen, weiblichen Südstaatenstimme, die ich bereits im Rübenkeller gehört hatte: »Sie müssen Kevin entschuldigen. Er ist geistig einfach nicht ganz auf der Höhe.«

Ich blickte Carney aufmerksam an. War er tatsächlich eine gespaltene Persönlichkeit, oder war das alles nur Theater? Falls es das war, dann war es jedenfalls gut gespielt.

Aufgrund meiner Erfahrung und meiner jahrelangen Beschäftigung mit dem Thema wusste ich, dass Menschen mit einer echten dissoziativen Identitätsstörung für gewöhnlich sehr schnell von einer Identität in die andere wechseln. Auch die flatternden Augen und die Gesichtszuckungen passten ins Bild. Nur dieses Überstrecken des Halses, das hatte ich zuvor noch nie gesehen. Jedenfalls beschloss ich mitzuspielen.

»Nun ja, Kelli«, sagte ich, »wenn man sich überlegt, was Kevin in dem Massagesalon und dem Bordell alles angerichtet hat, dann bin ich geneigt, Ihnen zuzustimmen.«

Carney schüttelte den Kopf und verlieh Kellis Stimme einen bedauernden Unterton. »Schrecklich, was der Krieg aus einem jungen Menschen machen kann, nicht wahr? Die Gewalt bringt sie vollkommen durcheinander, kehrt ihr Innerstes nach außen. Man kann es irgendwie nachvollziehen, wenn sie dann nach Hause kommen und explodieren, verstehen Sie? Einfach alles umbringen, was sich bewegt?«

Wieder wurde er von einem Anfall geschüttelt, und als er danach wieder den Kopf hängen ließ, hatte er eine kompromisslose, wissende Miene aufgesetzt.

»Hören Sie nicht auf dieses Psychogequatsche«, sagte er jetzt mit einer Stimme, die der seinen sehr viel ähnlicher war. »Kevin hat eben Spaß am Töten, so einfach ist das. So war es immer, und so wird es immer sein. Und Kelli ist ein bisschen verwirrt. Am liebsten würde sie ständig allen das Leben retten, wenn ich das zulassen würde.«

»Der große Bruder? Kenny-Zwo?«, erkundigte ich mich.

»Leibhaftig«, erwiderte Carney, hustete und kniff das linke Auge zusammen, als würde ihn dort etwas jucken.

»Ihre Geschwister schauen zu Ihnen auf«, sagte ich.

»So soll es sein. Immerhin bin ich als Erster aus dem Loch gekrochen«, sagte er und kicherte. Dann kniff er wieder das linke Auge zusammen. Er schien Schmerzen zu haben.

»Tut Ihnen etwas weh?«

»Migräne«, erwiderte er. »Haben wir alle. Der Fluch der Carneys.«

Ich ließ mir alles, was ich im Rübenkeller gehört hatte, und das, was Sampson ausgegraben hatte, durch den Kopf gehen, zögerte fünfzehn, vielleicht sogar zwanzig Sekunden lang, und sagte dann: »Erzählen Sie mir doch von dieser Sprengfalle in Afghanistan.«

Er kniff wieder die Augen zusammen, aber dieses Mal sah es eher so aus, als würde er mich für einen Idioten halten. »Ach Gottchen, woher soll ich das denn wissen? Fragen Sie doch den Chef. Er war da, nicht ich.«

Und noch bevor ich ihm eine Antwort geben konnte, verlor sein Gesicht jede Spannung. Er verdrehte die Augen und machte sie zu. Sein Kopf sackte nach vorn und schoss dann wieder nach oben, wie bei einem Flugzeugpassagier, der einzuschlafen droht.

Dann riss er die Augen weit auf und starrte mich ungläubig an, als hätte ich ihn aus einem tiefen Schlaf gerissen, als wäre ich Teil eines immer noch andauernden Traums, bis er die nackten Wände, die Fesseln, das Krankenhaushemd und die Verbände an seiner Schulter und seinem Handgelenk wahrnahm.

Erst jetzt schien er vollends aufzuwachen, zeigte sich zunächst verwirrt und dann aufgeregt, versuchte, sich von den Fesseln zu befreien, bevor er vor den Schmerzen kapitulierte. Er bekam große Angst und wandte sich mit all seiner Verwirrung an mich.

»Detective Cross?«, sagte der junge Polizeibeamte. »Wo bin ich, Sir? Womit habe ich das verdient?«

85

Als ich sah, wie verstört Officer Carney sich benahm, wollte der Psychologe in mir gerne glauben, dass er überhaupt nicht wusste, was er alles angerichtet hatte. Der Detective in mir war jedoch sehr viel skeptischer.

»Soll das heißen, dass Sie nicht wissen, weshalb Sie hier sind, Officer?«

»Wo bin ich, Sir?«, wiederholte Carney.

»Auf der psychiatrischen Station im St. Elizabeth's Hospital.«

»Psychiatrie?« Er klang immer noch sehr verwirrt. »Nein, das ist nicht … das kann nicht … ich bin doch … ich bin geheilt. Ich bin entlassen worden. Ich bin geheilt.« Er brach in Tränen aus und sah mich an. »Sie haben gesagt, dass ich geheilt bin.«

»Wer hat das gesagt?«

»Die Marineärzte. Die Spezialisten in der Kriegsveteranenbetreuung. Sie haben mir schon vor Jahren grünes Licht gegeben. Alles in Ordnung. Sämtliche Tests waren ohne Befund. Alles bestens.«

»Die neurologischen Tests meinen Sie? Die aufgrund der Gehirnerschütterung gemacht wurden?«

Er nickte.

»Erzählen Sie mir etwas über die Sache mit der Sprengfalle in Afghanistan.«

»Was habe ich denn getan, Sir?«

»Dazu kommen wir später, Officer. Wie war das mit dieser Bombe?«

Es geschah auf einer Straße südwestlich von Kandahar, tief im Herzen der Provinz Helmand. Unteroffizier Carney gehörte als Kanonier zur Besatzung eines Panzerwagens, der die Spitze einer Lkw-Karawane mit Nachschub für mehrere vorgelagerte Stützpunkte bildete. Die Sprengfalle am Straßenrand war explodiert, als er auf gleicher Höhe gewesen war.

»Ich bin nicht getroffen worden«, erinnerte sich Carney. »Kein einziger Splitter hat mich erwischt, nicht einmal Pulverdampf. Nur die Explosion. Die Druckwellen sind direkt durch meinen Kopf gegangen. In einem Augenblick war ich noch voll da, konzentriert, auf der Hut vor den Taliban… und dann, mit einem Mal, völlig weg. Ungefähr dreißig Stunden später bin ich wieder aufgewacht, in einem Rettungsflugzeug auf dem Weg nach Ramstein. Und ein Stück von meinem Schädel hat neben mir gelegen.«

Von den Ärzten erfuhr Carney, dass er aus der Nase und den Ohren geblutet hatte. Ursache war ein mittelschweres Schädel-Hirn-Trauma gewesen. Sie hatten ihm ein Stück von der Schädeldecke entfernt, um den Druck auf das Gehirn zu mildern. Nachdem sein Gesundheitszustand sich gebessert hatte und das fehlende Stück des Schädelknochens bei einer zweiten Operation in Deutschland wieder eingesetzt worden war, hatte man ihn ins Balboa Naval Hospital in San Diego verlegt. Dort hatte er eine aufwendige Therapie durchlaufen.

»Fünf Monate, danach war alles wieder in Ordnung, haben sie gesagt«, fuhr Carney fort. »Und das hat auch gestimmt. Ich durfte zu meiner Einheit zurückkehren, und einen Monat später habe ich sämtliche Belastungstests bestanden.«

»Dann haben Sie sich bei der Force Recon beworben und wurden abgelehnt?«

»Ja, Sir.«

»Hat man Ihnen einen Grund genannt?«

»Sie haben gesagt, dass sie angesichts meiner Krankengeschichte kein Risiko eingehen wollen.«

»Hat Sie das wütend gemacht? Oder traurig?«

»Beides«, gab Carney zu. »Aber ich war ja erst dreiundzwanzig. Das ganze Leben lag noch vor mir. Das tut es immer noch. Bitte, Detective Cross, sagen Sie mir, was ich getan habe. Warum bin ich hier?«

Es hätte keinen Sinn gehabt, es weiter hinauszuzögern, also sagte ich es ihm.

Carney wurde speiübel. Er musste sich übergeben. »Nein«, sagte er und stöhnte. »Nein, das kann nicht… das würde ich niemals…« In seinem Blick lag bitterste Verzweiflung. »Oh mein Gott, Sir, was bin ich nur für ein Monster geworden?«

86

Carney war untröstlich und fing an, wie wild an seinen Fesseln zu zerren. Da klopfte es an die Tür. Zwei Pfleger kamen herein, um ihn ruhigzustellen, bevor er sich erneut verletzen oder die Infusionsnadeln herausziehen konnte.

Draußen wurde ich von Dr. Nelson, Bree und Elaine Brown von der Staatsanwaltschaft in Empfang genommen. »Wahrscheinlich habe ich ihn zu sehr unter Druck gesetzt«, sagte ich.

Der Psychiater nickte. »Vor allem, da er gestern erst operiert worden ist.«

»Kann ich morgen früh wiederkommen?«

Er überlegte kurz. »Ich sage dir heute Abend Bescheid.«

»Was soll ich meinem Chef ausrichten?«, wollte Brown mit einem Blick auf ihre Armbanduhr wissen.

»Dass er noch ein kleines bisschen Geduld haben soll.«

Das schien der stellvertretenden Bezirksstaatsanwältin nicht zu schmecken, jedenfalls runzelte sie missmutig die Stirn.

»Glaubst du ihm, Alex?«, wollte Bree wissen.

»Ich weiß noch nicht.«

»Klar ist jedenfalls, dass er auf unzurechnungsfähig plädieren will«, sagte die Staatsanwältin.

»Vielleicht ja, weil er unzurechnungsfähig *ist*«, schaltete meine Frau sich ein. Damit hatte ich nicht gerechnet.

»Das können Sie doch gar nicht wissen«, entgegnete Brown giftig.

»Aber Sie auch nicht«, gab Bree zurück.

Ich schaltete mich ein: »Ich bin mir gar nicht sicher, ob es hier ursächlich überhaupt um eine Kopfverletzung geht.«

»Was?«, sagten meine Frau und die Staatsanwältin wie aus einem Mund.

»Ich sehe einfach keinen Zusammenhang zwischen der Verletzung, seinen drei anderen Persönlichkeiten und diesen grauenhaften Verbrechen.«

Noch bevor ich eine Antwort erhielt, kam Sampson im Laufschritt von den Fahrstühlen her auf uns zu. »Gehst du eigentlich gar nicht mehr ans Telefon?«

»Nicht, wenn ich gerade einen Massenmörder und Kindesentführer verhöre.«

»Ja, na ja, jedenfalls habe ich ein paar Leute aufgetrieben, mit denen du dich vielleicht vor der nächsten Runde mit Officer Carney unterhalten solltest.«

Er gab mir zwei Telefonnummern. »Mein Kontaktmann hat gesagt, dass alle beide sehr beschäftigt sind. Du musst es also öfter versuchen.«

Das tat ich dann auch, den ganzen Nachmittag lang bis in den Abend. Aber als es 19.00 Uhr war, hatte ich immer noch nichts von Hauptbootsmann Sheldon Drury, stationiert auf dem Marinestützpunkt Pendleton, oder Dr. Evelyn Owens aus dem Balboa Naval Hospital in San Diego gehört.

»Abendessen!«, rief Nana Mama.

Der Duft nach gebratenem Fleisch und Knoblauch lockte mich von meinem Telefon weg. Nur Ali, der auf dem Bauch auf der Couch lag, stöhnte: »Nana Mama, die Folge ist fast vorbei. Noch eine Viertelstunde? Bitte!«

»Die Folge geht noch sehr viel länger als eine Viertelstunde, und das weißt du genau, junger Mann«, erwiderte meine Großmutter. »Und jetzt hör auf damit und setz dich an den Tisch. Heute ist kein Abend wie jeder andere.«

Ich beobachtete vom Flur aus, wie Ali stöhnend den Fernseher ausschaltete und sich in die Essküche schleppte, als trüge er die ganze Welt auf seinen schmalen Schultern. Jannie saß bereits am Tisch und verteilte die Koteletts, die meine Großmutter erst angebraten und anschließend zusammen mit gedünsteten Zwiebeln, Olivenöl, Knoblauch und ein wenig Dijon-Senf in eine Glasform gelegt und im Backofen gegart hatte. Dazu noch Eiernudeln, grüne Bohnen und frisches Apfelmus – fertig. Es gibt nur wenige Gerichte auf der Welt, die damit konkurrieren können. Ein Glas kalte Dr. Pepper dazu macht den Genuss perfekt. Finde ich zumindest.

Jedenfalls benahm meine fünfzehnjährige Tochter sich vollkommen anders als einige Abende zuvor, wirkte fröhlich und munter. Brees Gesicht hatte einen neuen, kleineren Verband bekommen. Jetzt konnte man erst richtig sehen, wie stark es angeschwollen war. Das rechte Auge zum Beispiel war immer noch fast komplett geschlossen. Sie musste Schmerzen haben, aber sie ließ sich nicht das Geringste anmerken. Sie unterhielt sich angeregt mit Jannie und brachte sie dazu, von Geschichte und Englisch – ihre beiden Lieblingsfächer – zu erzählen. Außerdem erfuhren wir, dass ihr Trainer für den kommenden Nachmittag große Erwartungen in sie setzte.

Ich saß einfach da, ließ mich berieseln und dachte an die Gespräche mit Officer Kenneth Carney und seinen drei Alter Egos. Konnte das wahr sein? Waren da vier Personen in seinem Kopf? Oder war das Ganze nur eine geschickte …?

»Alex?« Nana Mama riss mich unsanft aus meinen Gedanken.

»Hier.«

»Sicher nicht.« Sie drohte mir mit einem Holzlöffel. »Ich habe dich jetzt schon zweimal gefragt, wie viele Koteletts du möchtest.«

»Ich habe eben etwas länger gebraucht, um mich zu entscheiden. Zwei Stück, bitte.«

Bree, Jannie und Ali versuchten erfolglos, ein Grinsen zu unterdrücken.

»Na dann, zwei«, sagte sie und reichte mir den Teller.

Wir sprachen das Tischgebet, dankten Gott für seine Gnade und baten ihn um Schutz für Damon, der sich am nächsten Morgen auf den Weg nach Washington machen würde.

»Wann kommt Damon denn an?«, wollte Jannie wissen, während sie ihrem Kotelett zu Leibe rückte.

Bree war schneller als ich. »Um neun fährt er mit dem Minibus nach Albany. Von dort geht es um 10.20 Uhr mit dem Zug nach New York und dann weiter nach Washington. Um Viertel vor fünf kommt der Zug an, sodass Damon zum Abendessen da ist.«

Das machte mich glücklich. Ich wusste, dass Damon sehr gerne auf seiner Schule war, aber trotzdem … Ich genoss es jedes Mal, wenn mein Erstgeborener sich wieder unter meinem Dach schlafen legte.

»Apropos Abendessen. Ali, weißt du eigentlich, was das Besondere an diesem Abend heute ist?«, wollte Nana Mama wissen.

»Dass ich warten muss, bevor ich *The Walking Dead* zu Ende schauen kann?«, maulte er.

Für einen kurzen Augenblick dachte ich, dass meine Großmutter ihm einen Anpfiff verpassen würde, wie es nur eine pensionierte stellvertretende Highschool-Direktorin kann, doch sie sagte einfach nur sanft: »Nein.«

In der anschließenden Stille wandte mein Sohn den Blick zu Nana Mama, die das Kinn in ihre gefalteten, runzeligen Finger gelegt hatte und ihn ansah, als wollte sie sich seine ungeteilte Aufmerksamkeit sichern.

Dann lächelte sie. »Wenn du mal wirklich darüber nachdenkst, dann ist das Ereignis, das wir heute Abend feiern, ein Teil der *allerersten* Zombiegeschichte überhaupt. Und der allerbesten.«

87

Draußen auf der Straße, im Laderaum des dunklen Lieferwagens, den jetzt die Schilder eines nicht existenten Malergeschäfts zierten, belauschte Marcus Sunday das Gespräch der Familie Cross. Acadia Le Duc war schon längst gegangen.

Er verdrehte die Augen, als Nana Mama ihrem Enkel die Geschichte des letzten Abendmahls von Jesus und seinen Jüngern so erzählte, als sei es die entscheidende Szene einer Zombiegeschichte, und war zugleich angewidert von der Vorstellung, dass die gesamte Familie gerade auf gebratenen Schweinekoteletts herumkaute.

Sunday hasste Schweinefleisch. Beim Geruch nach gebratenem Kotelett oder Grillhaxe wurde ihm übel. Bei Speck genauso. Er dachte zurück an die Zeit nach dem Tod seines Vaters, dachte an den misstrauischen Detective von der West Virginia State Police, der überall auf der Mulch-Farm herumgeschnüffelt und so getan hatte, als sei der junge Thierry Mulch irgendwie schuld daran, dass der Alte nach einem Herzinfarkt zwischen seine Schweine gefallen war, die ihn dann bis auf die Knochen abgenagt hatten. Man hatte einen DNA-Test gebraucht, um ihn überhaupt identifizieren zu können.

Alan Jones, so hieß der Detective, hatte wirklich alles versucht, um den jungen Mulch zu einem Geständnis zu bewegen. Er hatte sogar auf der Tatsache herumgeritten, dass die Mutter die Familie verlassen hatte und der Vater erst vor Kurzem die Idee seines Sohnes, ein Studium – ein

Philosophiestudium zu allem Überfluss! – aufzunehmen, kurzerhand vom Tisch gewischt hatte.

Doch der achtzehnjährige Thierry Mulch war zu schlau für Detective Jones gewesen. Er hatte immer die Nerven behalten, selbst dann, als der Detective ihn auf seine Entscheidung angesprochen hatte, die Farm mitsamt den Tieren an ein Kohlebergbauunternehmen zu verkaufen, das schon seit Jahren hinter dem Grundstück her war.

»Warum wollen Sie all das aufgeben?«, hatte Detective Jones immer wieder gefragt.

Und jedes Mal hatte Thierry Mulch ihm dieselbe Antwort gegeben: »Weil ich Schweine hasse und weil ich es kann.«

Weil ich es kann. Ist das nicht der Grund für alles, was wir im Leben tun?, fragte sich Sunday. Er dachte an den Schweinemastbetrieb, wo er Preston Elliots Leichnam entsorgt hatte. Würden die Tiere etwas von ihm übrig lassen?

Nein, dachte er. Ausgeschlossen. Sein Vater war in einem Stall mit vierundzwanzig Schweinen zu Tode gekommen, und abgesehen von ein paar Knochenstücken und den Zähnen, war nichts von ihm zurückgeblieben. In dieser Halle hingegen waren mindestens tausend Schweine gewesen. Die hatten das Computergenie schon längst wieder ausgeschissen und sich dann darin herumgewälzt, wie Schweine das eben so tun.

In diesem Augenblick machte Ali Cross eine Bemerkung, die Sunday aus seinen Gedanken riss. Der Kleine redete über ihn.

»Dad, wenn Jesus ein Zombie war«, sagte Ali, »glaubst du, dass er auch so gerochen hat wie der eine, der kürzlich bei uns im Haus war? So wie der Mann, der an unserer Schule den Vortrag gehalten hat?«

»Du meinst Thierry Mulch?«, fragte Cross.

»*Genau*, Dad«, rief Ali laut. »So hat er geheißen. Er hat echt gestunken, wie Damons Basketballschuhe. Das liegt bestimmt an der Schweinekacke.«

Sunday musste an ein hübsches, rothaariges Mädchen denken, das ihn auf der Highschool immer wieder zum Gespött der anderen gemacht hatte. Und dann sah er sie als ältere Frau wieder, wie sie um das Leben ihres Mannes und ihrer Kinder bettelte. Es waren erfreuliche Erinnerungen, und Sunday murmelte: »Wart's nur ab, kleiner Cross. Bald kannst du mich noch viel besser riechen.«

88

Wir saßen am Esstisch und lachten über Alis Bemerkung. Dann fragte ich ihn: »Hat er euch wirklich erzählt, dass er auf einer Schweinefarm aufgewachsen ist?«

Mein Jüngster nickte begeistert. »Er hat gesagt, dass er es grässlich fand, aber irgendwie auch gut, weil sein Hass ihm die Kraft gegeben hat, um aus der Schweinekacke rauszukommen.«

Jannie grinste und knuffte Ali gegen die Schulter. »Hat er nicht.«

»Hat er wohl!«, schrie Ali erst seine Schwester an, bevor er sich an mich wandte. »Oder so was Ähnliches. Frag Miss Hutchins.«

Ich zeigte mit meiner Gabel auf ihn. »Weißt du was? Ich glaube, genau das werde ich machen.«

Ali streckte Jannie die Zunge heraus.

Sie stöhnte. »Manchmal bist du echt unerträglich, weißt du das?«

»Bin ich gar nicht, und du kannst dich gleich in Schweinekacke setzen«, gab er zurück.

»Schluss jetzt!«, rief Nana Mama laut und starrte mich an. »Es ist der Abend, an dem Jesus im Garten Gethsemane gebetet hat und verraten wurde, und wir reden hier über Schweinekacke?«

Ich unterdrückte das Grinsen, das sich auf meine Lippen stehlen wollte, und funkelte Ali an. »Nana hat recht. Es reicht jetzt wirklich. Und wenn du heute noch diese Sendung zu Ende sehen willst, dann sieh zu, dass du dich mit

Jannie so lange verträgst, bis ihr das Geschirr abgewaschen und abgetrocknet habt.«

»Abwaschen in der Badewanne ist doof«, maulte Ali.

»Sieh es doch mal so«, sagte Bree. »Abwaschen in der Badewanne ist wie Schweine-du-weißt-schon-was. Es gibt dir die Kraft, ein besserer Schüler zu sein.«

»Was, was?« Ali hob die Arme in die Luft. »Was soll das denn bedeuten?«

Ich zwinkerte meiner Frau zu. »Du musst lernen, den Bogen nicht zu überspannen.«

Später, als die Kinder vor der Badewanne knieten und das Geschirr abwuschen, musste ich wieder an die Wanne in dem Rübenkeller denken und daran, was hätte passieren können, wenn Bree nicht die Falltür und den zweiten Zugang durch die Scheune entdeckt hätte.

Da spürte ich, wie sie mir den Arm um die Hüfte schlang. »Wollen wir mal nachsehen, welche Fortschritte der Anbau gemacht hat?«

Das war eine willkommene Abwechslung, etwas Normales, nichts Abartiges, etwas Handfestes und kein düsteres Geheimnis, das aufgeklärt werden wollte. Ich nickte und gab ihr einen langen, innigen Kuss.

»Ich wusste gar nicht, dass du auf das Phantom der Oper stehst.«

Ich betrachtete ihr mit Binden und Pflastern übersätes Gesicht und lachte. »Irgendwie finde ich das sexy.«

»Mm-hmm.«

»Nehmt euch doch ein Zimmer«, sagte Nana Mama und kicherte, als sie an uns vorbei ins Wohnzimmer ging.

Über neunzig Jahre alt und immer noch Sinn für schwarzen Humor. Noch ein Grund dafür, dass ich sie so liebte.

Wir gingen ins Esszimmer. Bree zog die Klettbänder auseinander, mit denen die Plastikfolie befestigt war, und ich steckte das Verlängerungskabel für die Baustellenleuchten in die Steckdose.

Die Arbeiten waren in den letzten zwei, drei Tagen ordentlich vorangekommen. Die Fenster waren eingebaut, und die Arbeiter hatten schon mit den Sockeln für die Küchenschränke angefangen. Zum ersten Mal wurde mir so richtig deutlich, was der zusätzliche Raum für unser Leben bedeuten würde.

»So langsam gefällt es mir«, meinte Bree. »Sehr sogar.«

»Mir auch. Kochen und Abwaschen ist im Moment zwar mühsam, aber wenn der Anbau fertig ist, sind wir bestimmt alle sehr froh.«

Meine Frau nickte und sah sich mit einem zufriedenen Lächeln um. »Am Montag kommt der Elektriker. Bis dahin müssen wir überall da, wo Steckdosen und die Lichtschalter installiert werden sollen, einen Kringel machen.«

Das überraschte mich. »Macht das nicht DuPris?«

»Nein, das sollen wir entscheiden.«

»Aber wir können ihn um Rat fragen, oder?«

»Erst am Montag wieder«, erwiderte sie. »Er hat Nana erzählt, dass er über Ostern mit seiner Familie nach Delaware fährt, weil er und seine Leute erst weitermachen können, wenn der Elektriker fertig ist.«

Ich nahm sie in die Arme, ganz behutsam, wegen ihrer gebrochenen Rippen, und sagte: »Also, wenn du die Bauleiterin machst, kriege ich ganz weiche Knie.«

Bree kicherte, blickte mich an und sagte: »Wie wär's, wenn wir Nanas Vorschlag befolgen, sobald Ali seine Sendung fertig gesehen hat?«

»Ehrlich? Und was ist mit deinen Rippen?«

»Wir versuchen es einfach, okay?«

»Solange du versprichst, dass du Wörter wie Hammer und Nagel und Säge benutzt.«

»Ach du, Herzallerliebster, du hast so eine begrenzte Fantasie«, erwiderte meine Frau ausgesprochen belustigt. »Ich hatte da eher an ein belastbares Ständerwerk und diverse Bohrungen gedacht.«

»Ooooh«, sagte ich. Dann klingelte mein Handy.

»Geh nicht ran«, bat Bree.

»Ich muss.« Dann meldete ich mich. »Alex Cross.«

»Hier spricht Evelyn Owens vom Balboa Naval Hospital. Passt es Ihnen gerade?«

Ich warf meiner Frau einen schwermütigen Blick zu, verschenkte noch einen flüchtigen Gedanken an Ständerwerk und Bohrungsarbeiten, dann sagte ich: »Ja, Dr. Owens. Passt ausgezeichnet.«

89

Am Karfreitagmorgen gegen acht war ich im St. Elizabeth's Hospital. Bree hatte sich den Tag freigenommen, weil sie auf keinen Fall Jannies Wettkampf verpassen wollte. Sampson hatte einen Zahnarzttermin. Und ich hatte der stellvertretenden Bezirksstaatsanwältin Brown nicht Bescheid gesagt. Ich wollte Carney ganz für mich und Dr. Nelson haben, der das Ganze von seinem Sprechzimmer aus beobachten und aufzeichnen würde.

Als ich das Zimmer des jungen Polizeibeamten betrat, war sein Kopfteil schräg gestellt. Das rückenfreie Hemd war gegen Krankenhauskleidung ausgetauscht worden, aber seine Füße waren immer noch gefesselt. Nelson hatte mir gesagt, dass er die Schmerzmittel stark reduziert hatte. Trotzdem sah Carney aus wie am Morgen nach einem Vollrausch, einem Vollrausch, in dessen Verlauf er womöglich ausgerastet und Amok gelaufen war.

»Erzählen Sie mir etwas über Ihre Mutter«, sagte ich, nachdem ich mich auf einen Stuhl neben dem Bett gesetzt hatte.

Carney blickte mich regungslos an. Dann sah ich ein winziges Zucken der unbehaarten Haut an seinen Schläfen.

»Sie ist gestorben, als ich noch ein Baby war«, sagte er schließlich. »Ich habe sie nie wirklich kennengelernt. Meinen Dad auch nicht. Er ist im Gefängnis gestorben. Ich war ein Waisenkind in der Obhut des Staates Florida.«

»Das ist ein hartes Schicksal, so ganz ohne Eltern aufzuwachsen. Ich war auch erst zehn, als meine Eltern gestorben sind. Und ich war auch in einem Heim, bis meine Großmutter mich da rausgeholt hat.«

Der junge Streifenbeamte ließ sich meine Worte durch den Kopf gehen, dann nickte er. »An viel kann ich mich nicht mehr erinnern. Mit zwei Jahren bin ich von einem älteren Ehepaar – Tim und Judy Carney – adoptiert worden. Sie haben in Pensacola gelebt, und dort bin ich dann aufgewachsen. Nach der Highschool bin ich zu den Marines gegangen. Ungefähr zu der Zeit, als das mit der Bombe in Afghanistan passiert ist, sind meine Adoptiveltern bei einem Autounfall ums Leben gekommen. Das habe ich aber erst erfahren, als ich wieder in den Staaten war.«

»Dann sind Sie also gewissermaßen ein zweites Mal Waise geworden?«

»Ich schätze, so könnte man das sagen«, erwiderte Carney und spitzte die Lippen. »Warum wollen Sie das alles wissen?«

Ich räusperte mich. »Ich versuche herauszufinden, inwiefern das, was Sie für Realität halten, mit der tatsächlichen Realität übereinstimmt.«

Carney wurde misstrauisch. »Was soll das denn heißen?«

»Das heißt, dass Sie mich angelogen haben. Oder dass Sie die Tatsachen so tief in Ihrem Unterbewusstsein vergraben haben, dass Ihre Lügen Ihnen wie die reine Wahrheit vorkommen.«

»Nein, ich…« Er schüttelte den Kopf. »Ich weiß wirklich nicht, wovon Sie reden, Detective. Inwiefern habe ich Sie angelogen?«

Ein Diamantenschleifer verbringt oftmals viele Stunden, manchmal sogar Tage damit, einen wertvollen Stein zu betrachten, die optimale Stelle zu suchen, um ihn so aufzubrechen, dass all seine Facetten in vollem Umfang zutage treten. Und ich gehe in der Regel ganz genauso vor. Ich beobachte, taste mich heran, warte auf den Moment, den Punkt, an dem ich ansetzen kann, um den Schutzwall eines Verdächtigen zu knacken und ihn zu einem Geständnis zu bewegen. Doch in diesem Fall hatte ich das sichere Gefühl, dass das nicht notwendig war. Ich wusste bereits, wie ich Carney aufbrechen konnte.

»Wie ist Ihre leibliche Mutter gestorben?«, fragte ich.

»Fahrradunfall.«

Ich schüttelte den Kopf. »Ihre Mutter wurde ermordet, Officer Carney.«

Er machte ein Gesicht, als hätte ich ihn geohrfeigt. »Was? Nein, das stimmt ni…«

»Ihre Mutter wurde ermordet«, beharrte ich. »Und zwar von Ihrem Vater. Deshalb ist er ins Gefängnis gekommen. Deshalb ist er dort gestorben.«

Carney zog langsam den Kopf nach hinten. »Nein, das stimmt nicht.«

»Es stimmt sehr wohl«, erwiderte ich ruhig. »Und wissen Sie, was das Schlimmste daran ist? Sie haben mit angesehen, wie Ihr Vater Ihre Mutter ermordet hat. Sie haben mit angesehen, wie er sie erdrosselt hat. Da waren Sie dreieinhalb Jahre alt, kein Baby mehr, Kenneth.«

Carney starrte mich an, als wäre ich ein monströses Alien, das sich in seine Albträume geschlichen hatte. Ich sah, dass nicht mehr viel fehlte, und packte meinen schwersten Hammer aus.

»Was haben Sie damals noch gesehen?«, fragte ich ihn. »Warum hat Ihr Vater Ihre Mutter ermordet? Warum hat er sie erdrosselt?«

Dieses Mal kamen die Zuckungen als Erstes, dann zeigten sich dicke Schweißperlen auf seiner Stirn. Er verdrehte ein wenig, kaum sichtbar, die Augen. Seine Lider flatterten. Sein Körper bog sich durch wie bei einem Krampfanfall, doch dann sank er wieder in sich zusammen und blickte mich mit einem wissenden Grinsen an.

»Wachtmeister Tugendsam kann die Vergangenheit nicht ertragen«, sagte er. Seine Stimme klang jetzt deutlich ruppiger. »Konnte er noch nie. Wird er nie können. Das steht fest.«

»Aber Sie schon, nicht wahr, Kenny-Zwo?«

»Logisch«, erwiderte er mit diesem trägen Grinsen, das ich mittlerweile schon kannte. »Ich bin der einzige Überlebende, Detective, der Einzige, der wirklich weiß, was los war.«

»Kelli und Kevin wissen auch nichts davon?«

»Wie denn? Meine kleine Schwester und mein Bruder sind an diesem Abend doch auch gestorben.«

90

Dr. Evelyn Owens, Neuropsychologin am Balboa Naval Hospital, hatte mir am Telefon ungefähr die gleiche Geschichte erzählt. Im Anschluss an das Schädel-Hirn-Trauma und nachdem Carney etliche Anfälle gehabt hatte, die auf eine dissoziative Identitätsstörung hindeuteten, hatte Owens in der Vergangenheit des Elitesoldaten gestöbert. Und das, was sie dort vorgefunden hatte, war mehr als verstörend gewesen.

Nach den Angaben in den Akten des zuständigen Jugendamts hatte eine gewisse Kerry Ann Johns an ihrem sechzehnten Geburtstag den kleinen Kenneth zur Welt gebracht. Zwei Monate vor ihrem zwanzigsten Geburtstag – nachdem sie zusammen mit ihrem festen Freund Tim Peters, der auch Kenneths Vater war, Crystal Meth geraucht hatte – tauchte sie im Tampa General Hospital auf und bekam die Zwillinge Kelli und Kevin. Die beiden Neugeborenen waren nicht nur neun Wochen zu früh geboren worden, sondern außerdem auch noch Meth-abhängig und zeigten bald die ersten Entzugserscheinungen. Nach fast einem Monat auf der Intensivstation wurden sie bei Pflegeeltern untergebracht.

Johns und Peters nahmen daraufhin an einer Entziehungskur teil. Anschließend beantragten sie das Sorgerecht für Kenneth und die Zwillinge. Das Familiengericht stimmte zu, und sie schafften es tatsächlich, ein Jahr lang clean zu bleiben. Aber schon *ein* Kleinkind bedeutet für jede Familie Stress, umso mehr also drei, zumal die Zwillinge mit schweren gesundheitlichen Problemen und Entwicklungsstörungen zu kämpfen hatten.

Den jungen Eltern wuchs die Situation über den Kopf. Sie fielen in alte Verhaltensmuster zurück und begannen wieder, Meth zu rauchen. Zur Finanzierung ihrer Sucht betätigte Carneys Vater sich als Einbrecher, seine Mutter als Prostituierte.

»Hat sie in einem Massagesalon gearbeitet?«, fragte ich Kenny-Zwo.

»Mein Vater hat sie dafür gehasst«, erwiderte er bitter.

»Und Sie?«

»Die Nutte war ja nicht gerade die Mutter des Jahres, oder?«

»Ist das der Grund, weshalb Kevin gerne an Orten wie dem Superior Spa ein Blutbad anrichtet?«

Carneys Augenlider flatterten fast unmerklich, dann wechselte er in eine höhere Tonlage, nahm Kevins Stimme an. »Ganz genau«, sagte er. »Wenn dreckige Huren und ihre Kundschaft um Gnade winseln, da fühlt man sich doch gleich viel besser.«

»Sie sehen in den Opfern also Ihre Mutter?«, hakte ich nach.

»Sie nicht?« Sein Ton war spöttisch.

»Und warum haben Sie dann immer eine dieser Frauen mitgenommen?«

Er kicherte. »Kenny-Zwo sagt immer, dass wir zu Hause bei den Kindern eine Mommy brauchen, bevor die Zeremonie beginnen kann.«

Ich ließ mir diese Worte durch den Kopf gehen, zusammen mit dem, was ich im Rübenkeller gehört hatte, und sagte: »Erzählen Sie mir von dem Abend, als die Zeremonie zum allerersten Mal stattgefunden hat.«

Carney blickte mich mehrere Sekunden lang ausdruckslos an. Dann wurde sein Blick müde, und sein Kopf sackte nach vorn. Als er ihn wieder hob, waren seine Züge erneut weiblich geworden.

»Mama hat gesagt, dass sie die Schnauze voll hat von uns«, sagte er als Kelli. »Sie hat uns Hustensaft gegeben, und dann wollte sie, dass wir ein Bad nehmen. Kevin und ich haben den Saft brav geschluckt. Aber Kenny-Zwo hat ihn ausgespuckt.«

»Dann wissen *Sie* also gar nicht, was passiert ist?«

Carney machte ein gequältes Gesicht. »Ich weiß noch, dass sie an einer Glaspfeife gezogen und geweint hat, und dann hat sie Kevin genommen und gesagt, dass sie ihn baden will. Als sie dann zu mir gekommen ist, habe ich meinen Zwillingsbruder gesucht, aber Mama hat gesagt, ich soll mir keine Sorgen machen, sie hätte ihm die Windeln gewechselt und ihn ins Bettchen gelegt. Dann hat sie gesagt, dass es jetzt Zeit wird und dass sie mich auch baden will.«

»Und was ist dann passiert?«

Carneys Augenflattern dauerte keine zwei Sekunden, dann war Kenny-Zwo wieder da.

»Sie hat Kelli unter Wasser gedrückt. Ich habe sie angeschrien, angefleht, dass sie aufhören soll. Ich hatte gesehen, wie sie Kevin in sein Bettchen gelegt hat, ganz nackt und nass und blau. Sie hat ihn mit Putzmittel übergossen. Ich wusste genau, was da passiert.«

»Weil Sie den Hustensaft nicht getrunken hatten?«

»Widerstand hält einen am Leben, ist Ihnen das schon mal aufgefallen?«

»Oder er bringt einen um«, gab ich zurück und tippte mit dem Stift auf meinen Block. »Wo war Ihr Vater eigentlich die ganze Zeit?«

»Irgendwo unterwegs, Meth rauchen«, entgegnete Kenny-Zwo angewidert. »Vor Gericht hat er ausgesagt, dass er völlig high nach Hause gekommen ist und Kevin in seinem Bettchen hat liegen sehen, völlig durchnässt vom Zitronenreiniger, den meine Mom aus dem Massagesalon mitgebracht hat. Dann hat mein Dad mich im Badezimmer schreien hören. Er hat die Tür aufgemacht und gesehen, was sie Kelli angetan hat und was sie mir antun wollte. Meine Mom hat angefangen zu weinen und gesagt, dass so doch alles viel sauberer ist.«

»Da hat ihr Dad durchgedreht.«

Er nickte. »Er hat meine Mom erwürgt, mit dem Gürtel ihres Bademantels, vor meinen Augen.«

Ich saß noch lange regungslos da, versuchte, das Gehörte zu verarbeiten, ließ mir durch den Kopf gehen, wozu der Missbrauch von Drogen, ein traumatisierender Abend und eine schwere Kopfverletzung letztendlich geführt hatten. Sechzehn tote Männer, Frauen und Kinder in Albuquerque, Tampa und Washington, D.C. Und jeder Tote hatte wieder Menschen hinterlassen, deren Leben genauso brutal zerstört worden war wie Carneys.

Fast genauso schlimm wie diese vollkommen sinnlosen Morde war die Tatsache, dass Kenny-Zwo sich wenige Minuten später zurückzog und der eifrige junge Mann wieder zum Vorschein kam, der voller Idealismus für sein Land gekämpft hatte und von einer Anstellung bei der Mordkommission träumte.

Ich fasste kurz zusammen, was ich von seinen anderen Persönlichkeiten erfahren hatte, und musste mir dann seine ganze Verzweiflung und seine Seelenpein mit ansehen. Carney ließ den Kopf hängen und schluchzte wie ein Unschuldiger, über den fälschlicherweise das Todesurteil gefällt worden war.

Ich stand auf, legte ihm eine Hand auf die unverletzte, bebende Schulter und sagte: »Ich glaube, wir sollten eine Pause machen, Kenny. Ich komme am Montag wieder.«

Der junge Polizist reagierte nicht, sondern weinte einfach weiter, schluchzte aus den tiefsten Tiefen seines Herzens.

Seufzend ging ich zur Tür.

»Detective Cross?«, rief er mir nach. Seine Stimme zitterte.

Ich blieb an der Tür stehen und drehte mich zu ihm um. »Ja?«

»Kann jemand wie ich zum Tode verurteilt werden?«, wollte er wissen.

Ich hatte mehr als zwei Jahrzehnte Polizeiarbeit auf dem Buckel und war eigentlich davon ausgegangen, dass ich mir in Bezug auf Mörder, Wahnsinnige und all dieses Zeug eine gewisse Schutzschicht zugelegt hatte. Doch das, was ich hier gerade erlebte, war absolut niederschmetternd. Carneys Stimme klang so verzweifelt, so flehend.

Das arme Schwein fragte mich, ob er sich Hoffnungen auf ein schnelles Ende seines Leidens machen konnte. Und ich konnte nichts anderes tun, als den Kopf zu schütteln und beim Gehen sein herzerweichendes Stöhnen mit anzuhören.

91

Nebel lag über dem Campus der Kraft School, der leerer wirkte als bei Acadias letztem Besuch. Viele Schülerinnen und Schüler hatten bereits die österliche Heimreise angetreten. Umso besser, dachte sie, während sie an ihrem dritten doppelten Espresso des heutigen Tages nippte und mit vorgetäuschter Bewunderung das vor ihr stehende Gebäude betrachtete. Das machte es noch leichter …

Damon Cross kam zur Hintertür aus dem Haus und ging den gepflasterten Pfad entlang, der quer über den Innenhof führte. Er hatte eine Sporttasche und einen orangefarbenen Rucksack dabei. Acadia näherte sich von der Seite, auf einem anderen Pfad, und berechnete ihre Schritte so, dass sie kurz vor ihm seinen Weg kreuzte. Sie blickte kein einziges Mal in seine Richtung.

»Oh, hallo Miss Mepps«, sprach Damon sie von hinten an.

Acadia lächelte kurz, dann drehte sie sich mit fragender Miene um, sah ihn und tat überrascht. »Na, so was. Damit hatte ich nun wirklich nicht gerechnet. Mr. Damon Cross.«

Der Teenager machte einen verlegenen Eindruck.

»Tja«, sagte Acadia. »Gerade eben habe ich eine Anzahlung auf das Schulgeld für meinen Neffen hinterlegt.«

»Das ging aber schnell.«

»Ein kluges Bürschchen mit guten Noten, mein Süßer«, erwiderte sie. »Wie geht es dir?«

»Gut«, sagte er, und es klang ein wenig schüchtern. »Ich nehme gleich den Minibus nach Albany, und dann geht es mit dem Zug nach Hause. Neun Tage lang nur schlafen!«

Acadia lächelte: »Was kostet dich der Spaß?«

»Alles zusammen?« Er blickte auf seine Armbanduhr.

»Ja.«

»Ich weiß nicht genau ... das Zugticket achtundsechzig und der Minibus noch mal zwanzig. Also, es hat mich gefreut und Gratulation zur Aufnahme Ihres Neffen, aber ich muss jetzt wirklich los.«

»Und wenn ich dir siebzig Dollar sparen könnte?«, sagte Acadia.

Damon hatte sich schon halb umgedreht, doch jetzt hielt er inne und sah sie noch einmal an. »Wie bitte?«

»Ich muss geschäftlich nach Virginia und fahre sowieso über Washington. Für zwanzig Dollar Benzingeld nehme ich dich mit, und den Rest kannst du in die eigene Tasche stecken.«

Da kamen ein Junge und ein Mädchen vorbei. Beide hatten eine Reisetasche in der Hand. Das Mädchen streifte Acadia mit einem Blick und sagte: »Wir müssen uns beeilen, Damon.«

»Ich komme gleich, Silvia«, erwiderte er verlegen. Dann blickte er Acadia an. »Also, ich weiß nicht. Ich glaube nicht.«

Sie zuckte mit den Schultern. »Wie du möchtest. Aber ich könnte ein bisschen Gesellschaft und einen zweiten Fahrer gut gebrauchen. Mein linkes Auge tut ein bisschen weh, und es ist eine lange Strecke. Auf Wiedersehen, Damon Cross. Schade, dass mein Neffe dich nicht kennenlernen wird.«

Acadia drehte sich um und ging Richtung Schulbüro. Männer sind wie kleine Jungs, dachte sie dabei. Wollen immer das haben, was sie nicht kriegen sollen.

Sie war noch keine zwanzig Meter weit gekommen, da rief Damon: »Also gut. Wenn ich Ihnen damit helfen kann.«

Sie drehte sich um und grinste ihn an. »Du ahnst ja nicht, was das für eine Hilfe für mich ist.«

»Ich glaube, ich muss schnell noch dem Busfahrer Bescheid sagen.«

»Mach das. Ich hole dich dann an der Haltestelle ab«, sagte sie.

Zehn Minuten später fuhr der Minibus los. Acadia hielt neben Damon an und sagte: »Steig ein.«

»Soll ich gleich fahren, Miss Mepps?« Er legte seinen Rucksack und die Tasche auf die Rückbank.

»Ich schätze, ich halte noch mindestens eine Stunde durch«, erwiderte sie, während er sich auf den Beifahrersitz setzte und sich anschnallte. »Und bitte, nenn mich Karla.«

Sie fuhr los, und er fragte: »Wissen Sie, wie Sie fahren müssen?«

»Ich hab ja schließlich auch hergefunden, oder?«

»Das stimmt.« Er war verlegen.

»Einen Milchkaffee?« Sie deutete auf die Mittelkonsole, wo zwei Pappbecher aus dem Café vor dem Schulgelände steckten. »Die waren eigentlich beide für mich, aber wir können ja jederzeit anhalten und uns noch welche besorgen.«

»Oh«, meinte Damon und griff nach einem Becher. »Danke.«

»Nicht der Rede wert«, meinte sie, während er einen ersten Schluck nahm.

»Was ist denn mit Ihrem Auge los, wenn ich fragen darf?«

»Überanstrengung, sagt mein Augenarzt. Aber in meiner Familie ist der Grüne Star ziemlich verbreitet, darum fürchte ich, dass es auch das sein könnte.«

»Was machen Sie denn beruflich?«, lautete seine nächste Frage. Anschließend nahm er einen großen Schluck Kaffee.

»Ich bin Handelsvertreterin«, erwiderte Acadia und war froh, dass sie Sundays Rat gefolgt war und ihrer falschen Identität eine gewisse Tiefe gegeben hatte. »Ich arbeite für verschiedene Modelabels an der Ostküste.«

»Cool«, meinte Damon.

»Ja, finde ich eigentlich auch«, erwiderte sie und bemühte sich in der Folgezeit, das Gespräch von sich weg und auf Damon zu lenken, der langsam auftaute und während der Fahrt Richtung Westen voller Enthusiasmus all ihre Fragen beantwortete.

Nach ungefähr einer halben Stunde jedoch, kurz nachdem er seinen Kaffeebecher endgültig geleert hatte, ließ seine Munterkeit spürbar nach. Er gähnte. Als sie ihm bei einem Stoppschild einen Blick zuwarf, sah sie, wie er mehrmals blinzelte, so, als sei er irgendwie durcheinander.

Fünfzehn Kilometer vor Glenmont war seine Zunge schon ziemlich schwer geworden. »Ich müsste vielleicht noch meinen Dad anrufen, dass ich früher da bin.«

»Hier draußen hat man bloß so ein miserables Handynetz«, sagte sie. »Ich würde noch warten, bis wir auf dem I-87 sind. Da ist der Empfang besser.«

Als sie auf den New York Throughway Richtung Süden schwenkte, lallte er nur noch. »Sie hab'n doch gesagt, ich … ich soll'n Interstate fahr'n.«

»Tut mir leid, mein Süßer«, erwiderte sie. »Du hast viel zu viel Rohypnol intus. In deinem Zustand solltest du nicht einmal in die Nähe eines Lenkrads kommen.«

Acadia warf einen Blick nach rechts und sah, dass er sie ausdruckslos anstarrte.

»Rohypnol?«, sagte er verwirrt. »Das is' … is' doch so was wie K.-o.-Tropf'n.«

»Ja, genau.« Acadia tätschelte ihm das Bein, während er langsam ohnmächtig wurde. »Aber keine Sorge, du süße Jungfrau. Du und ich, wir haben etwas sehr viel Abenteuerlicheres als Sex vor uns.«

92

Gleich hinter der nächsten Ecke des Hauses der Familie Cross saß Sunday in seinem Lieferwagen und wartete geduldig. Der Lieferwagen hatte eine neue Beschriftung bekommen: »Silver Spring Electrical Contractors and Repair«. Es war Viertel vor zwölf. Die Typen von »Dear Old House« packten gerade ihre Sachen zusammen und machten sich auf den Weg ins Wochenende.

Das passt ja alles wunderbar, dachte Sunday. Sobald sie außer Sichtweite waren, startete er den Wagen. Acadia hatte ihm eine SMS geschickt. Darin stand, dass sie einen Freund mitgenommen hatte und schon auf der George Washington Bridge war.

Nun war Sunday an der Reihe. Jetzt durfte auch er ein bisschen Spaß haben.

Der Professor nahm die Parklücke, die die Bauarbeiter frei gemacht hatten, und stieg aus. Er trug einen grünen Overall mit einem Namensschild – Phil Nichols von Silver Spring Electrical – sowie ein Klemmbrett aus Metall. Sunday federte die Stufen der Eingangsterrasse hinauf und klopfte kräftig an die Haustür. Erst dann klingelte er.

Wenige Augenblicke später machte Nana Mama in Gottesdienstkleidung die Tür auf und lugte misstrauisch zu dem schmalen Spalt heraus, den die Sicherheitskette ihr ließ. »Kann ich Ihnen helfen?«

»Ja, Madam«, erwiderte er höflich. »Tut mir leid, dass ich störe, aber ich bin der Elektriker. Ich soll Ihren Anbau verkabeln. Sind die Leute von ›Dear Old House‹ noch da?«

»Sind gerade weggefahren«, sagte sie.

»Oh, Mist«, meinte er. »Na ja, ich komme wahrscheinlich auch selber zurecht. Kann ich mal kurz einen Blick nach hinten werfen? Es dauert nicht lange. Ich möchte mir bloß ein ungefähres Bild verschaffen, bevor ich in St. Anthony's in den Gottesdienst gehe.«

Cross' Großmutter wurde etwas weniger misstrauisch. »Zum Kreuzweg?«, erkundigte sie sich.

»Genau, Madam«, erwiderte er. »Es dauert bestimmt nicht lange.«

»Gehören Sie zur Gemeinde?«

»Zu St. Anthony's, meinen Sie? Nein. Normalerweise gehe ich nach St. Tim's in Fairfax. Aber St. Anthony's ist die einzige Kirche, wo die Kreuzwegandacht zu einer Zeit gehalten wird, die mir passt.«

Sie nickte. »Dann sehen wir uns dort wieder.«

»Wie schön.« Er lächelte. »Kann ich mir denn noch schnell den Anbau ansehen?«

Sie nickte. »Gehen Sie außen rum. Ich gebe Ihnen fünf Minuten. Ich muss gleich zur Kirche.«

»Kein Problem, Madam«, erwiderte er, drehte sich um und ging seitlich am Haus entlang. Dabei musste er daran denken, wie er in der Nacht, als Ali Cross ihn gesehen hatte, hier entlanggesprintet war. Doch als er jetzt auf die Rückseite des Hauses kam, war keine Plastikfolie mehr zu sehen. Der Anbau stand, die Fenster waren auch eingebaut, und eine Bautür aus Metall sorgte dafür, dass ungebetene Besucher draußen blieben. Er hörte, wie der Schlüssel im Schloss gedreht wurde, und setzte eine freundliche Miene auf.

Nana Mama bat ihn herein. »Es sieht ganz ordentlich aus. Sie haben gerade noch gefegt.«

»Ich bin bestimmt ruckzuck fertig«, meinte er und trat ein.

Sunday sah sich ungefähr zehn Minuten lang um, machte sich Notizen und ließ immer wieder bewundernde Bemerkungen darüber fallen, wie schön das große Zimmer und die neue Küche werden würden. Dann fing der Regen an, auf das Dach des Anbaus zu prasseln. Sunday strahlte Nana Mama an. »Das reicht. Jetzt muss nur noch jemand die genaue Position der Lichtschalter und der Steckdosen markieren.«

»Das will mein Enkel morgen erledigen«, sagte die alte Frau.

»Perfekt«, erwiderte Sunday und schien sich auf den Weg machen zu wollen. Plötzlich hielt er inne: »Kann ich Sie vielleicht mitnehmen, Mrs. Cross? Als meine gute Tat für den heutigen Tag, im Gedenken an den guten Samariter?«

Nana Mama warf einen Blick zur Decke, hörte den Regen prasseln und nickte. »Das ist sehr freundlich, vielen Dank. Im Übrigen heiße ich Regina Hope. Cross war mein Mädchenname.«

Er reichte ihr die Hand. »Es ist mir eine große Freude, Madam.« Um ein Haar hätte er hinzugefügt: Ich heiße Thierry Mulch, doch dann besann er sich gerade noch rechtzeitig, warf einen Blick auf sein Namensschild und sagte: »Phil Nichols.«

»Ich hole noch schnell meinen Schirm, Mr. Nichols«, sagte sie.

»Soll ich außen rumgehen?«

»Nein, nein, kommen Sie ruhig durchs Haus«, erwiderte sie. »Ihr Wagen steht gleich vor der Tür, nicht wahr?«

»Ja, Mrs. Hope. Vielen Dank.«

Er spielte weiter den höflichen Handwerker, hielt Nana Mamas Schirm in der Hand und reichte ihr seinen Arm, während sie den Gartenpfad entlanggingen. Dann half er ihr auf den Beifahrersitz seines Lieferwagens.

Nana Mama blickte sich um, sah, dass alles sauber und aufgeräumt war, und nickte. »Ich weiß das sehr zu schätzen, Mr. Nichols.«

»Es ist mir ein Vergnügen, Mrs. Hope«, erwiderte er und machte die Tür zu.

Sunday ging zur Fahrerseite und stieg ein. Er steckte die Hand in die rechte Hosentasche, fand den Stift und nahm ihn in die Hand. Dann erst holte er den Zündschlüssel aus der linken Hosentasche. Er ließ den Motor an und fuhr los.

»Sie müssen einmal um den Block fahren«, sagte Cross' Großmutter. »St. Anthony's liegt ja da hinten.«

»Das habe ich mir gedacht«, meinte er, setzte den Blinker und sah, wie sie den Kopf drehte und zum mit Regentropfen gepflasterten Beifahrerfenster hinausblickte.

Sunday drückte auf den Knopf am hinteren Ende des Kugelschreibers, sah den kleinen Tropfen an der Spitze der Subkutannadel und verpasste Nana Mama eine kleine Dosis Rohypnol. Die alte Frau schrie auf und versuchte, die Spritze zu greifen.

Sunday ließ sie los und drückte die alte Frau mit dem Unterarm so lange in den Sitz, bis sie das Bewusstsein verloren hatte.

93

Drei Stunden später hüpfte Ali Cross über den Spielplatz der Sojourner Truth School. Neun Tage Ferien! Sie fuhren zwar nicht nach Florida oder so was, aber Damon kam nach Hause, und dann konnte er mit seinem großen Bruder zusammen sein und Basketball spielen …

Das kleine Handy, dass sein Vater ihm gegeben hatte, klingelte. Er blieb stehen und holte es aus der Tasche.

»Dad?«

»Woher weißt du das?«

»Du bist doch der Einzige, der mich auf diesem Handy anruft«, sagte Ali.

»Ach ja, stimmt ja«, erwiderte sein Dad. »Bist du schon auf dem Weg nach St. Anthony's?«

»Ja«, erwiderte Ali ungeduldig. »Wo bist du denn?«

»Auf dem Weg zu Jannies Wettkampf.«

»Da würde ich auch lieber hingehen«, meinte Ali.

»Du hast heute Morgen wieder mal nicht zugehört. Die Kreuzwegandacht ist schon zu Ende. Du kommst auch ins Stadion, und zwar *mit* Nana Mama.«

»Ach so.« Jetzt fiel es Ali wieder ein. Beim Frühstück hatte sein Vater irgend so was gesagt. »Okay. Nana wartet vor der Kirche auf mich?«

»Wahrscheinlich eher in der Kirche.«

»Wann kommt Damon nach Hause?«

»Zum Abendessen ist er da. Ich muss los.«

»Ich erst recht!«

Ali und sein Dad lachten, und dann legten beide auf.

Jetzt waren fast keine Kinder mehr auf dem Spielplatz. Ali trat durch das Tor auf die Franklin Street, überquerte die Kreuzung und ging auf der östlichen Seite der 12th Street nach Norden, Richtung St. Anthony's. Die Kirche lag acht Häuserblocks entfernt.

Er hatte gerade die Hamlin Street überquert und ging an einem Bestattungsinstitut vorbei, da hielt ein Lieferwagen mit quietschenden Reifen neben ihm an. »He, Kleiner, bist du Ali Cross?«

Ali blieb stehen und sah durch das offene Fenster des Lieferwagens seine Urgroßmutter auf dem Beifahrersitz. Sie war bewusstlos. Der Fahrer hatte eine Sonnenbrille auf und sah besorgt aus.

»Ich wollte sie von der Kirche zu dir bringen, und dann ist sie plötzlich ohnmächtig geworden«, rief er. »Steig ein, wir müssen sie ins Krankenhaus bringen!«

Ali überlegte keine Sekunde. Er zog die Seitentür des Lieferwagens auf und hüpfte hinein. Im Laderaum waren Regale angebracht, in denen alle möglichen Computer und Elektrogeräte lagen. Der Lieferwagen setzte sich sofort wieder in Bewegung.

»Was ist denn passiert?«, fragte Ali ängstlich. Er kniete jetzt hinter den Vordersitzen und streckte den Kopf nach vorn.

»Das Herz«, sagte der Fahrer. »Ich weiß auch nicht.«

»Nana!«, sagte der kleine Cross und rüttelte seine Urgroßmutter an der Schulter. »Nana, wach auf!«

Aber sie rührte sich nicht. »Oh nein…« Er stöhnte auf. »Ist sie tot?«

»Nein«, erwiderte der Fahrer. »Sie atmet noch. Glaube ich. Sieh doch mal nach.«

Etwas mühsam kam Ali auf die Beine und beugte sich über die Lehne des Beifahrersitzes nach vorn zu seiner Urgroßmutter. In diesem Augenblick roch er den Zombie am Lenkrad. Das Entsetzen, das sich auf seinem Gesicht abzeichnete, war so groß, dass Sunday es überdeutlich sehen konnte. Cross' jüngster Sohn wollte nach hinten springen und machte den Mund auf, um zu schreien. Sunday war vorbereitet.

Blitzschnell riss er die Sprühdose nach oben und spritzte dem Jungen einen Chloroformnebel ins Gesicht. Er taumelte nach hinten, prallte gegen eines der Regale und klappte zusammen.

Sunday machte ein Fenster auf und behielt Ali im Rückspiegel im Blick, während er sich der St. Anthony's Church näherte. Die Wirkung des Chloroforms würde nicht allzu lange anhalten.

Er stellte den Lieferwagen auf dem kleinen Parkplatz hinter der Kirche ab. Drei Minuten später hatte er Ali ungefähr dieselbe Menge Rohypnol gespritzt, die auch seine Urgroßmutter intus hatte. Das würde reichen, um die beiden gut zwölf Stunden lang außer Gefecht zu setzen.

Bevor er weiterfuhr, schrieb er Acadia eine SMS: *Ich habe zwei. Du bist am Zug.*

94

Jannie hatte sich aufgewärmt, hatte die Trainingshose und die Jacke bereits ausgezogen und zog immer wieder kurze Sprints an, um ihre Muskeln auf Touren zu bringen. Meine Tochter war mindestens so groß wie die anderen Mädchen, die sich für den Vierhundert-Meter-Lauf startklar machten. Aber sie war mit Abstand die schmalste, und sie war die jüngste Athletin des gesamten Wettkampfs. Es war das erste Lauf-Meeting des Jahres – ein prestigeträchtiger Wettbewerb, der auf dem Trainingsgelände der Benjamin Bannecker Highschool stattfand.

Ich saß auf der Tribüne, blickte auf meine Armbanduhr und sagte: »Wenn Ali und Nana nicht bald da sind, dann verpassen sie noch Jannies Lauf.«

»Wahrscheinlich stecken sie im Verkehr fest«, sagte Bree und hielt sich zum Schutz vor der Sonne die Hand über die Augen. »Ruf sie doch an.«

Ich griff nach meinem Handy, da hörte ich den Starter sagen: »Auf die Plätze.«

»Zu spät, jetzt geht's los«, sagte Bree, als die sieben Wettläuferinnen zu ihren Startblöcken gingen. Jannie startete auf Bahn zwei und hatte fast das ganze Feld vor sich.

»Beim Frühstück hat sie gesagt, dass sie ohne Erwartungen in das Rennen geht«, sagte ich, obwohl mein Magen einen Purzelbaum nach dem nächsten schlug, so wie immer, wenn ich einem meiner Kinder bei einem Wettkampf zusah. »Ihr Trainer sagt, dass es in erster Linie darum geht, dass sie Erfahrungen sammelt.«

»Übst du deswegen wieder deine Balletthaltung?«, wollte meine Frau wissen.

»Ich will doch bloß ein bisschen besser sehen.«

»Alex, du bist eins neunzig groß. Du kannst auch ohne diese Verrenkungen ein bisschen besser sehen.«

»Fertig«, sagte der Starter und hob die Startpistole.

Dann knallte der Startschuss, und sie schnellten aus ihren Startblöcken, jagten mit pumpenden Armen und stampfenden Beinen durch die erste Kurve. Eine Stadionrunde in vollem Sprint erfordert Schnelligkeit, Ausdauer, Kraft und Mut.

Meine Tochter war erstaunlich entspannt zum Startblock gegangen, doch im Moment des Startschusses war sie förmlich explodiert. Niemals hatte ich damit gerechnet, dass eine solche Energie in ihr steckte.

Genauso wenig wie mit der Geschwindigkeit, mit der sie in die Kurve ging und den Vorsprung der vor ihr Laufenden Stück für Stück wettmachte. Eingangs der Gegengeraden lag sie an dritter Stelle. Ich verschwendete keinen Gedanken an irgendwelche strategischen Gedankenspiele, sondern hoffte einfach nur, dass sie ihr Pulver nicht schon auf diesen ersten hundert Metern verschossen hatte.

Doch Jannie verblüffte mich erneut. Sie lief im Gleichschritt mit den anderen Mädchen die Gegengerade entlang und wirkte dabei nicht im Geringsten angestrengt. In der zweiten Kurve kamen sie und die beiden Läuferinnen, die an zweiter und vierter Stelle lagen, einander bedenklich nahe. Ich hatte schon Angst, dass sie sich vielleicht berühren könnten, dass Jannie womöglich aus dem Gleichgewicht geriet.

Nach dem Kurvenausgang zog die Zweitplatzierte – eine

Zwölftklässlerin der College Park Highschool – das Tempo noch einmal an, um die Führende zu attackieren, die auf die Eastern High ging. Diese gab nun ebenfalls noch einmal alles und hielt ihre Konkurrentin in Schach.

Doch dabei verlor sie Jannie aus dem Auge. Mit zusammengebissenen Zähnen und mit einer Entschlossenheit und einer Energie, die ich ihr niemals zugetraut hätte, pflügte meine Tochter über die Tartanbahn, als ob ein Irrer mit dem Schneidbrenner hinter ihr her wäre.

Fünfzig Meter vor dem Ziel hatte sie die Zweitplatzierte eingeholt und kämpfte jetzt Kopf an Kopf mit der Zwölftklässlerin von der Eastern High um die Führung. Die andere war auch eine Kämpferin und wehrte sich tapfer bis zur Fünfundzwanzig-Meter-Markierung. Dann zündete mein kleines Mädchen den Nachbrenner und kam mit zwei Längen Vorsprung ins Ziel.

95

Bree und ich hüpften wie wild herum – so wild zumindest, wie zwei vielfach verletzte Menschen eben herumhüpfen können –, wir schrien und jubelten im Chor mit Hunderten ihrer Mitschüler, die die Stahltribüne mit ihrem Trampeln und Klatschen zum Beben brachten.

Unten auf der Bahn nahm der Trainer Jannie gerade in den Arm. Ihre Konkurrentinnen sahen sie mit großen Augen an, verblüfft und bewundernd zugleich. Meine Tochter war mindestens drei Jahre jünger als sie alle, Mädchen gegen Frauen, und sie hatte sie alle in Grund und Boden gerannt. Bree und ich waren schon auf dem Weg nach unten, aber ich konnte es immer noch nicht glauben.

Jannie kam auf mich zu, gefolgt von ihrem Trainer. Die Tränen standen ihr in den Augen.

»Hast du das gesehen?«, sagte sie.

»Jede einzelne, unfassbare Sekunde.«

»Vierundfünfzig neun«, sagte der Trainer, ein ernsthaft wirkender Mann Ende dreißig. Er wirkte irgendwie geschockt. »Paul Anderson. Ist mir eine Ehre, Sie kennenzulernen, Sir, Madam. Habe Sie alle beide kürzlich in den Nachrichten gesehen.«

Bree strich behutsam über die Pflaster in ihrem Gesicht und lächelte: »Was bedeutet denn vierundfünfzig neun?«

»Na ja, ihre Zeit«, erwiderte er und strahlte.

»Ist das gut?«

»Mr. Cross, das sind nur eins Komma zwei fünf Sekunden über dem landesweiten Highschool-Rekord. Der steht bei dreiundfünfzig fünfundsechzig und stammt aus dem Jahr neunzehnhundertneunundsiebzig!«, erwiderte Anderson. »Und es ist ein neuer Schulrekord!«

»Das *ist* gut«, meinte Bree.

»Mit fünfzehn? In ihrem ersten Rennen?«, jubilierte der Trainer. »Das sprengt jede Vorstellungskraft! Und ich sage Ihnen, das war noch nicht einmal ihr stärkstes Rennen. Nicht einmal annähernd. Ich habe sie schon viel stärker gesehen.«

Das brachte mich alles gehörig durcheinander. Ich konnte es nicht fassen. Mir war klar gewesen, dass allein die Aufnahme in das Laufteam an der Banneker eine große Ehre war, aber das jetzt?

»Was bedeutet das denn nun konkret?«

Er beugte sich über den Zaun. »Machen Sie sich darauf gefasst, dass jedes College aus der ersten Division der National Collegiate Athletic Association sie demnächst beobachtet und Ihnen mit Stipendiumsangeboten die Tür einrennt. Machen Sie sich darauf gefasst, dass sie in den kommenden Jahren einen Rekord nach dem anderen brechen wird. Ihre Tochter, Detective, ist ein Laufwunder.«

Ich blickte Jannie an, die mich mit feuchten Augen anstrahlte. »Dass dir das bloß nicht zu Kopf steigt.«

»Versprochen«, sagte sie und lachte.

»Wir können uns später noch ausführlicher unterhalten«, sagte Anderson. »Aber jetzt muss ich noch ein paar andere Athleten betreuen.«

»Natürlich«, sagte ich und betrachtete meine Tochter verwundert. »Wo hast du das denn bloß her?«

Sie zuckte mit den Schultern. »Ich habe wirklich keine Ahnung. Schnell war ich ja schon immer, aber ich weiß auch nicht, irgendwann letztes Jahr hat es klick gemacht, und seitdem fühlt sich das Laufen irgendwie anders an.«

»Gott hat dir eine bemerkenswerte Gabe geschenkt«, meinte Bree. »Du hast die Pflicht, so hart wie möglich daran zu arbeiten, dass diese Gabe sich voll entfalten kann. Das ist dir doch klar, oder?«

Jannie nickte und sah mich an.

»Sie hat recht.« Dann wollte ich mich über den Zaun beugen, um ihr einen Kuss zu geben.

Peinlich berührt zog sie sich zurück und flüsterte: »Dad. Na hör mal.«

»Tschuldigung«, sagte ich. »Ich bin nur so überwältigt.«

Bree versuchte, die Peinlichkeit zu überspielen. »Soll ich dich nach Hause fahren?«

Jannie fühlte sich offensichtlich nicht ganz wohl in ihrer Haut. Sie sagte: »Ich glaube, ich bleibe lieber hier. Unterstütze meine Team-Kameraden.«

»Das finde ich auch«, sagte ich und warf einen Blick auf meine Armbanduhr. Es war zehn nach vier. »Ich fahre zur Union Station und hole Damon ab.«

»Dann gehe ich das Abendessen einkaufen«, meinte meine Frau. »Wir sehen uns in einer Stunde?«

»Vielleicht auch anderthalb«, erwiderte ich.

Wir gingen Richtung Ausgang. Als wir fast schon draußen waren, sagte ich. »Warte mal. Wir sollten Jannie noch sagen, dass sie alle zusammen mit dem Taxi nach Hause kommen sollen, falls Nana Mama und Ali sich noch blicken lassen.«

Aber als ich mich umdrehte, sah ich etwas, womit ich überhaupt nicht gerechnet hatte. Mein kleines Mädchen, mein Laufwunderkind, unterhielt sich mit einem sehr großen, sehr muskulösen, sehr gut aussehenden Jungen. Und dabei lächelte sie noch strahlender als nach ihrem Sieg.

»Ich hab mir schon gedacht, dass da vielleicht was im Busch ist«, sagte Bree. »Er heißt Will Crawford. Er ist der Team-Kapitän.«

Dieses ganze Teenager-Thema war für mich noch neu. Genau wie die Vorstellung, dass Jungs in Jannies Leben eine Rolle spielen könnten. Ehrlich gesagt, was Jannie anging, hatte ich ständig das Gefühl, mich auf unbekanntem Terrain zu bewegen. »Was soll ich denn jetzt machen?«

»Wenn du mich schon fragst«, sagte Bree. »Lass sie in Ruhe! Schick ihr eine SMS und fahr zum Bahnhof!«

96

Damon sollte mit dem Metro-Liner um 16.45 Uhr eintreffen.

Um 16.41 Uhr war ich an der Union Station. Ich lief durch die große Bahnhofshalle und musste daran denken, dass ich das letzte Mal an Weihnachten hier gewesen war. Eine Terroristin namens Hala Al Dossari hatte versucht, im Bahnhof eine Bombe zu zünden. Zurzeit saß sie in einem Hochsicherheitsgefängnis in Kansas ein, aber zumindest was mich anging, würde sie für immer durch die Union Station geistern.

Ich sah den Amtrak-Schalter schon vor mir und hob den Blick zu der Tafel mit den Ankünften und Abfahrten. Damons Zug war pünktlich und würde auf Bahnsteig G einlaufen.

Hey Großer, schrieb ich ihm. *Ich warte oben an der Treppe auf dich.*

Eigentlich rechnete ich mit einer schnellen Antwort. Jannie zum Beispiel hatte dreißig Sekunden gebraucht, um auf meine Nachricht wegen Ali und Nana Mama zu reagieren. Aber Damon ließ nichts von sich hören. Andererseits ging er ja auch nur selten ans Telefon. Wieso bezahlte ich eigentlich jeden Monat fünfzig Dollar für das verdammte Ding, wenn er es sowieso ni…

Jetzt wurde im Lautsprecher die Einfahrt des Metro-Liners angekündigt. Kurz danach kamen die ersten Fahrgäste vom Bahnsteig die Treppe herauf. Nach zehn Minuten waren sie alle wieder weg. Ich ging nach unten und sprach mit einem Zugbegleiter. Er sagte, er sei gerade von vorn bis hinten einmal durch den ganzen Zug gegangen, hätte aber keinen einzigen Fahrgast mehr entdecken können.

Hatte Damon den Zug verpasst? Und warum hatte er sich dann nicht gemeldet?

Ich wählte seine Nummer und wurde sofort auf die Mailbox weitergeleitet. Damons Handy war also entweder ausgeschaltet oder entladen. Aber hätte er sich nicht ein Telefon ausleihen können? Er hatte doch gewusst, dass ich ihn abholen wollte. Das hatte ich ihm erst kürzlich gesagt.

Vielleicht hatte er den Zug verpasst und kam mit dem nächsten Metro-Liner oder einem Bummelzug. Ich ging wieder in die Bahnhofshalle und fragte den Mann am Ticketschalter, ob er nachprüfen könnte, ob Damon in Albany in den Zug gestiegen war.

»Kann ich nicht«, erwiderte er schnippisch. »Datenschutz.«

Ich zeigte ihm meine Dienstmarke, und er rümpfte die Nase. »Das ist ein Bundesgesetz, Detective.«

»Können Sie mir einen Gefallen tun?«, bat ich ihn.

»Wenn ich kann«, erwiderte er, und es war klar, dass er das nicht machen würde.

»Würden Sie bitte Amtrak Police Captain Seymour Johnson für mich anrufen?«

Der Mann am Schalter verspannte sich. »Den kenne ich.«

»Da könnte ich drauf wetten.«

Captain Johnson war mir einen Riesengefallen schuldig, weil ich entscheidend dazu beigetragen hatte, den Bombenanschlag von Hala Al Dossari zu vereiteln. Zehn Minuten später sah er von seinem Monitor auf und sagte: »Wir haben ihn nicht im System, Alex.«

Okay, dachte ich und versuchte, ruhig zu bleiben. Wo ist er? Wo könnte er sein?

Ob ich vielleicht Bree und Jannie anrufen sollte? Vielleicht hatten sie ja etwas von ihm gehört? Aber das war sehr unwahrscheinlich. Er hätte auf jeden Fall versucht, mit mir Kontakt aufzunehmen. Ich ging meine Kontakte durch und suchte die Nummer der Kraft School. Die Bandansage teilte mir mit, dass die Schule über die Ostertage geschlossen war, dass ich aber im Notfall die Null drücken könne.

Ein gelangweilt klingender Wachmann namens Whitfield meldete sich. Ich stellte mich als Damon Cross' Vater vor und erklärte ihm den Grund meines Anrufs.

»Ach, na ja, Sie wissen doch … Kinder«, sagte Whitfield zunächst. »Wahrscheinlich ist er …«

»Könnten Sie bitte in seinem Zimmer nachsehen?«

Der Wachmann zögerte. »Ich weiß nicht, ob ich …«

»Mr. Whitfield!« Jetzt war ich ausgesprochen verärgert. »Ist es nicht so, dass einer Ihrer Kollegen letzte Woche ermordet worden ist?«

Jetzt war er hellwach. »Ja. Aber das hat nichts mit …«

»Mr. Whitfield, ich bin Detective bei einer Mordkommission, und darum folgen wir jetzt meinem Instinkt. Ich will, dass Sie sich das Zimmer meines Sohnes ansehen und mich anschließend zurückrufen. Und ich möchte wissen, mit welchem Busunternehmen er nach Albany fahren wollte. Ich kann natürlich auch den Direktor ausfindig machen und ihn darum bitten.«

»In zehn Minuten rufe ich zurück«, sagte Whitfield und legte auf.

Ich rief Bree an und war erleichtert, als sie sich meldete. »Wo bist du?«

»Fast zu Hause. Ich war auf dem Fischmarkt in der Maine

Avenue und habe Krabben und ein Glas von dieser würzigen Brühe besorgt, die Damon so gerne mag.«

Ich erzählte ihr, dass Damon heute nicht in Albany in den Zug gestiegen war.

»Aber wo soll er denn sonst hin?«

»Genau das versuche ich gerade herauszufinden«, sagte ich.

»Halte mich auf dem Laufenden«, meinte sie. »Aber, Alex? Damon ist ein großer Junge, der sehr gut für sich selbst sorgen kann. Keine Panik. Wahrscheinlich hat er eine Mitfahrgelegenheit ergattert und bloß vergessen, dir Bescheid zu sagen.«

Aber nachdem ich aufgelegt hatte, überkam mich immer stärker das bedrückende Gefühl, dass im Leben meines Sohnes gerade etwas fürchterlich schiefging. Ich musste an seine verstorbene Mutter denken, sah sie vor mir, wie sie ihn als Baby im Arm hielt. Das fachte meine Ängste nur noch mehr an.

Wo bist du, Damon? Wo bist du, mein Sohn?

Bitte, Gott, lass meinem Jungen nichts zustoßen.

97

Noch nie hatte Jannie Cross so etwas gefühlt. Es war, als ob sie von einem Tag auf den anderen, oder besser noch: an einem einzigen Nachmittag, ein vollkommen anderes Wesen geworden wäre. Wie eine Raupe, die zum Schmetterling geworden ist, und das in 54,9 Sekunden. Heute Morgen war sie als Jannie Cross zur Schule gekommen, als einzige Neuntklässlerin in der Schulauswahl, und jetzt, auf dem Weg zur Metrohaltestelle, wurde sie von ihren Teamkameraden »Phänomen« genannt und von Will Crawford gefragt, ob sie vielleicht Lust hätte, ihn zum Schulabschlussball zu begleiten.

Zum Schulabschlussball! Mit Will Crawford!!

Das war zweifellos der schönste Tag ihres gesamten Lebens, beglückend und beängstigend und fröhlich und dann noch jede Menge anderer Gefühle … viel zu viele, um sie alle zu zählen. Konnte es überhaupt noch besser werden? Würde der Trainer recht behalten? Kann ich noch mehr Rekorde brechen? Für ein College antreten? Oder womöglich sogar bei Olympischen Spielen?

Diese letzte Frage jagte ihr eine Gänsehaut über den Rücken. Könnte ich das schaffen? Könnte ich dieses Niveau erreichen? Schneller als alle anderen auf der Welt?

Jannie spürte, wie sie bei dieser Vorstellung von großer Wärme durchflutet wurde. Es war, als hätte sie ihre wahre Bestimmung, ihr wahres Ich gefunden, etwas, was sie wahnsinnig gerne machte und was ihr unvorstellbare Glücksgefühle bescherte. Und dass ihr Dad ihr dabei zugesehen hatte, das war auch toll. Und Bree. Es war alles toll, alles …

»Jannie Cross?«, hörte sie eine Frau mit einem leichten Südstaatenakzent sagen.

Jannie wurde aus ihren Gedanken gerissen und hob den Blick. Die Metrostation war noch zwei Querstraßen entfernt. Am Straßenrand stand eine sehr hübsche Frau mit blonden Locken, Jeans und Lederjacke neben einer geöffneten Autotür.

»Ja?« Jannie wusste nicht so recht, was sie von der Situation halten sollte.

»Ich heiße Dee-Dee«, sagte sie. »Ich bin eine Bekannte deines Bruders Damon. Und, was soll ich sagen, er hatte das dringende Bedürfnis, gleich nach seiner Ankunft dich zu sehen, als Allererstes.«

Jannie legte verwirrt den Kopf schräg. »Er sitzt da drin? Damon?«

»Er schläft noch. Ist fast die ganze Strecke von der Schule bis hierher gefahren, was mir eine große Hilfe war«, sagte sie leise, sodass Jannie einen Schritt auf sie zu machen musste, um ihre Worte verstehen zu können. »Ich glaube, er und seine Freunde haben gestern Abend noch ein bisschen gefeiert.«

»Ich dachte, mein Dad holt ihn am Bahnhof ab?« Jannie machte noch ein paar Schritte und sah Damon schlafend auf der Rückbank sitzen, den Kopf auf ein Kissen und an das linke Fenster gelegt.

»Ich musste sowieso durch Washington fahren«, sagte Dee-Dee. »Und er hat ein bisschen Benzingeld beigesteuert und ist gefahren. Aber dann ist er eingeschlafen, bevor er mir die Adresse sagen konnte.«

»Das ist kein Problem«, sagte Jannie. »Ich komme mit.«

Erfreut klappte die Frau die hintere Tür zu und machte

die Beifahrertür auf. »Vielen Dank. Er hat sich wirklich wahnsinnig auf zu Hause gefreut, aber dann war die Erschöpfung wohl doch stärker.«

In Jannies Kopf drängten sich so viele Gedanken und Wunschträume, dass sie kaum wahrnahm, was die Frau sagte. Es reichte ihr, dass ihr großer Bruder mit im Auto war und dass sie ihn gleich aufwecken und ihm erzählen konnte, was heute schon alles passiert war.

Sie setzte sich auf den Beifahrersitz und war gerade dabei, sich anzuschnallen, da wurde ihr klar, dass da irgendetwas nicht stimmen konnte. »Woher haben Sie denn gewusst, wo ich…?«

Als die Nadel seitlich in ihren Hals eindrang, gab Jannie ein leises Fiepen von sich, wie ein Hundewelpe, dem man versehentlich auf die Pfote getreten ist. Dann sah sie nur noch Sterne und Dunkelheit.

98

Genau in diesem Augenblick stand Marcus Sunday im Halbdunkel an der Nahtstelle zwischen dem Anbau und dem alten Haus. Dank Nana Mamas Schlüssel hatte er schon eine gute halbe Stunde vor Bree Stones Rückkehr das Haus von hinten her betreten, war nach oben gegangen, hatte ein paar Sachen ausgedruckt und sich dann hierhergestellt, um zu warten.

Durch die Plastikfolie hindurch, welche die Baustelle abschirmte, sah er Cross' Frau ins Esszimmer kommen. Ihre Bewegungen waren steif und ihr Gesicht voller Pflaster und Verbände. Sie ist verletzt, nicht nur äußerlich, sondern auch tief im Inneren, sagte er sich. Das war gut. Eine ausgebildete Polizistin ist kein einfacher Gegner. Eine verletzte Polizistin schon eher.

Bree stellte zwei Tüten mit blauen Krabben auf den Esszimmertisch und ließ Wasser in einen großen Topf laufen, um ihn dann auf die kleine Doppelkochplatte zu stellen, mit der sie sich zurzeit behalfen. Vorsichtig schälte sie sich aus ihrer Jacke. Sie trug das Schulterhalfter auf der linken, der verletzten Seite.

Sunday war dem zweitgrößten Hauptgewinn so nahe, dass er all seine Kraft aufwenden musste, um nicht zu hyperventilieren. Das waren genau die Augenblicke, für die er lebte, in denen er wahrhaft frei war, unbelastet von jeder Konvention, in denen er sogar sich selbst in vielerlei Hinsicht fremd war.

Grenzen? Barrieren? So etwas existierte in seiner Welt

gar nicht. Es gibt keinen Grund zu zaudern, dachte er. Sobald die Gelegenheit da ist, schnappst du sie dir.

Doch Sunday war klug genug, um zu begreifen, dass er sich nicht wie der Elefant im Porzellanladen aufführen durfte. Er musste trotz alledem vorsichtig sein. Jedes Geräusch konnte Bree misstrauisch machen, bevor es zu spät war.

Sie schaltete die Herdplatte ein, setzte einen Deckel auf den Topf und ging nach oben, um sich umzuziehen. Dabei schonte sie ihre linke Seite, so gut es ging. Gut. Alles gut.

Sunday wusste aus Erfahrung, dass die langen Klettverschlüsse, mit denen der Anbau abgedichtet wurde, so laut sein konnten, dass sie sogar im ersten Stock zu hören waren.

Anstatt also ein unnötiges Risiko einzugehen, holte er das Küchenmesser mit frisch geschliffener Klinge sowie seine Neun-Millimeter-Beretta aus der Tasche und wartete. Die Subkutanspritze mit dem Rohypnol steckte griffbereit in seiner Brusttasche.

Jetzt brauchte er nur abzuwarten, bis Bree wieder nach unten kam und nachsah, ob das Wasser schon kochte. Fünf Minuten später hörte er die Treppenstufen knarren, dazu leise Schritte. Cross' Frau kam ins Esszimmer und stellte sich direkt vor den Topf. Sie hatte ihm den Rücken zugewandt und trug Sandalen, eine Yogahose und eine weite Bluse. Kein Halfter. Keine Waffe.

Zwei schnelle, diagonale Schlitze, dann hatte Sunday ein großes Dreieck in die Plastikfolie geschnitten, die sofort anfing zu flattern. Der Professor richtete seine Pistole durch das Loch: »Solange man davor steht, kocht es doch nie«, knurrte er.

Bree erschrak und stieß gegen den Topf. Er kippte um. Das heiße Wasser verteilte sich über die Tüten mit den Krabben. Sie wollte sich umdrehen, doch Sunday war bereits durch das Loch geklettert, stand hinter ihr und drückte ihr die Beretta in den Nacken. »Nicht«, sagte er. »Sonst bin ich gezwungen, Sie zu töten.«

»Wer sind Sie?«, wollte sie wissen.

»Das erfahren Sie noch früh genug.« Er schob ihr die Füße auseinander und tastete sie nach einer zweiten Waffe ab. Aber offensichtlich hatte sie auch das Knöchelhalfter abgenommen.

»Was wollen Sie von mir?«, fragte sie. »Wissen Sie eigentlich, wer ich bin? Wer hier wohnt?«

»Ich weiß sogar ganz genau, wer hier alles wohnt«, gab Sunday zurück. »Und jetzt hören Sie mir gut zu. Wir gehen jetzt durch den Anbau und das Gartentor nach draußen in die kleine Gasse. Wenn Ihre Familie Ihnen irgendetwas bedeutet, dann tun Sie genau, was ich sage. Und jetzt raus, durch das Loch in der Plastikfolie.«

Als Bree zögerte, verpasste er ihr einen kräftigen Schlag in die Rippengegend, um ihr zu zeigen, dass er genau wusste, wo ihre Schwachstellen lagen, wo sie Schmerzen hatte. Von da an tat Cross' Frau genau, was er von ihr verlangte. Sie ging durch den Anbau zur Bautür und dann in den Garten. Er folgte ihr.

Es war kurz vor Anbruch der Dämmerung. In der Nachbarschaft bellten Hunde, riefen Mütter ihre Kinder zum Abendessen, wurden Basebälle gefangen. Doch auf dem Weg zum Gartentor nahm Marcus Sunday nur einen einzigen Sinneseindruck wahr: den Duft, den Bree Stone verströmte. Er erregte ihn, genau wie die Gewalt, die deutlich spürbar in der Luft lag. Wenn er und Acadia endlich wieder allein waren, würden sie wie wilde Tiere übereinander herfallen.

Beim Gartentor angekommen, sagte er: »Aufmachen!«

Bree zögerte. Sie sagte: »Ich bin Polizistin. Ist Ihnen klar, was meine Kollegen mit Leuten anstellen, die sich an Polizistinnen vergreifen?«

»Ich weiß genau, was ich mit Ihnen anstelle, wenn Sie sich an mir vergreifen«, sagte Sunday.

Cross' Frau legte den Riegel um und machte das Tor auf.

»Nach links, aber langsam«, ordnete er an. »Gehen Sie zur Heckklappe des Lieferwagens und machen Sie sie auf.«

Die Gasse lag still, dunkel und menschenleer vor ihnen. Sein Wagen stand zehn Meter entfernt. Falls Bree einen Gegenschlag versuchen würde, dann in dem Augenblick, wo sie in den Wagen steigen sollte, das war Sunday klar. Das war die beste Gelegenheit. Und die Panik würde ihren Teil dazu bcitragcn.

In dem Moment, wo sie reinklettert, ist sie höher als ich, überlegte er. Und außerdem sieht sie dann ihren Stiefsohn und die Großmutter ihres Mannes.

Und tatsächlich, kaum hatte Bree die Heckklappe geöffnet und Anstalten gemacht einzusteigen, da entdeckte sie Ali und Nana Mama, die beide bewusstlos, mit zugeklebten Mündern und an Händen und Füßen gefesselt im Laderaum lagen. Sie schlug nach hinten aus, versuchte, Sunday einen Tritt zu verpassen. Doch er hatte damit gerechnet und war zur Seite ausgewichen. Als ihr Bein ganz ausgestreckt war, rammte er die Subkutanspritze durch den dünnen Stoff ihrer Hose und presste das Schlafmittel in ihren rechten Oberschenkel. Bree stieß einen erstickten Schrei aus und fiel nach vorn, auf ihre gebrochenen Rippen. Sie rührte sich nicht mehr.

Sunday schob ihre Beine ins Innere, machte in aller Ruhe die Heckklappe zu, setzte sich auf den Fahrersitz und fuhr los. Als er weit genug entfernt war, nahm er sein Handy. Er hatte eine Nachricht von Acadia erhalten: *Erledigt. Bin unterwegs.*

Ich auch, antwortete er ihr.

Er steckte das Handy wieder in seine Brusttasche und fuhr los. Er dachte: Lassen wir dem guten Doktor ein bisschen Zeit, bis er das ganze Ausmaß dieser Angelegenheit erfassen kann. Überlassen wir ihn doch erst einmal seiner lebhaften Fantasie, bevor Thierry Mulch das Licht anknipst und Dr. Alex die neue, ungeschminkte Realität vor Augen führt.

Fünfter Teil

Der Zombie marschiert

99

An diesem Abend kam ich gegen sieben nach Hause. Die Haustür war nicht abgeschlossen, und hinter den Fenstern, die zur Straße zeigten, brannte kein Licht. Nichts rührte sich. Ich betrat den Flur und rief: »Ist jemand zu Hause?«

Dann hörte ich es. Es klang wie die Klicklaute in toten Telefonleitungen oder von Feuerzeugen, die immer wieder neu entfacht werden. Ich knipste das Flurlicht an. Sechs, sieben blaue Krabben huschten hastig über die Bodenbretter und ließen dabei ihre erhobenen Scheren klappern. Im Wohnzimmer waren noch mehr von der Sorte unterwegs, und noch ein paar mehr im Esszimmer. Manche lagen rücklings auf dem Teppich. Offensichtlich waren sie vom Tisch mit der Kochplatte gefallen, die immer noch eingeschaltet war. Unser Krabbentopf lag auf dem Fußboden, und alles war voller Wasser.

In diesem Augenblick schien mein Gehirn auf Zeitlupe umzuschalten, registrierte die aufgeschlitzte Plastikplane zwischen dem Anbau und dem alten Haus, das Sägemehl im Wasser, setzte das ganze Puzzle Teilchen für Teilchen zusammen, bis ich begriffen hatte. Aber irgendwie kam es mir so vor, als würde ich mir einen Kinofilm ansehen, nicht so, als sei das alles echt. Überhaupt nicht.

Wie aus weiter Ferne hallte meine eigene Stimme durch meinen Kopf, während ich mir das Geschehen erschloss: Bree hatte die Tüten mit den Krabben auf den Tisch gestellt und Wasser aufgesetzt, weil wir bald essen wollten. Doch dann war sie von hinten überfallen worden, von jemandem, der sich im Anbau versteckt hatte, und es hatte einen Kampf gegeben. Dabei war der Topf auf den Boden gefallen. Das heiße Wasser war ausgekippt, und die Krabben waren irgendwie freigekommen.

Jetzt bekam ich Angst. Was mochte das Haus noch für Geheimnisse für mich bereithalten? Ich drehte mich um und rannte mitten durch die Krabben die Treppe hinauf. Brees Dienstpistole lag neben ihrer Zweitwaffe an ihrem festen Platz im Schrank, zusammen mit ihrer Dienstmarke.

Wer immer Bree entführt hat, wusste, dass sie immer erst ihre Waffen ablegt, dachte ich. Er hat es gewusst und abgewartet. Hatte er Bree alleine angetroffen? Oder waren die anderen auch hier gewesen?

Ich kam zu dem Schluss, dass sie alleine gewesen sein musste. Wenn Ali da gewesen wäre, würde der Fernseher laufen. Wenn Jannie da gewesen wäre, müsste irgendwo ihr Laptop stehen. Wenn meine Großmutter hier gewesen wäre, dann würde es irgendeinen Hinweis darauf geben, ihr Strickzeug oder sonst irgendetwas.

Ich versuchte, ruhig zu bleiben, aber schlagartig hatte sich über das Haus, in dem ich so viele glückliche Jahre zugebracht hatte, eine grauenhafte Schwere gelegt. Die Luft im Schlafzimmer schien unter einem enormen Druck zu stehen, als ob es dreißig Meter unter dem Meeresspiegel läge und ich um jeden Atemzug ringen müsste.

Was zum Teufel ging hier eigentlich vor sich? Wo war Damon? Wo war meine Frau? Jannie? Ali? Nana?

Ich hatte Angst, schon im nächsten Moment zu ertrinken, während mein Geist die Antwort auf die eine Frage suchte, die mittlerweile mein gesamtes Denken beherrschte: Was war meiner Familie zugestoßen? Und warum?

Sampson, dachte ich. Jemand, der klar denken kann. Er kann mir helfen, das Ganze …

Mein Handy summte. Es hatte eine SMS empfangen. Ich holte es aus der Tasche, sah den Absender und empfand große Erleichterung. Jannie hatte mir eine …

Jetzt kamen zwei Bilddateien an. Ich öffnete sie. Auf dem ersten Foto waren Bree, Ali und Nana Mama zu sehen, auf dem zweiten Damon und Jannie. Sie schienen alle bewusstlos zu sein. Ihre Hände und Füße waren mit Klebeband gefesselt, und auch ihre Münder waren zugeklebt worden.

Das zweite Foto, das mit Damon und Jannie, enthielt darüber hinaus noch eine Botschaft: *Wagen Sie es nicht, Sampson oder sonst jemanden von Ihren Freunden bei der Metro Police oder dem FBI anzurufen. Sehen Sie sich um. Sie sind jetzt ganz alleine, Cross. Und ich beobachte Sie. Sollten Sie versuchen, sich von irgendwoher Verstärkung ins Boot zu holen, wird Ihre Familie sterben, so einfach ist das. Bleiben Sie zu Hause. Warte Sie auf weitere Instruktionen. T. M.*

»T. M.«, sagte ich. Ich hatte ein Gefühl, als hätte mir jemand kochendes Wasser eingeflößt. »Thierry Mulch.«

100

Mulch, der gesichtslose Geist, der während der vergangenen vierzehn Tage immer irgendwo an den schattigen Rändern meines Lebens herumgelungert, der mir merkwürdige Briefe geschrieben, der zu allem Überfluss an der Schule meines Sohnes einen Vortrag gehalten hatte, dieser Mulch hatte jetzt meine Kinder, meine Frau und meine Großmutter in seiner Gewalt. Diese Gewissheit donnerte wie eine wild gewordene Rinderherde durch meinen Kopf. Mir wurde schwindelig und speiübel. Ich saß auf der Bettkante und massierte mir mit den Handballen die Schläfen. Wer ist dieser Kerl?, dachte ich. Mulch? Dieser Internet-Unternehmer aus Südkalifornien, der an Alis Schule gewesen war? Oder doch einer der anderen Thierry Mulchs, die ich im Web gefunden hatte?

Und was waren seine Motive? Warum tat er mir das an? Wollte er Rache nehmen, und wenn ja, wofür? Ging es um ihn oder um eine andere, dritte Person?

Plötzlich wurde mir schlagartig bewusst, in welch tödlicher Gefahr meine Familie sich befand, und diese Erkenntnis traf mich wie die Druckwelle einer Detonation. Meine Fantasie produzierte Bilder von mindestens zehn verschiedenen, grässlichen Todesarten für meine Frau, meine Kinder, meine Großmutter. Und jedes einzelne fühlte sich an wie ein mächtiger Schlag auf den Kopf. Ich befürchtete fast, genau so zu enden wie Carney. Zersplittert in verschiedene Persönlichkeiten, die mir allesamt fremd waren.

Doch dann meldete sich mein Verstand wieder zu Wort

und verlangte, dass ich mich nicht von meinen Ängsten leiten ließ, sondern mich um Indizien und Fakten bemühte. Weil das der einzige Weg war, der mich zu Mulch und zu meiner Familie führen konnte.

Ruf Sampson an. Ruf Quintus an. Ruf Mahoney an. Bezieh sie mit ein. Du brauchst Verstärkung, und zwar sofort.

Aber Mulch hat gesagt, dass er meine Familie umbringt, wenn ich das mache. Und er hat gesagt, dass er mich beobachtet, dass er es mitbekommen würde. War das pure Großspurigkeit? Ein Bluff?

Nein. Er war immerhin gerissen genug, um an einem einzigen Nachmittag meine gesamte Familie zu entführen. Das ließ auf Planung schließen. Auf sehr ausführliche Planung. Wenn er also sagte, dass er mich beobachtete, dann beobachtete er mich auch.

Aber wie wollte er mitbekommen, ob ich mir Hilfe holte?

Ich stand auf, löschte das Licht im Schlafzimmer und ging zum Fenster, schob vorsichtig die Vorhänge zurück und blickte hinaus auf die Fifth Street. Es war jetzt fast schon neun, und die Bürgersteige waren so gut wie ausgestorben. Zwischen den parkenden Autos am Straßenrand war keine Lücke zu entdecken. Obwohl die Eichen bereits Blätter trugen, konnte ich in beide Richtungen ein ganzes Stück weit sehen.

Ich holte ein Fernglas aus dem Schrank, in dem Bree und ich auch unsere Waffen aufbewahrten, und nahm jedes Auto genau unter die Lupe. Ich suchte nach Insassen oder nach irgendwelchen anderen Ungewöhnlichkeiten. Aber weder neben noch in den Autos konnte ich auf dem Straßenabschnitt links und rechts von unserem Haus jemanden entdecken.

Hatte Mulch womöglich ein Haus oder eine Wohnung mit Blick auf uns gemietet? Ich suchte sämtliche Nachbarhäuser mit dem Fernglas ab. Ob da irgendwo jemand saß und zurückstarrte? Dann wiederholte ich das Ganze von Jannies Zimmer aus, dessen eines Fenster zur Seite hinausging, und von Nana Mamas, das nach hinten auf die Gasse zeigte. Ich blickte zu jedem einzelnen Fenster hinaus und hatte mit einem Mal Nachbarn im Verdacht, die ich seit Jahren kannte.

Nichts. Niemand.

War mir kürzlich vielleicht etwas Merkwürdiges in der Nachbarschaft aufgefallen? Unser Anbau war vermutlich die mit Abstand größte Veränderung hier in der Gegend. Doch dann musste ich an diesen Staubsauger-Reparatur-Wagen denken, den ich mehrfach gesehen hatte. Und an den dunkelblauen Tahoe mit den getönten Fensterscheiben. Wem gehörten diese Autos?

Ich ging wieder nach unten, schreckte noch ein paar Krabben auf und stellte mich ans Wohnzimmerfenster, das noch einmal einen anderen Blick auf die Straße bot. Aber weder der Tahoe noch der Lieferwagen waren zu sehen.

Also gut. Wie konnte Mulch sonst noch mitbekommen, dass ich die Polizei oder das FBI kontaktierte? Und schlagartig wusste ich es. Ali hatte doch gesagt, dass er Mulch gerochen hatte. Bei uns im Haus! Warum sollte er ein solches Risiko eingehen und in ein Haus einsteigen, in dem zwei bewaffnete Polizeibeamte wohnten?

Um das Haus zu verwanzen, dachte ich. Das hieß also, dass er mich jetzt im Augenblick sehen konnte, nachdem er meine Familie entführt und es mir gesagt hatte.

Ich blickte mich langsam und misstrauisch um, als hätten die Wände Augen und Ohren bekommen.

101

Am liebsten hätte ich auf der Stelle das ganze Haus auseinandergenommen und sämtliche Überwachungsgeräte …

Stopp!

Hör auf, dich umzusehen!, brüllte ich mich innerlich an. Wenn Mulch hier tatsächlich Wanzen und Kameras angebracht hat, dann beobachtet er dich gerade. Belauscht dich. Wenn du jetzt anfängst zu suchen, wer weiß, wie er dann reagiert?

Dann wird Ihre Familie sterben, so einfach ist das.

Lange stand ich nur regungslos im Wohnzimmer und starrte stumpf eine blaue Krabbe an, die sich in den dunklen Spalt hinter unserer Couch verzog. Die ganze Situation kam mir so vor, als sei sie bis in alle Einzelheiten von einem diabolischen Hirn erdacht worden.

Mulch zeigt sich mir mithilfe eines Briefs, provoziert mich und zeichnet mich als groteske Comicfigur mit einem Riesenpenis, auf dem Vögel herumpicken. Dann hält er einen Vortrag an der Schule meines Sohnes. Wie hatte er das geschafft? Wer hatte das arrangiert? Anschließend entführt er meine gesamte Familie und droht, sie umzubringen, falls ich versuche, sie zu befreien oder Hilfe zu holen. Und was noch grausamer ist, Mulch beobachtet oder belauscht mich, während ich mit meinen Dämonen kämpfe. Das roch verdächtig nach Sadismus. Auf jeden Fall war es psychische Folter.

Mit einem Mal fühlte ich mich wie ein Gefangener in meinem eigenen Haus, eingesperrt, erdrückt. Ich sehnte mich nach frischer Luft, wie ein Wanderer in der Wüste sich nach Wasser sehnt. Doch ich weigerte mich, meine Jacke zu nehmen und das Haus zu verlassen. Ich konnte es mir zwar nicht erklären, aber irgendwie hätte sich das so angefühlt, als würde ich aufgeben. Und ich war nicht bereit, mich diesem Mann zu ergeben, wer immer er war, was immer letztendlich seine Motive sein mochten.

Ich würde für meine Familie kämpfen, aber so, dass es nach außen nicht so aussah. Darum tat ich, was jeder normale Mensch tun würde: Ich machte mich auf die Jagd nach den Krabben, die das Erdgeschoss in Besitz genommen hatten, steckte die, die mir im Flur begegneten, in eine Papiertüte und schob dann die Möbel beiseite, um auch den Rest der flüchtigen Schalentiere einzufangen.

Dabei hielt ich ununterbrochen Ausschau nach elektronischen Wanzen und Sendern, ohne jedoch fündig zu werden. Dann fiel mir ein, dass Mulch eventuelle Kameras wahrscheinlich relativ weit oben angebracht hatte, wo sie schwerer zu entdecken waren und das ganze Zimmer erfassen konnten. Doch obwohl ich mir sicher war, dass sie existierten, ich konnte sie nicht sehen.

Da mir nicht danach zumute war, etwas zu essen, steckte ich die Krabben in den Kühlschrank und setzte mich an den Esstisch. Dort sah ich mir die Bilder an, die Mulch mir über Jannies Handy geschickt hatte, und das Herz wurde mir schwer. Ob ich jemals noch andere Bilder von meiner Frau, meinen Kindern, meiner Großmutter, die mich großgezogen hatte, zu sehen bekommen würde?

Dann fiel mir etwas ein. Jannies Handy.

Ich versuchte, mir meine Aufregung nicht anmerken zu lassen, stand auf und machte das Licht aus. Dann schaltete ich auch alle anderen Lichter im Haus aus und streifte die Schuhe ab. Im Stockdunkeln tapste ich wie eine Katze nach oben in mein Arbeitszimmer.

Aber was, wenn Mulch auch hier gewesen war? Ich blieb in der Tür stehen und dachte an den versetzten Stiftehalter, Damons Weihnachtsgeschenk. Ich war mir sicher, dass Mulch ihn verschoben hatte, und das bedeutete, dass er an meinem Schreibtisch gewesen war, vielleicht sogar meinen Computer manipuliert hatte. Sollte ich es riskieren?

Ich wollte mich auf einer Webseite namens PhoneSniffer.com einloggen. Vor zwei Jahren hatte ich eine App auf Jannies und Alis Handy installiert, die über den eingebauten GPS-Chip mit der PhoneSniffer-Seite Verbindung aufnahm. Dadurch ließen sich jederzeit die Handy-Aktivitäten der letzten vierundzwanzig Stunden nachverfolgen. Und wenn ich noch weiter zurückgehen wollte, war das nach einem einfachen Antrag ebenfalls möglich.

Aber sollte ich es wirklich wagen, die Webseite hier, auf meinem Computer, aufzurufen?

Nein, beschloss ich schließlich. Ich durfte kein Risiko eingehen. Ich musste einen anderen Computer finden, draußen, einen Computer, der garantiert nicht überwacht wurde, und zwar, ohne dass Mulch etwas davon mitbekam.

Ich zögerte, doch dann machte ich kehrt und ging wieder ins Schlafzimmer. Ich zog schwarze Kleider an und zwang mich, mich auf das Bett zu legen, nicht an meine entführte Familie zu denken und ein wenig zu dösen.

Um kurz vor drei kletterte ich durch Alis Fenster nach draußen, und zwar mit einer Strickleiter, die wir für den Fall, dass es im Haus einmal brennen sollte, in seinem Schrank gelagert hatten. Ich landete in der schmalen Gasse, die zwischen uns und dem Haus der Hendersons verlief. Doch anstatt jetzt die Straße oder die Gasse zu betreten, hievte ich mich über den Zaun in den Garten der Hendersons. Gut, dass ihr ältester Sohn Pete seinen Rottweiler, der auf den schönen Namen »Bulldozer« hörte, mit ans College genommen hatte.

Anschließend kletterte ich zu den Olsons und dann zu den Lakes in den Garten. Ich orientierte mich ausschließlich mit bloßem Auge und wagte nicht, die Maglite einzuschalten. Der Riegel des Gartentors war zwar mit einem Vorhängeschloss gesichert, doch es war nicht eingerastet. Ich schob den Riegel auf und trat hinaus auf die Gasse, blickte mich lange um, bevor ich mit schnellen Schritten nach Norden ging. Dabei hielt ich mich immer im Schatten. Erst nach zehn Häuserblocks wagte ich, ein Taxi zu nehmen.

Terry Simmons, der diensthabende Beamte am Hintereingang der Zentrale der Metropolitan Police, reagierte verblüfft, als ich ihm um 3.40 Uhr meine Dienstmarke zeigte.

»Ist das nicht ein bisschen früh, Detective?«, fragte er und ließ mich passieren.

»Konnte nicht schlafen«, sagte ich. »Wie lange müssen Sie noch?«

»Bis sieben«, meinte Simmons. »Dann habe ich Wochenende.«

»Und ich habe das Gefühl, als wäre meins gerade zu Ende«, erwiderte ich und steuerte die Fahrstühle an.

Zehn Minuten später, während das Bewegungsprofil meiner Kinder sich langsam auf dem Bildschirm aufbaute, nippte ich an einem Pappbecher aus einem Kaffeeautomaten und überlegte, ob ich es wagen sollte, John Sampson anzurufen. War es denkbar, dass Mulch auch bei ihm Wanzen installiert hatte? Er hatte mich ja sogar explizit davor gewarnt, mit ihm in Kontakt zu treten. War das ein Bluff gewesen? Oder hatte er tatsächlich eine Möglichkeit gefunden, auch Sampson zu überwachen?

Ich konnte mich nicht entscheiden und konzentrierte mich stattdessen auf die PhoneSniffer-Seite, die mir in Abständen von fünfzehn Minuten Jannies und Alis Position seit Karfreitag, vier Uhr morgens, anzeigte.

Bei meiner Tochter gab es zunächst nichts zu entdecken, was ich nicht ohnehin gewusst hatte. Sie hatte um 7.40 Uhr das Haus verlassen, war zur Schule gegangen und dann am frühen Nachmittag zur Laufbahn. Erst am späteren Nachmittag wurde es dann besorgniserregend.

Der PhoneSniffer zeigte an, dass Jannie sich ungefähr vierzig Minuten, nachdem ich losgegangen war, um Damon an der Union Station abzuholen, auf den Weg zur Metro-Station Howard University gemacht hatte. Nur eine Querstraße von der Metrostation entfernt, war sie in ein Fahrzeug gestiegen. Die nächste Positionsmeldung ihres Handys zeigte, dass sie auf der Fourteenth Street Bridge Richtung Virginia unterwegs gewesen war.

Danach war fast zwei Stunden lang Sendepause gewesen, und dann hatte Mulch mir die Bilder von meiner Familie geschickt. Da war das Handy, laut PhoneSniffer, gerade auf der Baron Cameron Avenue auf dem Weg nach Reston, Virginia, gewesen. Seither war das Signal verstummt.

Alis letzte bekannte Position befand sich zwei Häuserblocks von der Sojourner School entfernt. Er war kurz nach Schulschluss auf dem Weg zur Kirche gewesen. Und dann war er einfach aus der Peilung verschwunden. Mulch musste die Handys an sich genommen und ausgeschaltet haben. Ich steckte also in einer Sackgasse.

Gerade, als ich mich mit der zuständigen Polizeidienststelle in Verbindung setzen wollte, um mir wenigstens noch die aktuellen Daten von Bree, Damon und Nana Mama zu besorgen, fiel mir etwas ein. Letztes Jahr hatte meine Großmutter Herzprobleme gehabt, und meine Frau hatte zumindest davon gesprochen, die PhoneSniffer-App auch auf ihrem Handy zu installieren.

Ich klickte das Kontoverzeichnis an und tatsächlich: Auf Nana Mamas Handy war die App ebenfalls registriert. Ich rief die Seite auf und stellte ein wenig verblüfft und sehr erleichtert fest, dass das Handy immer noch eingeschaltet war und Tag und Nacht ihre Position durchgegeben hatte. Die letzte Meldung war drei Minuten alt.

Ich klickte den Button an. Google Maps klappte auf und zeigte mir ihre genaue Position. Ich bekam schreckliche Angst um sie.

102

Im Bodennebel und dem ersten Licht der Dämmerung sahen die Zehntausende einfacher, weißer Grabsteine auf dem Arlington National Cemetery aus wie lange Reihen abgebrochener Zähne, die sich endlos weit in jede Richtung erstreckten.

Als ich um 5.30 Uhr vor dem Tor angehalten hatte, war ein bewaffneter Angehöriger des dritten US-Infanterie-Regiments, besser bekannt als »die alte Garde«, aus seinem Wachhäuschen getreten und hatte den Kopf geschüttelt. »Wir öffnen erst um 8.00 Uhr, Sir.«

Ich zeigte ihm meine Marke und meinen Ausweis und sagte dem Wachmann, dass ich meine Großmutter suchte. Er ließ mich aber trotzdem erst hinein, als ich ihm erklärt hatte, dass sie neunzig Jahre alt war und an Demenz litt.

Die Wahrheit ein wenig zu dehnen kann manchmal Wunder bewirken.

»Mein Opa hat genau das Gleiche, Detective, und er ist erst achtundsiebzig«, sagte er. »Ich darf Sie aber nicht mit dem Wagen reinlassen. Sie müssen zu Fuß gehen.«

Ich zeigte dem Mann mein Handydisplay mit Nana Mamas genauer Position. Laut PhoneSniffer war sie seit gestern Abend, 18.30 Uhr unverändert dort. Der Wachmann warf einen Blick darauf und sagte, dass das in Abschnitt 60 sei, der leider in jüngster Zeit viel Zuwachs bekommen habe. In Abschnitt 60 wurden Soldaten aller Streitkräfte beerdigt, die im weltweiten Krieg gegen den Terror gefallen waren. Erst gestern, sagte der Wachmann, seien dort zehn Männer zur letzten Ruhe getragen worden.

Diese Bemerkung ließ meine Sorgen nur noch größer werden. Ich hastete durch den Abschnitt 60, schlängelte mich zwischen den Grabsteinen hindurch und orientierte mich mithilfe der Karte. Als ich die Stelle erreicht hatte, von der ihr Telefon seit elf Stunden regelmäßige Positionsmeldungen schickte, stand ich vor drei frischen Gräbern.

Für ein paar Augenblicke jagte die unfassbare Vorstellung durch meinen Kopf, dass meine Großmutter hier begraben sein könnte. Mir wurde übel. Doch dann fiel mir ein, dass eine Bestattung in Arlington eine hochoffizielle Angelegenheit unter Beteiligung der Alten Garde ist, bei der oftmals die berühmten einundzwanzig Salutschüsse zu Ehren der Verstorbenen abgefeuert werden. Nana Mama konnte unmöglich hier liegen.

Im Gegensatz zu ihrem Handy. Die Gräber hatten noch keine Grabsteine bekommen, waren aber mit Kunstrasen, Blumensträußen und kleinen US-Flaggen geschmückt worden, die am Kopfende in der lockeren Erde steckten.

Ich kam mir vor wie ein Grabschänder und bat die Geister der gefallenen Soldaten im Stillen um Vergebung. Dann streifte ich mir Latexhandschuhe über und fing an, zwischen den Blumen herumzuwühlen. Zwanzig Minuten später hatte ich das Telefon gefunden, allerdings nicht in einer Vase oder einem Strauß.

Als ich den Kunstrasen am Fuß des mittleren Grabs anhob, lag das Handy einfach dort, verpackt in einem kleinen, verschließbaren Plastikbeutel. Ich ging in die Hocke, fotografierte es mit meiner Handykamera, griff nach dem Beutel und betrachtete das Handy. Das Display war schwarz. Ich drehte den Beutel um. Er enthielt noch einen kleinen Briefumschlag, adressiert an »Dr. Alex«.

Ich war wütend. Irgendein kranker Irrer spielte mit mir, und es widerte mich an.

Aber ich schob diese Gefühle beiseite und fischte den Umschlag aus dem Beutel. Er war nicht zugeklebt und enthielt eine vorgedruckte Einladung zu einem Kindergeburtstag. In den Ecken waren zusammengebündelte Luftballons abgebildet. Auf den gepunkteten Linien waren weder Datum noch Ort noch die Zeit der Feier angegeben, stattdessen diese Worte in einer seltsamen Handschrift:

»Sie enttäuschen mich, Cross. Ich habe gesagt, Sie sollen zu Hause bleiben und auf weitere Instruktionen warten, und jetzt muss ich feststellen, dass Sie nach Ihrer Familie suchen. Gehen Sie nach Hause und stellen Sie sich den Konsequenzen. Sehen Sie sich das Bild auf dem Display an und gehen Sie nach Hause.«

Ich presste die Kiefer aufeinander. Ich wollte dieses Foto nicht sehen. Trotzdem drückte ich auf die Taste, mit der das Display aktiviert wurde.

Nana Mama war an einen Stuhl gefesselt. Ihr Kopf war leblos nach vorn auf die Brust gesackt. Eine körperlose und kopflose Person stand neben ihr und drückte ihr den Lauf eines Jagdgewehrs an den Hals.

103

Ich tat, was der Mann von mir verlangte. Ich ging nach Hause und verbrachte auch den größten Teil des Tages dort, allerdings erst nach einer kurzen Stippvisite im nagelneuen und hochmodernen kriminaltechnischen Labor in der E-Street in Southwest.

Das Metropolitan Police Department steckte gerade mitten in einer Umstrukturierung. Das Labor sollte in Zukunft nicht mehr von staatlichen Polizeibeamten geführt werden, sondern von gut ausgebildeten Zivilisten. Sie sollten Stück für Stück alle forensischen Ermittlungsaufgaben übernehmen. Trotzdem kannte ich dort immer noch den ein oder anderen, und als ich mit der diensthabenden Laborleitung sprechen wollte, hatte ich Glück.

Fünf Minuten später saß ich hinter geschlossenen Türen im funkelnagelneuen Büro von Lieutenant Commander Alison Whitehead, einer alten Bekannten und Kollegin, die mir einen bis drei Gefallen schuldig war. Ohne ihr genau zu sagen, worum es ging, konnte ich sie dazu überreden, ein Bedarfsgesuch zu unterzeichnen. Damit konnte ich mir ein paar Ausrüstungsgegenstände besorgen, die mir in meiner aktuellen Situation weiterhelfen konnten. Hoffte ich zumindest. Das Ganze nahm keine Viertelstunde in Anspruch.

Die Fahrt vom Arlington National Cemetery nach Hause dauerte also nicht übermäßig lange. Unterwegs meldete sich John Sampson zweimal auf meinem Handy, und zweimal ignorierte ich ihn. Ich stellte das Zivilfahrzeug vor dem

Haus ab, ging am Schuttcontainer vorbei und hörte das Telefon schon auf der Eingangsterrasse klingeln.

Als ich aufgeschlossen hatte, hinterließ mein Partner und bester Freund gerade eine Nachricht auf dem Anrufbeantworter. Es ging um das Osteressen morgen Abend. Ich hatte ganz vergessen, dass Bree und Nana Mama die beiden eingeladen hatten. Billie wollte wissen, was sie mitbringen sollten.

»Ruf mich an, sonst lässt sie mir gar keine Ruhe mehr«, sagte Sampson und legte auf.

Ein leichter Verwesungsgeruch hing in der Luft. Ich musste sofort an Ali denken: Ob Mulch sich womöglich irgendwo im Haus versteckte? Doch dann wurde mir klar, dass es sich wahrscheinlich nur um eine Krabbe handelte, die sich irgendwo verkrochen hatte und verendet war.

Das nutzte ich sofort aus. Ich stieß ein paar unfreundliche Worte an die Adresse der toten Krabbe hervor und benutzte sie als Vorwand, um Möbel zu verschieben und in jede Ecke zu kriechen. Dabei hielt ich ein kleines, elektronisches Gerät in der Hand, das Funkwellen und andere elektrische Aktivität messen konnte.

Die erste Wanze entdeckte ich gegen zehn. Es war ein winziges Mikrofon und haftete an der Rückseite eines Sofakissens. Ohne etwas zu unternehmen oder sonst wie zu reagieren, legte ich das Kissen wieder an seinen Platz.

Alles richtig gemacht, wie ich kurz darauf feststellte. In den Borsten des kleinen Besens, den wir alle Jubeljahre mal benutzen, wenn wir den offenen Kamin anzünden, war nämlich eine Kamera versteckt.

Eine halbe Stunde später – kurz nachdem ich entdeckt hatte, dass in der Deckenlampe über dem Esstisch auch etwas sein musste –, entdeckte ich die zweite Kamera. Sie steckte in einer von Nana Mamas Grünpflanzen. Zum Glück lag die tote Krabbe keine dreißig Zentimeter von der Kamera entfernt, unter einem Schemel, auf den meine Großmutter ein paar Pflanzen gestellt hatte.

Mit großer Geste packte ich die Krabbe an einer Schere, den Arm weit von mir gestreckt, als hätte ich es mit einem Stinktier zu tun. Ich steckte sie in einen Plastikbeutel und ging nach draußen, um ihn in den Müll zu werfen. Anschließend stieg ich in den ersten Stock und durchsuchte das Schlafzimmer. Zum Glück waren dort keine Wanzen versteckt.

Ganz im Gegensatz zu meinem Arbeitszimmer. Wie in Panik ging ich ununterbrochen hin und her und konnte an meinem Hochzeitsfoto eine Wanze sowie zwischen zwei alten Fachbüchern im obersten Fach meines überfüllten Bücherregals eine Glasfaserkamera ausfindig machen.

Mittlerweile war es Mittagszeit. Ich war seit dreißig Stunden auf den Beinen und vollkommen erschöpft. Aber ich hatte das Gefühl voranzukommen. Ich wusste, wo Mulch mich sehen oder hören konnte. Und ich wusste auch ganz genau, wo nicht.

Von jetzt an, beschloss ich, würde ich vor allem die toten Winkel meines Hauses bewohnen und mich nur gelegentlich im Esszimmer, im Wohnzimmer und im Arbeitszimmer sehen lassen.

Ich gähnte ungefähr in Richtung der Kamera, ging die Treppe hinunter ins Schlafzimmer und legte mich aufs Bett. Die Kissen dufteten noch nach Bree. Ich betrachtete mein Handy und das meiner Großmutter, das immer noch in dem Plastikbeutel steckte.

Theoretisch war mein Handy sauber. Soweit ich das beurteilen konnte, hatte Mulch es nicht manipuliert – es sei denn, er war eine Art Houdini. Ich konnte also vermutlich Textnachrichten verschicken oder vielleicht sogar telefonieren, wenn ich dazu ins Badezimmer ging und die Dusche voll aufdrehte. Aber was, wenn Mulch sämtliche Signale, die von meinem Haus ausgingen, überwachen konnte?

Es musste doch irgendeine Möglichkeit geben, wie ich mit John Sampson und Ned Mahoney in Kontakt treten konnte, ohne von Mulch gleich wieder mit Vergeltungsmaßnahmen gegeißelt zu werden. Denn wenn mir jemand damit droht, meine ganze Familie auszulöschen, dann ist eine falsche Bewegung wirklich das Letzte, was ich riskieren will.

Meine Unschlüssigkeit verwandelte sich in Müdigkeit, und ich fiel in einen unruhigen Schlaf, in dem ich von einem gesichtslosen Mann mit leuchtend roten Haaren verhöhnt wurde, während ich meiner Familie hinterherlief, die gerade über die Laufbahn der Banneker Highschool sprintete. Aber ich holte sie einfach nicht ein, sosehr ich es auch versuchte, nicht einmal meine Großmutter.

In diesem Moment erkannte ich, dass Mulch an meinen Armen, Beinen und an meinem Kopf Schnüre befestigt hatte. Im Laufen wandte ich den Blick nach oben. Die Schnüre reichten weit hinauf bis an den Himmel und endeten dort an einem riesigen Holzkreuz, das von Händen in weißen Handschuhen gehalten wurde.

Alles, was ich von dem Puppenspieler erkennen konnte, waren rote Haare, eine gepunktete Fliege und ein Mund voller Grabsteine aus dem Arlington National Cemetery.

In der Ferne ertönten Kirchenglocken.

Aus den Kirchenglocken wurde die Türklingel. Da stand

jemand unten vor dem Haus. Benommen erhob ich mich. Erst jetzt wurde mir klar, dass ich mehrere Stunden lang geschlafen haben musste. Es war kurz vor sieben Uhr abends.

Irgendjemand klopfte an die Tür, und dann hörte ich John Sampsons Stimme durch das offene Schlafzimmerfenster dringen. »Alex? Bree? Ist jemand da?«

Schlagartig war ich hellwach und dachte: Was, wenn Mulch das hören kann? Was, wenn er glaubt, dass ich meinen Partner zu Hilfe gerufen habe?

104

Für einen kurzen Moment war ich wie versteinert und starrte mein und Nana Mamas Handy an. Dann, urplötzlich, hatte ich einen Plan. Und anstatt ihn zu hinterfragen oder ausführlich zu überprüfen, handelte ich.

»Bin gleich da!«, rief ich zum Fenster hinaus.

Ich nahm den Plastikbeutel mit Nanas Handy in die Hand und umschloss ihn mit den Fingern. Dann holte ich tief Luft und ging nach unten. Wo waren die Kameras gleich noch mal? Wenn ich richtig vermutete, dann hatte Mulch keine optische Verbindung in den Hausflur, konnte aber wahrscheinlich alles hören, was dort gesprochen wurde.

Es wird Zeit, ein wenig Verwirrung zu stiften, dachte ich, drückte die Klinke herunter und machte die Tür auf, sodass ich jetzt durch das Fliegengitter nach draußen blicken konnte.

»Hallo, John«, sagte ich und ließ meine Stimme absichtlich schwach und matt klingen.

»Du bist nicht ans Telefon gegangen, und meine Frau will unbedingt wissen, was wir an Ostern zum Essen mitbringen sollen«, sagte Sampson und musterte mich durch das Fliegengitter. »Hörst du deine Nachrichten eigentlich gar nicht mehr ab?«

»Nicht, wenn ich mich um vier Leute kümmern muss, die sich die Seele aus dem Leib reihern«, sagte ich. »Damon hat irgendeinen ekligen Magen-Darm-Infekt bei uns eingeschleppt. Norovirus oder so was in der Art. Für Bree mit ihren gebrochenen Rippen ist das natürlich die Hölle.«

Sampson verzog das Gesicht und trat einen Schritt zurück. »Hat er dich auch angesteckt?«

»Noch nicht«, erwiderte ich. »Aber ich war die ganze Nacht auf und habe mich um die anderen gekümmert.«

Sampson trat noch einen Schritt zurück. Ich öffnete die Fliegengittertür und trat nach draußen auf die Veranda. »Das Osteressen steht auf der Kippe, vorerst zumindest. Aber vielleicht ist es ja auch bloß einer von diesen Achtzehn-Stunden-Viren.«

»Die hasse ich«, meinte mein Partner. »Ich hatte mal so einen, letztes Jahr war das, in Cancun, der hat mich komplett flachgelegt. So was will ich bestimmt nicht noch mal erleben.«

»Das kann ich gut verstehen«, sagte ich laut und machte mehrere Schritte auf ihn zu. Dabei streckte ich ihm die Hand mit der Plastiktüte und Nana Mamas Handy entgegen. Er warf einen Blick darauf, ohne eine Reaktion zu zeigen, und ergriff meine Hand.

Ich kam noch einen Schritt näher, setzte eine Männerumarmung an und flüsterte ihm zu: »Thierry Mulch, der Kerl, der mir diesen bizarren Brief über die Massagesalonmorde geschickt hat, hat meine Familie gekidnappt. Schau dir das Bild auf dem Handy an. Das hat er mit allen gemacht. Mein Haus ist verwanzt. Mein Handy vielleicht auch. Mulch sagt, dass er alle umbringt, wenn ich die Polizei oder das FBI verständige. Unternimm nichts. Und bete«, sagte ich.

»Na klar, Alex.« Sampsons Stimme klang ganz normal. Er ließ mich los, völlig entspannt, als ob er so etwas jeden Tag zu hören bekam. »Ich weiß, dass Billie am liebsten wieder ihre grünen Bohnen mit Speck machen würde, die ihr alle so gerne mögt.«

»Ist vielleicht nicht ganz das Richtige in unserem Zustand«, erwiderte ich und wandte mich zurück zum Haus. »Ich sag dir noch Bescheid.«

»Alles klar. Euch noch einen netten Abend.«

»Solange ich keine Eimer durch die Gegend schleppen muss, ist mir alles recht«, erwiderte ich und machte die Tür zu. Ich blieb stehen und hörte Sampsons Schritte langsam verklingen. Dann wollte ich wieder ins Schlafzimmer gehen.

Jetzt vibrierte mein Handy. Eine Nachricht von Bree: *Sie wissen, dass Sie die Polizei nicht verständigen sollten. Sie kennen die Strafe.*

Ich antwortete sofort: *Das war mein Partner, Mulch. Er hat sich wegen unseres Osteressens erkundigt. Ich habe ihn nicht angerufen. Ich wiederhole: Ich habe ihn nicht angerufen.*

Ich wartete etliche Minuten lang auf eine Antwort. Die Anspannung war unerträglich. Dann, endlich, kam eine zweite Nachricht von Bree: *Leben Sie mit den Konsequenzen, Cross.*

Und noch bevor ich etwas unternehmen konnte, vibrierte mein Handy erneut – ein Foto mit einem Datumsstempel. Es war gerade erst aufgenommen worden.

Nana Mama lag bäuchlings, mit ungefesselten Armen und Beinen, auf einem Betonfußboden, den Kopf nach links gedreht. Unter ihrem leblosen, mit Blutspritzern übersäten Gesicht hatte sich eine Blutlache gebildet, und an ihrer linken Schläfe, direkt über dem Ohr, klaffte eine große Wunde.

105

Es war, als hätte mir jemand eine Axt in den Bauch gerammt.

Ich krümmte mich zusammen und wimmerte mit Kinderstimme. »Nein, bitte, lieber Gott, nein.«

Ich taumelte nach vorn, wollte mich auf die Treppe setzen, doch mein Entsetzen und meine Trauer waren stärker, und ich prallte gegen das Geländer, sank im Hausflur zu Boden und fing an, aus tiefstem Herzen zu schluchzen. Ich kam mir vor, als hätte mir jemand die Eingeweide herausgerissen.

Seit über drei Jahrzehnten war Nana Mama mein Fels, mein Anker gewesen, mehr noch als meine Ehefrauen oder sonst irgendjemand. Sie hatte mich aus dem Waisenhaus geholt. Sie hatte mich durch die Schule geboxt und war dabei, als ich meinen Doktortitel in Psychologie verliehen bekam.

Meine Großmutter war bei der Hochzeit mit meiner ersten Frau, Maria, an meiner Seite gewesen. Sie hatte Damon und Jannie als Babys in den Schlaf gewiegt, hatte an Marias Beerdigung meine Hand gehalten und mir geholfen, die harten Monate zu überstehen, nachdem Alis Mutter mich verlassen hatte. An dem Tag, als ich Bree geheiratet hatte, war sie überglücklich gewesen. Jedem Menschen, dem sie im Lauf ihres langen Lebens begegnet war, hatte sie Offenheit, Freundlichkeit und Strenge entgegengebracht, Familienangehörigen ebenso wie Freunden und Bekannten, und ganz besonders mir.

In meiner Vorstellung war sie in gewisser Weise immer unsterblich gewesen.

Und jetzt lag Regina Cross Hope in einer Blutlache auf einem Betonfußboden irgendwo in irgendeinem Kellergeschoss oder einem verlassenen Gebäude und hatte eine Kugel im Schädel, von einem Psychopathen namens Mulch, über den ich ansonsten so gut wie gar nichts wusste.

Aber ich hasste diesen Mulch aus tiefstem Herzen. Ich habe eigentlich noch keinen der blutrünstigen Irren gehasst, denen ich begegnet war. Sie waren für mich immer viel eher verwirrte Kreaturen gewesen, die ich einzufangen hatte. Aber Mulch war mehr als ein Gary Soneji. Mehr als ein Michael »Der Schlachter« Sullivan.

Indem er meine Großmutter ermordet hatte, hatte Mulch meine Lebensader aufgerissen, und ich wollte zurückschlagen, wollte ihn mit bloßen Händen erwürgen. Da ich wusste, dass er mich hören konnte, hätte ich um ein Haar laut hinausgebrüllt, wie sehr ich ihn hasste, wie dringend ich ihn töten wollte, aber eine innere Stimme hielt mich davon ab. Ich hegte immer noch die stille Hoffnung, dass ich die Abhörgeräte und die Kameras irgendwie gegen ihn benützen konnte.

Mir wurde hundeelend. Ich kroch auf allen vieren ins untere Badezimmer und übergab mich wieder und wieder, versuchte, etwas loszuwerden, was sehr viel schlimmer war als jeder Magen-Darm-Virus. Keuchend und völlig durchgeschwitzt lehnte ich mich an die Wand neben der Toilettenschüssel. Ich überlegte, ob ich nicht doch einfach von irgendwo, wo Mulch mich garantiert hören konnte, Sampson anrufen und diesem feigen Schwein, das soeben kaltblütig eine einundneunzigjährige Frau ermordet hatte, den Krieg erklären sollte.

Doch in der folgenden Stunde schaffte ich es nicht, meine Gedanken irgendwie in eine Tat umzusetzen. Jedes Mal, wenn ich einen konkreten Plan fassen wollte, schweifte mein Bewusstsein wieder ab, und ich sah das grell belichtete Bild von Nana Mama mit der Schusswunde vor mir. Das lähmte mich.

Eine Stunde später traf das zweite Foto ein. Dieses Mal war Bree das Opfer. Auch sie lag da wie Nana Mama, mit dem Kopf in ihrem eigenen Blut und einer Einschusswunde über dem linken Ohr.

Mein Schmerz ließ sich nicht mehr länger beherrschen. Er überrollte mich einfach, und ich begann, aus den Tiefen meiner Seele um meine tote Frau zu weinen.

»Aufhören!«, brüllte ich, als der erste Schock vorbei war. »Hör auf damit, Mulch! Hör auf!«

Am ganzen Körper zitternd und immer kurz davor, vom Brechreiz übermannt zu werden, wischte ich mir mit dem Ärmel die Tränen aus dem Gesicht und schickte eine SMS an Brees Handy: *Bitte, Mulch. Ich tue alles, was Sie sagen. Aber lassen Sie sie am Leben.*

Ich verglühte beinahe innerlich, starrte auf mein Handy und ging ins Esszimmer, wo Mulch mich sehen konnte. Ich stellte mich vor die Grünpflanze und blickte direkt in die Kamera. Dann flehte ich Mulch an, meinen Kindern das Schicksal meiner Großmutter und meiner Frau zu ersparen. Ich bettelte so lange, bis ich heiser war, und schrieb ihm eine SMS nach der anderen: *Lassen Sie Gnade walten. Verschonen Sie meine Kinder.*

Um neun Uhr traf ein Foto ein. Es war von Jannies Handy aus verschickt worden und zeigte Damon. Er war genau auf dieselbe Weise hingerichtet worden, lag ebenfalls auf dem

Bauch in seinem eigenen Blut. Ich konnte es nicht glauben. Konnte es einfach nicht glauben. Mir war, als würde ich buchstäblich bei lebendigem Leib gehäutet und gleichzeitig ausgeweidet.

Damon. Mein Erstgeborener. Mein Sohn. Mein …

Ich brach innerlich zusammen. Die Zeit spielte keine Rolle mehr, und ich sah Damon als kleines Baby vor mir. Schlafend lag er in der Babyschaukel, die Maria in einem Secondhandladen entdeckt hatte. Ich saß neben ihm und dachte, dass ich noch nie im Leben etwas so Wunderschönes gesehen hatte. Dann stand er als kleiner Baseballspieler auf dem Wurfhügel und blickte unsicher und Hilfe suchend zu mir auf der Zuschauertribüne. Und dann das letzte Bild, schon auf der Kraft School, wo er mit einem perfekten Dreipunktewurf in den letzten Sekunden des Spiels seinem Basketballteam den Sieg gesichert hatte.

TOT.

TOT.

Das Wort dröhnte durch meinen Kopf wie eine mächtige Glocke, und mit jedem Schlag – TOT – wurde ich schwächer und schwächer, löste mich auf, war unfähig und unwillig, auch nur einen Muskel zu rühren. Wusste, dass ganz egal, was ich tat, ganz egal, was ich sagte, Thierry Mulch sie alle umbringen würde.

Ich verließ das Esszimmer und ging nach oben, legte mich aufs Bett und starrte an die Decke. Ich kam mir vor, als hätte jemand ganze Teile meines Gehirns herausgepflückt. Mein Zimmer, die Gegenstände darin, all das nahm ich wie durch einen langen, schwarzen Tunnel wahr, der mit jeder Minute enger und schmaler wurde.

An diesem Ostersamstag um 22.00 Uhr traf das Foto

von Jannie ein. Dieselbe Lage. Dieselbe Wunde. Ein Mädchen, das erst wenige Stunden zuvor erfahren hatte, dass ein außergewöhnliches Leben vor ihr lag, dass ein Talent in ihr schlummerte, das ihr beinahe unbegrenzte Möglichkeiten eröffnete, war tot.

TOT.

TOT.

Ich konnte nichts anderes mehr denken.

TOT.

TOT.

Ali starb eine Minute vor elf, so stand es im Datumsstempel. Die Augen meines kleinen Jungen waren offen und leer, ein Ausdruck, den ich im Lauf der Jahre bei vielen Leichen gesehen hatte.

TOT.

Meine gesamte Familie war TOT. Lange blieb ich zusammengerollt wie ein Embryo auf dem Bett liegen. Dann, gegen Mitternacht – ich war vollkommen unfähig, einen klaren Gedanken zu fassen –, schwang ich, ohne es wirklich zu wollen, die Beine aus dem Bett. Meine Umgebung nahm ich wie durch eine zerkratzte, beschlagene Linse wahr.

Ich konnte zwar nicht denken, aber mein Gehirn war immer noch lebendig. Der unfassbare, überwältigende Verlust, den ich erlitten hatte, hatte mein Bewusstsein befallen wie ein mächtiger Virus, aber ich hatte ja immer noch meine Instinkte. Und diese Instinkte übernahmen jetzt das Kommando und befahlen meinen Beinen, sich in Bewegung zu setzen.

106

Ich ließ das Handy einfach fallen und ging zur Haustür hinaus, ohne sie ins Schloss zu ziehen. Ich überließ sie einfach dem angekündigten Sturm. Ich stand unter Schock und lief stundenlang nur kreuz und quer durch die Straßen Washingtons, fühlte mich abwechselnd wie versteinert und dann wieder vom Schmerz und der Trauer überwältigt, sodass mir nichts anderes blieb, als hemmungslos zu weinen. Die Leute, die mir unterwegs begegneten, erschienen mir wie Kreaturen aus einem anderen Leben. Ihr Lachen war wie eine fremde Sprache, die ich nie wieder verstehen würde.

Am Ostermorgen gegen zwei waren die Straßen menschenleer. Um drei war alles dunkel und verlassen. Gewitterstürme tobten durch die Stadt.

Ich war mittlerweile schon mehrere Stunden unterwegs, trotzdem empfand ich weder Hunger noch Durst noch Müdigkeit. Als Blitze den Nachthimmel zerrissen und über mir dröhnende Donnerschläge ertönten, zuckte ich kaum. Nicht einmal der Regen konnte mich aufhalten oder den grausamen Schmerz beseitigen, der durch meine Adern brannte und jeden Zentimeter meines Körpers in Besitz genommen hatte.

Ich hörte meinen kleinen Jungen sagen, dass die einzige Möglichkeit, einen Zombie zu töten, darin bestand, sein Gehirn zu zerstören.

War es das, was Thierry Mulch wollte?

Er hatte alles zerstört, was ich liebte, alles, woran ich

glaubte. Er hatte aus mir eine tote, leere Hülle gemacht, dazu verdammt, endlos und sinnlos immer weiterzugehen. Mir blieb nur noch die Hoffnung, dass er oder irgendein anonymer Straßenräuber mir irgendwann in den Weg trat und mir mit einer Kugel oder einer Axt den Schädel spaltete.

Darum steuerte ich die übelste Gegend in ganz Washington an. Ich war verzweifelt auf der Suche nach jemandem, der meinem Leiden ein Ende setzen konnte. Doch die Straßen waren leer, kein Mensch war mehr draußen. Sie hatten sich alle ins Trockene geflüchtet.

Dann, irgendwann, wie von einem inneren Navigationsgerät geführt, landete ich in einem stadtbekannten Unterschlupf für Crack- und Meth-Süchtige, etwa zwanzig Häuserblöcke von meinem Zuhause entfernt. Ich wankte mitten zwischen die lebenden Toten, die diesen Ort bevölkerten. Ich sah ihre offenen, entzündeten Wunden, die tief liegenden Augen, ihre fauligen Zähne. Ich beneidete die, denen die Drogen das Bewusstsein vernebelten. Andere waren so weggetreten, dass sie überhaupt nicht mehr in dieser Welt waren.

Ich trat vor eine schmutzstarrende Frau, die älter aussah als meine Großmutter, aber vermutlich etliche Jahre jünger war als Bree. Sie hob den Blick von ihrer Glaspfeife. Ihre Nasenlöcher waren aufgerissen, ihre rissigen Lippen bluteten.

»Was willst du?«, fragte sie.

»Ich will sterben.«

»Willkommen im Club, Schätzchen.« Gackernd wandte sie sich wieder ihrer Crackpfeife zu.

»Ich habe Geld«, sagte ich zu ihr und den vier, fünf anderen, die alle mehr oder weniger weggetreten in ihrer Nähe lagen. »Ich will sterben.«

Ich zog ein Geldscheinbündel aus der Tasche, hielt es in die Höhe und sagte: »Wer hat den Mut, den Zombie zu vernichten?«

Jetzt kam etwas Leben in mehrere Gestalten auf einer Matratze. Einer mit einem schmuddeligen T-Shirt und völlig verfilzten Haaren starrte das Geld gierig an. »Wie viel?«

»Alles«, erwiderte ich stumpf.

Da sagte eine raue Stimme in meinem Rücken: »Einverstanden.«

Ich hörte ein leises Pfeifen, als ob etwas durch die Luft geschwungen wurde, bevor es auf meinen Hinterkopf prallte, gar nicht weit von Stelle, an der Carney mich erwischt hatte. Ich sah nur noch leuchtende Sterne, und dann stürzte ich in eine Dunkelheit, wie ich sie noch nie erlebt hatte.

107

Ich wollte für immer in dieser Dunkelheit verharren, wollte mich dem Nichts ergeben.

Darum empfand ich nicht die geringste Freude, als ich mit bohrenden Kopfschmerzen wieder zu mir kam und widerwillig feststellen musste, dass ich immer noch am Leben war. Dass ich in diesem völlig verdreckten Crackhaus lag und den zweiten schweren Kopftreffer innerhalb weniger Tage zu verdauen hatte. Der Raum drehte sich im Kreis wie ein Schiff in einem Strudel, und ich flehte zu Gott, dass er der Qual endlich ein Ende bereiten und mich in die Schwärze zurückschicken sollte, die ich als unendliche Erleichterung empfunden hatte.

Ich schlug die Augen auf. Es dauerte ein paar Minuten, bis ich zumindest einigermaßen klar sehen konnte. Alles sauste mehr oder weniger verschwommen an mir vorbei, wie in diesen Kurzfilmen, die sie uns in der Grundschule manchmal gezeigt hatten. Als ich es schließlich geschafft hatte, den Raum zum Stehen zu bringen, sah ich niemanden mehr, abgesehen von dieser Frau, die aussah, als wäre sie hundert Jahre alt. Sie lag nur wenige Meter von mir entfernt auf dem Fußboden, ein bewusstloses, zuckendes, sabberndes Etwas, das trotzdem die Pfeife und das Gasfeuerzeug fest umklammert hielt.

Vorsichtig befühlte ich meinen Hinterkopf und ertastete geronnenes Blut sowie eine dicke Beule. Das Geld war weg, genau wie meine Schuhe. Aber meine Brieftasche und die Dienstmarke lagen direkt neben mir.

Ich stemmte mich auf alle viere, aber sofort wurde

mir wieder schwindelig und schlecht. Der ganze Raum schwankte hin und her wie ein Vogel im Wind. Ich fiel erneut auf die Seite und musste alle Kraft aufbieten, um mich nicht zu übergeben.

»Warum willst du sterben, Alex?«, ertönte da eine Stimme.

Sie kam mir bekannt vor, aber ich wusste nicht, woher. Mein Kopf fühlte sich zehnmal so groß an wie normal und pochte wie wild, als ich den Blick in eine weit entfernte Ecke des Raums wandte. Eine ausgemergelte junge Frau mit kurz geschorenen, blond gefärbten Haaren, dunklem Make-up und diversen Nasen-Piercings starrte mich an. In ihrem Mundwinkel baumelte eine Zigarette.

Ich war verwirrt und wusste zunächst nicht, wer das war. Dann drehte sie den Kopf und stieß eine Rauchwolke aus.

»Ava?«, ächzte ich.

»Nenn mich nicht so«, fuhr sie mich an. »Ich heiße jetzt Bee, wie die Biene.«

»Bee«, sagte ich, ließ den Kopf hängen und machte die Augen zu.

»Du gehörst nicht hierher«, sagte Ava.

Ich machte die Augen wieder auf und sah sie doppelt. »Aber du schon?«

»Ich habe nichts Besseres, weil ich nichts Besseres verdient habe«, stieß Ava hervor. »Aber du, du hast alles, Alex. Also nimm deine Brieftasche und deine Dienstmarke und verschwinde von hier, bevor dir wirklich etwas Schlimmes zustößt.«

Ich schüttelte den Kopf, und es fühlte sich so an, als ob in meinem Schädel jede Menge Farbdosen hin und her schaukelten. »Ich habe gar nichts mehr.«

»Ach, komm schon.« Sie zog an ihrer Zigarette. »Du hast Bree, Nana Mama und …«

»Nein«, sagte ich voll kalter Wut. »Sie sind alle tot, Ava.«

Sie konnte hören, dass ich die Wahrheit sagte. Sämtliche Farbe wich aus ihrem Gesicht. Lange starrte sie mich wie betäubt an, während der Rauch ihr in die Augen wehte. Tränen rollten ihr über die Wangen. Dann drückte sie mit einer ärgerlichen Geste die Zigarette aus und stand auf, als wollte sie gehen.

»Hilf mir, nach Hause zu kommen«, sagte ich.

»Geht nicht. Es wird bald hell, und ich muss mich verstecken.«

Ich blinzelte. »Bring mich zuerst in Sicherheit. Bitte? Ich glaube … ich weiß, dass ich eine Gehirnerschütterung habe. Und ich blute.«

Es war ihr deutlich anzusehen, dass sie hin- und hergerissen war. Einerseits wollte sie weg, aber andererseits …

»Bring mich einfach nur nach Hause. Ich erzähle dir unterwegs, was mit Bree passiert ist.«

Und dann schlichen wir als zwei Überlebende durch die noch dunklen Straßen Washingtons. So schmächtig sie war, schaffte Ava es trotzdem, mich zu stützen. Der Bürgersteig kam mir vor wie das schwankende Deck eines Schiffs bei stürmischer See.

Ich erzählte ihr alles: Wie dieser Wahnsinnige, dieser Mulch, mein Haus verwanzt, meine gesamte Familie entführt und sie dann hingerichtet hatte, nur weil John Sampson vor meiner Haustür gestanden hatte. Er hatte mir sogar Fotos der Toten auf mein Handy geschickt. Während meiner Schilderung musste ich mich zweimal an einem Verkehrsschild festhalten, um nicht auf der Stelle zusammenzubrechen.

Ava blieb die ganze Zeit über stumm, als müsste man solche Tragödien schweigend ertragen und anschließend nie wieder erwähnen. Ich habe keine Ahnung, wie sie es geschafft hat, aber sie brachte mich tatsächlich bis nach Hause. Der Sturm war vorüber, und am nächtlichen Himmel waren bereits die ersten Anzeichen der Morgendämmerung zu sehen. Die Haustür stand immer noch offen. Frühlingsgrüne Eichenblätter schwammen in einer Pfütze im Hausflur.

Ich stand da und starrte stumpf die Blätterpfütze an, bis Ava sagte: »Wo soll ich dich hinbringen, Alex?«

»Nach oben.«

»Bist du sicher, dass du nicht zum Arzt möchtest?«

»Ja«, erwiderte ich, während das Haus anfing zu schwanken. »Ich muss mich bloß ein bisschen hinlegen.«

Dann machte sie wohl, so nehme ich an, die Haustür zu und brachte mich nach oben in mein Bett. Ich legte mich auf den Rücken, während das Zimmer sich wie ein Karussell langsam im Kreis drehte.

»Ava?«, sagte ich. Ich wollte mich auf sie konzentrieren, damit der Drehwurm sich wieder legte.

Sie schickte mir einen verärgerten Blick.

»Bee?«, sagte ich.

»Ja?«

»Hast du dieses Mädchen in der alten Fabrik umgebracht und ihre Leiche verbrannt?«

»Was?« Ihre Stimme klang aggressiv. »Nein. Elise war meine Freundin.«

»Wir haben Indizien am Tatort gefunden. Deinen Ausweis und den Pullover, den Nana Mama dir geschenkt hat.«

»Den muss jemand absichtlich da hingelegt haben.«

»Wir haben auch einen Augenzeugen«, sagte ich. »Einen Obdachlosen. Er heißt Everett Prough.«

Avas Blick war jetzt voller Verachtung und Wut. »Natürlich sagt Everett, dass ich es war. Natürlich hat er meine Sachen da hingelegt und euch diese Geschichte untergejubelt.«

»Was? Wieso?« Ich war schon wieder völlig durcheinander.

»Diese Obdachlosennummer, das ist seine Tarnung, Alex«, sagte sie. »Er ist ein Zuhälter und dealt mit Meth, aber in diesem Aufzug interessiert sich natürlich kein Schwein für ihn. Elise hat ihm Geld geschuldet, aber nur halb so viel, wie ich ihm schulde. Dass Prough Elise umgebracht und angezündet hat, das war seine Warnung an mich.«

Sie fing an zu schluchzen. »Ich bin schuld.«

Selbst in meinem Zustand erkannte ich, dass sie mich nicht anlog. Ich wollte ihr sagen, dass sie keine Schuld hatte und dass sie sich melden und gegen Prough aussagen sollte, um den Tod ihrer Freundin zu rächen. Ich wollte ihr sagen, dass wir sie beschützen würden und sie nie mehr auf der Flucht sein musste.

Aber war das denn so? Meine eigene Familie …

Ich merkte, wie mir die Sinne schwanden. Da fiel mir etwas ein, im Zusammenhang mit Gehirnerschütterungen. Lass mich nicht einschlafen, Bee, wollte ich eigentlich sagen, aber dann brachte ich nur noch heraus: »Lass mich nicht …«

Das Letzte, woran ich mich erinnern kann, ist, wie Ava mit aufgesetzter Kapuze in der Tür stand und mich anstarrte, an ihren Fingernägeln kaute und aussah, als wollte sie jeden Augenblick weglaufen.

108

In dem Albtraum, der mich in den kommenden Stunden heimsuchte, wütete eine schemenhafte Gestalt, die ich unter dem Namen Mulch kannte, durch das Crackhaus, nachdem sie mir einen Schlag auf den Schädel verpasst und mein Geld gestohlen hatte. Ich steckte den Hieb weg wie eine Zeichentrickfigur, sprang auf und jagte meinen Widersacher nach draußen, doch dann waren wir plötzlich gar nicht mehr in Washington, sondern auf dieser verlassenen Farm, auf die Carney Cam Nguyen und die Babys verschleppt hatte.

Mulch rannte in das Bauernhaus. Ich konnte gerade noch seinen feuerroten Haarschopf sehen. Dann verfolgte ich ihn in den Keller und durch den Geheimgang bis in den Rübenkeller. Doch als ich dort ankam, war Mulch plötzlich verschwunden.

Dafür war der Raum noch da, den Carney in den Rübenkeller gebaut hatte. Dort brannte Licht. Ich trat in den Lichtkegel, spähte vorsichtig in den Raum und sah meine Familie fein säuberlich aufgereiht nebeneinander auf dem Fußboden vor der Badewanne liegen. Sie lagen alle genauso da wie auf den Fotos: auf dem Bauch, das Gesicht nach links gedreht, mit einem Loch im Kopf, tot und blutig.

Ihre milchigen Augen standen weit offen, und ihr starrer Blick war eine einzige, stumme Anklage: Ich hatte versagt. Ich hatte sie nicht beschützt. Ich hatte es geschehen lassen. Nana Mama sah noch verbitterter aus als die anderen. Es wirkte fast so, als schämte sie sich für mich, weil ich sie im Stich gelassen hatte, als sie meinen Schutz dringend nötig gehabt hätte, so, als sei es mir egal, dass sie mich aufgezogen und behütet hatte.

Das erschütterte mich zutiefst. Ich sank auf die Knie, die Arme weit ausgebreitet, und fing an zu weinen. Ich bat sie um Verzeihung, bat Bree um Verzeihung, und dann Damon, Jannie, Ali. Aber sie starrten mich nur mit ihren trüben Augen an, verzogen keine Miene, und ich krümmte mich auf dem Boden vor Qual, heulte und schluchzte und war der festen Überzeugung, dass dieses brutale Gefühl niemals enden würde.

Dann hörte ich ein Plätschern und blickte durch meine Tränen zur Badewanne hinüber. Mulch war aus dem Wasser aufgetaucht. Er hielt ein Jagdgewehr in der Hand. Sein grell leuchtendes Gesicht wurde von der gepunkteten Fliege und seinem roten Haarschopf umgeben, und seine Stimme klang wie aus einem Kurzwellenradio.

»Ich war gezwungen, sie so zu erschießen, verstehen Sie?«, sagte Mulch. »Wenn man ihnen in den Kopf schießt, dann können sie keine Zombies mehr werden.«

Ich sagte nichts, starrte nur in sein gleißend helles Gesicht.

Nachdem mehrere Sekunden vergangen waren, sagte Mulch: »Ich hatte eigentlich erwartet, dass Sie sich bei mir bedanken, Cross.«

»Warum?«, flüsterte ich.

»Weil ich ihnen erspart habe, als lebende Tote ihr Unwesen treiben zu müssen.«

»Nein. Warum tun Sie *mir* das an?«

Mulch lachte ironisch. »Aus dem einzigen Grund, aus dem jeder Mensch das tut, was er tut. Weil ich es kann.« Erneut fing er an zu lachen. Es klang bösartig.

»Wer sind Sie?«, wollte ich wissen.

Mulch schien zu überlegen. »Ich bin der, für den Sie mich halten.«

»Warum töten Sie mich nicht?«

»Warum spielt die Katze mit der Maus?«, gab Mulch zurück.

»Dann werden Sie mich also noch töten?«

»Selbstverständlich.«

»Und wann?«, wollte ich wissen.

»Ich glaube, jetzt ist der Zeitpunkt gekommen«, erwiderte Mulch sachlich. »Legen Sie sich hier neben Ihre Frau und Ihre Großmutter, auf den Bauch, sodass die rechte Wange in dieser wunderhübschen Blutlache liegt und Sie nach links ins Leere starren.«

Ohne zu zögern, legte ich mich hin, warf meiner Familie einen letzten, herzzerreißenden Blick zu, sah sie alle der Reihe nach noch einmal an, dann wandte ich mich ab. Ich hatte die Augen weit geöffnet und sah den Gewehrlauf an meinem Kopf vorbeihuschen.

»Zielen Sie gut«, presste ich hervor.

»Mache ich immer«, sagte Mulch und drückte ab.

109

In meinem Kopf ertönte ein Geräusch, das sich anhörte wie der Schuss einer Artilleriekanone, und dann durchzuckte mich ein Stromschlag. Ein unbeschreiblicher Schmerz breitete sich in alle Richtungen aus, als hätte Mulch einen Blitz auf mich abgefeuert und keine 30-06er Jagdmunition.

Der Ausgangspunkt des Blitzes war allerdings nicht das riesige Einschussloch an meiner linken Schläfe, wie ich eigentlich erwartet hatte, sondern saß am unteren Ansatz meines Hinterkopfs, genau an der Stelle, wo der Kerl in diesem Crackhaus seinen Volltreffer gelandet hatte.

Dann nahm ich den Geruch von Ammoniak war und war schlagartig bei Bewusstsein, wenn auch reichlich verwirrt.

»Alex?«

Ich verzog angesichts des pulsierenden Schmerzes in meinem Hinterkopf das Gesicht und öffnete vorsichtig die Augen, sah zunächst verschwommen und dann immer deutlicher drei Gestalten vor mir stehen – Ava, John Sampson und Ned Mahoney. Wir befanden uns in meinem Schlafzimmer. Die Tür war geschlossen.

»Was …?«, fing ich an. »Wie …?«

Sampson warf die Kapsel mit dem Riechsalz beiseite, deutete mit dem Daumen auf Ava und sagte leise: »Schlaues Mädchen, die Kleine da. Du kennst zwar nicht einmal die Hälfte der ganzen Geschichte, aber irgendwann ist sie dann zu uns gekommen und hat uns hergeholt.«

Ich blinzelte. Meine Augen brannten. »Irgendwann? Wie viel Uhr ist es? Welcher Tag?«

»Ostersonntag«, meinte Mahoney. »Achtzehn Uhr. Du warst dreizehn Stunden lang bewusstlos.«

Fast ein Tag ist seit Nana Mamas Tod vergangen, dachte ich und hatte sofort wieder Tränen in den Augen, als mir klar wurde, dass jede weitere Stunde auch die Erinnerung an einen weiteren tragischen Tod mit sich bringen würde.

»Mulch hat sie alle umgebracht«, sagte ich zu Sampson und Mahoney. »Hat sie kaltblütig hingerichtet. Mit einem Jagdgewehr.«

»Kann sein«, sagte Ava. »Kann aber auch nicht sein.«

Eine plötzliche, irrationale Wut kochte in mir auf. Ich drehte mich mit pochendem Schädel zu dem jungen Mädchen um und zischte sie an: »Was soll das denn heißen?«

Ava zuckte zusammen und machte einen Schritt Richtung Tür.

»Hör ihr zu, Alex«, sagte Mahoney. »Uns hat sie überzeugt.«

»Wovon überzeugt?«, wollte ich wissen. »Dass Mulch einen Partner hat, der den Henker gespielt hat?«

»Nein, Alex«, entgegnete Sampson. »Ava hat uns davon überzeugt, dass deine Familie immer noch am Leben ist.«

110

Ich weigerte mich, das zu glauben. Die Vorstellung, dass sie die Kopfschüsse überlebt haben könnten, erforderte mehr Hoffnung, als ich zur Verfügung hatte, vielleicht sogar mehr Hoffnung, als im gesamten Universum noch übrig war.

Aber dann erklärte Ava mir, dass sie mich bewusstlos auf dem Bett zurückgelassen hatte, um sich aus dem Staub zu machen. Eigentlich hatte sie vorgehabt, von unterwegs die Notrufnummer anzurufen. Aber bei der Wohnzimmertür hatte sie mein Handy auf dem Boden liegen sehen.

Auch wenn es ziemlich morbide klingt, aber Ava war neugierig. Sie wollte sich die Fotos ansehen, von denen ich ihr erzählt hatte. Darum hob sie das Handy auf. Da sie wusste, dass Mulch eine Kamera in der Kaminbürste versteckt hatte, ging sie ein Stück die Treppe hinauf und fing an, die Fotos durchzublättern.

»Wieso hast du das gemacht?«, wollte ich wissen. Ich wurde schon wieder wütend.

»Weiß nich'.« Sie zuckte mit den Schultern. »Hat mich halt interessiert.«

»Ist doch egal. Jedenfalls können wir gottfroh sein, dass sie es getan hat, Alex«, schaltete Mahoney sich ein.

Sampson nickte. »Obwohl wir irgendwann auch noch drauf gekommen wären.«

»Worauf denn?«, drängte ich.

Der FBI-Agent zog ein iPad hervor und lud sämtliche Bilder auf den Bildschirm, die Mulch mir geschickt hatte. Jetzt waren sie alle nebeneinander zu sehen. Er hielt mir das

Ding hin. Ich konnte diesen Anblick nicht ertragen, bis er sagte: »Wenn du sie alle gleichzeitig anschaust, fällt dir da vielleicht irgendwas auf?«

Ich wappnete mich innerlich, ignorierte die grässlichen Kopfschmerzen und zwang mich, Nana Mamas Leichnam anzuschauen, dann Brees und dann die der Kinder. Sie lagen alle praktisch in derselben Haltung da.

»Mulch hat sie in einem ritualisierten Akt getötet«, sagte ich. »Er hat ihren Tod als Fetisch benutzt.«

»Das habe ich mir auch überlegt«, sagte Ava.

Ich sah sie erneut an, dieses Mal aber verblüfft: »*Du*?«

»Ich hab doch immer zugehört, wenn Bree und du, also, wenn ihr euch über eure Arbeit unterhalten habt«, sagte sie abwehrend. »Und, ich weiß nich', die Fotos sind mir irgendwie zu rituell vorgekommen.«

Noch bevor ich etwas erwidern konnte, ließ Sampson seinen Zeigefinger kreisen und sagte: »Komm zur Sache, Ava.«

Sie nickte und trat neben das Bett. Dann nahm sie Mahoney das iPad aus der Hand, tippte auf den Bildschirm und hielt mir das hochkant gedrehte Tablet vors Gesicht. Die Bilder von Bree und Jannie waren jetzt direkt übereinander angeordnet. Ava zeigte auf die Einschusswunde und sagte: »Die sind genau gleich.«

»Natürlich«, erwiderte ich. »Er hat ja beide Male auf die gleiche Stelle gezielt.«

»Die sind genau gleich«, wiederholte sie und deutete auf die Blutlache, die sich um ihre Köpfe gebildet hatte. »Und das da ist auch ziemlich ähnlich – die gleiche Menge Blut zum Beispiel und dieselbe Form. Und siehst du die Spritzer da?«

Zuerst sah ich gar nichts, aber dann fiel mir mein Albtraum wieder ein und wie Mulch von mir verlangt hatte, genau dieselbe Position einzunehmen und meinen Kopf *in diese wunderhübsche Blutlache* zu legen. Mein Unterbewusstsein hatte erkannt, was Ava auch erkannt hatte. Und es hatte versucht, mich darauf aufmerksam zu machen.

Ich nickte schockiert. »Die sind praktisch identisch.«

Sampson sagte: »Ava hat es gemerkt, ist rausgeschlichen und hat das Handy zu mir nach Hause gebracht. Ich bin seit gestern Nachmittag, als du mir Nana Mamas Handy gegeben hast, mit Ned zusammen ununterbrochen bei der Arbeit. Also hat Billie Ava zu uns ins Präsidium gefahren, und als wir uns die Bilder auf einem Computermonitor angesehen haben, waren wir schnell überzeugt.«

Mahoney nickte. »Ich habe die Skelettfritzen aus Quantico um eine Schnellanalyse gebeten, und sie haben unsere Vermutung bestätigt. Diese Fotos wurden allesamt bearbeitet. Professionell bearbeitet, keine Frage, aber eben doch bearbeitet.«

Ein Hoffnungsschimmer begann, in meiner Brust zu keimen. Was das möglich? Waren sie noch am Leben? Konnte das sein?

111

Doch dann gewann die Skepsis wieder die Oberhand. »Warum sollte Mulch so etwas tun?«

»Ich nehme an, er will dich vernichten«, meine Mahoney.

»Aber warum?«, beharrte ich.

»Das kannst du ihn fragen, sobald wir ihn gefunden haben«, sagte Sampson. »Ach, und außerdem glauben wir, dass er gar nicht Thierry Mulch heißt. In Wirklichkeit lautet sein Name Preston Elliot. Er hat an der Georgetown University Computerwissenschaften studiert.«

Ich bekam schon wieder Kopfschmerzen. »Warte mal, was?«

Mahoney sagte: »John hat mich angerufen, kurz nachdem du ihm Nana Mamas Handy gegeben hast. Seither haben wir uns ununterbrochen mit Mulch beschäftigt. Und dich haben wir auch keine Sekunde aus den Augen gelassen, nur damit du Bescheid weißt.«

Ich blickte ihn mit zusammengekniffenen Augen an. »Wie denn das?«

»Hast du etwa geglaubt, dass wir dein Haus nicht sofort unter Beobachtung nehmen?«, gab der FBI-Agent zurück. »Zwei Teams haben dich auf deinem endlosen Spaziergang gestern Nacht beschattet. Wir hatten wirklich keine Ahnung, was du vorhast, und ans Handy bist du ja auch nicht mehr gegangen. Darum haben wir gedacht, dass Mulch mit dir Kontakt aufgenommen hat und du dich mit ihm treffen wolltest.«

Ich brauchte eine Weile, bis ich das alles verarbeitet hatte, doch dann sagte ich: »Und woher wisst ihr, dass Mulch in Wirklichkeit Preston Elliot heißt?«

»DNA, Glück, eine Anzeige wegen eines Sexualdelikts in Alexandria sowie Beschwerden aus Georgetown und Bethesda«, erwiderte Sampson mit gerunzelter Stirn. »Aber nicht in der Reihenfolge.«

Erläuternd fügte er hinzu, dass eine der ersten Maßnahmen, die er und Mahoney ergriffen hatten, eine ausführliche Datenbanksuche zu Thierry Mulch gewesen war.

Sampson fügte hinzu: »Die erste heiße Spur war eine Vergewaltigung letzte Woche in Alexandria. Eine gewisse Claudia Dickerson, achtundzwanzig Jahre alt, Rechnungsprüferin von Beruf, hat Anzeige gegen einen Mann erstattet, der sich selbst als Mr. Mulch bezeichnet und sie und ihren Freund – er heißt Richard Nelson – an ihrer Haustür überfallen hat. Mulch hat sie gezwungen, mit ihm die Wohnung zu betreten. Dann hat er Nelson bewusstlos geschlagen und Miss Dickerson von hinten vergewaltigt. Sein Gesicht hat sie nie zu sehen bekommen, aber er hat seine DNA hinterlassen.«

»Habt ihr sie schon analysiert?«, wollte ich wissen.

»Noch nicht vollständig.« Mahoney hob eine Hand. »Aber lass uns mal noch eine Minute, bis wir dir erzählt haben, was wir alles sicher wissen.«

Sampson sagte: »Die Datenbank hatte den Namen Mulch noch in zwei anderen Zusammenhängen gespeichert. Vor rund zwei Wochen hat er im *Four Seasons* in Georgetown einen ziemlichen Aufstand veranstaltet. Genau der Kerl, den Ali auch beschrieben hat: groß, rote Haare, Fliege. Außerdem hat er sich bei European Motors in Bethesda einen Bentley für eine Probefahrt geben lassen. Die Probefahrt hat dann acht Stunden gedauert. Und wir haben mit der Direktorin an Alis Schule gesprochen. Von ihr wissen wir, dass er sich per E-Mail an sie gewandt hat. Von dort ist sie auf eine Webseite weitergeleitet worden, auf der seine Firma und seine neue App für Kinder beschrieben werden. Er hat gesagt, dass er Kinder begeistern und zu selbstständigem Denken anregen will, und darum hat sie ihn eingeladen. Sie hat uns auch eine Kopie seines kalifornischen Führerscheins geschickt. Der ist übrigens gefälscht. Die zuständige Behörde kennt gar keinen Mulch.«

Mahoney drehte das iPad wieder waagerecht, und dann hatte ich zum ersten Mal überhaupt Thierry Mulch vor mir. Leuchtend rote Haare. Buschige rote Augenbrauen. Abraham-Lincoln-Bart. Pomadiger Gesichtsausdruck.

»Habt ihr auch ein Bild von Preston Elliot dabei?«

Der FBI-Agent nickte, tippte noch einmal auf sein iPad und zeigte mir den in Georgetown ausgestellten Personalausweis des Computerfachmanns. »Wir glauben, dass er sich für das Führerscheinfoto verkleidet hat. Beide Männer haben ungefähr die gleiche Größe und Statur. Und sieh dir mal die Gesichtszüge an.«

Die frappierenden Ähnlichkeiten in den Linien der Wangen- und Kieferknochen waren nicht zu übersehen. Dann sah ich mir seine Augen an und wusste sofort: Diese beiden waren ein und dieselbe Person. »Und ihr habt DNA-Spuren gefunden, die eine direkte Verbindung zwischen dieser Vergewaltigung und Preston Elliot herstellen?«

Sampson sagte: »Genauso ist es, und weißt du auch, wie? Du wirst es nicht glauben.«

Er erzählte mir, dass er einen Laborbericht mit einer Analyse des Spermas und des Vaginalsekrets, die an der Hose von Mandy Bell Lees Rechtsanwalt festgestellt worden waren, auf meinem Schreibtisch entdeckt hatte.

»Willst du damit sagen, dass Mulch Tim Jackson ermordet hat?«

»Wir sagen, dass Preston Elliot Tim Jackson ermordet hat«, erwiderte Mahoney. »Es gibt eine hundertprozentige Übereinstimmung zwischen der Spermaprobe aus dem Hotelzimmer des Rechtsanwalts und der DNA, die das FBI an Elliots Zahnbürste sichergestellt hat, nachdem er letzte Woche als vermisst gemeldet worden ist. Die Vaginalsekrete, die man bei Jackson gefunden hat, passen wiederum zur DNA des Vergewaltigungsopfers, Claudia Dickerson. Ach, übrigens, zwischen der Vergewaltigung und der Ermordung Jacksons liegen nur wenige Stunden.«

Ich schwieg eine ganze Weile, dann sagte ich: »Warum sollte Elliot irgendwelche Vergewaltigungsindizien bei Jackson hinterlassen?«

»Vielleicht hat das Zeug auch einfach an Mulchs Hose geklebt, und er hat es versehentlich abgewischt, als er Jackson vergiftet hat«, meinte Sampson.

Meine Kopfschmerzen waren viel zu stark, um diese Vermutung irgendwie kritisch zu hinterfragen. »Meine Familie *lebt*«, sagte ich.

Sie nickten.

»Soweit wir wissen«, sagte Mahoney.

»Und was unternehmen wir als Nächstes?«

Der FBI-Agent sagte: »Wir ermitteln so, als wären sie tot. Wir verraten keinem, dass wir wissen, dass das nicht stimmt. Du bleibst hier im Haus, wo Elliot/Mulch dich genau im Auge hat, und benimmst dich wie ein gebrochener Trauernder.«

»Wir glauben, dass er dich leiden sehen will, Alex.«

»Aber warum?«, fragte ich nun schon zum wiederholten Mal. »Ich kenne diesen Elliot doch gar nicht.«

»Wie John bereits sagte: Nach seinen Motiven kannst du ihn fragen, wenn wir ihn haben«, gab Mahoney zurück.

»Und in der Zwischenzeit lebe ich einfach mein Leben weiter?«

Da schaltete Ava sich ein. »Nein, du lebst das Leben eines Mannes, der alles verloren hat. Du bist das Opfer, Alex.«

»Hätte ich nicht besser sagen können«, erwiderte Sampson und schenkte Ava ein leises Lächeln.

Mahoney fügte hinzu: »In der Zwischenzeit ermitteln wir und warten darauf, dass Elliot etwas unternimmt, sich zeigt, vielleicht sogar unter einem anderen Namen Kontakt zu dir aufnimmt.«

Ich musste an Nana Mama, Bree, Damon, Jannie und Ali denken. »Und meine Familie?«

»Wir unternehmen alles, was in unserer Macht steht, um sie sicher wieder nach Hause zu bringen«, sagte Sampson. »Und beten tun wir auch.«

112

Diese Aufgabe verlieh mir neue Kraft, und auch die Kopfschmerzen waren jetzt ein wenig erträglicher geworden. »Okay, vorerst machen wir es genau so, wie ihr gesagt habt. Moment mal, wie seid ihr überhaupt reingekommen? Hat Mulch/Elliot euch denn nicht gesehen?«

»Nein, da habe ich aufgepasst«, sagte Ava. »Sie sind so reingekommen, wie ich rausgegangen bin: über das Dach des Anbaus.«

»Wie gesagt, die Kleine ist schlau«, meinte Sampson.

»Und so wollt ihr auch wieder raus?«

»Du hast es erfasst«, sagte Mahoney und warf mir ein Prepaidhandy zu. »Das nimmst du, wenn du jemanden zum Reden brauchst, und sieh um Gottes willen zu, dass du es immer bei dir hast.«

Ich fing es auf, schwang die Beine aus dem Bett und spürte sofort einen heftigen, stechenden Schmerz im Hinterkopf. »Wahrscheinlich muss ich genäht werden.«

»Sobald wir weg sind, bringt Ava dich in die Notaufnahme«, sagte Sampson.

Ich blickte sie an: »Du bleibst hier?«

»Ich kann dich doch mit dieser Gehirnerschütterung nicht alleine lassen, oder?«, erwiderte Ava.

Ich lächelte: »Stimmt auch wieder.« Dann sah ich meinen besten Freund an. »Wenn es sich ergibt, dann sag Captain Quintus, dass du einen Haftbefehl für Everett Prough brauchst. Das ist ein obdachloser Zuhälter und Meth-Dealer, der sich in diesem verlassenen Fabrikgebäude herumtreibt, wo wir die verbrannte Unbekannte gefunden haben. Sie hat übrigens einen Namen: Elise…«

Ich blickte Ava an, und sie sagte: »Littlefield.«

»Elise Littlefield«, wiederholte Sampson und machte sich eine Notiz. »Okay.«

Wir gaben einander die Hand. Anschließend warteten Ava und ich, bis Mahoney und Sampson über das Anbaudach geklettert und durch das hintere Gartentor verschwunden waren.

Ich nahm Ava in den Arm. »Danke.«

Zunächst reagierte Ava steif, doch dann entspannte sie sich und sagte: »Nein, ich danke dir, Alex. Ich hätte schon früher zu euch kommen sollen. Aber ich habe mich so geschämt für das, was aus mir geworden ist. Nachdem ihr so viel für mich getan habt.«

»Das ist jetzt alles Vergangenheit«, sagte ich und ließ sie los. »Im Augenblick müssen wir uns mit anderen Dingen beschäftigen.«

Ava begleitete mich unter Ächzen und Stöhnen die Treppe hinunter, und ich benahm mich genau so, wie ein erschüttertes, verletztes und demoralisiertes Opfer sich benehmen würde, während wir das Esszimmer und das Wohnzimmer gründlich nach meiner Jacke durchsuchten.

Ich hätte nichts lieber getan, als eine der Kameras zu packen, ins Objektiv zu starren und Preston Elliot entgegenzubrüllen, dass ich ihn suchen und finden würde. Aber ich riss mich zusammen und trat gemeinsam mit Ava hinaus auf die Eingangsveranda.

Nach dem Gewittersturm der vergangenen Nacht war die Luft rein und klar. Irgendwo in der Nachbarschaft hatte jemand einen Osterbraten im Backofen gehabt, jedenfalls war der Duft noch deutlich wahrzunehmen. Ich musste daran denken, dass ich die Feiertage im Kreis meiner Lieben hatte verbringen wollen, und das war ein Gedanke, der mich sehr wütend machte.

Ich blickte an den nächtlichen Himmel, hinauf zu den glitzernden Sternen, und schwor Nana Mama, Bree, Damon, Jannie und Ali, dass ich nicht eher ruhen würde, bis ich sie alle gefunden und nach Hause geholt hatte. Und zur Bekräftigung meines Schwurs legte ich die Hand aufs Herz und trat hinter Ava hinaus auf den Bürgersteig.

Anmerkung des Autors

In den ersten Kapiteln dieses Alex-Cross-Romans werden wir in den Hörsaal einer Universität versetzt. Dort findet eine Vortragsveranstaltung statt, die sich mit dem perfekten Verbrechen befasst. Der Redner ist ein Mann, der sich, wie wir wissen, sehr intensiv mit diesem Thema auseinandersetzt. Professor Marcus Sunday vertritt die These, dass ein Verbrecher, der nach wirklicher Perfektion strebt, davon überzeugt sein muss, dass das Leben »sinnlos, absurd und ohne absoluten Wert« sei.

Die meisten von uns haben in ihrem persönlichen Leben die eine oder andere kleine oder große Tragödie erlebt – den Verlust eines geliebten Menschen, eine berufliche Enttäuschung, einen zerbrochenen Traum. Und wir wissen, wie viel Schmerz und Verzweiflung eine solche Erfahrung auslösen kann – nicht nur, wenn man sie persönlich durchleidet, sondern auch, wenn sie beispielsweise der Hauptfigur eines Romans widerfährt.

Ich bitte Sie daher, Folgendes zu begreifen: Den Schluss dieses Buches habe ich so und nicht anders geschrieben, weil ich aufrichtig sein möchte – gegenüber Alex, gegenüber meinen Lesern und letztendlich auch mir selbst gegenüber.

Ich bin fest davon überzeugt, dass wir, wenn wir dem Leben – und der Kunst – gegenüber aufrichtig sein wollen, die

Tragödie als Teil des Lebens zu akzeptieren haben. So, wie wir dann auch der Kraft der Menschlichkeit – sei es nun Alex' oder meine oder Ihre – vertrauen sollten, uns durch diese Tragödien hindurchzutragen.

Ja, es wird noch einen weiteren Alex-Cross-Roman geben. Danke, dass Sie bis hierhin gelesen haben … und geben Sie die Hoffnung für Alex und seine Familie nicht auf. Es verspricht noch sehr interessant zu werden.

Mit herzlichem Gruß
James Patterson